Inicie-se

Submeta-se

Prepare-se

CB130908

1

Um ano antes
Edifício J. Edgar Hoover, Washington D.C.

Ninguém sabe quando o telefone vai tocar, não é? O dia tem vinte e quatro horas, é longo para muitos e curto para outros... por que aquele maldito telefone decidiu berrar como um histérico desmedido justamente naquele exato momento?

Ela estava quase respondendo à pergunta número quinze do seu transcendente teste psicotécnico: "O que você faria se estivesse frente a frente com o assassino da sua filha *hipotética*?", tinha perguntado o psicanalista.

Até então, ela estava indo muito bem. Controlava a mania de bater o pé, estava com as mãos cruzadas na altura da barriga e escutava com tranquilidade o interrogatório daquele especialista no controle da mente. Cleo tinha cuidado da aparência; informal, mas ao mesmo tempo séria. Usava jeans justos, sapatos pretos com salto não muito alto, uma jaqueta curta da mesma cor e, por baixo, uma camiseta branca lisa e levemente agarrada nos seios. Arrumou os cabelos vermelhos em um alto e respeitoso coque; os óculos de armação preta, dos quais aliás ela nem precisava, davam um toque mais interessante e menos infantil a seus olhos puxados e gatunos, de cor verde muito clara.

Só havia uma mesa separando seu futuro mais desejado da sua simples realidade como policial da cidade de Nova Orleans. O lugar em que o teste estava sendo realizado era espartano, não tinha móveis. No teto estava pendurada uma lâmpada que iluminava diretamente suas frontes. As paredes eram brancas e não havia sequer uma cortina na solitária janela. Quanto menos objetos estivessem ao redor para distrair a atenção dos interrogados, mais fácil seria ler as suas mentes.

– Senhorita Connelly? – Ele franziu a testa, com uma expressão contrariada.

"Naziiiiiista! Naziiiiiista!", berrava o celular.

– Eu não tenho filha, senhor – repetiu ela, com cara de "não-está--tocando-nenhum-celular-que-invoca-Hitler".

Cleo lambeu os lábios. Suas mãos ficaram úmidas e, sem querer, seus olhos apontaram para sua bolsa. Nela estava seu iPhone, logo na cadeira ao lado do senhor Stewart, encostada na parede. Se ao menos ela pudesse pegá-lo e...

– Estamos aqui para analisar suas reações diante de situações de grande exigência emocional, senhorita Connelly. Coloque-se na situação, por favor. A empatia é uma das características fundamentais dos agentes.

– Se eu por acaso tivesse uma filha? – Ela tossiu com vontade de dar uma pedrada no celular.

"Naziiiiiista! Naziiiiiista! Atende para seu próprio bem!", cantava o toque que ela havia personalizado para sua mãe, Darcy. Que

LENA VALENTI

Amos e Masmorras

I. A SUBMISSÃO

São Paulo
2015

UNIVERSO DOS LIVROS

© 2015 by Universo dos Livros
Todos os direitos reservados e protegidos pela Lei 9.610 de 19/02/1998.
Nenhuma parte deste livro, sem autorização prévia por escrito da editora, poderá ser reproduzida ou transmitida sejam quais forem os meios empregados: eletrônicos, mecânicos, fotográficos, gravação ou quaisquer outros.

Diretor editorial: **Luis Matos**
Editora-chefe: **Marcia Batista**
Assistentes editoriais: **Aline Graça, Letícia Nakamura e Rodolfo Santana**
Tradução: **Wallacy Silva**
Preparação: **Monique D'Orazio**
Revisão: **Juliana Gregolin e Guilherme Summa**
Arte: **Francine C. Silva e Valdinei Gomes**
Capa: **Rebecca Barboza**

Dados Internacionais de Catalogação na Publicação (CIP)
Angélica Ilacqua CRB-8/7057

V249a

Valenti, Lena

Amos e masmorras : I. A submissão / Lena Valenti; tradução de Wallacy Silva. – São Paulo : Universo dos Livros, 2015.
416 p. (Amos e masmorras ; v. 1)

ISBN 978-85-7930-890-1

Título original: *Amos y mazmorras: I. La doma*

1. Literatura espanhola 2. Literatura erótica II. Silva, Wallacy

15-0779 CDD 863

Índices para catálogo sistemático:
1. Literatura espanhola

Universo dos Livros Editora Ltda.
Rua do Bosque, 1589 – Bloco 2 – Conj. 603/606
CEP 01136-001 – Barra Funda – São Paulo/SP
Telefone/Fax: (11) 3392-3336
www.universodoslivros.com.br
e-mail: editor@universodoslivros.com.br
Siga-nos no Twitter: @univdoslivros

ficasse claro que amava a mãe, mas ela era uma dessas mulheres que se você não atendia a ligação de primeira, depois de algumas horas aparecia na porta da sua casa com dois policiais para ver se estava tudo bem.

Sim. Darcy era um pouco hipocondríaca.

"Naziiiiiista! Atende! Ela espirra assim: 'Auschwitz!'"

Ela não ia desviar o olhar. Não podia. Aguentaria, estoica, os óculos reluzentes do psicólogo que devia avaliar suas atitudes psíquicas e emocionais, e agiria como se não houvesse um toque alertando-a sobre os riscos de não atender uma ligação de uma provável ultraconservadora. Ela esperava que o senhor Stewart também tivesse essa capacidade de abstração.

O homem, que tinha por volta de uns sessenta anos, levantou seus óculos de metal com o indicador.

– E então?

– Sinceramente, é muito difícil se colocar nessa situação... – Ela levantou a mão para tirar uma das mechas de seu cabelo vermelho que estava encostando na pálpebra esquerda. Bem que Leslie dizia que seu cabelo estava muito grande. Mas ela gostava dele assim, e se o colocasse todo para um lado, penteado no estilo Jackie Kennedy, não a incomodava. "Concentração, pelo amor de Deus", pensou. – Suponho que uma mãe faria qualquer coisa para vingar a morte do filho. Somos todos Sally Field em *Olho por Olho* – merda. Sério que eu disse isso?

O velho olhou para ela com a cara fechada, sem entender a resposta.

Cleo começou com seu tique no olho esquerdo.

"Naziiiiiista! Atende antes que eu arranque seus cabelos!"

– O senhor sabe – prosseguiu Cleo. Claro que ele não sabia. Esse cara tinha pinta de quem via filmes de Velho Oeste. Provavelmente nem sabia quem eram Sally Field e Kiefer Sutherland.

– Não, não sei. – Cruzou os dedos sobre a mesa, inclinando-se com interesse na direção dela. – Explique-se.

– No filme, Sally Field não sossega até ver morto o assassino da sua filha.

– Isso quer dizer que você faria justiça com as próprias mãos? Que, se o homem que arrancou o último alento de vida da sua pequena estivesse na sua frente, você o mataria?

Deu para ouvi-la engolindo saliva.

– Às vezes a justiça não consegue entender a dor de alguém que perdeu a pessoa que mais ama.

– Não confia no sistema, senhorita Connelly?

– Claro que confio. – A coisa começava a ficar feia. – Mas os impulsos dos seres humanos não são racionais quando dizem respeito àqueles que devemos proteger. Posso entender a ira.

– A senhorita o mataria?

Cleo apertou os dentes e se colocou no lugar de Sally. Matar ou não matar, eis a questão.

– Não tenho certeza. Mas mesmo não sendo a mãe da menina, eu já tinha vontade de esquartejar o assassino. Imagina o que eu faria se fosse a mãe.

– Essa não é a resposta mais adequada para alguém que quer trabalhar para a principal divisão de investigação do Departamento de Justiça dos Estados Unidos. Para que serve o sistema, então?

– Em minha defesa, digo que o senhor está descrevendo casos extremos, e acredito que qualquer pessoa com coração e sentimentos responderia dessa forma. E se dizem o contrário, mentem. – que ótimo, agora tinha usado aquela frase com convicção e dentro de um contexto.

– Está insinuando que todos os agentes do FBI mentiram – sentenciou ele, com a voz monótona. – Que passaram nos testes psicotécnicos e nas entrevistas psicológicas com base em falsidades? É isso que está insinuando?

– Não estou insinuando nada. – Desviou os olhos verdes para a janela da sala, situada em um dos principais escritórios de Washington. A luz do sol passava pelas persianas e iluminava o lado esquerdo do rosto cheio do senhor Stewart. – Só estou dizendo que, em determinados momentos, as pessoas não têm nem disposição e nem paciência para esperar que os outros se vinguem por elas. Eu adoraria arrancar os braços e as pernas desse maldito e depois entregá-lo ao Estado, torcendo para que o enviassem a um presídio masculino e sem nenhuma gota de vaselina. Mas Sally, a mãe em questão, arrancaria a pele do assassino e atearia fogo nele.

– A senhorita está falando sério? – Ele estava indignado.

– Tem família, senhor Stewart?

As pessoas que trabalhavam no FBI não eram robôs. Cleo acreditava que ninguém tivesse respondido a mesma coisa que ela. Empatia era sentir a dor do outro; e ela havia se colocado no lugar de uma mãe destruída, tomada pela raiva e pela dor porque um covarde sádico havia decidido acabar com a vida de seu filho. E, por acaso, todos os outros que passaram por aquela mesa responderam que avisariam a polícia para que outros tomassem as providências? Ela achava que não.

– Sim, senhorita. Mas isso não vem ao caso. A senhorita realmente agiria assim de forma tão...

– Impulsiva?

– Vingativa – corrigiu, desaprovando-a. – Sua alma é vingativa.

– Não! – exclamou, frustrada. – Eu...

"Naziiiiiista! A nazista está irritada! Este telefone vai explodir em três... dois... um! *Booom*!"

O toque parou. Cleo podia imaginar sua mãe, Darcy, enviando uma mensagem, uma daquelas bem típicas: "Oi? Cleo? Está aí, querida?".

Não entendia como ela deixava sempre a mesma mensagem se já estava cansada de saber que falava com a secretária eletrônica...

– Você tem uma irmã trabalhando no FBI. A senhorita... – O doutor Stewart inclinou a cabeça e ajeitou os óculos para encontrar o relatório. – Leslie. Ah, sim. Uma agente brilhante – reconheceu ele com orgulho. Depois de enumerar todas as missões bem-sucedidas de Leslie, perguntou: – Você quer seguir os passos dela?

Cleo apertou os olhos. Leslie era sua irmã, um exemplo a ser seguido para ela. Era três anos mais velha e alvo de sua adoração. Quando eram pequenas, prometeram que sempre estariam juntas e que tirariam de circulação todos os criminosos e malfeitores. Elas tinham a vocação para ser super-heroínas e nenhuma delas podia evitar. Era o que acontecia quando se crescia em uma família cheia de policiais: ou você evitava as armas por toda a sua vida, ou se apegava àquele ambiente. E as duas estavam apegadas. Claro que ela gostaria de trabalhar com Leslie. O que tinha de mais em querer atingir os mesmos objetivos da irmã? Em estar com ela? Mas Cleo não estava ali só por isso. O FBI envolvia o que ela mais gostava: as investigações sobre as violações de crimes federais. Prender os piores, os mais perigosos, a escória da humanidade.

Bom, bem observado, talvez ela tivesse mesmo uma alma vingativa.

– A questão, senhorita Connelly, é que se você entrar no sistema, é para respeitá-lo. – Os poucos fios de cabelos brancos que iam do lado esquerdo para o direito da cabeça, no intento de esconder a calvície, se desajustaram quando ele carimbou com ímpeto as folhas da avaliação geral, o que dava a ele um aspecto de Gollum desalinhado. O homem estampou na folha uma palavra que a deixou entre a tristeza e a indignação. – Inapta.

– Inapta?! – exclamou, levantando-se e cravando as mãos sobre a mesa. – Mas... Por quê? Por ser honesta?! Tenho totais competências para estar em todas as outras divisões. Sou uma atleta e falo quatro malditos idiomas... Tenho a melhor avaliação em investigação criminal e... E só porque reconheci que gostaria de dar uma lição no...?

– Senhorita Connelly... – O psicólogo levantou a mão para deter a apelação. – A cadeia, lamentavelmente, está cheia de pessoas que pretendiam dar lições em outras. A senhorita deveria prevenir e se certificar que esse tipo de comportamento vingativo não se repita. Para isso servem as leis e a Constituição. Acabamos por aqui. Agora, se me dá licença...

Se dava licença? Não! Licença nenhuma! Ela estava sendo julgada injustamente!

– Deveria trabalhar sua irritabilidade e essas suas tendências homicidas – completou o senhor Stewart, antes de fechar a porta. – E também deveria trocar o toque do seu celular. A senhorita continua sendo uma policial em Nova Orleans, e esse tipo de mensagem incita a violência.

– E o senhor deveria comprar uma maldita peruca!

O psicólogo bateu a porta.

Com o olhar fixo na porta, Cleo pegou a bolsa e desabou na cadeira.

Não podia ser. Ela achava que tinha tudo sob controle, mas estava muito errada. Entre uma caixinha de suco de laranja, um sanduíche e um kit de maquiagem, ela encontrou o iPhone, com uma capinha preta com símbolo de xerife na parte de trás.

Uma chamada perdida. Uma mensagem na caixa postal.

– Ai, mamãe. – Colocou a mão na testa enquanto balançava a cabeça negativamente. – Que hora – ainda assim, disse para si mesma que era culpa sua não ter colocado o celular no modo silencioso.

Verificou a caixa postal e escutou com um sorriso triste as palavras e a voz reconfortante de sua mãe.

– Oi? Cleo? Está aí, querida?

– Você gritou para ele comprar uma peruca?! – Leslie Connelly lutou, sem sucesso, para não cair na risada em frente à irmã mais nova. Cleo parecia muito chateada, e nem mesmo o *frappuccino* levado pela irmã, logo depois do teste psicotécnico, melhorou seu ânimo.

– Não grite comigo também – respondeu, angustiada. – Aquele homem foi detestável.

Estavam apoiadas no Mini conversível preto de Cleo. Sentadas no capô, meio encostadas no vidro dianteiro, admirando a paisagem que se tinha ali do estacionamento, em frente ao Instituto

Smithsonian. Compartilhavam a vista do monumento a George Washington. Ao lado, ficava Abraham Lincoln, como se observasse seu fracasso, e um pouco mais distantes estavam o Capitólio e o Obelisco.

Cleo tomou um gole enorme do seu *frappuccino* e olhou de soslaio para a irmã. Era mais alta, pelo menos uns quatro dedos. As duas eram fisicamente parecidas, esbeltas e atraentes, ainda que, com certeza, das duas, Leslie fosse a que reunia formas mais exuberantes.

Tinham fisionomia similar; mas, enquanto Cleo era ruiva-acaju, Leslie era morena. Ambas com cabelos longos e lisos. A irmã mais velha tinha os olhos acinzentados, diferentes dos olhos da mais nova, verde-claros. Ao sorrir, Cleo deixava à mostra a covinha que tinha no queixo; já Leslie exibia covinhas nas bochechas. Apesar de algumas diferenças, a herança irlandesa as deixava muito parecidas.

– Que merda. Fui pra Quantico fazer o curso e tinha tudo nos conformes, com avaliações excelentes. Aí a mamãe me liga e o celular começa a gritar "Naziiiiiista! Naziiiiiista!".

Leslie lamentou balançando a cabeça.

– Você deveria mudar esse toque.

– Eu sei… Eu queria trabalhar aqui, com você – Cleo choramingou como uma criancinha, apoiando-se no ombro da irmã. – Adoro o FBI.

– Não fica assim, C. – tranquilizou Leslie. – Ano que vem você pode tentar de novo, e eu posso falar com meu chefe para que te recomendem e…

– Não. Nada de recomendações. – Bebeu seu café gelado do Starbucks. – Não ao nepotismo. – Depois, levantou seu copo e brindou com um amigo imaginário. – Ainda que eu fique na merda por ser reprovada.

Leslie desatou a rir.

– C., você é feliz em Nova Orleans. A corporação inteira te respeita muito.

– Porque sou filha do herói da cidade, L.

– Porque você sozinha tem nas mãos a máfia do Bairro Francês, irmãzinha. E também... – Deu de ombros e completou: – Porque você é uma Connelly. Além de tudo, essa foi sua primeira tentativa. No fim, você vai conseguir.

"No fim". Quando?

– Você é feliz aqui, L.?

– Em Washington? Sim. – Sorriu e as covinhas nas bochechas se desenharam. – Mas é difícil. É um trabalho complicado. – Seu olhar ficou sombrio. – Agora mesmo, estamos nos preparando para uma missão de alto risco. E eu estou no caso.

Cleo levantou e ficou impressionada, boquiaberta.

– Sério, L.? – perguntou, emocionada. – Você pode me dizer do que se trata?

– Claro... – respondeu Leslie, olhando para ela, carinhosamente – ... que não. Sou uma agente especial.

– Isso é muito emocionante! – exclamou Cleo, com olhos sonhadores. – Mas tudo bem, respeito sua privacidade.

– Emocionante? – repetiu Leslie, olhando para o horizonte. – Pode até ser, mas você corre o risco de mudar, porque acaba absorvendo muita coisa.

Cleo suspirou e observou os sapatos de salto alto que descansavam no chão. Ela jamais riscaria seu Mini.

– Risco é ter de ouvir a senhora Macyntire todos os dias dizendo que o cachorro dela desapareceu. Esse cachorro é um reprodutor e está emprenhando todas as cadelas da cidade. Falei que se ela o tivesse castrado, ele não ia fugir de casa para se atirar em qualquer cadela que fareja em um raio de vinte quilômetros...

Sua irmã soltou uma gargalhada e a abraçou forte.

– Ah, sinto tanto sua falta, C...

Cleo estranhou aquele tom lastimoso em Leslie. Ela também sentia saudades.

– E eu sinto a sua. Mas você acha que deveriam castrá-lo ou não?

– Quem deveria ser castrado? Eu voto contra.

A voz masculina e penetrante do colega de Leslie fez Cleo sentir um arrepio na nuca.

Lion Romano. O melhor amigo de infância de Leslie, porque amigo seu não tinha sido nunca, claro.

Os três cresceram juntos. Todos quiseram ser policiais; brincavam de polícia e ladrão, de detetive... e agora os dois "L" trabalhavam juntos. E a "C" não entrava na equipe. Cleo se sentiu horrível ao perceber que só ela havia ficado para trás.

Nossa, fazia anos que ela não via Lion. Leslie tinha explicado que ele fora promovido e que agora estava no comando de várias operações, incluindo a dela, da qual não queria falar. Quando ela mencionara pela primeira vez que Lion era seu superior, Cleo não pôde acreditar. Ficou feliz por ele, porque tinham uma amizade antiga. Muito antiga...

Na verdade, tinham sido amigos alguma vez? Não. Lion a aguentava porque era o jeito de continuar com Leslie, e Cleo tinha consciência disso. Ele devia considerá-la aquela menina chata que os seguia para cima e para baixo e não os deixava em paz.

Certo... Cleo corou ao perceber que agora estava fazendo a mesma coisa: queria chegar onde eles haviam chegado.

Por outro lado, ela ficava com agonia só de imaginar o áspero do Lion como seu chefe.

Cleo virou a cabeça para olhar, por cima do ombro, o indivíduo que mais a havia maltratado quando eram crianças e, ao vê-lo, uma espécie de alarme de incêndio interior foi ativado.

Engoliu saliva. Ainda bem que havia tirado os óculos falsos; agora estava com seus óculos escuros Carrera e não dava para notar que estava de olhos arregalados.

Lion era um homem incrivelmente sexy, imensamente misterioso e estava infinitamente bem. O tempo o deixou com os ombros mais largos, e ainda que sempre tivesse sido alto e com boa forma, agora ostentava quilos de músculos perfeitamente delineados. Diziam que os homens só cresciam até os vinte anos. Lion era o exemplo perfeito de que era possível continuar em permanente crescimento.

Seu corte de cabelo em estilo militar chamava atenção e, por trás dos óculos de aviador Gucci, Cleo sabia que ele conservava aqueles olhos azul-escuros que a deixavam nervosa sempre que Lion olhava para ela, o que tinha acontecido muitas vezes, mas sempre olhares de mau humor. Além de tudo, ele era uma das pessoas com os cílios mais compridos, delineados e cheios que ela já vira na vida, e era dono de um queixo ao estilo Kirk Douglas que despertava seus desejos mais pervertidos.

– E aí? – perguntou Lion, colocando as mãos na cintura, como se estivesse preparado para dar uma bronca. Estava com um capacete preto pendurado no antebraço e vestia uma camisa preta, uma calça social bege e sapatos marrom-escuros. – Pequena Cleo – pronunciou, com ironia –, conseguiu?

Cleo umedeceu os lábios.

– Quem chamou esse cara? – perguntou à Leslie, apontando para ele com o polegar.

Sua irmã levantou o *frappuccino* e sorriu, forjando muito mal um pedido de desculpas.

– *Mea culpa.*

– Não conseguiu, né? – ele perguntou, pegando o copo das mãos dela e girando-o para beber exatamente por onde ela estava bebendo.

"Ganhou um beijo indireto", pensou Cleo.

– Ei! Esse é meu! Compra um pra você! – reclamou ela, descendo do capô e ficando nas pontas dos pés.

Lion franziu as sobrancelhas e ergueu o copo acima da própria cabeça.

– Se quiser, pode pegar, *hobbit.*

– Ahh, será possível?! – Aos pulos, tentou pegar de volta o copo do Starbucks, mas não conseguiu.

– Ué, por que não te aceitaram? – perguntou Lion, bebendo seu novo refresco. – Você tinha tudo a seu favor! Eu vi os resultados dos seus testes e estava tudo perfeito.

– Você andou olhando meus testes? – perguntou Cleo, irritada.

– Humm, isso é uma delícia! – murmurou ele, bebendo o café. – O que aconteceu? Você falou demais?

Leslie perguntou, indignada:

– O que você respondeu quando te perguntaram o que faria se ficasse frente a frente com o assassino de uma pessoa muito ligada a você?

Lion sorriu com incredulidade. O que teria respondido a ingênua Cleo?

– Obviamente – disse ele –, que avisaria as autoridades e, em todo caso e se a situação permitisse, iria algemá-lo, comunicaria seus direitos e eu mesmo o processaria.

– Mentiroso! – Cleo apontou para ele, ofendida por sua hipocrisia. – Você tem que se colocar no lugar dessa pessoa, e não pensar como um agente federal! Duvido que você faria isso.

– Você respondeu que daria uma lição nele, não é? – perguntou Lion, adivinhando a resposta. – É exatamente o que eles não querem ouvir. Assim você deixou fácil pra eles.

– Foi uma pegadinha – ela se desculpou e se sentou no capô, junto à irmã. – Além do mais, ele me disse para me colocar no lugar da mãe da menina. Claro que falei que, "se eu fosse ela", provavelmente o teria matado.

– Claro, mas a lei e a disciplina começam pelo cidadão, ruiva – deu uma gargalhada. – Um agente do FBI não é um justiceiro.

Cleo apertou os lábios e olhou para o lado oposto. Odiava que ele agisse assim com ela, sempre provocando, corrigindo e enchendo o saco dela. Os anos passavam e isso nunca mudava. Ela tinha vontade de dar um chute na bunda maravilhosa dele.

– Não seja tão duro com ela – repreendeu Leslie. – Minha irmãzinha é honesta e simplesmente disse o que qualquer um teria pensado. Só faltou um pouco de malandragem e uma reação mais rápida.

Lion sorriu com mais ternura e deu de ombros. Aproximou-se dela e ofereceu o *frappuccino* que tinha roubado.

– Você consegue no ano que vem. Se quiser, posso falar com…

– O que te faz pensar que vou precisar de ajuda, Lion? Vou conseguir; ainda que eu tenha de imaginar que, se conseguir, vou ter um chefe tão idiota e egoísta como você. Não sei como minha irmã te aguenta.

Lion deu um sorriso aberto exibindo os dentes brancos e perfeitos.

– *Touché*. Adoro quando você me trata mal, pequena.

Leslie tossiu enquanto os observava, entretida.

– Não acredito que já estão brigando. São anos sem se ver e continuam se comportando como gato e rato.

– É ele! – reclamou Cleo, jogando o copo vazio no lixo. – Tenho que ir. Na delegacia me deram só um dia para tratar de assuntos pessoais, tenho que voltar amanhã.

– Vem jantar com a gente – convidou a irmã. – Ainda está cedo... você está indo muito rápido. – Abraçaram-se. – Não é suficiente.

– Eu sei, irmãzinha – respondeu, lançando um olhar assassino para Lion. – Mas venho te visitar.

– Vou estar muito ocupada – explicou Leslie, por cima do ombro. – Eu te ligo, combinado?

– Combinado – respondeu Cleo, e se beijaram nas bochechas –, agente especial.

– Ossos do ofício, pequena – ele usou uma voz cômica e a incentivou pela última vez: – Logo chegará a sua vez.

Lion parou na frente dela e abaixou a cabeça, colocando a bochecha morena perto da boca de Cleo.

– E eu, não vou ganhar um beijo de despedida?

Cleo ficou vermelha como um tomate e franziu a testa. Se desse o beijo, iria demonstrar que não se importava. Se não desse, mostraria o quanto estava afetada por aquilo que ele havia dito. Sempre a mesma coisa.

Pois então, beijaria. Que sacrifício enorme beijar aquele gigante deus grego do sexo e da luxúria!

Cleo foi beijá-lo na bochecha e, de repente, o travesso Lion virou o rosto e lhe deu um beijo nos lábios, um beijo com um pouco de ponta de língua.

Cleo deu um salto para trás, separando-se dele. Esse cara tinha eletricidade na boca?

Lion voltou a si aos poucos e sorriu como só um homem que tinha pacto com o diabo poderia fazer.

– Lion! – exclamou Leslie, rindo. – Não provoca!

– Sua irmã me persegue – respondeu, sem dar importância.

– Vou indo – retrucou Cleo, limpando os lábios com a manga da jaqueta preta. Entrou no carro como um foguete e deu a partida.

– Está muito bonita! Foi um prazer te ver, Cleo! – gritou Lion, acenando, despedindo-se dela e com o outro braço posicionado atrás dos ombros de Leslie, como se estivesse em uma cena feliz e familiar de *Os pioneiros*.

Cleo manobrou o carro, levantou a mão ao passar por ele e mostrou-lhe o dedo do meio.

– Digo o mesmo, cretino – retrucou, com os dentes cerrados, observando como a irmã e o chefe dela iam ficando pequenos conforme o carro se distanciava.

A pior coisa da visita a Washington não tinha sido a merda monumental que fizera com o doutor Stewart.

A pior coisa tinha sido deixar Lion beijá-la.

Ela ia sonhar com aquele beijo todas as noites.

Como era patética.

2

Um ano depois

– Senhora Macyntire, pelo amor de Deus... – Cleo estava com o rosto apoiado em uma das mãos e com os cotovelos cravados na mesa de seu escritório em Nova Orleans, enquanto escutava a ladainha da velha. – A população mundial de cachorros de rua aumentou graças ao seu querido buldogue. Por que a senhora não procura no jardim do vizinho? Com certeza Sansão está montado na chihuahua do senhor Spencer.

– Não diga besteiras, jovenzinha.

– Não estou dizendo, senhora. – Esfregou o rosto com a mão que estava desocupada. – Mas todos os dias a senhora liga aqui para falar que o Sansão não está em casa e que está desaparecido. E todas as noites o Sansão retorna, a senhora dá comida pra ele e põe ele pra dormir.

– Sim, mas um dia vou ligar e o Sansão terá realmente desaparecido. É um cachorro muito velho e qualquer coisa pode acontecer com ele.

– Senhora, acredite: enquanto houver cadelas no mundo, Sansão será imortal.

Toc, toc. Bateram na porta de seu escritório.

– Tenente Connelly. – O oficial Tim Buron levantou a mão para se despedir de sua superior. Já tinha terminado o turno.

Cleo lançou um olhar cansado e moveu os lábios em silêncio: "Quero morrer!".

O rosto vermelho do loiríssimo e simpático Tim iluminou-se com um sorriso.

– É a senhora Macyntire? – sussurrou, apontando para o telefone.

Cleo confirmou, exausta.

Tim deu uma risadinha e falou:

– Boa sorte.

Cleo se despediu com um gesto do queixo. Manteve a conversa com a velha por mais cinco minutos, até que localizou o cachorro através do chip e comunicou em que esquina ele estava: na da rua Perdido com a Union.

– Ah, bem onde fica a poodle da Margaret – lembrou a mulher, emocionada.

– Não me diga! – exclamou Cleo, fingindo surpresa. – Que alívio! A senhora está mais tranquila agora?

– Sim, querida, obrigada. Que Deus te abençoe...

– Que a abençoe também, senhora Macyntire. E o Sansão.

– E os Estados Uni...

– Amém. – Cleo desligou.

Em seguida, levantou e repassou os relatórios da denúncia de maus-tratos contra Ben Fleur, e da pequena rede de traficantes adolescentes que agiam nas escolas De La Salle, Cabrini e Ben Franklin. Cleo e o comandante, Magnus, já tinham repassado os locais de ação dos grupos. E previam encontrar, no dia seguinte, a pessoa que oferecia os comprimidos de *ecstasy* para os jovens: o chefe da quadrilha.

E, por fim, viu com tristeza a mensagem que Magnus tinha deixado para ela na tela do computador: "Billy Bob está solto".

– Caralho... Não pode ser, Martha! – falou consigo mesma, sem acreditar que aquele agressor estaria livre novamente porque sua mulher tinha retirado as acusações.

Não podia controlar algumas coisas; dentre elas, o medo e a estupidez alheios.

Saiu do trabalho e dirigiu seu Mini até em casa, na rua Tchoupitoulas. Não conseguia falar aquele nome sem cair na risada e imaginar que quem o escolheu adorava uma "pitchula".

Nova Orleans era uma cidade muito tranquila. Depois de ter sido parcialmente destruída pelo Katrina, que matou mais da metade da população, os cidadãos tomaram consciência de tudo aquilo que os rodeava, e, depois de recuperada da tragédia, a cidade vivia uma relativa e sadia paz.

Claro que não era uma cidade cheia de santos. Pelo menos ela estava no Bairro Francês, uma região valorizada e muito famosa, repleta de casas de todas as cores e com uma vida noturna agitada, com baladas e restaurantes de onde sempre se podia ouvir de longe o imortal jazz... E com casas de *striptease* e bordéis camuflados de cem em cem metros. Ela, sempre que passava por ali, dizia a si mesma: "Bem-vinda ao Bairro Francês, onde você pode ter o que quiser: o sax ou o sexo". Ainda havia o vício e o álcool, os jovens se encarregavam de causar algumas brigas de rua e cometer um ou outro furto... Mas não. Nova Orleans não era o Bronx.

Ela não podia reclamar de que faltava trabalho. Mas não eram as emoções fortes que ela sonhava ter quando era pequena. Daquelas que faziam a gente se lembrar de que estava vivo. E procurar o Sansão ou vigiar um grupo de garotos em fase de experimentação não era nada arriscado – nem nada pelo que ela pudesse ganhar uma medalha de honra.

Leslie, sim, poderia ganhar uma a qualquer momento, e Cleo se emocionava só de imaginar.

Havia sido promovida seis meses antes, pelo menos isso. Magnus, atual comandante da polícia, deu-lhe a promoção de sargento para tenente. Por quê? Porque ela havia detido Billy Bob quando ele estava prestes a matar a mulher, Martha, na porrada.

Seus pais estavam tão orgulhosos dela que não cabiam em si de tanta emoção.

Mas para Cleo era difícil fingir que se sentia bem e feliz. Para que não houvesse dúvida: ela adorava seu povo, sua cidade, mas queria estar em Washington, onde a maior parte das decisões estatais era tomada. Talvez pecasse pela ambição, mas era sua natureza de super-heroína. E fazer a manobra de Heimlich no velho Luke porque, pela enésima vez, ele quase tinha engolido a boquilha de seu cachimbo de madeira, não era algo que ela comemorava. Sim, ela tinha salvado uma vida, mas... não tinha um algo a mais?

Claro que sim! Por isso, em uma semana, ela realizaria novamente o processo para entrar no FBI. Faria tudo perfeitamente e não seria confundida pelo maldito Stewart. Não. Dessa vez ela diria tudo o que o velho Gollum queria ouvir.

Rua Tchoupitoulas

Sua casa era um aconchegante chalé com quatro cômodos, um jardim nos fundos e um alpendre na frente. As casas em Nova Orleans eram as típicas casinhas que se viam nos filmes: de madeira, grandes, espaçosas e de muitas cores, e em conjuntos residenciais onde quase todos se conheciam. Cleo ocupava uma dessas moradias. Era chamada de híbrida, de madeira e de tijolos, e estava envernizada em tons brancos e azuis, com vasos cheios de flores das mais diversas cores. O piso interno era de tacos claros e as paredes eram pintadas em tons neutros.

Cleo morava sozinha, acompanhada de um pequeno camaleão chamado Rango, como o do filme. Ela o deixava sair do terrário e passear pelo alpendre, entre as plantas e os bambus. Dizia que assim o pobre animal fazia algum exercício.

O alpendre era decorado por um conjunto de poltronas e cadeiras de vime marrom-escuras, com almofadas brancas e vermelhas.

No jardim havia uma pequena jacuzzi aquecida. Quando queria, e conforme as necessidades, a água era fria ou quente, e ela era usada tanto no verão quanto no inverno. Cleo adorava tomar seus *mojitos* dentro d'água, ouvindo Enya e os sons dos grilos durante as poucas noites de sábado que ela tinha de folga.

Magnus, seu lindíssimo comandante, sempre insistia em se convidar a visitá-la quando ela tinha o dia livre. E quando dizia "lindíssimo", se referia a um moreno alto de olhos azuis e costas bem definidas. Mas Cleo considerava um erro grave manter algo mais do que uma simples relação profissional com seu chefe. Por isso, muito educadamente, sempre o rejeitava. Ainda assim, se havia uma palavra que definia bem Magnus, era "perseverança"; portanto, o rapaz não deixava de tentar uma vez ou outra.

O que ele via nela? Só ele sabia.

Subiu para o quarto e tirou a roupa da rua para colocar um shortinho, o top e as luvas de boxe Adidas rosa e pretas. Prendeu o cabelo, deixando um grande rabo de cavalo vermelho. Depois de um dia de trabalho, ela gostava de aliviar a tensão com o saco de pancada Lonsdale que tinha no jardim.

Um soco mais para cima, dois seguidos no meio... chute! E repetia.

Executava os movimentos no ritmo de "Something for the Pain", do Bon Jovi, quando a música nos seus fones de ouvido parou, dando lugar à ligação de sua mãe, Darcy.

– Mamãe.

– Oi, meu amor. Tudo bem?

– Estou na mesma de meio-dia, quando você me perguntou o que eu estava comendo. – Deu um salto e chutou o saco com a perna direita.

– Querida... você tem falado com a Leslie? – perguntou sua mãe, com a voz trêmula. – Ela nunca ficou tantos dias sem dar notícias. Sempre dá um jeito de falar com a gente, eu e seu pai estamos preocupados.

Cleo parou e ficou com o olhar fixo no saco vermelho. Fazia três dias que sua irmã não entrava em contato com ela para nada. Seu telefone estava desligado e não podiam rastreá-lo. Não havia maneira de localizá-la, e a verdade era que Cleo estava tão preocupada que não queria pensar muito naquilo.

Leslie ia aparecer. Ligar. Como sempre acabava fazendo.

No entanto, havia uma espécie de conexão especial entre irmãs. As duas sempre tiveram. E Cleo sentia um frio no estômago quando essa intuição negativa sobre a saúde e o bem-estar da irmã tomava conta de todos os seus sentidos. Não queria ser pessimista, mas Leslie não tinha sequer mandado um e-mail com o endereço falso que tinha criado.

– Não, mamãe. Não sei de nada. Mas não se preocupe. Leslie é muito esperta e sempre escapa de todas as encrencas em que se mete.

– Sua irmã é uma agente infiltrada do FBI, Cleo. Essas encrencas não são encrencas comuns – respondeu a mãe, de forma mais dura do que pretendia.

– E as minhas, são?

– Ai, Senhor... Cleo, você sabe que não foi isso que eu quis dizer – desculpou-se. – Não poderia estar mais orgulhosa de vocês duas.

Cleo suspirou e apertou o nariz.

– Eu sei, mamãe. Eu também estou nervosa por essa ausência longa demais da tonta da Leslie. Mas garanto que não aconteceu nada. Você sabe como são essas missões secretas.

– Não, minha filha, não tenho a menor ideia. Você está falando igual seu pai. Ele acha que sou uma especialista nas áreas policiais e estatais, mas sou uma simples leiga. Sei que você e a Les sempre estão em perigo, porque têm a mesma cabeça de seu pai, e a mesma falta de consciência. Mas não me fale de missões secretas, porque imagino Les vestida com traje camuflado e isso não me cai nada bem.

Não, L. não estaria assim. Porém, por não saber a natureza da missão na qual ela estava envolvida, Cleo não sabia que tipo de roupa ela vestia.

Sorriu e tirou as luvas.

– Olha, mamãe, quando eu souber de alguma notícia dela eu te aviso, ok?

– Ok, minha querida. E você, já se juntou com o moreno grandalhão com nome de sorvete?

Cleo subiu as escadas do jardim e entrou na sala.

– O nome do meu chefe é Magnus, mamãe. O sorvete é Magnum.

– Sim, Tom Selleck, como era lindo... Ahh, meu Deus, Bill!

– O que foi esse barulho? – perguntou Cleo, subindo as escadas de dois em dois degraus. Entrou no quarto e foi ligar o chuveiro.

– Esqueci de fechar a porta do forno...

– A mesma que o papai sempre pede para você fechar quando termina de usar?

– Puta que o...! – podia ouvir seu pai falando ao fundo. – Ai, minhas costas!

– Sim, acho que sim – respondeu Darcy, com voz de arrependida. – Vou indo, querida. Me liga se souber de alguma coisa.

– Sim, mamãe.

– Te amo.

– Te amo.

Tirou a roupa e se jogou embaixo do chuveiro, que jorrava jatos constantes de água quente. Humm... seu xampu tinha cheiro de morango e era tão brega que ela adorava. Onde já se tinha visto uma tenente que gostava daquelas coisinhas de mulher? Onde? No banheiro da Cleo.

Rápida e ágil, secou os cabelos e vestiu seus shorts azuis e a camiseta que usava para dormir, que tinha a seguinte frase estampada: O CORPO POLICIAL É TUDO DE BOM.

Com uma salada e dois filés grelhados, sentou-se em seu velho sofá com *chaise longue* e colocou um de seus filmes favoritos – mas só para olhar, porque só prestava atenção no celular.

Três dias eram demais para Leslie.

No que estaria metida? Por que não entrava em contato com ela?

Se tivesse o telefone de Lion, pelo menos poderia falar com ele e perguntar, mesmo que ouvir aquela voz a fizesse lembrar de momentos com *frappuccinos* e beijos roubados.

– Não vá por aí, amigo – disse a seu cérebro. Seu pequeno Dom Consolo estava sem pilhas. E se não tinha pilhas, não tinha espaço para pensamentos mais quentes.

Lion Romano... "Chega. Chega. Não brinque com fogo, Cleo."

Bebeu um gole do seu chá gelado de pêssego e, com o notebook sobre as pernas, deu outra olhada nos e-mails.

Nem sinal da irmã.

Estava tentadíssima a ligar para sua amiga Margaret, a hacker que trabalhava para a polícia de Nova Orleans, e pedir que ela rastreasse o IP do qual Leslie havia se conectado para enviar o último e-mail.

De: L

Para: C

Doidinha,

Estou bem. Não tenho muito tempo para escrever, mas fico feliz em comunicar que estamos muito perto de encerrar o caso. Em breve te conto. Um beijo enorme, pequena.

L.

Isso queria dizer que, qualquer que fosse o caso, já estava quase resolvido, não? O que se sabia era que um agente infiltrado do FBI corria muitos riscos, e que isso causava muita insegurança em todos os amigos e parentes.

Olhou para Rango. Fazia meia hora que o camaleão tentava se camuflar na almofada verde em que ele estava brincando. Será que Rango sofreria quando ela entrasse no FBI?

Ao ver que começava a entrar na paranoia de imaginar L. em situações delicadas, pegou Rango com as duas mãos e o ergueu até a altura dos olhos.

– É, Rango – sussurrou, acariciando sua cauda. – Rango, olha pra mim... pra cá. – Por uma estranha razão que não se atrevia a analisar, Cleo se achava capaz de fazer com que um camaleão, que mexia os olhos de forma independente, ou seja, o esquerdo apontando para o Canadá e o direito apontando para o México, sincronizasse as pupilas e as dirigisse ao mesmo tempo para ela. – Pra frente, Rango, pra frente... – Estalou os dedos de uma das mãos diante da cômica carinha do réptil. – Não consegue? Ah, que fofo...

O som da campainha a deixou tensa.

Eram dez e meia da noite e ela nunca recebia visitas àquela hora.

Com cara de interrogação e com Rango nas mãos ela pausou o filme *Willow – Na terra da magia* e se levantou para abrir a porta.

O vidro da janela acima da porta de entrada refletia a sólida figura de um homem alto e magro, muito bem-vestido.

Cleo ativou a tela automática que identificava os visitantes. O monitor mostrava um homem calvo de olhos azuis, que olhava diretamente para a pequena câmera à esquerda da campainha.

Não o conhecia. Não sabia quem era aquele indivíduo.

– Senhorita Connelly? – perguntou ele, olhando fixamente para a lente.

Cleo abriu a porta e deixou Rango sobre a figueira da entrada.

– Boa noite, senhorita Connelly. – Colocou a mão no bolso traseiro da calça e tirou seu distintivo. – FBI. Posso entrar?

Elias Montgomery, vice-diretor do FBI.

Más notícias. Quando o FBI batia na sua porta só podia significar duas coisas. Ou acreditavam que você estava envolvido em algum crime federal, ou que poderia dar alguma pista para solucionar um caso. Ou isso ou sua mãe, Darcy, tinha sido acusada pelo marido, Charles, de uma tentativa de homicídio.

Mas Cleo sabia que o vice-diretor do FBI não estava ali por esse motivo.

Três dias era tempo demais para Leslie. E aquele homem estava ali por alguma coisa relacionada à sua irmã. Era o que dizia sua intuição congênita.

Seus olhos se encheram de lágrimas e ela soluçou.

– É a Leslie, não é?

– Deixe-me entrar, por favor, aqui não é lugar para conversarmos – respondeu o agente, com educação.

– Claro, perdão.

O vice-diretor Elias parou na entrada.

– Primeiro as damas, senhorita Connelly. Preciso falar bastante e detalhadamente sobre algo, e é estritamente confidencial.

Cleo concordou com firmeza. Seu queixo tremia e ela continuava com cara de choro. "Por favor, por favor... que não sejam más notícias."

– Sente-se. – Chegaram à sala e ela apontou o sofá. – Quer beber alguma coisa?

– Não, obrigado – respondeu, sentando-se em uma poltrona solitária. – Peço desculpas por incomodá-la, estava jantando, não é?

– Ah, não se preocupe. – Cleo retirou a mesinha de centro e a colocou na cozinha. – Perdi a fome. – Sua tela plana Sony tinha congelada a imagem de Willow lançando uma castanha para o ar. Apertou os olhos e desligou a televisão com o controle remoto. Nervosa como nunca esteve antes, sentou-se no sofá, ao lado do senhor Elias.

– Qual é o motivo da sua visita? Deve ser algo importante para que uma pessoa de cargo tão elevado venha aqui na minha casa. Minha irmã está bem?

Ele entrelaçou os dedos e apoiou os cotovelos nos joelhos.

– Sua irmã Leslie falou para você no que estava trabalhando?

– Além de dizer que era agente especial, nada. Ela está viva, não é? – perguntou ela, impaciente.

– Não sabemos. Achamos que sim, mas... não podemos afirmar com absoluta certeza.

Cleo mordeu o lábio inferior e fechou os olhos. Era essa a sensação de receber uma notícia daquelas? Ela queria morrer. Chorar e morrer.

– O que vocês sabem? O que aconteceu? Como... como ela desapareceu?

– Senhorita Connelly, antes de mais nada, devo alertá-la de que, se por algum acaso você falar para mais alguém sobre alguma coisa do que conversarmos aqui, seu ato será considerado um crime e uma traição ao governo dos Estados Unidos da América, entendido?

Cleo não sabia se o que a deixava mais enfurecida era a advertência por si só ou se era o tom de voz que ele usava para proferir as palavras.

– Sou policial de Nova Orleans, senhor. Trabalho para o meu país, para o bem-estar da nação. Acho que sua advertência é exagerada – desafiou.

Algo parecido com um sorriso cruzou os olhos azuis de Elias.

– Me disseram que você tem um problema para controlar a língua. Avaliações excelentes como cadete em Quantico – emitiu um som com a língua. – Mas um desastre na entrevista. No entanto, não acredito que seja um caso perdido.

– Foi isso que falaram de mim?

– Sim, naturalmente. Leslie é uma pérola como agente especial, e vocês têm os mesmos genes, por isso esperávamos que você nos desse os mesmos resultados excelentes... Ela é muito disciplinada e você é mais... impulsiva. Mas nada que não possa ser ajustado, não é?

Era isso que tinham falado dela? Não importava. Só Leslie importava.

– Minha boca é um túmulo, senhor. Sei onde e para quem eu trabalho. E L. é uma excelente profissional. Espero ser como ela um dia.

– Fico feliz em saber.

– E agora, por favor, pode me explicar o motivo da sua visita?

– Sabe, mudei de ideia. Você pode me trazer um café com gelo?

O vice-diretor mexeu seu café puro, e depois o despejou em uma xícara com cubinhos de gelo.

– Leslie trabalhava como agente especial infiltrada em um caso de tráfico humano.

Cleo arregalou os olhos, e as palmas de suas mãos ficaram frias.

– Depois do tráfico de drogas, o tráfico de pessoas é o crime mais rentável, você sabia?

– Sim, senhor. – Ela estava a par dos índices de crimes federais. Na maioria das vezes, o tráfico de pessoas está relacionado à escravidão, ao abuso sexual e aos trabalhos forçados. Deus, sentia vontade de vomitar, e um ataque de nervos muito próximo lhe apertava a boca do estômago.

– Todos os países sofrem com o tráfico de pessoas e, como fazemos com todas as práticas ilegais, tentamos erradicá-las, mas não é fácil. Há quinze meses foi encontrado o cadáver de Irina Lewska. Uma russa de vinte anos encontrada morta por overdose no deserto de Las Vegas, perto da estrada 215. Irina estava com uma coleira no pescoço, e nela um pingente com a frase: PERTENCE AOS HOMENS LAGARTO.

– Uma coleira?

– Sim. Uma coleira de submissa. O que você sabe sobre DS, Cleo?

– Perdão? DS? Humm... aquele da Nintendo?

Elias fechou os olhos e apertou os lábios. O silêncio ficou pesado.

– Dominação e submissão.

– Ah, BDSM – respondeu, como se a sigla desse a ela um respeito incrível. – *Bondage* e sadomasoquismo?

– Bom, agora estão chamando só de DS, porque querem tornar popular. Como eu estava dizendo, Irina estava com essa coleira de submissa e, ao que tudo indica, ela não tinha só um amo, mas vários. Até aí, poderia se tratar de um crime passional sexual com uma overdose, certo?

– Sim, prossiga.

– Las Vegas entrou em contato com Washington, e desde então estamos cuidando do caso. Investigando, descobrimos que Irina tinha desaparecido de seu país havia dois meses. – Tomou um gole do café gelado. – Era uma principiante no mundo da DS. Em seus extratos bancários, descobrimos compras em lojas on-line de fetiche e submissão; portanto, a mulher sabia o que estava fazendo.

– E como ela foi parar em Las Vegas?

– Irina tinha comprado duas passagens com destino a Miami, em resposta, possivelmente, a um convite.

– Que tipo de convite?

– Um encontro de DS.

Cleo se contorceu no sofá. Aquilo era incômodo.

– Um encontro de sado, ok. Mas como vocês sabem que a visita dela a Miami era uma resposta a esse tipo de convite?

– Pelo que averiguamos com a ajuda de Leslie e Clint, mas depois explico melhor.

– Meu Deus... – Ela apoiou os cotovelos nos joelhos e cobriu o rosto com as mãos.

– Depois que a jovem chegou a Miami, perdemos completamente seu rastro. Nenhuma atividade bancária, nenhum acesso à internet, nenhuma chamada telefônica... nada.

– Até que a encontraram morta, com a coleira que a identificava como propriedade dos Homens Lagarto.

– Sim. O corpo dela não nos dizia mais nada. Nenhum sinal de sêmen, nem de agressão física, exceto um excesso de uma substância em seu organismo, conhecida como *popper*, misturada com cocaína.

Cleo sabia o que era *popper*. Era uma droga afrodisíaca, inalável e que, se utilizada em excesso, podia causar danos sérios ao cérebro, inclusive a morte.

– Irina morreu de overdose e de uma reação asmática à substância, mas a descoberta de seu corpo nos permitiu encontrar um dos casos de tráfico de pessoas mais importantes e mais bem encobertos dos últimos tempos. Depois de Irina vieram Katia, Roxana e Marru... as três em um intervalo de três semanas.

– Também próximo a Las Vegas?

– Não. Dessa vez em Phoenix, Arizona; em Albuquerque, Novo México; e em Sacramento, Califórnia. Todas relacionadas ao caso, porque também morreram de overdose.

– Também de *popper*.

– Sim. Todas com a mesma droga no sangue. O desaparecimento de uma delas, Marru, tinha sido denunciado havia dois meses, na Noruega. Estudamos sua movimentação bancária e encontramos semelhanças com Irina: adorava fetiches e chicotes. E o que consta por último no sistema é que ela foi para Albuquerque por algum motivo, mas depois perdemos o rastro. Foi encontrada morta na fronteira entre o Novo México e Juárez. As outras duas vítimas, Katia e Roxana, foram consideradas desaparecidas e eram originárias de Phoenix e de Sacramento, respectivamente. Ambas adoravam sadomasoquismo, e uma delas tinha tatuada a frase: Os Macacos cuidarão de Dorothy.

Cleo sacudiu a cabeça. Não conseguia fisgar quase nada. Até o momento, ele não havia mencionado Leslie nenhuma vez.

– Dorothy? *O Mágico de Oz*? – perguntou, confusa. – Não consigo entender...

– Até agora temos apenas quatro peças de um quebra-cabeça, as quatro mulheres mortas: duas ruivas e duas morenas, de pele branca e olhos claros, esbeltas – listou. – Tinham em comum a inclinação para o masoquismo e para a submissão. Duas delas eram consideradas desaparecidas em seus respectivos países. E as quatro morreram por overdose de uma variante de *popper* com cocaína. A única coisa que estava clara é que devíamos trabalhar a investigação no campo da DS.

– Minha irmã se encaixa nesse perfil – disse, ao se dar conta, com uma voz monótona e um olhar perdido. – Morena, pele clara e olhos claros. Esbelta.

– Sim. Decidimos trabalhar com ela por diversos fatores. A agente Connelly entrou no mundo da DS como praticante: se infiltrou.

Sua irmã? Não... Leslie tinha feito isso? Era nisso em que ela estava metida? Deus... Cleo se arrepiou.

– A coleira de submissa de Irina e a tatuagem de Roxana nos fizeram procurar por todos os lados o significado dos Homens Lagarto e a relação que poderiam ter com Dorothy e os Macacos. A agente Leslie e o agente Clint fizeram um incrível trabalho de investigação. Entrar na DS, conhecer esse mundo e fazer o papel de praticantes os levou a um jogo muito popular nesse meio: Dragões e Masmorras DS.

"Dragões e Masmorras, um mundo infernal, se oculta entre as sombras a força do mal", cantarolou mentalmente Cleo. Incrível, havia um jogo de RPG inspirado em *Dungeons & Dragons*, que por sua vez era o primeiro RPG da história. E tudo misturado com um ambiente BDSM.

– O pingente de Irina falava sobre Homens Lagarto, e a tatuagem de Roxana sugeria que Macacos cuidariam de Dorothy. No jogo de RPG *Dungeons & Dragons*, no de verdade, existem os Homens Lagarto: são seres obscuros que escravizam os mais frágeis. E também existem os Macacos Voadores. Os fãs do jogo afirmam que eles foram incluídos como personagens em homenagem a *O Mágico de Oz*, com Judy Garland. Tudo apontava para o jogo Dragões e Masmorras DS, cujas iniciais D&M também fazem menção a *Domines* e *Mistresses*: amos e amas. Mas, como você pode deduzir, não se trata apenas de um jogo de RPG. Trata-se de um esquema de uma organização que está utilizando esse jogo BDSM para encobrir o tráfico de mulheres e homens. Estão em busca de escravas e escravos sexuais com um determinado perfil. Pele clara, olhos claros e cabelos longos e lisos.

– Demônios... Onde está Leslie? – perguntou Cleo, esfregando as mãos, levantando com ímpeto. – Ela está viva?

– Isso foi tudo que Leslie nos passou. Em uma semana vão acontecer os jogos Dragões e Masmorras DS; um encontro do gênero que acontece só de quinze em quinze meses. Dessa vez serão apenas quatro dias de jogos eróticos, dominação e submissão. Uma espécie de torneio, como se fossem as Olímpiadas, aparentemente a única ocasião na qual aparecem os três mandachuvas mais poderosos do jogo, conhecidos como Vilões. Alguns jogadores que estiveram com Clint e Leslie afirmaram que a conclusão do evento se dá quando um grupo de escravas e escravos novatos são entregues como oferendas ao Vilões. Primeiro divertem-se com eles em público, mas depois os levam e ninguém sabe o que acontece com eles...

– Vocês acham que são pessoas que não consentiram?

– Da última vez que esses jogos foram realizados, fizeram uma rota pelo sul dos Estados Unidos, uma rota que passou por Novo México, Las Vegas, Califórnia e Arizona.

– Coincide com os pontos onde foram encontrados os corpos das vítimas.

– E, no mínimo, duas dessas mulheres eram consideradas desaparecidas. Leslie está há três dias sem dar notícias. Ela e Clint estavam a um passo de desmascarar os membros que lideram essa organização criminosa. Dragões e Masmorras DS movimenta muito dinheiro, e para elaborar os cenários onde são realizados os jogos é necessária uma grande infraestrutura econômica. Tem gente importante por trás disso. Nossos agentes estavam quase descobrindo quem eram; esperavam o torneio com ansiedade. Os jogos seriam a conclusão de um ano de investigação. Os Vilões são invisíveis, mesmo que todo mundo fale deles. Este ano não se descobriu nada sobre suas identidades ou paradeiros. O BDSM praticado fora desse jogo é extremamente limpo e saudável – disse ele, contrariado. – Não foi encontrado rastro de *popper*, nem escravidão forçada, nem nada minimamente denunciável. As pessoas que eles conheceram no sadomasoquismo não têm conexão com os homicídios de que se tem notícia e praticam o BDSM de maneira consentida. Mas no torneio se reúnem os membros mais seletos e é aí que tudo acontece. O Vilões e seus superiores são os que movem o tráfico de pessoas e disponibilizam o *popper*. Eles, sim, devem ser capturados. No entanto... – seu rosto ficou rígido e seus olhos escureceram – perdemos o agente Clint, senhorita Connelly. Ele era o parceiro da sua irmã na investigação. Ele foi encontrado morto nas imediações de um clube de DS em Nova York. Leslie estava com ele, mas não conseguimos mais entrar em contato com ela. Está... desaparecida.

– Como o agente morreu?

– Asfixiado. Não havia sinais de agressão física no corpo, mas a autópsia revelou a presença de sangue desoxigenado nos tecidos, protrusão ocular, mordidas na língua e edemas pulmonares.

Horrível. Uma morte horrível e muito violenta.

– Sinto muito pelo Clint, de verdade... Mas minha irmã... – lamentou com a voz trêmula. – O senhor acha que ela está...?

– Clint nos disse que a agente Leslie chamava muito a atenção da Rainha das Aranhas: a líder das dominadoras do jogo. De fato, graças a ela, eles tinham o convite para o torneio Dragões e Masmorras

DS. Eles achavam que a Rainha desempenhava o papel de informante dos Vilões, que dizia para eles se havia pratos suculentos entre os novos membros do jogo. Estou confiante de que sua irmã está viva, mas nesse momento não sabemos nas mãos de quem.

– E se ela conseguiu fugir? Escapar?

Olhou para ela com abatimento e sorriu, compreensivo.

– A agente é treinada para entrar em contato conosco, inclusive com você, em qualquer tipo de situação.

Claro. E não havia entrado.

– Como o senhor sabe que Leslie estava com Clint?

– Porque nosso infiltrado encarregado nos disse. O fórum do jogo é muito ativo e estruturado, e ainda que seja controlado pelos Vilões, eles acharam uma forma de se comunicar e enviar mensagens cifradas através dos avisos privados do fórum.

Havia outro agente envolvido? Quem seria?

– Compreendo... então o senhor veio aqui só para falar que minha irmã está desaparecida? – Cleo retirou a xícara de café vazia. – Aceita outro?

– Não, obrigado. E não, eu não vim aqui só para anunciar o desaparecimento da sua irmã.

– E então? O que o senhor tem a dizer?

O vice-diretor Elias respirou fundo.

– Precisamos de outra isca. – Cleo parou, de costas para ele. – E você e Leslie são muito parecidas. A agente Connelly não deixa ninguém indiferente a ela, e Clint tinha sérias dificuldades de afastá-la dos outros amos. Você tem a mesma estrutura facial, vocês se parecem muito, ainda que sejam inquietantemente distintas e, sem dúvida alguma, você se encaixa no perfil que, ao que parece... atrai os Vilões ou quem quer que esteja por trás deles. Se você se infiltrar com nosso terceiro agente, e a Rainha te ver, é possível que chame a atenção da mesma forma que sua irmã chamava e, se assim for, tanto seu amo como você poderiam ser apresentados diante da cúpula.

Cleo continuava imóvel, com as mãos ocupadas pelas xícaras. Amo? Ela ia ter um amo?

– Precisamos da sua ajuda. Queremos encontrar a agente Connelly e seguir adiante com este ano complicado e difícil de investigações que realizamos. Estamos a um passo de resolver o caso. Não queremos que a morte de Clint tenha sido em vão e...

– Querem que eu me infiltre como agente especial? – Ela iria. Faria aquilo por sua irmã e, além de tudo, às cegas. Mas se o FBI estava pedindo sua ajuda, essa era sua oportunidade de também pedir alguma coisa em troca.

– Temos pouco tempo para agir. Já perdemos dois agentes, e não consigo pensar em ninguém melhor do que você para assumir esse cargo.

– Sério? – Ela deu meia-volta e colocou as duas xícaras novamente sobre a mesa. – O senhor tem milhares de agentes mais bem preparados do que eu, que sou uma policial com instintos homicidas de Nova Orleans, lembra? O senhor deve ter lido meu histórico, e o senhor Stewart provavelmente te alertou sobre meus toques de celular.

– Recomendaram que fosse você, senhorita Connelly. Não vou mentir: não será uma missão fácil. Você terá que incorporar o papel, e sei que não deve ser agradável se expor dessa forma. Mas se é tão obstinada e profissional como ele me disse, estou convencido de que poderá dar certo.

– Quem me recomendou? – perguntou, curiosa.

– É confidencial. Nós decidimos convidá-la e ele será seu companheiro nesse caso. Escute: você e sua irmã Leslie se parecem muito. E, além do mais, você é uma policial, já trabalha pela lei. Falta uma semana para os jogos D&M. Entendo que é inesperado, então vou te dar esta noite para pensar... Mas, se você aceitar, começará a ser instruída de imediato.

– De que tipo de instrução o senhor está falando?

– Vamos explicar como funciona o jogo, e você terá acesso a todos os arquivos do caso. E vão te ensinar a interpretar seu papel e a entender o mundo da dominação e da submissão. Você vai ter que sentir na própria pele, senhorita Connelly. Entende?

Cleo sabia que estava se metendo onde não devia. Não se achava capaz nem sequer de relaxar diante de um homem com um chicote, um homem que, com certeza, seria um completo desconhecido. Mas também sabia que finalmente iria exercer sua função. Agente especial, agente dupla... O que ela mais queria estava sendo oferecido a ela, que deveria assumir os sacrifícios e, além de tudo, sua irmã corria riscos. Aquela era a única razão que a faria aceitar.

– Não preciso pensar em nada. Aceito, claro. – Levantou o rosto.

– Leslie teve três meses de preparação para assumir o papel de submissa – explicou Elias.

– Três meses?! – Imaginar L. treinando nua com um potro, um instrumento de tortura, não era uma imagem agradável. – E eu só vou ter uma semana? Isso não vai dar certo – Cleo negou com a cabeça. – É muito pouco...

– Eu sei. Mas não temos tempo. Clint e ela treinaram juntos para que estivessem em perfeita sincronia como casal. Não podemos levantar suspeitas, e vocês têm que estar em harmonia com o ambiente. Você vai treinar durante esses dias com seu parceiro, que ainda está em missão; é o agente especial encarregado. Vocês entrarão juntos, como amo e submissa. Ele vai precisar de alguém que não levante suspeitas. Você pode assumir o papel ou é pedir demais?

Cleo ergueu uma das sobrancelhas e o olhou como se ele fosse uma barata.

– Aceito pela minha irmã, vice-diretor Elias. Quero encontrá-la.

– Ótimo – sorriu, mais relaxado.

– Mas se eu me infiltrar, ajudar vocês e tirar minha irmã dessa enrascada, vocês vão ter que me aceitar no FBI.

Elias concordou sem objeções. Cleo era sua única esperança e se o agente especial Romano havia se prontificado a instruí-la e a entrar no torneio com ela, era por uma razão: ela ajudaria na missão e se adaptaria bem. Além do mais, Lion estava certo. Ele assegurou que Cleo não perderia a oportunidade de exigir o seu lugar no FBI, e assim aconteceu. Aparentemente, ele conhecia muito bem aquela jovem impetuosa. Mas não estranhava. Lion era um especialista em ler as pessoas.

O vice-diretor abriu sua pasta preta e tirou as folhas do pré-contrato com a Segurança Estatal.

– Aqui está seu contrato de agente especial do Departamento Federal de Investigação. De agora em diante, você trabalha pra gente. Ele nos disse que você pediria justamente essa compensação.

Puxa, quanta eficácia... Cleo havia imaginado aquele momento de milhares de formas, e em todas elas sempre estava comemorando com a irmã. Mas Leslie estava desaparecida, sozinha, e talvez ferida e vulnerável... E Cleo tinha sido pré-contratada pelo FBI para encontrá-la. Não havia nem um pingo de felicidade em sua alma.

– Assine aqui.

Atordoada, ela assinou no lugar reservado para a assinatura do vice-diretor.

– Se tudo correr bem, quando vocês voltarem, vamos oficializar sua entrada no FBI. Por enquanto, em algumas horas, nosso agente encarregado entrará em contato com você para dar mais informações sobre os próximos passos dessa missão. – Pegou sua pasta e se levantou. Com um gesto automático, ofereceu a mão. – Foi um prazer.

– Certo... Obrigada. – Cleo apertou sua mão. Tirou a franja ruiva da frente dos olhos verdes e abraçou a si mesma na cintura enquanto acompanhava o vice-diretor até a porta. Tinha ficado indisposta. – Senhor Montgomery?

– Sim – respondeu ele, enquanto tirava seu casaco escuro do cabideiro de madeira na entrada.

– Não se mexa. – Ela aproximou-se dele e sorriu, ainda que ele não tenha percebido o gesto. – Rango está no seu ombro.

– Rango? – perguntou, baixando o olhar. Seus olhos azuis deram de cara com os olhos loucos do bicho que mudava de cor, do verde para o vermelho. – É uma iguana? – Seu rosto manifestava repulsa.

– É um camaleão. – Pegou-o rapidamente e o cobriu com as mãos, deixando só a cabeça livre. – Tem o mau hábito de se camuflar nos convidados. Mas acho que ele é daltônico... seu blazer é preto. – ela começou a rir, dessa vez com mais vontade.

O homem olhou a jovem de cima a baixo. Com aquela camiseta, o cabelo ruivo, os olhos verdes e sendo tão pequena, teve a sensação de que ela era uma espécie de ninfa inocente que ia se meter em um mundo de escuridão e sombras. Ele não tinha nem ideia do que era estar naquele ambiente. "Dominação" e "submissão" eram palavras imponentes. Intimidavam demais, e ele admirava seus agentes por se infiltrarem naquele reino proibido para muitos.

Cleo era tão corajosa quanto a irmã. Não havia dúvida.

– Dê o seu melhor, senhorita Cleo. Você acaba de entrar na missão Amos e Masmorras.

– Com certeza, senhor – concordou com o queixo. – Posso fazer uma pergunta?

– Diga.

– Quem é ele? – Só havia uma pessoa que pudesse conhecê-la daquele modo, que conhecesse sua vontade de entrar no FBI e que soubesse da sua falta de consciência e da impulsividade na hora de aceitar uma missão como aquela.

– O agente Lion Romano. Ele é o encarregado.

Se o vice-diretor viu a surpresa e o impacto que a revelação provocou em Cleo, ele soube disfarçar muito bem.

Montgomery deixou o local com o pré-contrato assinado e com a esperança de que ela pudesse ajudá-los.

Mas Cleo estava em meio a um ataque de insegurança.

Lion Romano.

Sem pensar duas vezes, subiu para o quarto e deixou Rango em seu terrário espetacular. Colocou de volta a roupa de boxe e desceu para o jardim.

Leslie, sua irmã, estava em perigo.

Dois socos em cima! Um embaixo! Uma voadora!

Lion era o agente encarregado da missão. Era o superior de Leslie, mas nunca imaginou que eles trabalhariam juntos naquele caso. Lion em um caso de amos e submissas... Infiltrado. Deus...

Chute! Chute!

Leslie sempre tinha sido uma mulher muito íntegra e honesta, mas muito menos flexível do que ela. Era elegante e serena, e tinha uma aura especial que inspirava o respeito dos demais.

Soco! Chute!

O que será que ela sentiu quando começou o treinamento de DS? Uma mulher como ela aceitaria esse papel? Teve que aceitar para interpretar tão bem, não?

Mas imaginá-la nas mãos dos Vilões ou da maldita Rainha das Aranhas embrulhava seu estômago.

Tantas perguntas sem resposta...

Chute! Direto! Esquerda, direita! Esquerda, direita!

Um bolo de angústia estava preso em sua garganta e, de repente, dobrou-se sobre si mesma e vomitou. Com os olhos vermelhos fixos na grama, não deixava de pensar que L. estava em perigo. E se a estivessem machucando? E se estivessem abusando dela? E se...?

– Leslie... – gemeu entre lágrimas. Levantou-se e, dando um passo derrotado, executou um último golpe no saco antes de abraçá-lo e chorar.

Chorava como nunca havia chorado antes. De nervoso, de medo, de raiva... Porque L. nunca lhe falou o que estava fazendo; porque, sendo irmãs, ela nunca se abriu com ela e nem lhe disse como se sentia com o papel que estava desempenhando... Porque não pôde ajudar e porque quando a pegaram ela não estava lá para detê-los.

Os soluços de Cleo foram abafados pelo senhor Lonsdale, mas a dor que ela sentia na alma só seria extinta com a busca por vingança.

E seu arqui-inimigo, Lion Romano, do alto de sua repugnância e prepotência, tinha que dar o seu melhor para ajudá-la. Ele seria seu superior. Seu instrutor...

Apoiou a testa no saco de pancadas e engoliu o choro.

– Que merda...

Naquela missão não importariam o orgulho e nem a repulsa que um tinha pelo outro. Só importavam Leslie e as outras pessoas que estivessem na mesma situação.

Tinham que salvá-las.

3

Lion observava, de dentro do seu Jeep Wrangler preto, o vice-diretor Montgomery saindo do alpendre da adorável casinha da pequena Cleo. Sem dúvida, a jovem policial tinha reagido tal e qual ele havia dito a seu superior.

Escutaria cada palavra com atenção, faria algumas perguntas, não se deixaria levar pelo pânico e aceitaria a missão às cegas, mesmo sabendo dos riscos que corria, porque nunca calculava onde estava o perigo. Por isso era tão boa policial, e por esse mesmo motivo seria uma excelente agente.

Esse fato de não considerar os riscos fazia dela a parceira perfeita para o desenrolar do caso Amos e Masmorras. Ele precisava de uma parceira tão ousada quanto ele, que estivesse à sua altura para chamar a atenção da Rainha e dos Vilões. E ele sabia que Cleo chamava a atenção tanto quanto a irmã, mas de uma forma adoravelmente diferente.

Durante doze meses ele havia conduzido o caso com o máximo de disciplina. Para ele não fora tão difícil assumir o papel como tinha sido para seus melhores amigos, Clint e Leslie, porque ele, Lion, já participava da liga de DS havia anos e o fazia por prazer. Ele começou quando percebeu que o sexo convencional lhe causava tédio.

Era um agente do FBI, claro, mas seus gostos sexuais, nada que tivesse que justificar a ninguém, eram bem específicos. Suas preferências não eram nem melhores nem piores que as da maioria, eram simplesmente diferentes.

Para ele, a dominação, o *bondage*, o sadomasoquismo e a submissão eram jogos para serem praticados entre casais. Um jogo de consentimento mútuo no qual eram trabalhados a disciplina, a ousadia, o atrevimento, os limites de cada um e, sobretudo, a confiança.

Por isso, ao saber que tinha sido escolhido para ser o encarregado do caso, não se surpreendeu, ao contrário de quando soube da escolha de Les. Duvidava que o pessoal do FBI soubesse que ele era adepto e que, no seu tempo livre, para esquecer os problemas e desestressar, gostava de praticar o BDSM intensamente.

Leslie e Clint ficaram muito surpresos quando ele revelou que era um amo. Porém, por outro lado, isso os fez relaxar e se dar conta de que, se um colega praticava o BDSM e era uma pessoa normal e corriqueira, eles não deviam ter medo dos treinamentos. Não queria dizer que ele era desequilibrado, nem traumatizado, nem doido... Esses estigmas deveriam sumir do imaginário popular. Para ele, o BDSM não era um desvio de conduta, mas sim um modo de sentir e experimentar.

Entretanto, o problema era que o caso estava relacionado ao tráfico de pessoas, que usava como fachada o universo dos dominadores e submissos. Um mundo que ele não permitiria que fosse manchado por alguns sádicos de merda.

Amos e Masmorras tinha se tornado uma questão de honra, que custou a vida de Clint, um homem leal e maravilhoso, um grande amigo. E também já tinha levado Leslie, a melhor amiga que ele já teve. Por isso, tinha esperanças de que Leslie estava viva, porque perdê-la significaria sua destruição.

Agarrou o volante com os dedos e apertou os lábios em uma risca fina.

Sentia nas costas o peso da morte do agente Clint e do desaparecimento da irmã de Cleo. Não deveria, pois as pessoas eram imprevisíveis e não se podia controlar tudo; mas muitas vezes ele se atormentava por coisas que ele não fez, mas deveria ter feito. O que teria acontecido para assassinarem Clint? Por quê?

Lion havia estado em outra parte de Nova York com uma adepta do jogo, e não era uma qualquer. Tratava-se de Claudia, uma *mistress*, uma ama reconhecida, que adorava jogar com ele. No mundo dos jogos, Claudia era conhecida por interpretar o papel de acrobata, como a protagonista Diana, de *Dungeons & Dragons*.

Não era a primeira vez que eles jogavam juntos, mas Lion o fazia porque sabia que Claudia tinha, de forma indireta, possível acesso aos participantes do torneio.

Para participar, todos os membros tinham que ser aprovados nos exames de sangue pertinentes. Queriam gente sadia, pois iriam ter relações sexuais, muitas vezes sem proteção, então precisavam de análises atualizadas de todos os amos, submissas e praticantes que entrassem no jogo. A mulher tinha dito para ele que cada participante, dependendo do país ou da cidade de origem, tinha uma clínica particular designada para a realização dos exames. Depois eles enviavam os resultados para cada um, e um convite para os aprovados.

Ele precisava descobrir quem recebia os resultados e levar essas provas para um laboratório de identificação por DNA.

Assim eles saberiam os nomes de todos os participantes dos jogos.

Mas Claudia não sabia muito além disso e não foi de grande ajuda; ainda que ele tivesse sido muito útil para ela, se considerássemos os gemidos de prazer que ela emitiu durante a sessão.

Lion fixou os olhos azuis na porta da casa de Cleo.

A verdade é que estava ansioso para vê-la.

Era sempre a mesma coisa. Mas agora ele tinha certeza de que ela estava chorando no quarto, assimilando o golpe do desaparecimento de Leslie e tomando consciência de que teria que trabalhar com ele.

Sorriu com cansaço.

Se ela soubesse que ele a desejava desde que ela completou quatorze anos, quando a viu na praia com aquele maiô azul-escuro com uns furinhos na parte do quadril, o que ela faria? Ele na época tinha dezoito anos e Leslie, dezessete. Ela o acusaria de perversão?

Quando eram mais novos, Cleo os perseguia para todos os lados. Queria participar de todos os jogos, passatempos e brincadeiras. E ficava brava quando Lion a deixava de lado ou pedia para ela deixá-los em paz.

A ruiva se ofendia, mas ele adorava ver como suas bochechas ficavam vermelhas e seus olhos, verde-escuros. Ficava fascinado e ao mesmo tempo se incomodava por uma moleca de quatorze anos seduzi-lo daquela forma. Depois, Cleo parou de persegui-los e formou seu próprio grupo de amigos, da mesma faixa etária que ela.

Mas Cleo ficou mais velha e eles também, e perderam o contato. Les e ele se mudaram para Washington, e a jovem ficou em Nova Orleans como policial. E a distância o fez esquecê-la? Jamais. Não podia esquecer alguém que estava gravada em sua alma.

No ano anterior, quando a viu na frente do Smithsonian, com aquela roupa, os óculos que cobriam seus olhos expressivos, os pés descalços com unhas francesas, em cima do capô do carro, e seus longos cabelos ruivos presos daquele jeito, por pouco não gozou nas calças, e teve que fazer um esforço excepcional para manter o mesmo tom áspero e a mesma indiferença de sempre, quando na verdade o que queria fazer era ficar de joelhos e beijar aqueles tornozelos.

Desde aquele dia, ele sonhava frequentemente com ela. E se sentia até mal; porque Les era sua melhor amiga, ele era seu superior. Ao mesmo tempo tinha sonhos tórridos e eróticos com a irmãzinha dela, que Les protegia como uma loba. Como ele deveria se sentir?

No entanto, Cleo tinha vinte e sete anos. Não era mais uma criança. E ele muito menos.

Os dois eram profissionais e teriam que trabalhar juntos na missão.

Ele se aproveitaria da situação? Claro que sim.

Daria todo o treinamento e preparação para a missão, e de quebra curaria aquele ardor que o acompanhava havia pelo menos vinte e dois anos; desde que uma menininha de quatro anos, com olhos verdes e um vestido de flores, lhe deu seu próprio coelho de pelúcia para consolá-lo e para que ele parasse de chorar. Naquele dia ele estava arrasado, pois seu avô Timothy tinha falecido e Lion não sabia encarar a perda. Estava na escada da entrada da casa de seu pai, com o rosto escondido entre os joelhos, e os vizinhos entravam para dar os pêsames. Ele não queria falar com ninguém, mas então alguém colocou em seu nariz um coelho rosa com a barriga cheia de estrelinhas. E quando ele ergueu o olhar, viu Cleo pela primeira vez com seu sorriso inabalável. Leslie veio atrás dela para repreendê-la, olhou para ele e, ao invés de saírem, as duas irmãs ficaram fazendo companhia. Ali começou a amizade.

Foi a primeira vez que ele viu Cleo e conheceu sua bondade.

Estava ansioso para ver a reação dela quando o encontrasse à sua porta.

Naquela noite ela não o esperava. Mas o quanto antes se acostumasse com a presença e com o papel dele, mais convincentes eles seriam no Dragões e Masmorras DS. E isso, no fim das contas, era o mais importante. Não o que ele pudesse sentir por Cleo; seria melhor guardar aquilo para ele.

Abriu a porta do jipe e pegou as duas malas militares pretas, uma em cada mão.

A casa e a cama da sua nova e desejada companheira o esperavam.

Uma antiga amiga. Uma futura agente.

E sua atual escrava.

Ainda que, por enquanto, fosse apenas para prepará-la para a missão.

Fazia vinte minutos que o senhor Montgomery tinha saído da sua casa, dez que ela havia vomitado, dois que tinha limpado tudo e um que tinha voltado a tomar um banho.

Mas continuava chorando, sem soluços, sem gemidos; só chorava. Seus olhos pareciam uma cachoeira. Sua casa estava em silêncio, vazia, ou a vazia era ela? Tanto fazia... sentia-se sozinha como nunca.

Quando ela ouviu a campainha pela segunda vez, esperava encontrar-se de novo com o vice-diretor do FBI. Ele poderia ter se esquecido de algo.

Mas quando ela abriu a porta sem nem mesmo verificar a câmera e deu de cara com o corpo forte e alto de Lion, quase teve um treco.

Ele segurava uma mala em cada mão e a olhava preocupado.

Vestia jeans largos, um par de Adidas Casual brancos e uma camiseta preta da marca Que Delícia, bem colada, o que ressaltava sua excelente forma física. Abaixo dos olhos azul-escuros tinha olheiras, e a barba de três dias escurecia tenuemente seu queixo, escondendo sua peculiar covinha.

Ela sentiu raiva ao vê-lo. Estava em uma situação muito incômoda. Ele deveria chegar no dia seguinte e aparece assim, de repente, à meia-noite, na porta do seu pequeno mundo. Ela estava com os olhos inchados de chorar e sentindo-se muito frágil. Lion precisava vê-la daquele jeito?

– Oi, Cleo. Abra a porta – pediu ele, em tom gentil.

As lágrimas brotaram de novo e ela começou a choramingar de forma humilhante. Não podia se dar ao luxo de desmoronar assim diante dele.

– Não faz isso, Cleo, não... não chora. Abra a porta. – Lion sabia que a encontraria assim; mas as lágrimas de Cleo quando criança não eram nada se comparadas com as lágrimas da mulher que estava em sua frente, tentando demonstrar força diante de seu superior. Elas o deixavam triste.

Abriu a porta. Não fazia ideia do que ia acontecer agora. Afundou o rosto no peito de Lion, e os braços dele a cobriam e a aprisionavam como se quisessem protegê-la de tudo e de todos. Sem saber como reagir, ela ficou imóvel, recebendo a atenção do agente encarregado, Lion. Por que estava tudo tão diferente e por que ela se sentia melhor agora do que há alguns minutos.

– Tudo bem?

– Não.

– Eu sei – murmurou ele, colocando a mão atrás da cabeça dela.

– Então, por que pergunta?

– Por educação. – Deu de ombros e sorriu sobre seus cabelos. Tinham cheiro de morango. Essa menina tinha cheiro de morango... era encantador.

Cleo separou-se dele, empurrando-o um pouco em seu peito. Deu um passo para trás e olhou diretamente em seus olhos.

– Esperava você só amanhã.

– Eu decidi vir antes – ele não diria que precisava estar com alguém, que podia ser ela, ao invés de ficar em seu apartamento culpando-se por tudo o que tinha acontecido nos últimos dias. – Quanto antes começarmos, melhor, Cleo. Temos apenas cinco dias, no máximo seis – disse suavemente. – Podemos aproveitar esta noite para você se acostumar um pouco comigo. Podemos conversar sobre tudo o que você quiser... Não precisamos fazer nada. Você pode perguntar tudo o que te incomoda, e posso te explicar com detalhes o que vamos fazer e no que consiste esse treinamento.

Cleo escutou em silêncio. Quando ele terminou, ela olhou fixamente nos olhos dele e disse:

– Você não vai nem encostar em mim, Lion.

– Nesta noite não – ele cedeu. – Mas amanhã começo a te dar as instruções, e lamento informá-la, mas vou, sim, encostar em você. E muito. Você concordou com o treinamento. Em sete dias começam os jogos... Temos pouco tempo e você precisa se familiarizar com o DS. Entendeu? Diz pra mim que entendeu tudo o que vai se passar entre a gente a partir de agora.

Entender? Não entendia merda nenhuma! Lion iria manuseá-la e exercitá-la para a dominação e a submissão porque se imaginava que no Dragões e Masmorras DS seria necessário fazer algumas performances sublimes e convincentes.

Mas era Lion. O cara que tornava sua vida impossível e que estava sempre enchendo o saco dela.

– Entendi. Mas eu esperava que você me desse um pouco de espaço antes de começar com... – Fez gestos com as mãos. – Com... isso! Com você! – Apontou para ele e dirigiu seu olhar penetrante para as malas que ele tinha deixado na entrada. – O que há nessas malas?

– Amanhã você vai ver. Vai me deixar entrar? Ou vai me deixar eternamente ao lado da figueira da sua entrada linda e aconchegante?

Cleo apertou os olhos até que eles fossem apenas uma linha verde.

– Relaxa, agente. – Lion levantou as mãos em sinal de paz. – Vamos trabalhar juntos e devemos nos dar tão bem quanto possível para que isso funcione. Sou seu superior na missão, você poderia me mostrar um pouco de hospitalidade.

Cleo suspirou e olhou para o teto.

– Tudo bem, entre. – Deu meia-volta enquanto ia para a sala e lhe disse: – Banheiro à esquerda, do lado é a cozinha. A sala. – Apontou a cristaleira. – O jardim, e em cima são os quartos. O seu é o que tem os chicotes e as correntes.

Lion a olhou de canto de olho e começou a rir. Melhor isso do que ficar só apreciando como caíam bem aqueles shorts naquela bunda deliciosa.

– Um comentário desse tipo durante o treinamento será penalizado – assegurou ele, sem esconder o riso. – E não teremos quartos separados. Dormiremos juntos. – Lá ia uma regra que ele tinha acabado de inventar!

– Não. Nem pensar. Você está muito apressadinho.

– Já disse que não temos tempo.

– Estou começando a me estressar – retrucou ela, com as mãos na cintura. – Você já está abusando. Não vejo razão...

– Vamos interpretar os papéis de amo e submissa, agente Connelly. Quero que a gente se entrose de uma forma que ninguém possa duvidar que estamos incrivelmente sincronizados. É muito importante que vejam que somos praticamente um só.

Agente Connelly? Era estranho ouvir isso vindo dele.

– É muita informação. – Levantou a mão e virou-se para observar o jardim. – É demais pra mim. – Cobriu os olhos com os dedos, exasperada. – Tenho que ligar para a delegacia e avisar que não posso mais...

– Isso é função do Montgomery. Amanhã seu chefe na polícia vai receber um alerta secreto do FBI. Não se preocupe com isso...

– Mas é que... Você não pode aparecer assim aqui em casa, de noite, dizendo que vai ser meu amo e que...!

– Agora eu já fiz, Cleo. O caso, a missão, sua irmã – listou – são importantes para mim, e não podemos cometer nenhum erro. Estamos quase...

– Minha irmã é importante pra você?! Mas já estão com ela! E seu colega morreu! – gritou, andando de um lado para o outro, com os olhos cheios de lágrimas. – Você devia ter cuidado deles e não conseguiu! Que tipo de agente encarregado é você?!

As palavras machucaram como se fossem facas cravadas no peito dele. Sim. Ele também se culpava por isso. Deveria cuidar de Leslie e de Clint. E tinha fracassado...

Cleo logo ficou quieta e entendeu que tinha passado dos limites. Mas tudo tinha se tornado muito pesado, e vê-lo ali, em seu território, sabendo que no dia seguinte ele iria deixá-la nua para fazer sabia-se lá o que a deixou muito nervosa. No que ela havia se metido?

– O parceiro dela se chamava Clint e era um dos meus melhores amigos. Ainda posso ligar para o Montgomery e dizer que você não está preparada pra isso – a voz de Lion inundou a sala de gelo e geada. – Eles vão entender. O caso é algo pessoal, você está emocionalmente relacionada, Cleo. Posso dizer que me precipitei ao sugerir que...

– Do que você está falando? – perguntou, assombrada. Secou as lágrimas com as mãos. Por que ela o havia acusado de algo tão horrível? Deveria desculpar-se imediatamente. – Quero fazer. Estou disposta a tudo para resgatar a minha irmã.

Lion concordou seriamente.

– Tem certeza? Posso retificar e...

– Lion! – gritou ela, apertando os punhos ao lado de suas pernas. – Chega! – Cravou os olhos nos dedos desnudos de seus pés. Era injusto que ele usasse esses argumentos contra ela, mas ela também tinha sido injusta no que disse. Deus, ela tinha que aprender a dar o braço a torcer. – Eu... tudo bem.

– Não está nada bem – repreendeu. – A partir de agora você tem que deixar de me ver como Lion, ou isso não vai dar certo. Você tem que me respeitar, sou seu superior. E sim, eles te escolheram por ser uma pessoa próxima e pelas semelhanças físicas com Leslie, e eu dei o meu aval.

– Não foi por causa das minhas qualidades? – perguntou ela, ferida. – Nossa, que decepção – disse, sarcástica.

Ele apertou os dentes, deixando a mandíbula em evidência.

– Estamos juntos nessa missão. É uma situação um tanto quanto peculiar, eu sei. Mas você tem que me obedecer. As vidas de muitas pessoas dependem da gente, e não vou me arriscar levando para o torneio alguém que pode estragar tudo.

– Entendi, Lion – falou, sem saber para onde olhar.

– Senhor.

Cleo recuou e mordeu o lábio inferior. A que tipo de senhor ele estava se referindo? A "senhor" como superior na hierarquia dos agentes ou a "senhor" como uma submissa chama o seu amo?

– Sim, senhor. Amanhã começará meu treinamento. Terei que acatar suas ordens. E hoje… se tiver que ser assim, podemos dormir juntos – cedia porque não queria que a afastassem do caso.

– Não. Tudo bem. Esta noite vou dormir sozinho. Foi uma longa viagem até Nova Orleans e preciso descansar. Não quero te pressionar. Inclusive eu posso ir dormir no meu jipe, e amanhã volto para tocar sua campainha como se esta noite não tivesse existido para atrapalhar a sua privacidade.

– Você está falando sério?

– Não – sorriu malignamente. – Meu quarto é o dos chicotes, então?

– Sim. Do lado do meu – respondeu, contrariada.

– O da Cinderela?

– Humm… que graça.

– Claro, a segurança da sua casa é uma merda. Amanhã vou dar um jeito nisso.

– Além de agente você também é instalador de alarmes?

Lion sorriu e a olhou por cima do ombro.

– Boa noite, Cleo, durma bem.

– Você também.

– Obrigado por me deixar ficar na sua casa.

– É... De nada.

– Se quiser conversar sobre algo ou se não conseguir dormir, pode falar comigo sobre qualquer assunto.

– Acho que não. – Franziu uma sobrancelha ruiva.

– Então... – Ele abriu uma das malas e pegou uma pasta marrom. – Você podia ir lendo isso aqui pra adiantar. – Ofereceu a pasta e esperou que ela a pegasse de sua mão. – São todas as informações que temos até agora sobre o caso Amos e Masmorras. Papel de cada membro, os cenários que mais gostam, áreas de atuação, adeptos do DS mais assíduos... Amanhã farei algumas perguntas. Se você não entender algo, eu explico. Nos vemos amanhã.

– Sim. Nos vemos.

Mas que desgraça tinha acontecido em sua vida em um piscar de olhos?

Assim, sem mais nem menos.

Cleo escondeu um sorriso incrédulo enquanto olhava como seu superior subia as escadas rumo a seu novo quarto.

Lion Romano estava em sua casa. Lindo e sexy como só o diabo poderia ser. Mas ele estava mudado. Tinha uma cicatriz partindo horizontalmente sua sobrancelha direita, e atrás da orelha esquerda havia uma tatuagem com ideogramas japoneses. O que será que significavam?

De repente, a ideia de dormir sozinha pareceu atroz.

Estava arrasada, essa era a verdade, e precisava de companhia. Mas não a dele. Com certeza não dormiria nem um segundo com ele ao seu lado. Sua presença a afetava em vários sentidos, alguns que ela não estava disposta a reconhecer.

Ficaria no sofá e tentaria dormir vendo um de seus filmes. Melhor se distrair do que ficar pensando na versão mais morena de Stephen Amell que estava no seu quarto de hóspedes.

As vozes o acordaram.

– Espera, espera, quem você disse que canta essa música? – dizia uma mulher.

– A banda Earth, Wind and Fire...

– Então deixa eles cantarem!

O que era isso? O que estava acontecendo no andar de baixo?

– Os príncipes no fim sempre acabam se revelando...

Lion cobriu os olhos com o antebraço e bocejou. O quarto disponibilizado por Cleo era muito cômodo e tinha de tudo. Ela sabia ser uma boa anfitriã. Desde televisão, computador e iPod com músicas até uma varanda revestida com madeira, um par de espreguiçadeiras e uma mesa de vime.

O que estava ouvindo era um filme? Olhou para o relógio digital. Duas da madrugada.

No dia seguinte tinham que acordar cedo para começar o treinamento, e Cleo ainda não tinha ido dormir.

Merda, ele sabia que iria incomodá-la, mas tinha imaginado uma recepção diferente. Menos hostil. Tinha sido um desastre.

Levantou-se da cama e saiu do quarto.

Com certeza a moça não conseguira dormir, pensando em tudo o que estava acontecendo.

"Pobrezinha", pensou com ternura.

Desceu as escadas com cuidado. A luz da tela plana iluminava a confortável sala. A casa era como ela: especial e cálida.

Ele não era assim. Não era dessas pessoas que deixavam personalidade própria no que estava ao redor. Seu apartamento em Washington era de tons cinzas e pretos. Organizado e sóbrio. Tinha um quadro com fotos da sua família, da sua irmã e do seu sobrinho, uma biblioteca e equipamentos multimídia de última geração. Mas nos lugares nos quais Cleo tinha plantas e flores, ele tinha cantos vazios; onde Cleo colocava cabideiros de forma criativa, ele colocava uma prateleira cinza com ganchos vazios; onde Cleo colocava figuras enormes como o gato dos sonhos de Alice, que estava logo na entrada e tinha um porta guarda-chuva entre as garras, ele tinha um de metal, liso e funcional.

Cleo era única; ele, insosso.

Luz e escuridão.

Por isso tinha se dado tão bem com Leslie. Porque Les e ele eram parecidos, e o mundo de Cleo para eles era um caos encantador e enigmático que deixaria seu mundo de cabeça para baixo.

Cleo era explosiva. Les e ele eram comedidos e sérios.

Cleo era um terremoto. Eles eram um pequeno abalo sísmico.

Ficou na frente dela. Estava dormindo no sofá, abraçada na almofada em forma de coração com dois braços que rodeavam sua cabeça.

Merda, ele continuava com a sensação de estar corrompendo um território puro. Ela parecia uma porra de uma fada.

O cabelo ruivo bagunçado, o nariz insolente se sobressaindo entre algumas mechas... e aquela boca rosada e grande.

– Bom – grunhiu, esfregando o rosto com as mãos. – Vamos lá.

Hitch. Tinha dormido enquanto via *Hitch – Conselheiro amoroso*. Desligou o DVD e a televisão.

Cuidadosamente, colocou as mãos embaixo de seu corpo e a levantou nos braços. Não pesava nada, e tinha a pele lisa e macia.

– Agente Connelly... hoje foi um dia duro pra você, não é, linda?

Cleo se contorceu em seus braços e foi abrindo os olhos aos poucos.

– Vou te colocar pra dormir – explicou em um sussurro.

Ela concordou enquanto lutava para manter os olhos abertos.

– Lion?

– Sim?

Cleo, meio acordada e meio dormindo, apoiou a cabeça no peito dele e fechou os olhos.

– Você está sem camisa.

Ele encobriu um sorriso.

– Shhh... Dorme.

– Vai me levar pro meu quarto?

– Vou. Você não quer dormir comigo, então... – Chegou ao andar de cima e se dirigiu para aquele que ele pensava ser o quarto de Cleo. Mas ela negou com a cabeça e apontou para o quarto em que ele estava.

– Nesse.

– Tem certeza? – perguntou, surpreso. Estava apontando para o quarto em que ele estava dormindo. Ela teria mudado de ideia? Queria dormir com ele?

Ela sorriu como se tivesse dito uma estupidez.

– Sim, claro que sim.

– Ok – respondeu, feliz.

Entrou com ela no quarto e a deixou do lado esquerdo da cama. Ele deitou no lado direito e cobriu ambos com a colcha roxa. A lua iluminava o rosto etéreo de Cleo, e Lion a olhou atentamente.

– Sinto muito ter falhado com a sua irmã – confessou, em voz baixa. – E sinto muito por pegar pesado com você... mas eu e você formaremos uma boa equipe. – Tirou os cabelos de suas bochechas e aproveitou para acariciá-las com os dedos... Puxa. Queria tocá-la. Queria tirar sua camiseta, seus shorts e vê-la completamente nua. – Não vou te decepcionar.

Deu um beijo em sua testa e se aproximou dela para envolvê-la com um braço. Apoiou o queixo sobre sua cabeça e fechou os olhos.

– Você é cheirosa pra caralho.

O nariz a incomodava e ela sentia algo duro e musculoso no meio de suas pernas. Abriu os olhos e deu de cara com o pomo-de--adão de um homem.

Lion.

Franziu a testa e olhou para baixo. A enorme perna do seu superior estava colada entre as dela. Mas o que ele estava fazendo ali? Era esse o seu modo de respeitá-la? Ele tinha dito que não dormiriam juntos.

Olhou ao redor. Era o quarto de hóspedes.

Lembrava de ter dormido, e que depois alguém a levantou e a estava levando para a cama. Lion assumiu a tarefa de levá-la para cima, mas, com o favor, achou-se no direito de colocá-la em sua cama.

"Isso é o que dá confiar nesses morenos bombados de olhos azuis", disse a si mesma, "rá!".

O coração batia desaforado em seu peito. O sol começava a passar pelas persianas da varanda, e um de seus raios iluminava o rosto viril daquele homem.

Ela sempre achara Lion muito bonito. Insuportável, mas lindo. Não se podia ter tudo na vida, né?

Agora estava dormindo e seu rosto era... de amolecer o coração. Como o de um menino grande e bom. Mas ela não se enganava. Lion não tinha nada de menino, e muito menos de bom. Os anos o haviam marcado e endurecido.

Naquele dia se iniciaria seu treinamento. Não conhecia Lion da mesma forma que conhecia Leslie. Não sabia se ele era muito duro ou rígido. Mas para Cleo ele lembrava uma pantera negra. Sempre nas sombras, à espreita. Respirou fundo e aceitou o que estava por vir.

Tinha dormido bem e estava descansada. Seria o efeito placebo de ter dormido acompanhada? Sem consciência do que fazia, sua mão ganhou vida própria e se levantou até tocar delicadamente o lábio inferior de Lion.

A boca do agente deveria ser multada por promover o pecado.

Sem perder um segundo, Cleo esticou o outro braço até alcançar o iPhone que estava no criado-mudo, colocou no silencioso e tirou uma foto. Com um risinho infantil, se levantou aos poucos da cama e o deixou descansar.

Quando ele descesse para tomar café, daria uma bronca por ele ter se atrevido a colocá-la na cama junto com ele. Mas enquanto ele descansava, ela tinha trabalho. Leria os relatórios do caso que ela havia deixado na mesa da sala.

4

Duas horas depois, Cleo estava compenetrada com o relatório mais interessante que já tinha lido em toda a sua vida. Claro, seus casos anteriores, como policial na cidade de Nova Orleans, não tinham nada a ver com crimes federais ou violações de direitos humanos, mas o resumo passado por Lion, que ainda estava dormindo, só levantava mais dúvidas.

Por isso eles iam participar do Dragões e Masmorras DS. O objetivo era revelar a identidade dos Vilões e de seus superiores.

Era no Dragões e Masmorras DS que tudo acontecia, como havia sido comprovado quinze meses antes.

Posteriormente, dois indigentes se juntaram às quatro mulheres mortas. Eram dois homens brancos, encontrados entre Albuquerque West e Sunset Ranch, uma região praticamente desértica atravessada pela Rota 66.

Os dados sobre esses cadáveres tinham sido apagados do sistema. Não havia nada sobre eles. Nem usando exames de DNA. Os históricos foram excluídos e os agentes federais e da informática ficaram loucos para descobrir quem eram os dois. No fim das contas, não conseguiram.

Por que relacionaram aqueles dois sujeitos ao caso? Porque apesar de terem sido encontrados depois, os corpos estavam em estado avançado de decomposição, e a perícia confirmou que tinham morrido mais ou menos na mesma data em que as mulheres; pela coincidência do local, entre Arizona e Albuquerque, próximo de onde foram encontradas duas das principais vítimas; e, principalmente, porque os dois estavam com furos no períneo, sinal de que já haviam tido piercings nessa zona tão sensível, perpendiculares à direção do pênis. No BDSM esses piercings eram conhecidos como "guiches", e significavam que quem os usava estava submisso a uma ama ou amo. Se os objetos metálicos ainda estivessem neles, seria possível investigar quem era o suposto proprietário ou proprietária dos indivíduos. Mas já não estavam lá, tinham sido removidos havia pouco tempo.

– Cara... – murmurou, enquanto comia o misto-quente que tinha feito. – Que estrago... *Guiche* – repetiu para perceber como a palavra soava ao sair de seus lábios.

Era isso o que eles tinham: seis vítimas das datas nas quais supostamente ocorreu a competição, quinze meses antes; duas delas eram homens, não identificados, pessoas invisíveis que pareciam não existir para o sistema; corpos associados ao BDSM e encontrados na estrada, como descobriu Leslie, que estiveram naquela edição de Dragões e Masmorras DS.

Enquanto bebia seu café, Cleo repassou os nomes dos personagens e qual era o papel de cada um no jogo. Precisava memorizar tudo para não cometer nenhum erro e evitar chamar a atenção por ignorância, já que se sabia que, se a pessoa estava competindo, era porque conhecia todo aquele mundo perfeitamente.

Os personagens dividiam-se em dois grupos: os protagonistas – os convidados na sessão composta por casais e grupos de amos e submissos, cada um com seu respectivo nível – e os monstros, que eram somente amos e amas, encarregados de colocar os protagonistas à prova com seus jogos de dominação.

DRAGÕES E MASMORRAS DS 2012 DIVISÃO DOS PAPÉIS

1. PARTICIPANTES

1.1. PROTAGONISTAS CONVIDADOS

Os protagonistas vão optar entre seis qualificações ou níveis diferentes que são informados somente aos amos. Os submissos não podem ser qualificados de modo algum, apenas como submissos. São os brinquedos pessoais dos amos, sendo assim, seus tesouros mais estimados.

Classificação por hierarquia:

Amo Hank. O Arqueiro. Protagonista nível 6. Valor: +11. Caracteriza-se por ter a posição mais alta na hierarquia dos protagonistas convidados. Hank, no jogo original, era o Arqueiro, o líder do grupo. É um amo inteligente e forte. Um líder por natureza. Conhece e controla todos os tipos de castigos e é um mestre a ser seguido em jogos de sexo grupal. Objeto: chicote em forma de flecha.

Ama Shelly. A Bruxa. Protagonista nível 5. Valor: +9. Ama que costuma ser o braço direito do Hank. Quando protagonistas de nível 6 e de nível 5 se unem, podem surgir, mediante consenso mútuo, situações de *bukkake* ou *gang bang*.

Cleo franziu a testa. *Bukkake*? *Gang bang*? Consenso mútuo? O relatório passado por Lion não falava sobre os termos e o vocabulário do BDSM. Ela precisava se atualizar sobre isso e aprender todas aquelas palavras especializadas. Continuou com o nível 5.

As protagonistas Ama Shelly são carinhosas e controladoras. Protetoras. Shelly poderá fazer pactos com o Amo do Calabouço quando a situação exigir. Objeto: açoite.

Amo Bobby. O Bárbaro. Protagonista nível 4. Valor: +8. São amos com características joviais e que adoram se divertir. Mas por trás dessa afabilidade há crueldade e dureza, mesmo que para o bem e o prazer de seus submissos. São amos provocadores que confiam muito na sua força e na de seus submissos. Podem aliar-se facilmente a Uni. Quando Uni e Bobby estão juntos, o resultado pode ser um quarteto. Objeto: potro.

Ama Diana. A Acrobata. Protagonista nível 3. Valor: +9. Amas muito disciplinadas e habilidosas, dotadas de uma enorme beleza. Gostam de se pendurar em seus submissos. Quando um Amo Hank e uma Ama Diana se encontram e se unem, Diana deve aceitar a dominação de Hank sobre ela e sobre seu(sua) submisso(a). Objeto: cordas.

Amo Erik. O Cavaleiro. Nível 2. Valor: +8. Amo muito dominador e rabugento, mas devoto de seu(sua) submisso(a). Sempre que Erik se encontra com um Amo do Calabouço, ele pode desafiar seu poder. Se for o vencedor, o submisso do Amo do Calabouço passa a ser sua propriedade. Objeto: cruz de Santo André.

Amo Presto. O Feiticeiro. Nível 1. Valor: +10. Amo original nas brincadeiras, adora eletricidade, por ser uma forma de estimular seus submissos sem tocá-los de fato. É mágica. Apesar de não entender muito de outros objetos e castigos, é muito respeitado pelos demais. Objeto: eletrodos.

"Nossa Senhora", pensou Cleo. Onde será que usavam eletricidade? Sério que eles se divertiam com aquilo? Como? Com cordas, chicotes, açoites, cruzes, potros e eletrodos. Humm... estava impressionada.

1.2. CÚMPLICES DOS PROTAGONISTAS

Durante o jogo e em todas as cenas, os amos principais podem contar com a colaboração de dois personagens que aparecem para ajudar à sua maneira específica.

Amo do Calabouço. Mestre por excelência, pois comanda a cena em que se ambienta o jogo de dominação. Ele controla os protagonistas e se certifica de que estejam seguindo as regras. Sua principal missão é ceder aos participantes os instrumentos necessários para as provas e ser juiz (até participando dos desafios, se for da vontade do protagonista) nos duelos. O Amo do Calabouço pode ficar com as submissas dos protagonistas vencidos nos duelos se desafiar os monstros que os querem, ou por ordem direta dos Vilões. Depende de quanto o Amo do Calabouço gostou da submissa em questão. Nesse caso, os monstros vão desafiar o amo em um jogo; se o amo vencer os monstros, ele fica com o submisso. Este, por sua vez, para poder retornar ao seu amo original, deverá obedecer ao Amo do Calabouço e realizar com perfeição o jogo que ele quiser. Se conseguir, poderá retornar ao seu amo original sem sofrer nenhuma punição. O Amo do Calabouço é um grande conhecedor do BDSM, e sua missão, mesmo que às vezes não pareça, é ajudar os protagonistas a avançarem na disputa. Objeto: todos.

Uni. Amo Unicórnio. Quando aparece nas cenas em que os monstros estão sendo cruéis demais com seus submissos, o Amo Unicórnio pode libertá-los e retirá-los do castigo, em troca de um favor (entende-se que a submissa deverá obedecer a Uni de todas as maneiras, mesmo que seu amo se negue. Depois ela será devolvida ao amo com punição). O Uni pode entrar em cena de duas formas: quando uma série de protagonistas mágicos, como o Mago, o Arqueiro e a Bruxa, estiverem no mesmo lugar, ou através das cartas que são encontradas durante o jogo (vide *Baús secretos*).

1.3. INFORMAÇÃO GERAL

amo.

(De *ama*).

1. s.m. Cabeça ou senhor da casa ou da família.

2. s.m. Dono ou possuidor de algo.

3. s.m. Homem que tem um ou mais criados a seu serviço.

4. s.m. Pessoa que tem poder ou influência fundamental sobre outra ou outras.

5. s.m. Utilizado por vezes como tratamento dirigido ao senhor ou a alguém, no intento de manifestar respeito ou submissão.

dominador.

(part. pres. de *dominar*; Do lat. *domĭnans, āntis*).

1. adj. Que domina.

2. adj. Pessoa que quer escravizar outras.

3. adj. Pessoa que não se importa quando se opõem a ela ou a contradizem.

4. adj. Relativo ao gênio ou ao caráter dessas pessoas.

5. adj. Que se sobressai, prevalece ou é superior em sua ordem e classe.

1.4. PERFIS

Todos os amos envolvidos no jogo, protagonistas e dominadores, correspondem a um perfil comum, que sofre alterações de acordo com a personalidade de cada um. Mas esses traços são basicamente:

1.4.1. Perfil dos Amos Protagonistas. Amos ideais. Eles entendem que o autocontrole é fundamental para dominar sua submissa. São rígidos e não aliviam nos castigos, a ponto de sentirem prazer ao ver suas submissas chorarem. Apesar disso, depois consolam e acalmam como amantes. Gostam de ser venerados e retribuem os carinhos. O amo ideal sente amor e a mesma veneração pela submissa. Mas deixa as sessões e os jogos de lado no cotidiano para se comportar como amante, amigo ou companheiro. Ele não tem a necessidade de controle quando não estão entre quatro paredes. Esse tipo de amo flerta e se diverte ganhando o coração e a confiança daqueles sob sua responsabilidade. São extremamente passionais, mas essa doçura não impede que eles exijam a entrega de sua submissa diante da definição de um bom castigo. O corpo de sua submissa deve ceder a ele. Totalmente. São protetores, seguem um código de honra e sempre defendem suas submissas. Se algum castigo não funciona, não culpam somente as submissas, mas também a si mesmos. Para eles, o fato de atuarem como amo e submissa não significa que um é superior ao outro. Quando não estão na cama, há igualdade e imparcialidade.

1.4.2. Perfil dos Amos do Calabouço. Amos dominantes em todos os sentidos, dão à palavra "propriedade" um significado completo e absoluto. Adoram a dominação, mas amam e se preocupam com seu(sua) submisso(a). Cuidar deles e mimá-los está em seu código moral. São amos tanto na cama quanto fora dela. Eles querem que o indivíduo entregue a eles evolua como amante e como pessoa, que aprenda a ser submisso e que acredite que o amo sempre dará aquilo que o submisso precisa. Esse tipo de amo chega a controlar a dieta, a estética e o estilo de vida dos(as) submissos(as); são controladores. Precisam mandar em tudo, e se não conseguem sentem-se incompletos e frustrados; o BDSM sacia esse desejo. Ele confia em sua submissa e pode ter inclusive mais de uma. Sabe o que fazer para afligir, alegrar, enfurecer, excitar... conhece tudo dela e, graças a isso, pode atender às suas necessidades.

São amos que demonstram muita naturalidade e não precisam marcar território com uma postura agressiva ou superior; são passionais e podem conhecer diversas formas de castigo, mas só usam o que satisfaz sua submissa e ele próprio. É um amo honesto, que expressa seus sentimentos sem vergonha nenhuma. São pessoas muito seguras de si mesmas, e querem que seus submissos se sintam assim também, mesmo estando sem seus amos. Procuram, antes de tudo, contribuir com o crescimento pessoal do seu(sua) submisso(a), e crescer, aprender e aproveitar com ele(a).

1.4.3. Perfil do Uni. Amos que são um meio-termo entre o Amo do Calabouço e os protagonistas. São muito brincalhões e provocadores. Atuam de uma forma ou de outra, dependendo das necessidades do submisso. São volúveis e não têm uma personalidade definida. Eles se adaptam e não são impositivos, a menos que percebam que a submissa precise de uma atitude mais dura e menos flexível. São amos muito empáticos, e não se importam em mudar de ideia, em algumas situações, conforme as necessidades da submissa. Suplicar e implorar pode dar certo com eles. Gostam de ver uma fidelidade verdadeira entre amos e submissas, e não hesitam em desafiá-la.

Existia toda uma psicologia no mundo do BDSM. E, pelo visto, também diferentes tipos de amos. Cleo não sabia absolutamente nada sobre isso. O pouco que sabia era o que a maioria das pessoas achava que sabia: que era uma prática sádica na qual o indivíduo se colocava em uma posição de submissão sexual de uma forma que beirava a humilhação. Amos, escravas, submissos, dominadores...? Em pleno século XXI? Ela não entendia.

Ainda assim, mesmo se tratando de um universo obscuro e, com certeza, cheio de lendas urbanas, ela não podia negar que tinha uma pontinha de curiosidade sobre esses temas, mas ficava arrepiada de saber que sua irmã tinha se submetido voluntariamente a alguém. Não imaginava Leslie fazendo algo do tipo, e muito menos ela mesma. Menos ainda com Lion... Além do mais, como seria exatamente seu treinamento?

1.5. MONSTROS

Dentro do jogo há um grupo de inimigos dos protagonistas. Esse grupo trabalha para os Vilões e se encarrega de dominar os casais de protagonistas que não cumprirem os desafios apresentados pelo Oráculo (vide *Elementos fundamentais na cena*) em cada cena do jogo.

Trata-se de quatro clãs de amos, alguns convidados e outros não, que se subdividem em: Rainha das Aranhas, Orcs, Macacos Voadores e Homens Lagarto. Todos agem em situações e territórios determinados, com total liberdade. A principal função dos monstros é atrapalhar os participantes na realização das provas. Esses quatro clãs usam todos os tipos de artifícios e ferramentas para fazer os submissos fraquejarem, às vezes testando sua resistência para a dor, às vezes os provocando até que cheguem ao *orsm*. Se o(a) submisso(a) deixar escapar a *codeword*[1] (vide *Elementos fundamentais na cena*) durante os castigos, ou não segurar seu próprio orgasmo, ele perde

1 A senha, também conhecida como "codeword" ou "safeword", é uma palavra previamente combinada entre o submisso e o dominador, a ser proferida quando a situação se torna de algum modo desconfortável. Quando o submisso deseja que o dominador suspenda o ato em curso, ele informa a senha. Tal mecanismo visa estabelecer uma relação de confiança entre os participantes das práticas consensuais do BDSM. (N. E.)

o amo durante todo o jogo, e pode vê-lo dominar outro(a) submisso(a). Essa seria uma prova definitiva de lealdade.

Os monstros utilizam os objetos mais grosseiros e conhecidos do BDSM. Prendedores, piercings, açoites com espinhos, eletrodos, cintas com pênis, arreios, consolos enormes, cera, fios, esporas… e muitos outros.

Rainha das Aranhas. Especialista em tortura e braço direito dos Vilões. Avalia os submissos, participa dos castigos especiais sempre que quiser e comunica os nomes dos eleitos dignos de acompanhar os Vilões na final.

Orcs. Adoram a dor e, como consequência, têm prazer em ver seus(suas) submissos(as) chorarem. Trabalham em duplas e somente em duplas.

Macacos Voadores. Costumam roubar os materiais de castigo dos protagonistas. Se os amos não estiverem com seus objetos em mãos no momento das provas designadas pelo Oráculo, a submissa ou submisso desse amo irresponsável será castigado pelo macaco com rigidez. O(A) submisso(a) não poderá atingir o orgasmo. Se isso acontecer, os macacos poderão tomá-lo como escravo. A submissa então poderá falar sua senha (*codeword*) para não ficar nas mãos dos macacos, mas se o fizer, ela e seu amo serão eliminados do jogo.

Homens Lagarto. O clã mais violento. Amam escravizar. São rudes fisicamente, musculosos. Fanáticos por sexo grupal, *fisting*, *creampie* e DP. Cruéis. Não perdoam. E não se importam em dominar até a exaustão.

1.5.1. Informações sobre os monstros. O objetivo dos monstros é fazer com que os casais protagonistas percam seus duelos. O que eles querem é carne fresca para torturar e atormentar à vontade. Mas os casais não são obrigados a jogar com os monstros, por isso têm sua arma mais poderosa, a *codeword.* Essa senha salva os amos e as submissas de serem dominados pelos monstros e, como acontece no jogo de dominação e submissão de casais, a senha faz com que o torneio acabe para ambos.

Legal, então ninguém era obrigado a estar com os monstros. Respirou mais tranquila e expirou. Menos mal... Viva a senha!

Fisting, *creampie* e DP? Meu Deus... *Orsm*? Ia anotando todas as palavras para procurar na internet e também todas as suas perguntas em um caderninho. Quando Lion descesse para o café, ela tiraria todas as suas dúvidas. Com letras maiúsculas, como se fosse um P.S., ela escreveu: OS MONSTROS ESTÃO DESTINADOS A ABANDONAR A CASA.

1.5.2. Perfis

Perfil dos amos monstros e dos Vilões. São dominadores no aspecto sexual, não se interessam por sentimentos ou pelas necessidades de suas submissas. Só se interessam pelo prazer que podem obter. Depois de satisfeitos, eles se livram ou se desfazem deles. Podem explorar a submissa em muitos sentidos, não apenas no sexual. É um amo arrogante que se considera superior aos outros. Abusa de sua submissa e a controla. Não gosta que ela se relacione com o meio externo e nem que tenha contato com mais ninguém. Eles adoram a fraqueza dos outros, pois assim se sentem mais

> fortes. Fingem ser bons amos na frente dos outros. Vendem uma imagem falsa para atrair possíveis submissos, mas logo se irritam com eles e os humilham. Nunca mostram seus sentimentos porque não sentem nada diante da entrega de seus submissos. São especialistas em todas as técnicas BDSM.

Cleo respirou fundo e estremeceu. Como uma mulher ou um homem, sendo submisso, poderia cair nas mãos de um amo com o perfil vilão ou monstro? Bom, claro, ali dizia que esses amos agressivos se disfarçavam por meio de atitudes que não eram as deles e... *tzzz*! A mosca tomou um choque na lâmpada.

> **2. CENÁRIOS EM QUE ACONTECERÁ O TORNEIO DRAGÕES E MASMORRAS DS**
> A ação se desenvolverá no mundo de Toril, em um continente chamado Faerûn, em homenagem ao cenário mais popular entre os jogadores do jogo original *Dungeons & Dragons.*

Cleo anotou: "Perguntar ao Lion onde será que fica esse mundo bizarro de Toril...". Fez um rabisco do lado e depois acrescentou: "Perto de Grayskull, com o He-Man e o Esqueleto?".

> Cada cenário terá um Amo do Calabouço no comando e um grupo de monstros dispostos a perturbar e a desafiar os protagonistas. O Amo do Calabouço vai decidir, conforme as provas e os desafios concluídos, se os casais de amos e submissos protagonistas serão obrigados a cumprir a lei do Oráculo. O Oráculo vai propor uma prova de DS para os

que fracassarem na missão. Se eles conseguirem completar a prova como definido, serão libertados pelo Amo do Calabouço. Se não conseguirem, os monstros os levarão para desafiá-los a aguentar seus castigos. Se eles suportarem, podem voltar ao jogo, devidamente penalizados.

2.1. ELEMENTOS FUNDAMENTAIS NA CENA

O Oráculo. É o personagem que divide o jogo em cenários. Repassa as ordens diretas dos Vilões e carrega um baralho de cartas. As cartas se dividem em três montes para representar uma cena ou um desafio. Um monte dos objetos (que serão usados na dominação dos submissos), outro de modalidades (cruz, potro, algemas, cordas, cadeira de *bondage*, mesa de tortura, chão e cama), e outro monte para determinar a duração da prova e o número de *orsm* a serem alcançados pela submissa. O casal que fracassar no duelo será castigado pelos monstros, mas se eles tiverem uma carta Oráculo (vide *Cartas*), poderão pedir uma última ajuda ao Oráculo para tirar uma das cartas cruciais, ao invés de usar a *codeword*. Se o amo e seu submisso não quiserem jogar com os monstros, poderão arriscar o tudo ou nada com o Oráculo. Se eles tirarem a carta de libertação, o Amo do Calabouço vai ajudá-los a fugir dos monstros; mas se eles tirarem a carta castigo, estarão automaticamente eliminados do jogo e voltarão para casa, sem nem mesmo ter a oportunidade de ver a final.

Tela de união de personagens. Em cada cenário é inevitável que haja vários protagonistas para realizar os desafios. Pode chegar um momento em que observar quem está presenciando os desafios em um mesmo cenário e quem está participando de um desafio sirva para conseguir a libertação de um castigo dos monstros, inclusive de uma eliminação fulminante pelas cartas do Oráculo ou pela rendição de uma submissa. Por isso, em cada cenário haverá um monitor com um número indicado pelos Vilões. Os afetados por perder os duelos poderão pedir o auxílio do Amo do Calabouço junto àqueles protagonistas que decidirem colaborar para conseguir sua salvação e oferecer a ele uma performance em grupo. Deverão saber convencer os demais amos protagonistas a ajudá-los. Se somarem mais do que o número estabelecido pelos Vilões, serão salvos; se não conseguirem, serão eliminados.

Baús secretos. São as caixas que devem ser encontradas pelos protagonistas em suas missões durante cada dia, o objetivo principal do jogo. Serão apenas cinco baús por dia, assim apenas os mais preparados e mais atentos serão os sortudos a encontrá-los. Em cada caixa haverá sempre uma chave, além de cartas de libertação gratuitas, passes VIPS e exclusivos com os Vilões; também objetos que valem por um personagem ou cartas que ajudem nas telas de união, assim como objetos de dominação e cartas que servem para eliminar adversários. Por fim, poderão encontrar passes para festas exclusivas realizadas pelos organizadores do torneio. Não haverá itens repetidos nos baús em um mesmo dia.

***Codeword* (senha).** A senha é uma palavra de segurança combinada entre amos e submissas que param os castigos durante os jogos de dominação. Poderão ser utilizadas também por amos e submissas que perderam seus duelos e estão a ponto de enfrentar os monstros. É uma palavra poderosa, e cada casal tem a sua. Quando são proferidas, o casal é libertado das masmorras definitivamente e pode voltar para casa, eliminado do torneio.

2.2. OBJETOS

Figuras protagonistas. Podem ser encontradas nos baús ou escondidas no itinerário do torneio. São úteis nos casos de união de personagens ou na invocação de Uni.

2.3. CARTAS

São encontradas dentro dos baús.

Carta Castigo. Indica o monstro escolhido para jogar com a submissa, ou com a dupla amo-submisso.

Carta Quantidade. São utilizadas para superar o número indicado pelos Vilões em cada cena.

Carta Troca de Casal. Durante o torneio podem surgir rusgas entre os casais. Essa carta permite uma troca de companheiro, sempre que houver um duelo organizado pelo Amo do Calabouço.

Carta *Switch*. O amo cede à submissa seu papel de dominador.

Carta Capa de Invisibilidade. Essa carta torna o participante imune durante uma rodada e o classifica automaticamente para a etapa seguinte.

Carta Eliminação. O jogador pode eliminar um adversário da competição, além de ficar com seu par e com todos os itens do jogador eliminado. O amo afetado pode solicitar um duelo de cavalheiros para impedi-lo. Se não o fizer, o novo casal deverá colocar à prova sua compatibilidade diante do Amo do Calabouço.

Carta Uni. Invoca Uni.

Carta Oráculo. Oferece sempre uma segunda oportunidade diante do Oráculo no caso de eliminação ou fracasso em uma prova.

Carta Vida Extra. Se você for eliminado, nada acontece. É só usar essa carta e ressuscitar. Mas ela só pode ser utilizada em uma margem de dois dias de torneio.

Carta Pergunta ao Amo. Ele dará uma pista sobre onde se esconde o baú da etapa seguinte.

Carta Monstros. Se você tiver a sorte de ter a carta do mesmo monstro que está a cena, você se livrará do castigo no caso de perder o duelo.

Carta Libertação. É a carta que livra dos castigos quando a prova não tiver sido superada.

ATENÇÃO: Os protagonistas poderão trocar cartas entre si quando acharem necessário.

Guarde seus objetos e suas cartas e tome cuidado com os Macacos Voadores! Eles nunca descansam!

3. REGRAS DO JOGO

O principal objetivo do torneio é tornar-se o melhor amo e o melhor submisso do jogo Dragões e Masmorras DS. Serão premiadas as melhores cenas *bukkake*, *gang bangs*, felação, *bondage*, *creampie* e de todas as categorias BDSM, assim como as parafilias mais atrevidas. Para tal, se jogará com o controle dos orgasmos, o tempo, as quantidades e a capacidade de dor-prazer de cada amo(a) com seu submisso(a).

Cleo parou e fez uma careta com a boca.

– Devo ser uma ignorante... Parafilia... Tenho que descobrir o que significa – murmurou enquanto dava mais uma mordida no sanduíche e continuava a ler as regras do jogo.

- Para tornar-se melhor amo(a) e melhor submisso(a), os participantes têm que completar as missões diárias (todas relacionadas com encontrar os baús).
- O formato da busca pelos baús é como o de uma gincana. Os protagonistas e seus submissos deverão passar por provas de velocidade, inteligência, confiança e sincronia nas quais os sentidos devem estar completamente aguçados. Dentro dos baús sempre há uma chave. O amo deverá juntá-las até conseguir no mínimo três, que o liberarão e a seu submisso das masmorras para chegarem à final e se apresentarem aos Vilões, que os desafiarão publicamente e os pressionarão até alcançarem seus limites.
- O último duelo será entre Vilões e protagonistas.
- Apenas um casal será o campeão.
- Durante o torneio diário, aqueles que não conseguirem baús deverão duelar entre si no cenário. O Amo do Calabouço será o juiz dos duelos, e o Oráculo vai organizar o jogo. Os monstros vão aguardar as derrotas dos casais para impor sua lei.

ATENÇÃO: Está reservado o direito de duelo de honra (duelo de cavalheiros), tanto entre amos quanto entre submissos. Para tal, eles se enfrentarão publicamente em um combate corpo a corpo disputado à moda antiga, com luvas de boxe.

ATENÇÃO: Para evitar que os orgasmos sejam fingidos, todos os participantes estarão com um medidor de frequência cardíaca que vai monitorar o ritmo cardíaco e o auge do clímax.

Duração do torneio: 5 dias

Máximo de penalidade: 2

Lema do torneio: Consenso, Saúde e Segurança.

4. COMUNICADO DOS ORGANIZADORES

Os amos e submissos poderão circular livremente pelas instalações do torneio uma vez que tenha se encerrado a etapa do jogo e todos já tenham cumprido seus castigos.

Os participantes deverão estar com a pulseira "tudo incluso", que lhes será entregue quando forem confirmadas suas inscrições.

4.1. NORMAS MORAIS

- Os participantes deverão realizar todos os exames de sangue e provas de resistência física para demonstrar que estão com a saúde em dia.

- Todas as relações sexuais serão realizadas com preservativo, a menos que ambas as partes envolvidas decidam não utilizá-lo.
- O torneio é para a diversão e o entretenimento daqueles que amam e respeitam o BDSM. Não serão aceitos comportamentos violentos sem anuência das submissas e sem permissão dos amos, muito menos a presença de sádicos que não tenham autocontrole.
- Se em algum momento um submisso receber um castigo que cause ferimento ou sangramento, o casal protagonista será expulso do torneio. O mesmo vale se for um monstro aplicando o castigo.
- Todas as práticas estarão sob o controle da organização. Garantimos a segurança de todos os jogadores e asseguramos que todos os objetos cedidos são novíssimos.
- Em Dragões e Masmorras DS não aceitaremos comentários xenofóbicos e eliminaremos da competição qualquer amo ou submissa que apresente algum tipo de comportamento pedófilo. Nós, da organização, denunciaremos tais desvios de forma contundente.

Quando as masmorras se abrem, os dragões estão à solta!
Que comece o torneio!

ATENÇÃO: O BDSM pode ser um jogo sexual ou um estilo de vida, mas deve sempre ser praticado com respeito e o consenso do amo e da submissa.

A devoção, o amor e a entrega da submissa a seu amo deve ser igual à devoção, ao amor e à entrega do amo a sua submissa.

Cleo deu umas piscadas e concordou com a cabeça.

– Caralho... que confusão. Não entendi nada.

Que jogo eles tinham criado! Ela não era fã desses tipos de jogo, mas alguns membros da polícia jogavam *Warcraft* e falavam de suas aventuras em reinos virtuais, e ela se assustava ao perceber que eles viviam aquilo com tanta intensidade.

Os organizadores desse *Dungeons & Dragons* edição DS – permitiu-se rebatizá-lo – explicavam tudo muito bem e, para eles, o jogo era um mero entretenimento.

Mas alguns membros deviam explicações por estar fazendo parte de um jogo sexual formado, com certeza, por pessoas equilibradas e sãs, ainda que com gostos sexuais peculiares, uma espécie de polo de tráfico de pessoas. Isso não acontecia só no meio do BDSM: acontecia em todas as partes. Alguns usavam truques como anúncios procurando modelos publicitárias, outros garantiam oferecer trabalho de babá em algum país estrangeiro... Dessa vez tinha calhado de ser um jogo de dominação e submissão, mas da mesma forma que nem todos que ofereciam trabalho de babá, ou que nem todos os sites que buscavam o novo rosto do verão eram traficantes de pessoas, os fóruns de BDSM, seus praticantes, tampouco o eram. Ainda assim, todos estavam sujos de alguma forma, não é?

– Bom dia, agente.

Cleo levantou a cabeça de pronto e viu o hercúleo corpo de Lion, seu adorável rosto de quem acabara de acordar e um sorriso de pecador indomável na boca. Por pouco ela não se engasga com o café.

Que merda, continuava bonito mesmo com remela.

– Bom dia.

– Estudando?

Cleo olhou para as folhas do relatório esparramadas pela mesa e começou a arrumá-las.

– Sim.

– Que menina aplicada.

Ela o olhou de soslaio. Estava de cueca. Uma cueca preta apertada que marcava toda sua mercadoria. Uma pequena beleza... que de pequena não tinha nada. Aparentemente Lion não se importava em se expor para ela dessa forma, e Cleo se sentiu secretamente fascinada por esse detalhe.

Os dois iriam viver emoções fortes a partir de agora. Mas a realidade era que Lion sempre tinha sido o amigo de Leslie, e não o seu. Por mais que ela tivesse tentado.

– Tem café, bolo, suco de laranja... – ela listou, colocando sobre as pernas o caderninho com perguntas.

– Você acordou que horas?

– Umas cinco e meia – respondeu, aproveitando para dar uma olhada na parte traseira dele, já que Lion estava com a cabeça enfiada na geladeira.

– Não conseguiu dormir?

– Você errou de quarto, estava dormindo no meu.

Lion a olhou por cima dos ombros e sorriu franzindo as sobrancelhas.

– Sério? Você me disse que aquele outro era o seu.

– Não, você errou. Falei para você dormir no quarto ao lado.

– Não me dei conta. Entendi o contrário... mas então gostei do seu quarto. – Pegou uma garrafa de leite gelado, tirou a tampa e começou a beber na própria garrafa, na frente dela.

Parecia um comercial da Coca-Cola, em que um pedreiro saía sem camisa de uma obra, bebendo de uma latinha, e as moças dos escritórios ficavam olhando da janela como *voyeurs*.

Pois bem, Lion era um atleta e não tinha nenhum vestígio de gordura no corpo.

E ela era uma *voyeuse*.

– "Você não usar" copos, brutamontes? – perguntou, estupefata.

Lion parou de beber e limpou a boca da garrafa com a mão.

– Vamos compartilhar muito mais do que saliva, agente. Não seja chata.

– Olha... – Cleo levantou do balcão da cozinha e parou na frente dele. – Você está tentando me deixar nervosa? Não precisa soltar esse tipo de comentário toda hora. Já tenho mais consciência do que devo fazer e estou disposta a tudo.

– Tem certeza?

Lion duvidava. Não era fácil para uma mulher descobrir o BDSM dessa forma. Mas confiava em Cleo, em sua coragem e honestidade. E estava ansioso para ensiná-la e para praticar com ela. Faria porque sempre foi o que quis, mas principalmente por segurança. Quanto mais Cleo soubesse sobre dominação, mais curiosidade ela despertaria no torneio e mais a salvo ela estaria ao seu lado.

– Sim. Absoluta. – Levantou o queixo e colocou a cabeça para trás. – Isso não quer dizer que eu não vá amarelar. Eu vou. Provavelmente vou chorar como uma criancinha, mas não leve isso em conta. Talvez seja inevitável porque... não tenho resistência a dor. Mas também não tenho opção.

Lion cobriu sua bochecha com a mão e sorriu com ternura. Cleo era resistente, mas se sentia insegura com a ideia de obedecer e se submeter a um homem, e ainda por cima não era qualquer um. Seria a ele e num contexto sexual.

– Por Leslie.

– Sobretudo por ela, sim. – Seu olhar esverdeado se tornou interrogativo e olhou confuso para a mão de Lion, que ardia sobre seu rosto. – Algum problema?

Lion franziu a testa e negou com a cabeça.

– Não, nenhum. Eu também estou preocupado com Leslie e preciso tirá-la disso de qualquer jeito. E gosto que você seja sincera comigo. Precisamos ser muito honestos um com o outro. Combinado?

– Combinado.

– E... agente?

– Sim?

Lion se inclinou sobre ela e falou em seu ouvido.

– Quando você chorar, vou lamber suas lágrimas.

Cleo engoliu saliva e sentiu seus tornozelos virarem gelatina. Ficaria muito feio se ela desmaiasse assim, ali, do nada?

Sentiu vergonha de se sentir atraída por ele enquanto sua irmã havia sido sequestrada e estava desaparecida, por isso deu um passo para trás e perguntou, com a voz trêmula:

– Você acha que ela pode ter sido...?

– Não, agente. Não fizeram nada com ela – emendou ele, com contundência.

– Como você pode ter certeza?

– Porque Leslie é muito valiosa para eles. Não vão fazer nada com ela até o final.

Cleo pensou um pouco na resposta. "Até o final..."

– Do torneio. Até a final do torneio – entendeu ela.

– Sim. Não sabemos quem são os Vilões. Onde vivem, como vivem, qual é o propósito deles... Por trás de tudo está o tráfico de pessoas, mas com que objetivo? E as drogas? A variação de *popper*, de onde eles tiram? Quem são os traficantes? Parecem uma porra de uma entidade – grunhiu, frustrado –, ninguém nunca viu o rosto deles. A Rainha das Aranhas convidou Clint e Leslie para o torneio porque sua irmã despertou o interesse dos Vilões, e talvez o dela. Se eles estão com ela, não vão largá-la até a final. Ela é do tipo que eles gostam.

– E se ela for drogada? E se ela for violada? E se...

Lion umedeceu os lábios com nervosismo.

– Leslie é uma excelente agente do FBI. Não sei o que estão fazendo com ela e nem quem está com ela, mas sua irmã vai sobreviver e lutar. A única coisa que podemos fazer por ela neste momento é começar a trabalhar e preparar você para sua nova identidade. Não vamos nos torturar pensando no que podem estar fazendo com ela. Vamos solucionar o caso, dando o melhor de nós para chegar até ela. Está claro, agente?

Cleo acenou de forma afirmativa e sentou-se novamente.

– Está claro, senhor – Lion tinha o dom da liderança e era autoritário. Agiria como amo até o fim.

– Bom. – Sentou-se na poltrona, ao lado dela, e enquanto pegava um dos sanduíches preparados por Cleo e bebia um copo de suco, olhava interessado o caderninho que ela estava usando. – Esse é o plano de hoje. Pode tirar as dúvidas que você teve durante a leitura do relatório e em seguida começamos a trabalhar no seu treinamento.

– Sim, senhor! – Prestou continência.

– Agente Cleo, não passe dos limites comigo... – murmurou, olhando-a ardentemente por baixo de seus cílios.

– Não vou passar. Nossa Senhora dos Chicotes que me livre – sussurrou entre os dentes.

Lion deteve uma gargalhada.

– Isso vai ser muito difícil... vai logo, pode me perguntar o que quiser.

5

"Você tem namorada?", ela pensou, surpresa pelo caminho que seu cérebro tinha tomado. Humm, bom, ela não deveria se importar se ele tivesse namorada... em todo o caso, a namorada, sim, deveria. Mas seu código moral não permitia dar amassos com alguém que já era casado. Ele não tinha aliança em seus longos e grossos dedos, então...

– Você tem namorado, Cleo?

– Eu? – perguntou, estupefata.

Ele a observava com seus olhos azuis escurecidos, misteriosos e... desafiadores. Por que a desafiava com uma pergunta daquele tipo?

– Sim, você.

– É... não. Não oficialmente.

O que ela estava fazendo? Claro que não tinha namorado nenhum. Ela continuava sem paciência com os homens, e o sexo nunca parecia nada de outro mundo... Mas dava vergonha reconhecer que, no momento, Rango tinha uma vida sexual mais agitada do que a dela. Cleo queria mostrar a Lion que não era nenhuma solteirona sonsa.

Lion fixou o olhar na xícara vermelha com o café que ele estava bebendo e começou a segurá-la firmemente com as duas mãos. Cleo percebeu que ele fazia força com os dedos, como se quisesse quebrar o recipiente.

– Me explica melhor esse “não oficialmente”.

– Bom... É um amigo da polícia. É... – Quem era? Timi? Não, nem pensar. Precisava de alguém que pudesse competir com Lion... Que ficasse bravo se o visse alguma vez. Ah... Magnus. – Ele se chama Magnus. Não estamos saindo... Não de forma...

– Oficial. É isso que você quer dizer? Que não dá pra dizer que vocês trepam de vez em quando?

Cleo se virou para trás e levantou tanto as sobrancelhas que elas quase chegaram no couro cabeludo.

– Porra... – murmurou ela. – Esse comentário está fora da sua jurisdição, senhor. Não importa o que faço ou deixo de fazer com Magnus.

– É aí que você se engana. – Lion levantou o olhar até encontrá-la. – Durante seu treinamento e no período necessário para concluirmos a missão, senhorita Connelly, vou estar no comando de tudo. Não posso deixar passar nada. A partir de hoje, você não pode mais se encontrar com Magnus – proibiu-a, terminantemente. – Você não precisa de distrações.

– Você pode exigir isso? – Os olhos verdes de Cleo estavam em chamas.

– Há praticantes de BDSM em toda parte. O mundo é pequeno e não podemos arriscar que alguém te veja com outro cara que não seja eu. Já temos que começar a interpretar nossos papéis.

– Leslie também passou por isso?

– Passou.

– E estava saindo com alguém? – perguntou, interessada.

– Não. – Olhou seu relógio de pulso. – Tenho um planejamento para cumprir hoje, então, por favor, aproveite este momento para tirar suas dúvidas. Você deve ter várias…

– Algumas, sim. Por exemplo, sobre Leslie. Se eles estão com ela e resolverem fazer um exame de sangue, podem descobrir que ela é uma agente federal e matá-la.

Lion negou com a cabeça.

– Impossível. Quando Leslie entrou na missão, todos os dados reais sobre Leslie Connelly foram apagados da base de dados. Foi criada uma identidade nova em todos os sentidos. Inclusive trocamos seus testes de DNA. Tentamos proteger nossos infiltrados.

– Entendi… e comigo vocês fizeram a mesma coisa?

– Sim. Agora Cleo Connelly não é filha de pais irlandeses, e sim filha adotada de uma família texana. Trabalha em uma galeria de arte em Chicago e é uma gata deliciosa e… muito tímida. Você não pode falar muito.

Não podia falar muito? Mas ela não calava a boca nem debaixo d'água!

– A missão vai ser um fracasso – bufou, tirando a longa franja da frente dos olhos. Tinha cortado o cabelo havia pouco tempo e estava com belas e enormes mechas cor de vinho tinto na parte da frente. Mesmo que o cabeleireiro tentasse cortar sua franja, ela sempre o impedia. Ela penteava tudo para um dos lados e estava tudo certo. – Vou morrer se eu não puder falar.

– Todos os gastos da missão estão a cargo do FBI. Tudo. Hotéis, viagens, alimentação, itens pessoais… É tudo subsidiado.

– Viva o FBI! Lá na polícia só me pagam o cafezinho do escritório.

– Sinto muito… – disse ele, com um sorriso.

– Sim, estou vendo... Bom, entendo que vocês me protejam com uma nova identidade.

– Próxima pergunta.

Lion se levantou, recolheu os pratos vazios e as xícaras que eles tinham usado no café da manhã. Abriu a lava-louças e colocou cada coisa em seu lugar.

Cleo não acreditou e ficou com vontade de buscar seu iPhone para tirar uma foto do carinha de cueca que estava colocando as coisas em sua lava-louças. Ah, causaria inveja no Facebook. Mas é óbvio que não o faria.

– Bom... o que leva os participantes a se inscreverem em um torneio desse tipo?

– Diversão. Somente diversão. Eles não veem da mesma forma que você. Pra você não tem problema viver só de sexo baunilha com o Magnus – murmurou. – Eles querem algo mais picante.

– Baunilha? – Com Magnus? Ele estava doido, mas tinha acreditado na lorota.

– É como se conhece o sexo tradicional.

– Ah, meu Deus... Lion, não se mexa.

Cleo levantou e pegou Rango, que estava imóvel e camuflado na cueca de Lion. Tinha tirado o camaleãozinho do terrário logo que acordou e, enquanto ela lia, Rango estava passeando pela cozinha.

Com os dedos, ela roçou a bunda de Lion, e uma corrente elétrica percorreu seu braço até o ombro.

Lion se virou e olhou feio.

– Você está passando a mão em mim?

Cleo, vermelha como um tomate, mostrou Rango, que aproveitava a proteção das mãos quentes de sua dona.

– Ele gosta de se camuflar nas pessoas... É uma mania. Um pequeno transtorno.

Lion examinou o bicho verde que a jovem tratava com tanto carinho.

– Você também tem lagartos?

– É um camaleão.

– Tanto faz. Que bicho feio do caralho.

– Não fala assim na frente dele. Ele entende tudo – repreendeu.

Lion começou a rir.

– Leslie também tem um. Uma colega do FBI está cuidando dele agora... Percebe-se que vocês são irmãs.

– Nós amamos. Temos até tatuagens de pequenos camaleões, sabia? Ela tem no interior da coxa esquerda, e eu...

– Na direita? – Lion fixou o olhar nas coxas dela.

– Sim. Gostamos desde pequenas. São bichos muito sensíveis e divertidos...

– É um réptil – respondeu ele, incrédulo. – Tem sangue frio.

– Que nem você – espetou Cleo, dando meia-volta e deixando Rango em sua adorada figueira.

Quando ficou frente a frente com Lion de novo, ela deu uma tossidinha e perguntou, cruzando os braços:

– Nas regras do torneio não está indicado se existe alguma premiação por ser melhor amo e melhor submisso.

– Tem um prêmio. Dois milhões de dólares.

– Do... – ela engasgou. – Dois milhões de dólares?! – gritou, com voz estridente.

– Sim.

– Agora sim eu sei por que participam disso.

– O prêmio é muito atraente. Mas o pessoal do BDSM, aqueles que amam e entendem de verdade, não estão nessa pelo dinheiro. Para eles já é um prêmio poder participar e estar em meio a seus jogos favoritos. Ser eleito amo ou submisso ganhador, deixando os milhões de lado, é uma satisfação quase espiritual. É uma honra para eles.

Lion falava com respeito dos praticantes do BDSM. Ela não sabia nada sobre eles, mas ele, aparentemente, entendia o que os movia. Será que ele tinha entrado mais do que o necessário nesse mundo?

– Já se sabe qual será o itinerário desse novo torneio?

– Eles vão mandar um convite secreto para os escolhidos, indicando o lugar de início dos jogos. É como se fosse uma gincana. Você sabe onde começa, mas não onde termina.

– Li nas regras do jogo que serão impostos castigos aos casais derrotados nos duelos. Os Homens Lagarto, os Macacos e tudo mais... eles vão jogar com o amo ou com o submisso do casal... Isso não é obrigá-los a fazer algo que não querem? Não é um abuso?

O agente se apoiou na pia e sorriu, compreensivo.

– Ninguém é obrigado a fazer nada contra a própria vontade. Essa é a realidade do Dragões e Masmorras DS. O jogo é saudável, justo e de muito respeito. Os monstros são amos interpretando esse papel, mas não quer dizer que eles sejam malvados. Se você prestar bem atenção, os casais protagonistas sempre podem escolher o que fazer. O jogo sempre oferece uma segunda opção, até quando o casal já perdeu. Um castigo é aceito por consenso de todos. Se não for assim, o casal sempre pode encerrar sua participação antes de cair em *gang bangs* ou outras provas mais rígidas ou com mais pessoas. Mas você vai se surpreender vendo que muitos vão querer jogar com os monstros, porque, para eles, trata-se de um jogo sexual no qual o único pecado é não aproveitar. Tudo vai depender da personalidade do amo e do submisso.

– Mas eu li que os amos monstros são muito cruéis. Como um homem ou uma mulher, na condição de submisso, se entrega a alguém que pode até machucar?

– Você deve pensar que eles se entregam porque é o que eles desejam. Vai ter gente gritando, e você vai achar que eles estão numa situação muito ruim; mas, na verdade, eles estão gostando. Estão vivendo sua própria fantasia. A submissão e a dominação são papéis sexuais e espirituais, e Dragões e Masmorras DS é como um filme. E todos os participantes fazem parte dessa mistura.

– Entendi... acho. Imagino o BDSM como algo perverso e obscuro. É normal que eu tenha um pé atrás, não? – disse Cleo, defendendo-se das críticas inexistentes de Lion.

Ele cruzou os braços e colocou a perna direita na frente da esquerda.

– Mais perguntas, senhorita?

– O que é Toril?

Lion deu um sorriso aberto; Cleo teve que disfarçar e deixar de olhar para ele. Parecia emanar uma luz!

– Toril é um planeta fictício dos cenários de *Forgotten Realms*. Os jogos de RPG *Dungeons & Dragons* são ambientados em planetas e terras de *Forgotten Realms* e de *Warcraft*. Seja qual for nosso itinerário, os cenários sempre serão inspirados nesse universo. Toril significa "o berço da vida".

– Não entendi várias palavras do relatório e do dossiê.

– Vamos cuidar disso. Trouxe algumas coisas para você se inteirar do assunto.

– Podia pedir para a Marisa me emprestar esses livros eróticos que estão na moda ultimamente...

Lion suspirou e cravou os olhos no teto.

– Você não vai ler isso.

– Mas fala de BDSM, não é? Todo mundo leu.

– Pequena... o BDSM autêntico é outra coisa. Esses seus livros só falam sobre jogo de amos e escravas baunilha.

Cleo pestanejou. Pequena? Ele a havia chamado de pequena... O agente estava perdendo a compostura e, em seu lugar, aparecia a figura de Lion.

– É um best-seller.

– Eu já li, você acha que não? Mas são livros que podem confundir as pessoas. O protagonista era louco e traumatizado porque a mãe apagava cigarros no peito dele e ele decidiu entrar no BDSM. E querem salvá-lo, tirá-lo disso. Mas adivinhe.

– O quê?

– Os amos e submissos não querem ser salvos por ninguém. Eles gostam do que fazem, gostam de seu mundo. Não sofrem de nenhum tipo de psicopatia, nem paranoia, ou transtorno obsessivo-compulsivo... Por eliminação e por serem maioria, tem muito mais pessoas baunilha desequilibradas do que entre membros do BDSM. Tem muito mais loucos que fazem amor da forma tradicional e com ternura do que entre amos e submissos. Alguns ficam excitados com uma lambida no mamilo e outros gozam com uma mordida, mas todos sentem prazer. A dor pode ser prazerosa, e o pessoal da DS sabe disso.

– Você fala como se fosse um deles.

Os olhos de Lion se escureceram, os cantos de seus deliciosos lábios se alçaram, e seu rosto revelou um mundo cheio de pecado e luxúria.

– Eu sou um deles, Cleo. Sou um amo desde que completei meus vinte anos e me dei conta de que gostava mais do sexo mais rígido e controlador do que o convencional. Recebi essa missão por coincidência.

Cleo abriu a boca, surpresa.

– Quê?!

– Você vai jogar comigo, então é melhor eu ir dizendo logo quais são minhas preferências sexuais, não é? – tentou dar um tom cômico ao assunto, mas Cleo não ria.

Lion era um amo? Um amo de verdade? A cabeça pensante da jovem começou a cogitar e criar ideias e suspeitas das quais ela não gostou nada.

– Vamos ver... – Fixou os olhos verdes no desenho impresso no pescoço de seu superior. – O que significa essa sua tatuagem no pescoço? – Estava assustada e, ao mesmo tempo, se sentia feminina diante dele. Como se ele pudesse avaliá-la, e ela pudesse seduzi-lo. Que sensação estranha...

– Significa "amo".

Cleo abraçou a si mesma e começou a andar de um lado para o outro.

– Por que sinto como se isso fosse uma emboscada, Romano?

Ele deu de ombros e seus olhos se cobriram de humor. Cleo o chamava de Romano quando ficava brava e impaciente.

– Não é.

– Quem apresentou as artes da dominação a Leslie e Clint?

– Um dominador que dá aulas sobre BDSM em Nova York. Eu o recomendei.

Cleo apertou os lábios.

– E por que eu devo ser treinada por você? Por que devo acatar essa decisão? Não somos lá grandes amigos, ainda que eu te conheça há anos. Por que você me escolheu para ser sua submissa? Você poderia ir para o torneio com outra.

Dessa vez foi Lion quem apertou os lábios em sinal de frustração.

– Você prefere que um dominador qualquer tenha que te tocar, te excitar? Que tenha que bater em você e...?

Cleo estremeceu.

– Me causa o mesmo incômodo que seja feito por você. Talvez até mais – protestou ela.

– Leslie quis uma dominadora. Clint concordou, por preferir apanhar de uma mulher. Sua irmã não queria ser tocada por um desconhecido. Assim, ela tentou se sentir mais à vontade com uma mulher. E Susi fez um trabalho excelente com os dois. Eles foram treinados à perfeição.

Cleo olhou para o outro lado. Susi?

– Cleo, olhe pra mim. – Ela não o fez. Rebelde e desafiadora, sim, senhor. – Eu decidi assim porque Leslie não aprovaria se eu te colocasse nas mãos de um amo desconhecido. Ela sabe que vou cuidar de você. E eu, de alguma forma, me sinto responsável pelo que venha a acontecer.

– Vá à merda, Lion. Você não é meu irmão mais velho, sabia? Se eu quiser que outro amo me ensine o BDSM, estou no meu direito de escolha. Mas você já decidiu por mim e está me obrigando a acatar sua decisão.

– Você está insinuando que vai me recusar?

– E você está me dizendo que é um amo na vida real? Amo e agente especial do FBI?

– Sim, uma coisa não invalida a outra – grunhiu entre os dentes.

– O vice-diretor sabe disso? E seus superiores?

– Não.

– Por que você não falou pra eles?

– Porque isso não importa pra ninguém. O que tem que importar pra eles é a minha competência como agente federal. Minhas preferências sexuais não interessam a mais ninguém, só a mim.

– E a mim... agora eu também sei.

– Quero que você seja minha parceira nessa missão. É pedir demais, agente?

Cleo abriu um pouco os lábios sem saber o que dizer. Lion era um provocador, mas ele sabia perfeitamente que, por mais que a pressionasse, ela não abandonaria o caso. Não era uma questão apenas de drogas ou do tráfico de pessoas. Era por sua irmã.

– Mas você está em um caso sobre BDSM... e te escolheram como agente encarregado.

– Por mera coincidência. Fui escolhido pelo meu perfil, não porque sabem que eu gosto de dar uns tapas.

Cleo apertou os lábios e olhou para baixo. "O cretino quer me intimidar."

– Então... essa missão foi feita sob medida pra você, não é, Lion? – perguntou ela, antipática.

– Foi.

– Minha irmã sabia?

– Tanto Clint quanto ela.

– E como eles encararam?

– No início ficaram surpresos, mas logo perceberam que seria muito bom, porque eu pude ajudá-los em muitas coisas.

"Muitas coisas." Dava até para estudar a implicação dessas palavras. Mas agora Cleo deveria decidir se queria Lion como amo e chefe ou só como chefe.

– Ainda está pensando se me quer ou não?

– Mas claro! – murmurou, raivosa. – Isso não é fácil pra mim... Você... é o Lion. O menino que puxava meu cabelo, que roubava minhas bonecas, me excluía das brincadeiras e ria de mim porque eu não tinha peitos. E agora você quer que...

– Cleo – ele a interrompeu com frieza. Seus olhos azuis destilavam ressentimento –, se for demais pra você, podemos achar outro jeito. Mas isso não vai mudar o fato de que você vai entrar no torneio como minha parceira. Vamos ser um casal de qualquer jeito, não há opção. Ainda assim, não aceitar fazer o treinamento comigo é um ato de irresponsabilidade. Temos que ser um casal perfeito, e se você não conhecer meus gostos e minha maneira de ser, não vai poder aceitar meu comportamento como amo no jogo e podemos confundir os demais. Mas a decisão é sua, não gosto de impor minha presença a ninguém. – Encolheu os ombros e passou a mão na cabeça. – Vá se trocar. Vou te levar a um lugar onde você possa começar o treinamento.

Cleo olhou assustada e colocou os ombros pra trás.

– Neste exato momento?

– Agora – ordenou, com dureza –, vamos encontrar um amo. Você tem que se familiarizar logo com o ambiente. Suba e vista alguma coisa com um capuz que cubra parte do seu rosto.

Cleo obedeceu e passou ao lado dele, olhando-o de canto de olho. Lion estava muito zangado. Dava para notar por sua postura: os músculos tensos, os ombros levantados, a mandíbula apertada...

Um ponto a seu favor. Lion, como agente encarregado, podia dar ordens para que ela acatasse suas regras. Se ela se recusasse, ele poderia considerar um ato de insubordinação e retirá-la do caso imediatamente. Mas ele não o fez. Ele estava dando a ela, de alguma forma, a possibilidade de escolha.

Ela não tinha a menor ideia de como eram os amos ou dominadores. Só conhecia do BDSM o que estava no imaginário popular: que era algo obscuro e pervertido. E agora Lion iria levá-la a um local onde ela começaria seu treinamento.

Ela estava aterrorizada.

Quem seria seu instrutor?

Foram pela margem do rio, pela rua Tchoupitoulas, até sair do Irish Channel.

Lion dirigia em silêncio.

Era a primeira vez que Cleo entrava no carro dele, e ela ficou maravilhada com a limpeza e com o cheirinho bom... Os bancos eram de couro preto, o painel tinha vários dispositivos de última geração e reluzia, e o interior era amplo e muito cômodo. Não tinha nenhum adesivo, bichinho de pelúcia ou odorizador com formato engraçado. Seu jipe era reservado, sério e linear como o dono. Mas, ao mesmo tempo, era cômodo e seguro.

– Você está bravo – disse Cleo, olhando, pelo vidro escuro da janela, a balsa que chegava em Gretna.

Lion a observava com os olhos azul-escuros apertados. Ela estava com a cabeça coberta pelo capuz de um blusão roxo, que contrastava belamente com as mechas de seus cabelos ruivos, que acariciavam suas bochechas, e com seus olhos verdes puxados. Não estava usando nenhuma maquiagem e, mesmo assim, sua beleza natural era muito sexy.

Bravo? Ela nem fazia ideia. Lion estava tão frustrado naquele momento que nem sabia como dizer a ela como estava sendo tonta por não o escolher. Não ia permitir em nenhuma circunstância que outra pessoa ensinasse a Cleo o que era o BDSM. Ele queria ensiná-la. Por isso mesmo, quando o vice-diretor falou que estavam cogitando Cleo Connelly para ser uma infiltrada, ele se ofereceu imediatamente para ser o parceiro de missão. Não se sentia bem quando imaginava outra pessoa amarrando ou dando chicotadas na pequena Cleo... Ela precisava entrar de forma delicada no mundo da submissão e da dominação. E para isso era melhor estar nas mãos de alguém em quem ela pudesse confiar.

Leslie não o perdoaria por deixar sua irmã nas mãos de outra pessoa. Mas ele cuidaria disso.

Agora a fada teimosa estava com medo dele e se sentia insegura, o que causava nela a necessidade de estar com outra pessoa e não precisar se tornar íntima de Lion. No entanto, o sucesso da missão dependia do papel desempenhado por Cleo, e ainda que ela estivesse sendo irresponsável, ele não o seria; o melhor amo para Cleo se chamava Lion Romano.

E ponto final.

Ela se daria conta disso rapidamente.

Passaram pelas imediações de Saint Thomas e entraram no Bairro Francês, ou French Quarter, como era conhecido.

Sempre que fazia a ronda daquela região, Cleo imaginava Nova Orleans no passado. Suas ruas ainda tinham esse espírito que falava de homens ricos e crioulos, de escravidão e prostituição, de mistério, bruxaria e vodu. Por alguma razão, já tinha sido considerada a antiga cidade do pecado dos Estados Unidos, não é?

Bourbon, Ursulines, Charles... eram alguns dos nomes de suas ruas, que evocavam o clássico e o poético de tempos passados. Becos onde antes as prostitutas não eram tão jovens quanto atualmente; pelo contrário, eram mulheres experientes, não como as meninas que agora trabalhavam de maneira improvisada nas esquinas.

E, mesmo assim, embora o Bairro Francês ainda pecasse, não dava para deixar de admirá-lo e de se ver seduzido pelo cheiro das azaleias de seus jardins, pelas varandas de ferro forjado de suas casas antigas, pelas cores das fachadas e pela música do sax no ritmo de jazz.

O Bairro Francês tinha algo de mágico que clamava por sua sobrevivência.

– Não, não estou – respondeu Lion, finalmente.

– Não está o quê?

– Sua pergunta...

– Ah, sim... – Cleo fingiu que estava surpresa. – Você responde depois de dez minutos? – indagou, aborrecida. – Nem me lembro mais o que te perguntei.

– Você perguntou se estou bravo. Minha resposta é não – disse ele, como se Cleo fosse uma criancinha.

– Ah, claro... você pelo menos entende meu comportamento? – Ela continuava olhando pela janela. O sol fazia o rio Mississippi brilhar como se estivesse coberto por diamantes.

– Entendo que seus novos superiores te passaram algumas diretrizes e que você quer driblar a principal delas. Em breve vou ter que enviar para o FBI uma avaliação do seu trabalho e você não está facilitando as coisas. Estou um pouco decepcionado. Leslie jamais...

Cleo o encarou, ofendida.

– Leslie não está aqui, não é? – A intenção não era ofendê-lo; mas, pelo modo como ele apertou o volante, ela percebeu que o tinha ofendido de novo. Por outro lado, ele a ofendia ao compará-la à sua irmã. E todo mundo sabia que as comparações eram detestáveis. – Posso aprender a mesma coisa com outro amo. Você não é o melhor do mundo, Lion.

– Isso é algo que você não vai saber até fazer o teste com outro e depois comigo para saber as diferenças.

– Pelo menos o que eu estou vendo até agora me agrada muito mais. Pelo menos... – Apertou os olhos verdes e estudou o perfil do rapaz, elegante como uma pantera. – Estou gostando tanto, que nem preciso testar mais nada. Eu poderia até entrar no torneio sem que você tenha de ser meu parceiro.

O olhar de Lion estava cheio de sarcasmo. Parou o carro na famosa rua dos piratas, a Bourbon Street, onde os irmãos Lafitte comemoravam seus roubos e faziam sexo até não querer mais.

Lion apoiou o braço no encosto do banco de Cleo e aproximou seu nariz do dela para dizer:

– Pelo menos você é loira, tem um metro e oitenta e é um tesão... mas ambos sabemos que você não é assim.

Ela pestanejou.

– Você está fazendo de novo. Essa é a Leslie, não sou eu – disse Cleo, em voz baixa e séria.

Lion a olhou fixamente, revisando sua roupa e admirando as maçãs do rosto proeminentes e a boca rosada daquela mulher corajosa e inconsciente, que não sabia que ele cuidaria dela melhor do que ninguém, que não sabia que ela era muitíssimo mais bonita e especial que a espetacular irmã. Pelo menos para ele.

– Desça do carro – ele ordenou.

Cleo não demorou nem um segundo para obedecer. Ou ela saía dali... ou... não sabia o que ia acontecer, mas de repente parecia impossível respirar ali dentro. Lion era assim, como o fogo que consumia o oxigênio.

– O que estamos fazendo aqui na Bourbon?

– Vou te apresentar a alguns amigos.

Ao fundo, se escutava uma marcha fúnebre, a morte de um ente querido. Em breve desfilariam por ali todos os familiares, com o caixão nos ombros, caminhando ao som de um trompete melancólico, e em seguida voltariam ao ritmo alegre do jazz. Cleo não estava com humor para sentir respeito e pesar por eles.

Lion se aproximou de uma casa antiga entre dois pubs, um deles era a loja Lafitte's Blacksmith. Pela manhã, em plena luz do dia, todos os pubs, bares, restaurantes e boates distribuídos nas quatorze ruas do French Quarter pareciam inocentes: lugares onde pessoas de todas as idades podiam tomar alguma coisa ao ar livre e ver as crianças correndo de um lado para o outro. Mas Cleo e Lion, nativos daquela região, sabiam que de noite tudo se transformava.

Cleo observou a campainha com botões metálicos e prateados. O que será que faziam ali?

– Sim?

– Trouxe o butim – disse Lion.

Houve um curto silêncio no interfone até que a porta da frente se abriu.

– O que quer dizer isso? "Trouxe o butim"? – repetiu Cleo, espantada. – Botina?

– Não quero te expor nas casas noturnas mais famosas do bairro. Este é um lugar secreto onde se pratica o BDSM, e só algumas pessoas sabem a senha. "Trouxe o butim" é a senha.

Ela abriu a boca enquanto Lion subia as escadas para o primeiro andar. Um clube clandestino? Por que ela estava tão nervosa?

– Este clube existe há pelo menos um século. Foi fundado por uma família de origem europeia de Nova Orleans e foi passando de geração em geração. – Pararam na frente de uma porta roxa de madeira.

– Uma família de amos?

– Não – Lion sorriu como um pirata. – Uma família de amas.

– São mulheres? As donas são mulheres?

– Talvez você as conheça – advertiu. – Cubra o rosto com o capuz e use isso aqui. – Tirou o boné Billabong preto que usava e colocou nela, por debaixo do capuz, escondendo os cabelos ruivos de Cleo dentro do boné e por trás das orelhas. Lion acariciou seus lóbulos com parcimônia. – Você tem as orelhas muito pequenininhas...

– Agente Romano... – murmurou Cleo, com as bochechas vermelhas, imóvel, recebendo com prazer o carinho.

– Humm?

– O que você está fazendo?

Lion sorriu e abaixou as mãos.

– Estou fazendo com que ninguém te reconheça.

Sim. E aproveitando para acariciar suas orelhas. Coisa que a deixava a mil. Ela estava até com o farol aceso. Deu uma olhada no blusão para ver se tinha alguma marca, mas não. Menos mal.

– Quando for olhar para alguém, não levante muito a cabeça, ok?

A porta se abriu, e diante deles apareceu uma mulher negra que Cleo não conseguia reconhecer. Usava uma calça *skinny* vermelha, um top preto e sapatos da mesma cor, com os saltos tão altos que Cleo até sentiu vertigem. Seus olhos eram azuis, efeito das lentes de contato que ela usava.

– Olha só o que a maré me trouxe... – disse com um enorme sorriso, convidando-os a entrar.

– Nina – cumprimentou Lion. Colocou a mão na parte baixa da cintura de Cleo e a conduziu para dentro do local.

– Há quanto tempo, King.

Ele concordou com a afirmação e Cleo levantou as orelhas como um felino percebendo uma ameaça ao redor. Por que ela se sentia ameaçada por aquela mulher?

– O que te traz aqui? – perguntou Nina.

– O de sempre – respondeu ele, conciso. – Eu quero a três.

A mulher pestanejou com surpresa, concordou e pareceu entender a urgência. Caminhou através do corredor branco decorado com fotos dos antigos fundadores, rebolando de um lado para o outro e desfilando vigorosamente com seu salto. Parou na frente de uma caixa fixada na parede. Abriu, e dentre vinte chaves diferentes escolheu uma dourada amarrada em uma fita preta.

– Toda sua. – Nina entregou a chave e olhou para Cleo com curiosidade.

Lion afastou-a da análise da anfitriã e eles foram de novo para a porta da frente. O clube ficava no subterrâneo e era um lugar que praticamente ninguém conhecia.

– Já vamos embora? – perguntou Cleo, descendo as escadas. – Essa mulher te chamou de King – zombou, como se fosse ridículo.

– É meu *nick*. O nome que eu uso nesse meio.

– Como se fosse um pseudônimo?

– Sim.

Ela foi descendo os degraus de dois em dois. *King*...

– Nina conhece o fórum e o torneio Dragões e Masmorras DS?

– Acho que não. Eles existem há pouco tempo. Não mais do que dois anos. Além disso, é um torneio muito seletivo. Mas se sua dúvida é se a veremos por lá... a resposta é não. Nina e suas irmãs só administram este clube e não se interessam por mais nada.

Certo... Enquanto desciam para o que parecia um porão, Cleo se perguntou até que ponto Lion conhecia a família de amas. E como a curiosidade matou o gato, logo parou de pensar nisso.

Lion a levava para um reino oculto entre as sombras, um submundo que ela ignorara até então. A sensação era parecida com quando ela era criança e descobriu seu pai, disfarçado de rena, colocando os presentes debaixo da árvore de Natal.

Conclusão: claro que Papai Noel existia, mas a história das renas era tudo uma encenação.

Talvez ela descobrisse, naquele momento, que não existia apenas o sexo e o amor convencionais; poderia haver muito mais atrás daquela porta que eles estavam abrindo.

Será que ela ia gostar?

6

Se você pudesse escolher entre quatro demônios, o feio, o mau, o bom e o gostoso, quem você escolheria? O gostoso, não é? Com os amos é a mesma coisa.

A iluminação não era muito boa. Não se ouvia nada. Mas, para Cleo, até o silêncio era mais inquietante do que qualquer som que pudesse vir das salas daquele clube.

Porra, estavam no subterrâneo. Nunca havia imaginado que pudesse haver algo assim em Nova Orleans; se bem que, por outro lado, onde haveria algo assim se não fosse lá?

– Elas têm isolamento acústico? – perguntou, enquanto passava os dedos por uma das portas metálicas.

– Têm. É o único jeito de manter em segredo o que se passa aqui.

Todas tinham cores diferentes. Ao final, percebia-se uma porta preta e grande com a maçaneta em formato de leão dourado.

Lion. Leão.

King. Rei.

Cleo foi juntando as peças e chegou à conclusão de que Lion era o Rei Leão do BDSM.

Ele pegou a chave e abriu a porta. Apertou o interruptor e a sala espartana se iluminou com uma luz tênue e azulada.

– Neste lugar tem muitas salas com ambientes distintos. Salas vermelhas, medievais, salas ao estilo masmorra, salas de fetiche e salas "sob medida", como esta. Cada uma está equipada com todos os apetrechos necessários. As vermelhas dispõem de um completíssimo equipamento para a prática do SM: cama de tortura, trono, cruz de Santo André, berlinda, jaula, potro, chicote e açoites de diferentes tipos... As medievais contam com sua própria prisão, cama de estiramento, pontos de suspensão, cadeira de tortura... E a sala de fetiche dispõe de roupas de couro, látex, PVC, botas, sapatos, máscara, capuz...

Cleo ouvia, mas não escutava. Ela estava consternada com a rispidez daquela sala, isso porque não havia nada ali. Só duas vigas de madeira fincadas no chão com duas correntes penduradas na parte superior. Nada mais. A parede estava descascada, e o chão era de cimento. A sala tinha um cheiro um pouco mais fraco que o do amoníaco, como se tivesse sido limpa e desinfetada. Por aqueles lugares provavelmente passavam muitas lágrimas, suor e fluidos que depois desapareciam por questão de higiene.

Cleo não queria nem imaginar o que acontecia entre aquelas paredes.

Certa vez, na faculdade, sua amiga Marisa, que trabalhava como assistente jurídica em Nova Orleans, disse que as mulheres deviam ter em seu interior um anjo e um demônio, uma santa e uma puta.

Pois bem, naquela situação, santa Cleo estava fazendo o sinal da cruz. Mas a Cleo puta levantou uma sobrancelha com expectativa e curiosidade.

– O que estamos fazendo aqui? – perguntou, mesmo sabendo a resposta.

– Você vai fazer uma escolha. É a sua vez.

Três homens entraram na sala.

Estavam descalços e usavam calças de couro. Um era careca, tinha o corpo bem definido e os olhos claros; o outro era alto, musculoso, lindo, com cabelos pretos longos e olhos escuros, mas de aspecto um pouco gótico, e o terceiro era... um homem mais velho, muito atraente, mas que fazia com que ela se lembrasse do pai.

Ela ficou na defensiva quando os três invadiram seu espaço e, inconscientemente, deu um passo para ficar mais perto de Lion. Ele olhou para ela, analisando sua reação, mas continuou com a expressão impassível.

– Esses são Brutus, Prince e Amadeu.

– E ela é...? – perguntou o de cabelo longo e liso.

– Pussycat – respondeu Lion, olhando para ela de canto de olho.

Cleo escondeu os olhos por baixo do boné. Gatinha? Ela? Ela não era uma gatinha!

– Pussycat está atrás de um amo. Alguém quer fazer um teste com ela?

Os três sorriram esperançosos e cercaram Cleo como se fossem hienas prontas para dar o bote.

Cleo não se imaginava trabalhando com nenhum deles. Nunca. Eles... assustavam. Ela não... Esses caras exalavam hormônios dominantes por todos os poros.

Brutus, o careca que parecia um fisiculturista, parou na frente dela e falou com voz doce:

– Tire a roupa pra mim, Pussycat. Deixe eu te ver. – Ergueu a mão, decidido a tirar o capuz dela, mas Lion o agarrou pelo pulso.

– Nada de encostar até ela dar permissão – ordenou com voz fria.

Brutus resmungou e obedeceu ao Rei Leão.

Amadeu, o que parecia o pai da moça, se aproximou de sua orelha.

– Que cheirosa.

Lion apertou os dentes quando viu Cleo tremer diante da aproximação dos três.

– Você está com roupa demais. Tire – mandou Amadeu, passando a mão na bunda dela.

– Amadeu, não coloque a mão nela se ela ainda não te pediu – grunhiu Lion entre os dentes.

Cleo se sentiu humilhada. Lion estava pressionando e deixando que aqueles três amos a provocassem, acreditando que ela era submissa e que obedeceria. Mas ela não o faria. Não com eles. Ela se sentiu como um pedaço de carne com olhos, mas no fundo entendeu o que Lion havia proposto. Ele não a machucaria, era alguém em quem ela poderia confiar... O homem que tiraria sua roupa e testaria todos os seus limites não seria um completo desconhecido... seria Lion. E ele queria treiná-la. Havia alguém melhor do que ele? Para ela, não havia. Se você pudesse escolher entre quatro demônios, o feio, o mau, o bom e o gostoso, quem você escolheria? O gostoso, não é? Pois ela decidiu que com os amos deveria ser a mesma coisa.

– Ela não mostra o rosto, não mostra o corpo... não sabemos nada dela – listou Brutus. – Ela não está nem aí pra gente, Rei. Tem certeza de que ela é uma submissa?

Prince sorriu diabolicamente e observou o queixo trêmulo de Cleo.

– Você está assustada, pálida – murmurou. – Por que está com medo? Não vamos fazer nada que você não queira. Bom – corrigiu-se e acrescentou, insolente –: Brutus sim. Eu não.

Lion se segurou para não quebrar a cara daquele príncipe metido. Todas as submissas se apaixonavam por ele, mas ele... já não se apaixonava por mais nenhuma.

Brutus resmungou e colocou a mão no pau.

– Já estou ficando duro, Pussycat. Tire essa maldita roupa. Vamos te ensinar bons modos.

Cleo negou com a cabeça e cravou os olhos verdes em Lion, como se dissesse "essa merda ainda vai durar muito tempo?".

– Isso foi um não? – perguntou Brutus, aproximando-se perigosamente de Cleo. Ele tinha o dobro do tamanho da jovem agente. – Quer ser castigada assim tão rápido, gracinha? Já entendi... quer que eu mesmo tire sua roupa?

Brutus era, sem dúvida, o amo cruel.

Lion olhou para ela, e seus olhares se chocaram.

Se Lion permitisse que algum daqueles três homens encostasse nela, Cleo não o perdoaria jamais.

Ela estava em uma situação péssima e ele não se sentia nada confortável com aquilo, mas era necessário para ela perceber que não seria fácil trabalhar com um amo que ela nunca tinha visto antes. Outras mulheres submissas, já praticantes do BDSM, não veriam problema em obedecer às ordens que os três tinham direcionado a Cleo; mas para ela tudo era novo e obscuro. Era normal que se negasse.

Precisaria se acostumar àquilo tudo, embora tivessem pouco tempo para conseguir. Mas contavam com a paciência dele, e com o entusiasmo dela em não ficar para trás e acompanhá-lo, só para que Lion não pudesse mais recriminá-la e não a comparasse mais a Leslie.

– Gatinha? – perguntou Lion, titubeando. – Você decide, pequena. Qual amo você escolhe?

Ela estava tensa como se estivesse em uma corda bamba. Abaixou a cabeça e engoliu saliva.

– Você – respondeu com voz trêmula.

Lion recebeu a rendição como uma bênção, ainda que ver as lágrimas em sua resposta não tivesse lhe dado nenhum orgulho.

Ele podia jogar muito sujo se algo de seu interesse estivesse em xeque. Ela precisava conhecer seus defeitos. Nos próximos dias, eles iriam se conhecer perfeitamente, na intimidade e fora dela.

E Cleo não era importante só por causa da missão. Cleo era importante para Lion desde o dia em que eles se conheceram, de uma forma que nem ele mesmo entendia, mas assim era.

– Como é? – perguntou ele, para deixar claro tanto para os outros amos como também para eles mesmos.

– Eu disse que escolho você – Cleo repetiu um pouco mais alto, sofrendo com a situação.

– Ótimo. – Lion dispensou os três amos com um movimento de cabeça e uma simples frase –: Cavalheiros, obrigado pelo serviço.

Os três amos se despediram dele e passaram uma última vez por Cleo.

– Talvez em outro momento, gracinha – disse Prince, piscando um olho.

– Talvez não – assegurou Lion, ameaçando-o só com a voz.

Prince levantou as mãos e encolheu os ombros.

– Claro, Rei.

A porta se fechou e eles ficaram sozinhos.

Cleo estava tremendo, com o olhar fixo e cravado em seu Adidas azul e branco. Não sabia o que estava acontecendo. Como policial, já tinha feito coisas muito mais perigosas do que se enfiar naquele buraco com quatro amos. Mas ela se sentia mal... um deles tinha passado a mão na sua bunda. Vá se foder.

Além do mais, uma mulher tinha que ser muito corajosa para estar ali e se entregar a eles daquele jeito. Ou a submissão era um ato de valor incontestável ou um ato de loucura atroz. Ela não sabia.

Ouviu os passos de Lion e viu as pontas de seus tênis.

– Se você fosse uma submissa, teria se excitado só de ouvi-los falar. Não sei quais são suas preferências sexuais, Cleo, mas você está nessa missão e eu vou te ensinar a atuar como uma submissa com seu amo. Na cama – especificou –, vamos testar todos os apetrechos que usaremos no torneio – parou para escolher as palavras mais adequadas, mas nada mais suave lhe veio à cabeça. – Vamos fazer sexo. Entendeu, Cleo? Me diz que entendeu... – Lion apertou os punhos, assustado.

Ela confirmou com a cabeça, mas continuou sem olhá-lo nos olhos.

– Sei que no começo pode ser incômodo, mas, se você relaxar, vai poder até aproveitar o treinamento. Vamos fazer juntos. Você vai aprender tudo sobre esse mundo, e pode ser até que goste. Você não vai saber enquanto não experimentar. Minha missão é te fazer gostar, para que você interprete o melhor papel da sua vida no jogo. De acordo? Me diz a verdade desta vez porque eu não vou mais perder tempo.

Cleo concordou com movimentos mecânicos de cabeça.

"Merda, Cleo, olhe pra mim..."

Lion levantou o queixo dela com doçura. Ela estava com as pupilas um pouco dilatadas pelo estresse. Maldita Cleo, tinha mesmo achado que ele deixaria que os amos fizessem alguma coisa com ela. Tinha achado de verdade. Ela o conhecia muito pouco...

– Ei, olha pra mim, bruxinha – pediu com ternura. – Você está bem?

Cleo umedeceu os lábios, e seus olhos lançaram chamas verdes de raiva e de dúvida quando ela olhou para frente.

– Seu idiota, filho da...

– Shh... – Lion sorriu com suavidade. – Eu sei. Não era minha intenção te assustar, só queria que você soubesse com que tipo de perfis de amos você poderia ter que lidar. Os três são caras excelentes, de verdade. Mas não é a mesma coisa lidar com eles como dominadores.

– Sério? Não tinha me dado conta.

– Agora vou me encarregar de você, agente. Diga que você aceita ser minha submissa. Até o torneio e até a conclusão do caso Amos e Masmorras. Preciso estar seguro com você e com nossos papéis. Diga.

– Sim.

– Não. Diga: sim, aceito ser sua submissa até a conclusão do caso. Isso significa que o jogo começa a partir de agora.

Cleo fechou os olhos e se jogou do abismo. "Meu Deus... Vou deixar que Lion passe as mãos em mim e que me faça gozar como uma louca. Vou oferecer meu corpo para que ele faça e desfaça o que quiser."

– Sim, aceito ser sua submissa até a conclusão do caso.

– Promete?

– Prometo. E você me promete que não vai fazer nada que possa me machucar ou me causar dor – exigiu em troca.

– Prometo, Cleo. Sua segurança e bem-estar vão estar em primeiro lugar. Na sua casa vou te explicar o tipo de amo que sou, mas prometo que comigo você não precisa ter medo de nada.

Ela concordou, um pouco mais tranquila e olhou ao redor com nervosismo.

– Já podemos sair daqui?

– Claro. Eu te trouxe para o clube das mulheres Lafitte só pra você parar de me encher, falando que ia procurar outro amo. – Segurou a mão dela e a tirou da sala de castigo. – Se você entra nesta sala com a pessoa adequada você a vê de outro modo... Desculpe ter te assustado.

– Percebi... Você já conseguiu o que queria, não tem o que ficar lamentando.

Lion sorriu enquanto subia as escadas e abria a porta que dava para a entrada. Subiu novamente para devolver a chave a Nina, e em seguida saíram do edifício com as mãos dadas.

– Antes de começar o treinamento na sua casa, quero que você passe em um lugar. Já marquei um horário pra você.

– Horário? Horário pra quê?

Cleo estava vermelha como uma cereja. Lion tinha marcado um horário para ela em uma esteticista. Ela depilou tudo lá embaixo, e agora sentia a pele formigar, um pouco irritada e também inchada por causa dos puxões. Mas a sensação era tão contraditória que ela não conseguia ficar parada no lugar.

No início, antes de entrarem, tinham discutido um pouco. Ela disse que os pelos pubianos eram uma espécie de proteção para a vagina, e que ela não queria tirar tudo. Lion negou terminantemente e falou que ela ia aproveitar muito mais se estivesse com a zona completamente depilada e lisa. E ele achava mais bonito.

"E ele achava mais bonito." Imaginou Lion ajoelhado na frente dela, abrindo-a como uma flor, analisando suas formas e sua cor. Meu Deus... ela estava ficando excitada!

– Doeu?

– Nem me fale – respondeu, de mau humor.

Lion sorriu, olhando para a estrada.

– Não deve ter sido pra tanto – brincou.

Cleo tirou o capuz e o boné. Sua juba vermelha se esparramou pelos ombros e pelas costas. Com má vontade, ela jogou o boné em cima do painel do carro.

– Por que você não depila suas bolas e me diz o que achou?

– Cleo... – Começou a rir, negando com a cabeça. – Você é muito reclamona... Vai ser difícil domar essa ferinha, mas vai ser divertido.

– Sim. Divertidíssimo.

– Você vai gostar. Vou fazer você gostar. – Seus olhos azul-escuros brilharam com confiança. – Sou um amo muito bom.

– Você é um nazista sádico. Isso é o que você é – respondeu, sabendo que quando chegassem em casa, ao seu porto seguro, ela seria prisioneira de Lion e deveria obedecê-lo integralmente. Não tinha mais escapatória.

Estava tocando "Alejandro", da Lady Gaga, no rádio. Cleo aumentou o volume ao máximo e não conseguiu ouvir as palavras de Lion: "Sabia que essa música é sobre a DS?".

– Estou esperando – a voz de Lion ressoou pela escada.

Cleo analisou desconcertada o robe preto que estava usando. Tinha uma confecção belíssima. Ela era mais de roupões com panteras cor-de-rosa, não desses tão sexy e chamativos. Sua cor, como a asa de um corvo, brilhava e emitia tons de anil. Cobria seus braços e metade das coxas. E com os cabelos vermelhos e com os olhos claros, apresentava um aspecto muito... felino.

O reflexo no espelho não correspondia àquele que ela via ao acordar, de mulher de aspecto infantil e jovial. Por baixo do robe ela estava usando uma calcinha com zíper na frente, cobrindo a entrada para sua vagina, e outro atrás, dando acesso à região anal. Ela estava tão lisinha e sensível, que notava cada toque. A calcinha era de couro vermelho.

Cleo balançou a cabeça. Lion mandou-a se vestir assim durante o dia inteiro, para que ela tivesse consciência da própria sexualidade e para ele perceber como seria a reação.

Como amo e submissa em fase de teste, eles tinham que descobrir o que gostavam um no outro, e como gostavam.

– De agora em diante, nesta casa, começa seu treinamento, Cleo – explicou ele, com as duas malas nas mãos. Estavam no quarto dela, e ele começava a revelar o que trazia na bagagem. – Você vai se dirigir a mim como "senhor". É assim que vai ser no torneio. Eu não sou um amo que dá ordens fora da cama, a não ser que haja algum jogo implícito – detalhou –, mas quero que você se acostume com seu novo papel.

– Não vou poder te chamar nem de Lion, nem de nazista? – perguntou, examinando o item que Lion segurava. Uma calcinha vermelha. Era uma calcinha vermelha… muito extravagante!

– Se você chamar – ele disse, esticando a peça diante de seus olhos –, vou te bater. – Deu um sorriso aberto, e Cleo se lembrou de quando ele era menino. – Estou achando que você vai levar muitas surras.

– Veremos – ela respondeu.

– Vista – mandou. – E depois coloque o robe preto que eu deixei pendurado atrás da porta. Por baixo, você só vai usar a calcinha, não quero que use sutiã.

Ela abriu a boca, preparada para retrucar, mas o olhar lançado por Lion fez com que ela se calasse.

– Lembre da porra do seu papel, Cleo. E não me olhe com essa cara. Agora eu e você não nos conhecemos; não sou seu superior. Estou no seu comando como amo, isso sim. Você tem que apagar o Lion Romano da cabeça e dar as boas-vindas ao Lion King.

Ela apertou os lábios e pegou a roupa íntima das mãos de seu chefe.

Lion dispunha de algumas coisas naquelas duas malas que carregava, como vários apetrechos e roupas especiais para ela. E ele já tinha mencionado que encomendou em uma sex shop que conhecia pessoalmente, os itens e acessórios que estavam faltando.

Incrivelmente, ela morria de vontade de ver o que mais Lion guardava nas malas. Estar com ele em casa, saber que não poderia desobedecê-lo, mas que iria provocar, senão não seria ela, a deixava em alerta e também a estimulava em seu interior. Lion era o menino por quem ela já havia se apaixonado, o adolescente que zombava dela e, depois, o cara que a ignorava e não escrevia para ela depois de ter se mudado para Washington. Tinha notícias de Lion graças a Leslie. Sim, ela conhecia as conquistas e os feitos dele com as mulheres.

Lion nunca a valorizou, não queria sua companhia; preferia a de Leslie. E agora estava ali, em uma missão, sabendo que o sucesso do caso – o resgate da irmã e a captura dos tais Vilões – dependia muito de que ela chamasse atenção e da eficiência com que ela desempenhasse seu papel.

Tinha suas inseguranças, como todas as mulheres. Mas Lion não estava nem aí.

Encorajada, saiu do quarto que agora dividia com ele, desceu as escadas pouco a pouco, com a vergonha explícita em suas bochechas, e o olhou de frente enquanto passava pelo último degrau.

Lion a seguiu como uma onça segue a presa. Estava sentado como um marajá em sua poltrona vermelha, com os pés apoiados em um pufe. Seguia Cleo com olhos de predador. Havia um sorriso implícito e cheio de admiração em seu olhar e um gesto de aprovação nos lábios. Ele gostava do que via. E muito.

Fascinada por como Lion ficava bem em sua poltrona, como se aquele fosse o seu lugar habitual, o trono de um rei, ela parou na frente dele, tirando suavemente a franja da frente dos olhos e colocando-a para o lado direito.

– Bom... pronto.

Lion não falou nada. Continuava imóvel, estudando a imagem atraente irradiada por sua bruxinha linguaruda.

Cleo colocou as mãos na cintura e encolheu os olhos.

– Seeeeeenhorrrrrr?

– Sem alongar as letras, Cleo. Não utilize meu nome para fazer brincadeiras, ou isso também vai ser motivo de castigo.

Ela concordou, aparentemente dócil. Lion estava em seu modo Amo Absoluto.

– Hoje vamos trabalhar os pontos fundamentais do meu papel como amo e do seu como submissa.

– Sim.

– Sim, o quê?

"Foda-se."

– Sim, senhor.

– Boa garota – parabenizou. – Tudo o que você fizer bem será recompensado, Cleo. Se você desobedecer a alguma ordem, será castigada. Você deve estar ciente de que o BDSM, por estar relacionado com chicotes, cordas, açoites, brincadeiras e práticas agressivas, muitas vezes é associado à depravação, violação dos direitos humanos e, inclusive, à humilhação e aos maus-tratos. Você já pensou nisso alguma vez? Preciso saber.

Cleo negou com a cabeça. Ela sempre tinha sido bastante aberta.

– Não exatamente. Respeito muito, isso sim. Considero que no BDSM ninguém é obrigado a se submeter à outra pessoa porque, pelo pouco que vi e sei, as pessoas fazem novamente, gozam, e continuam pedindo mais. Pode-se dizer que elas querem ser humilhadas, açoitadas, ou provocadas dessa forma. – Encolheu os ombros. – Estou errada, senhor?

– É uma resposta muito boa – disse ele, sem sair da poltrona. – Nós, que praticamos o BDSM de maneira saudável, não obrigamos ninguém a fazer nada. As pessoas estão ali porque querem, porque precisam disso, e nós damos a elas o que precisam. Simples assim. Há muitos tipos de corpos e mentes. Nem todos se excitam da mesma forma – explicou, esfregando o queixo e concentrando-se nos peitos que imaginava debaixo daquele robe. Cleo estava incrível vestida daquele jeito, e só estava usando aquele robe e a calcinha por baixo. Tinha pernas perfeitamente torneadas. – Para algumas pessoas, o sexo convencional é um tédio, não é excitante. Não adiantam as palavras de amor, nem as carícias, nem o papai-e-mamãe e nada disso... seus corpos respondem a outro tipo de estímulo, mais rude, porque seus corpos são assim. – Agora sim se levantou e se posicionou a dez centímetros dela. – Uns tapas, uma mordidinha, amordaçar, amarrar... é disso que eles gostam e é isso que lhes dá vida. É dessa sensação de liberdade e de vitalidade que nascem os amos e submissos. E daí nasce a dominação e a submissão. Pode ser que outras pessoas frustradas usem o BDSM para direcionar seus traumas ou psicopatias... Mas pessoas doidas existem em todos os lugares, não é? E, além do mais, há muito mais baunilhas abatidos, psicologicamente destruídos, do que gente que pratica DS.

– Porque os baunilhas são maioria, senhor.

– Não, porque eles não têm uma forma de se libertar. Estão confusos.

– Por que, senhor? – Isso queria dizer que as pessoas normais estavam confusas?

– Porque nos ensinam que temos que viver com uma pessoa só e ter relações sexuais e fazer amor com ela até que a morte nos separe.

– E isso é ruim?

– Não, mas o sexo praticado nos casamentos é tedioso. Chega um momento em que a mulher ou o homem quer algo mais. Ele deixa de tocá-la, de beijá-la, de acariciá-la... fazem amor sem se olhar nos olhos. Ela também fica entediada; torna-se mútuo. Deixam de se respeitar. Como nos ensinam que sexo e amor estão num mesmo pacote, quando as carências na sexualidade do casamento começam a se destacar e se tornar algo sem solução, iniciam-se os problemas do casal.

– Você está insinuando que o BDSM poderia salvar muitos casamentos?

– Poderia resolver muitas diferenças e discussões, e tornar tudo mais sexy, sempre com o consenso. A chama de um casal nunca deveria se apagar, e o BDSM gera faíscas.

– Você, como amo, não junta amor e sexo?

– Para a maioria dos amos, o sexo é uma coisa e o amor é outra. O BDSM é como um exercício.

O que ele queria dizer com isso? Por acaso ele nunca havia se apaixonado?

– Você nunca sentiu nada por alguma de suas submissas, senhor? – perguntou Cleo a contragosto, receosa de uma possível resposta positiva.

Lion parou atrás dela e passou a ponta dos dedos da mão direita no lado correspondente do pescoço dela. O carinho foi sutil, como o bater de asas de uma borboleta, mas provocou reação no corpo inteiro de Cleo. Seus mamilos ficaram duros e ela ficou toda arrepiada. Estremeceu.

– Eu me preocupei com as necessidades de todas e me encarreguei de atendê-las. Pode ser que eu tenha gostado mais de umas do que de outras, algumas eu pensei amar... mas nunca me apaixonei por nenhuma, Cleo... – pronunciou o nome como se fosse um abraço transbordando ternura. – O coração de um amo fica em uma masmorra muito perigosa, e só uma princesa com alma de dragão pode conquistá-lo. Quando eu entregar meu coração, será para sempre.

Cleo fechou os olhos e lutou para controlar a respiração. Nunca, como na terra do Peter Pan? Nem pela Leslie? Ele parecia ter uma queda por ela, estava sempre a seu lado... E agora estava dizendo que nunca se apaixonou por ninguém. Nunca era muito tempo, até demais para um homem jovem, sexy e saudável como ele. Por que não tinha se apaixonado? Ele poderia ter quem quisesse, quem desejasse... O que Lion procurava em uma mulher para se entregar para sempre? O que ele almejava?

– Surpresa?

– Muito.

Lion percorreu com os dedos o ponto em que o pescoço e o ombro se uniam.

– O que você tem de entender é que no torneio haverá muitos tipos de amos – evitou o tema do "amor". Ele não poderia abordar esse assunto com Cleo. – Alguns vão compartilhar submissas, outros não; uns poucos serão extremamente duros com elas; e outros, em um piscar de olhos, deixarão a submissa ficar no comando... Mas não duvide de que todos eles se preocupam e respeitam suas submissas à sua maneira, e elas os adoram.

– Você trata tudo sob um ponto de vista ao mesmo tempo sexual e romântico. Parece maravilhoso... Me intriga. Não relaciono a dominação com as situações que você descreve.

– E se eu te disser que é sim, "maravilhoso"? Que a sensação de dor com os açoites, chicotes, tapas... só existe na sua mente? Que o BDSM é ao mesmo tempo libertador e maravilhoso? Catalisador?

– Diria que não acredito. Todos choramos quando nos machucamos. Eu mesma gritei semana passada na manicure. Não tenho muita resistência à dor.

– À dor que eu vou provocar em você, sim, Cleo. – murmurou, cheirando os cabelos dela. – A dor é uma sensação. Você pode dirigi-la ao prazer ou ao sofrimento, e é a nossa mão que guia esse termômetro. E eu quero seu prazer. Completo. Não quero deixar nada para mais ninguém. O nome disso é algolagnia: o erotismo relacionado à dor, de uma forma passiva ou ativa.

Dessa vez ela levantou o olhar, com um desejo velado, e observou Lion por cima do ombro. Ficou em silêncio enquanto ele se inclinou e moveu um pouco do robe de seu ombro para aplicar um beijo úmido na pele, os olhos azuis fixos nela.

– O BDSM não nasce de uma mente doentia – prosseguiu ele, falando junto de sua pele. – Olhe pra frente, Cleo – mandou. Ela obedeceu-o, imediatamente. – Nasce de uma mente atrevida e brincalhona. Não nasce de uma necessidade de machucar. Pelo contrário: nasce da necessidade de oferecer prazer, porque é isso que o submisso ou a submissa busca e porque o objetivo dos amos é satisfazer.

– Satisfazer também a eles mesmos, senhor? – Cleo mal conseguia falar.

– Como amo – explicou ele, dando uma volta ao redor dela –, me satisfaz ver que você gosta quando eu deixo sua pele vermelha, te castigo e te amarro, que você saiba que merece o açoite, e que quando você gozar comigo – sussurrou no ouvido dela e deu um beijo doce embaixo de sua orelha –, derrame lágrimas de prazer.

E ele as lamberia, tal e qual já havia afirmado. Ela engoliu saliva com dificuldade e se viu desmanchando como nata líquida no taco do piso. As pernas a sustentavam porque Deus tinha criado a tíbia e a fíbula; agora os joelhos já tinham se desfeito por completo.

– Vou te ensinar a ser submissa, Cleo. Vai ser um treinamento de vinte e quatro horas por dia. Tempo integral – comunicou lenta e claramente. – Vinte e quatro horas por dia, sete dias por semana, como dizem. Vou mandar você fazer coisas, vou te tocar e te comer.

– Nós dois vamos transar, claro – respondeu a rebelde interior. – Que eu saiba o sexo não se faz sozinho, a menos que você vá bater uma punheta.

Lion enredou os dedos em seus cabelos acaju e os fechou em torno de uma farta mecha.

– Você tem uma língua muito rápida. Mais pra frente vamos testar quão rápida ela pode ser – sussurrou no ouvido dela. – Mas não quero que pense que eu sou sempre assim. É só durante seu treinamento.

– Se importa com o que eu penso de você, senhor? – a pergunta saiu sozinha. Não foi processada pelo cérebro, mas pela vaidade feminina. Seguiu de canto de olho os movimentos do agente/amo/Rei Leão.

Ele ficou na frente dela, ainda com a mão em seus cabelos, e inclinou a cabeça dela para trás, ao mesmo tempo em que colocava os dedos da outra mão por baixo do robe.

Lion arqueou uma sobrancelha em tom de ameaça, que dizia: "Esse é seu primeiro teste, não estrague tudo".

– Vou te dizer que tipo de amo eu sou: compreensivo e protetor. Gosto de ter o controle, e não sou do tipo que acha saber de tudo. Só sei como fazer você curtir e se entregar. Não vou exigir que você me respeite. – Pouco a pouco, subiu a mão pela coxa dela, massageando-a suavemente. – Vou conquistar seu respeito e tentar te conhecer diariamente. Hoje sei mais coisas sobre você do que sabia ontem.

– Por exemplo?

– Sei que quando você fica nervosa, morde o interior do canto direito da sua boca. Você não bebe álcool: na sua geladeira só tem bebidas light, chá gelado ou sidra de maçã. Você não fuma. Gosta de Lady Gaga. E, ainda que negue, adora Nova Orleans. Me dei conta disso pelo modo como olha para o Bairro Francês ou para o Mississippi. Você não detesta este lugar, mas o admira. É muito romântica e adora filmes de fantasia. Você é muito curiosa, parece uma gatinha, sempre farejando tudo. E precisa descarregar o estresse de alguma forma; por isso o saco de pancadas no seu jardim. Você adora flores e animais exóticos. Tem umas pintinhas minúsculas no nariz e seus olhos são de um verde indescritível. São claros demais para serem de verdade. Lembram os de um pequeno duende.

– Humm... ok, agente, você é bom nisso. – Por algum motivo, Lion era especialista em perfis.

– Senhor.

– Senhor – retificou ela.

– Quero te ajudar e te guiar, Cleo. Agora as suas preocupações também serão as minhas. Nunca vou mentir para você e serei sempre sincero sobre meus gostos e sobre minhas necessidades. Vou exigir o mesmo de você, está de acordo?

– Sim, senhor.

– Quando eu te pressionar, vai ser para mostrar o quanto você é forte e o quanto pode chegar longe. Vou te mostrar que você tem pouquíssimos limites. Te conheço um pouco como pessoa, Cleo.

Temos um passado em comum, e sei como você era quando criança e quando pré-adolescente. Mas não conheço bem a Cleo mulher. Não sei se você tem alma de submissa, mas vamos descobrir juntos; e se não tiver, vou te preparar para que pareça ter. Preciso conhecer primeiro o seu corpo e depois o que você tem aqui. – Tirou a mão que estava na coxa dela e a levantou para tocar em sua têmpora. – E aqui. – Depois, dirigiu a mesma mão a seu coração e deixou-a sobre seu peito. Os seios de Cleo se incharam espontaneamente e ficaram duros. Ora, como era receptiva, e muito. – Normalmente é o contrário, primeiro ganhamos o coração... Mas não temos tempo. Mesmo assim, prometo me esforçar para não te decepcionar e nunca te machucar. Você é um presente para mim: agora como submissa e depois como parceira na missão. Eu quero que enxergue em você mesma aquilo que eu já estou vendo. Não quero que mude nada, só que descubra novas facetas, naquilo que você pode se tornar quando se libertar. Quero que se descubra uma grande mulher, única e especial. Dona da sua sexualidade e segura de quem você é na vida. A única pessoa em quem você deve se espelhar é em Cleo Connelly. Meu papel ficou claro?

Cleo estava com os olhos marejados de emoção. Vá se foder! Eram as palavras mais bonitas e apaixonadas que ela já tinha ouvido e estavam sendo pronunciadas por alguém que não sentia nada por ela como Cleo, mas como submissa e parceira de missão.

Fantástico.

– Sim, senhor.

– Quer me perguntar algo mais?

– Como... como deve ser uma boa submissa?

Lion tirou a mão do seio dela e acariciou-lhe o rosto.

– Uma boa submissa é aquela que se entrega e oferece tudo. Tanto faz que seja tímida, descarada, muito obediente ou muito rebelde. Apenas seja você mesma, contanto que se entregue por completo.

Poderia fazer isso? Sim. Achava que sim. Sentia o lugar entre as pernas pulsar como castanholas, e sentia que poderia brincar de amos e submissas com Lion. Por que não?! Sempre lhe haviam dito que era uma mulher intrépida. Pois bem, faria jus à definição.

– Sim, senhor.

– Ótimo. Vamos começar. – Lion exalou o ar que nem sabia que estava retendo e, olhando-a com aprovação, ordenou –: Agora, pode tirar a roupa.

7

Contrato de submissão é um convênio firmado na DS, *no qual ficam estabelecidos: conteúdo, alcance, limites, duração da relação e pactos entre o amo e a submissa. Esse tipo de contrato não é mais utilizado, uma vez que não tem validade legal. No entanto, não há palavra que deva transmitir mais confiança do que a palavra de um amo.*

Poderia uma ordem ser mais erótica? Não. Era o pedido de Lion, o homem que tinha dito tudo o que esperava dela enquanto submissa e tudo o que ele tinha para oferecer enquanto amo e tutor.

Ele queria vê-la nua.

Cleo sentiu um pouco de vergonha, mas as palavras de Lion tinham sido tão honestas e respeitosas que não havia maneira de ela se sentir nem feia e nem imperfeita.

Não pensou duas vezes. Afrouxou a faixa que estava amarrada ao redor de sua cintura e abriu o robe lentamente, revelando o que tinha por baixo e mostrando a pele alva de seu corpo. Deixou o roupão deslizar de seus ombros, e ele caiu ao redor dos pés como uma nuvem negra.

– Olhe pra mim. – Lion tinha sentado novamente na poltrona e estava com uma das mãos no queixo.

Cleo levantou os olhos.

– Quero que você se sinta à vontade assim, seminua. Você vai ficar assim o dia inteiro. Se tiver frio, é só me falar.

Cleo mexeu a cabeça para cima e para baixo.

– Você é tímida?

– Não – e dizia a verdade. Não era tímida, mas seu corpo reagia diante das análises de Lion. Um ponto que ele observava era um ponto que se incendiava.

– Percebi – respondeu ele, com interesse. – Você está feliz com seu corpo?

– Nenhuma mulher está feliz com o próprio corpo, senhor – respondeu ela, franzindo as sobrancelhas.

– Todos temos as mesmas inseguranças; mas apesar de tudo, deveríamos gostar mais de nós mesmos. Você deveria, Cleo, seu corpo é muito bonito. Ombros elegantes, cintura fina, pernas torneadas e esbeltas, e uma barriga levemente arredondada, como as de praticantes de dança do ventre.

Cleo esperou pacientemente que ele dissesse algo sobre seus seios. Ela sabia que não eram muito grandes.

– O que foi? – Lion lia expressões muito bem.

– Humm?

– Você fez uma cara de quem está esperando algo.

Ela lambeu os lábios. Tinha que ser honesta para ser boa submissa, dar o melhor de si para ganhar o Oscar de Melhor Atriz no jogo Dragões e Masmorras DS.

– Você não falou nada sobre meus seios.

Lion apoiou os cotovelos nos joelhos e se inclinou para a frente.

– Você se sente insegura a respeito deles?

– Eles não são grandes.

– Não importa. O que me importa é tê-los em minhas mãos e poder tocá-los. Grandes ou pequenos, eles são seios, e os seus são muito bonitos. Você tem os mamilos rosados e pequenos, bem redondos. Gostei deles.

Cleo apertou os olhos e ficou vermelha.

– Obrigada.

– Obrigada, o quê?

– Obrigada, senhor.

– Bom, sente aqui. – Desferiu uma palmada nas próprias coxas.

"Pronto, agora o Papai Noel quer saber o que vou pedir de presente de Natal. Lá vou eu", pensou ela, insolente.

Sentou na coxa esquerda, mas Lion a reposicionou sobre ele, colocando seus pés sobre o mesmo sofá, fazendo-a se sentar perpendicularmente sobre suas pernas. Ela não sabia como fazer para que os seios não ficassem quase na altura dos olhos de Lion. Ela não era tímida, mas também não era nenhuma libertina. Tinha um pouquinho de pudor.

– Você vai perder o pudor quando se acostumar a ficar assim comigo – esclareceu Lion, como se tivesse lido seus pensamentos.

– Saia da minha cabeça, senhor – disse ela, em tom de piada.

Lion sorriu, satisfeito.

– Vamos usar o dia de hoje para que você perca a vergonha de mim enquanto vou te atualizando sobre o vocabulário BDSM. Antes de irmos dormir vou te fazer algumas perguntas que você deve responder corretamente.

– E se eu errar?

– Se você errar, vou ter que te castigar.

Ohh. Um desafio. Ela era extremamente competitiva e não iria errar. Além do mais, tinha uma memória ótima.

– Você vai agir dessa forma no jogo? Não está interpretando nenhum papel, senhor? – perguntou, para se assegurar.

– Eu sou assim, Cleo – respondeu enquanto pegava seu iPad, que tinha deixado preparado sobre a mesinha da sala. – E quero que seja você mesma também. Assim seremos autênticos e teremos uma parceria justa. De acordo?

– Sim, senhor.

– Venha aqui.

Pararam para comer. Lion pediu comida japonesa.

Os dois gostavam de frango *teriyaki* com um pouco de alcaçuz e pediram a mesma coisa.

Obviamente, foi Lion quem pegou a comida com o entregador.

Cleo almoçou sentada no colo do agente Romano. No começo, ela estava um pouco tensa, mas logo as costas dela começaram a doer e ela acabou se apoiando por completo no peito dele. No entanto, uma coisa ainda passava pela cabeça dela constantemente: ele não iria tocar nela? Cleo estava ansiosa por isso havia umas duas horas, e eles estavam estudando havia umas quatro.

Detalhe: ela estava quase nua em cima dele. Lion estava com uma ereção. Uma ereção permanente desde que ela o estava usando como sofá! E aquele homem, que lançava olhares ardentes na direção dela, tinha o pulso perfeito e respirava como se estivesse dormindo; enquanto isso, ela parecia ter acabado de nadar os cem metros livres em uma piscina. O exercício proposto por Lion era para que ela relaxasse com ele, mas o coração dela estava saindo pela boca!

Lion se sentiu muito melhor quando percebeu que ela havia relaxado e se acomodado em cima dele. Não importava se Cleo tinha percebido ou não sua ereção. Dava na mesma, porque era natural se excitar com uma mulher seminua em cima de você. E não era qualquer uma: era Cleo.

– Posso fazer uma pergunta? – Ela colocou o prato de frango com arroz na mesa e olhou para ele de canto de olho.

– Claro – respondeu Lion, dando um gole na sua cerveja e olhando os seios dela. Nossa, ele queria colocar aqueles peitos na boca, mas não naquele dia. Teria autocontrole. Queria que Cleo se acostumasse com as olhadas descaradas e famintas, e ele estava olhando sem nem um pouquinho de vergonha.

– De onde vem o termo "baunilha"?

– É um termo relativamente novo. No final dos anos noventa, um conhecido ativista do BDSM disse que aqueles que só praticavam sexo da maneira tradicional eram como essas pessoas que iam a uma sorveteria e, dentre uma variedade de mais de duzentos sabores e texturas diferentes, não arriscavam e escolhiam a doce e enjoativa baunilha. Desde então, as pessoas que nunca provaram nada sexualmente mais forte ou mais picante são conhecidas como baunilha.

– Ah, sim... – Ela ia colocando um pedaço de frango na boca com os pauzinhos japoneses, mas, no meio do caminho, Lion a deteve.

– Me dê esse pedaço.

Cleo olhou para o frango e depois para ele. Nunca dividia sua comida; era uma mania herdada com certeza de sua família de neandertais, mas ela não suportava que pegassem algo de seu prato ou que tivesse que colocar seu garfo ou sua colher na boca de outra pessoa. Porém, Lion era o amo, e ela precisava de uma boa avaliação. Era fácil fingir ser uma boa menina. Cleo não diferenciava esse tipo de comportamento daquele de uma submissa. E achava divertido; por isso obedeceu e ofereceu o frango amigavelmente.

Ele engoliu e lambeu os cantos dos lábios.

– Você nunca divide sua comida. Eu me lembro disso.

– Mas você sempre roubava de mim. Você sempre atacava meus pacotes de salgadinho. E nem vamos falar dos donuts. Você adorava me fazer chorar.

Lion deu uma gargalhada e apoiou a cabeça no encosto da poltrona.

– Você era uma menina muito cuidadosa com as suas coisas. Fui ensinado a dividir desde bem pequeno e me surpreendia que você fosse tão egoísta.

– Não era por egoísmo! – ela retrucou. – É uma mania de higiene que tenho. Ninguém pode colocar as mãos na minha comida porque vai saber onde a pessoa enfiou as mãos… e muito menos usar meus talheres. É uma espécie de transtorno obsessivo – explicou, um pouco envergonhada. – Olha… senhor.

– Sim?

– Você se importaria de olhar nos meus olhos quando eu estou falando?

– Estou te escutando, mas é que você tem uns seios tão… tão seus, não posso deixar de olhar – respondeu, perdido em pensamentos. – Você estava perguntando como seriam…

Ela se levantou, observando-o enquanto ele engolia o que tinha na boca.

– Eu estava perguntando alguma coisa? Desde quando?

Lion se deu conta do seu erro. Não podia admitir tão livremente que sempre teve uma obsessão por ela ou a revelação poderia influenciar em seu comportamento no treinamento.

– Sim. Ontem à noite quando você abriu a porta usando aquela camiseta cinza e larga da polícia e dava pra ver as marquinhas do seus seios, daí pensei: "Como será que eles são?". Mas eu sou homem e garanto que todos os homens daqui até Oklahoma se perguntariam a mesma coisa.

No entanto, apesar de estarem repassando termos por mais de quatro horas seguidas, o que estava na cabeça de Cleo era que ela, na noite anterior, usando seu pijama cafona, de alguma forma tinha chamado a atenção de Lion, e agora ela estava seminua, sentada nos joelhos dele, usando-o como encosto, enquanto continuavam com as aulas.

E Lion era um profissional, sério e responsável, e como amo poderia ter uma mulher daquelas sobre suas pernas e permanecer inabalável.

Mas para Cleo, ainda que ela também fosse responsável, era a primeira vez que estava de *topless* com um homem atraente e que não tomava nenhuma atitude. Seu orgulho feminino, que estava dizendo "Ei, estou roçando meus mamilos no seu peito e não é sem querer", começava a desejar que seu amo se soltasse mais.

Mas Lion não estava disposto a isso; pelo contrário, só estava provocando. Que brincadeira era aquela?

Estavam no quarto. Tinham acabado de jantar as sobras do *teriyaki* do almoço e mais algumas frutas. Cleo estava preparando a cama para que os dois dormissem ali de novo.

Lion nunca tinha ficado tão satisfeito com alguém como estava com ela. Cleo era muito mais aplicada do que ele imaginara. Ele sabia que ela tinha capacidade, inteligência e uma memória quase fotográfica, por isso não seria difícil que se lembrasse de tudo o que havia aprendido durante o dia. Tinha se dirigido a ele sempre como "senhor", com um respeito meio brincalhão característico dela, e que o deixava louco. Talvez Cleo fosse uma submissa em potencial, ou então era uma excelente atriz.

Tinham tomado banho para ir dormir.

Ele não sabia o que fazer para aliviar o tesão. O pior era vê-la com aquela calcinha vermelha de couro de motoqueiro e os zíperes que lançavam reflexos prateados a cada vez que ela se movia.

Era um homem, um amo, um senhor de seu destino e de seu autocontrole. Mas ele sabia que ia ejacular de uma hora para outra; era impossível não o fazer ao ver aqueles cabelos dançando ao som de seus movimentos e acariciando suas escápulas; cabelos vermelhos como sua calcinha e olhos tão verdes que o lembravam grama seca.

Aproximava-se o momento das avaliações.

– Você achou ruim ficar assim na minha frente, Cleo?

Ela acabava de levantar a colcha de verão e olhou para ele, meditando sobre sua resposta.

– Me senti muito fresca durante o dia inteiro, senhor. Mas, como é verão, fico agradecida, porque a umidade aqui é horrível.

Lion inclinou a cabeça para um lado.

– Você ficou excitada ao saber que eu estava te olhando a cada instante?

Cleo encolheu os ombros e sorriu, com orgulho. O gesto a faria ganhar mais do que uma surra.

– Se eu fiquei, você não deve se importar muito, senhor.

Ali estava. O desafio, a rejeição.

Rapidamente, Lion se colocou na frente dela, segurando-a pelo queixo para que ela prestasse atenção.

– Tudo o que se passar com você me importa. Tudo. Agora peça desculpas.

Frustração, incompreensão e surpresa, tudo passava pelo rosto de Cleo, e ele percebia com facilidade.

– O que eu fiz? Não sei pelo que tenho que me desculpar… – ela apertou os lábios – … senhor.

– Eu te avisei que você ficaria assim durante o dia inteiro. Que o objetivo era se acostumar comigo, com minha presença, com minha companhia, e o fiz em consideração a você. Mas acha que eu não percebi que você se esfregava em mim em todas as chances que tinha? Acha que não vi que você estava a fim de uma farra, Cleo? Claro que vi. E agora você está triste porque sente que fracassou, que não conseguiu fazer eu me atirar em você. Você está com um fogo…

– Você não é tão irresistível, senhor.

– Estou apontando cada uma de suas impertinências, e amanhã vou te dar o castigo que você merece por perder o respeito por mim – ameaçou Lion, com voz rígida.

– Você disse que teria de conquistar meu respeito – soltou Cleo, em tom venenoso.

Lion apertou os lábios e a olhou, cheio de advertências.

– Você está me provocando de propósito, Cleo? – perguntou, repentinamente irônico.

Ela olhou para o outro lado, com um gesto obstinado e também prestativo. Ela não sabia o que responder, mas no fim, honesta que era, descarregou tudo:

– Você fez a mesma coisa comigo o tempo todo! Você me tocou, se esfregou em mim! – Apontou para o volume na cueca. – E também roçou nos meus peitos em todas as chances que teve! Isso é trapacear! Você também jogou sujo, senhor! Não mencionou nada sobre nos tocar!

– Abaixe seu tom de voz. – Apertou as bochechas dela com ternura. – Assim você vai ganhar uma bela sova amanhã. Admita que era o que você queria de mim e, no máximo, posso aliviar pra você pelo arrependimento. Amanhã vai começar o *bondage*, a dominação, o *spanking*, as brincadeiras eróticas... não sei se você vai estar preparada para tudo isso, Cleo.

– Pode me testar. É claro que estou preparada. – Quase ficou nas pontas dos pés para alcançar seus olhos azul-escuros.

– Peça perdão por sua impertinência; seja sincera e diga por que você está tão intratável e, amanhã ao meio-dia, você vai poder sentar. Se não pedir desculpas, vou ser cruel, Cleo. E acredite – levantou seu rosto, lançando um olhar sinistro –, sou muito cruel.

Ele via que ela estava quase dando o braço a torcer. Para uma jovem tão orgulhosa como Cleo, reconhecer que o desejava e pedir desculpas era sentir um gosto muito amargo. Mas ela ainda respeitava muito os castigos e tudo que envolvia a DS, e provavelmente avaliou a possibilidade de ficar com a bunda em carne viva no dia seguinte e, portanto, no fim, cedeu.

– Desculpe, senhor – sussurrou, sem fitá-lo.

– Não. Não acredito em você. Me olhe nos olhos quando for pedir desculpas.

Cleo levantou os cílios e o encarou. Lion estava com vontade de rir. Não havia nem um pingo de arrependimento verdadeiro. Mas ele ia deixar passar: era uma novata, e ainda por cima muito rebelde. Novata e rebelde, combinação ruim.

– Por que está pedindo desculpas, Cleo?

– Por... por te acusar de não ter solucionado a minha... minha excitação. Você não disse em nenhum momento que iria me tocar ou ter algum contato carnal comigo; você cumpriu sua palavra e te acusei injustamente. Eu lamento. E por insinuar que você não se preocupa comigo ou com minhas necessidades. Também lamento, senhor. E por dizer que você não é irresistível, o que não é verdade. Se fosse... – Engoliu saliva e elevou os olhos verdes, que brilharam com malícia e atrevimento, sabendo que o que diria o deixaria sem palavras. – Eu não estaria tão... molhada.

Lion abriu os olhos, consternado.

O pênis se mexeu dentro da cueca.

É... tinha sido um pedido de desculpas excelente. Sentia que era verdade o que ela dizia e seria motivo para ele lhe dar um orgasmo de presente; mas Cleo sabia entrar no papel, mulher perversa.

Terrivelmente inteligente. E uma bruxinha divertidíssima.

– Você aprende muito rápido, Cleo – elogiou.

– Obrigada, senhor – respondeu ela, escondendo um sorriso. – Você gosta de saber que estou assim por sua causa?

Lion soltou as bochechas dela e olhou para frente, por cima de sua cabeça.

– Quem faz as perguntas aqui sou eu. Agora apague a luz e tire a minha roupa. – Ele gostava daquele aspecto de Cleo, mas agora tratava-se de sua preparação. Ele tinha que ensiná-la a obedecer. No torneio haveria muitos olhos sobre ela, o que poderia rapidamente chamar a atenção. Assim, o importante era disciplina-la.

Ela ficou imóvel, sem saber o que fazer.

Correu para apagar a luz conforme ele havia mandado. A única iluminação agora era a claridade das luzes do jardim, que entravam pela varanda.

Cleo prosseguiu, tirando pela gola a camiseta apertada de manga curta que ele usava. Seus movimentos revelavam traços de rebeldia e mau humor, mas isso era o de menos, o importante era que obedecesse.

Lion a analisava enquanto ela abria as calças dele, dando uma rápida olhada em seu rosto. Ela queria saber se ele mudaria em algo seu parecer, ou se transparecia algum sinal de desejo. Mas ele tratou de permanecer sereno enquanto ela o despia. Tirou seus tênis e suas calças. Depois as meias. Deus... Cleo olhava para seus pés como se quisesse fazer um monumento para homenageá-los. Será que ela tinha um fetiche? Não. Não parecia. Só gostava deles, era só isso.

Ela estava agachada diante de Lion, com o olhar fixo em sua cueca branca, que desenhava perfeitamente suas formas.

Calvin Klein tinha feito um bom trabalho. Parecia que aquele pau tinha sido embalado a vácuo. Agora ela teria de tirar a cueca dele. Ela parou e ficou olhando por entre suas pernas.

– A cueca também, Cleo.

Ela abriu a boca e passou a língua pelo lábio inferior.

– Claaaaaro – cantarolou Cleo com insolência. – Mas assim você vai ficar completamente nu. Não trouxe um pijama?

– Não, pequena. Vamos dormir assim. Pele contra pele.

A incredulidade de Cleo se manifestou com um som contido.

– Tire minha cueca.

– Sim, senhor.

Ela obedeceu e o deixou nu. Ergueu-se com a vista cravada nele e em como ele ficava duro em um piscar de olhos.

Ele sabia que tinha um pau grande e grosso. As mulheres gostavam. E ele esperava que Cleo também gostasse.

– Meu Deus, Lion... – murmurou Cleo, colocando os cabelos para trás das orelhas, impressionada com o tamanho. Esse homem sofria de gigantismo nessa parte de sua anatomia.

– Vamos pra cama, ande. – Ele a pegou pela mão e a fez subir no colchão com ele. Não era Lion, era senhor. Mas ela iria relevar. Um choque era um choque. – Precisa se cobrir? – perguntou ele, pegando a colcha.

– Ah... Não. – Cleo se esticou e apoiou a cabeça no travesseiro. – Ontem à noite não passei frio.

– Ok, então. – Lion soltou a colcha e deitou de frente para Cleo. – Vamos continuar recapitulando o dia. De tudo o que você aprendeu hoje e do que sabe ser praticado no BDSM, me diga o que não se inclui no nosso código de conduta como casal. O que você não está disposta a fazer como submissa. Vamos entrar em um consenso aqui para apresentarmos nossos parâmetros no torneio. Eles têm que conhecer os limites, o *edgeplay* de cada casal, e saber como podem pressioná-los nos duelos. Quais são seus limites, Cleo?

Cleo fez cara de "como você quer que eu faça algum pacto com você pelado na minha cama?". Mas, se aproveitando de todo seu profissionalismo, usou sua memória fotográfica e disse:

– Não quero mumificações, me dão claustrofobia. Não gosto de nada bizarro, não estou preparada pra isso – parou, esperando as objeções dele; mas, como ele ficou em silêncio, ela prosseguiu –: Nada de controle de respiração, nem de asfixias. Quando fico sem ar eu começo a gritar, que bobagem, não? – riu da própria piada e Lion fez o mesmo. – Considero desagradável o *animal play*; não sou uma porca, nem uma cadela, nem um pônei... não quero nada disso.

– E o *age play*?

– Não sei. – Cleo enrugou o nariz. – Você realmente quer me ver como um bebê que você tenha de vestir, alimentar e tudo mais...?

– Pode ser que eu queira te ver de colegial.

– Fantasias desse tipo não me incomodam. Mas nada de infantilidades: minha idade limite é de dezoito anos, nada abaixo disso, ou vou ter que te denunciar por pedofilia.

Lion cobriu o rosto com a mão e riu ruidosamente. Aquela mulher era uma figura.

– E não aceito o *trampling*: não quero que pisem em mim nem descalços, nem com botas, nem de jeito nenhum. Muito menos qualquer coisa que tenha a ver com a troca de outros fluidos como cuspe, urina ou excrementos. Não sei que prazer se consegue com isso, e nem quero saber.

– Chama-se salirofilia – explicou ele. – É um fetiche no qual se obtém prazer "sujando" objetos sexuais com resíduos corporais salgados. Suor, saliva e sêmen – listou com naturalidade.

– Não, isso eu não faço. Incluindo *bukkake*, coprofilia e urofilia. Não gosto e não quero.

– Combinado. E para todos os outros?

– Mastercard.

Lion ficou inconformado e Cleo escondeu o rosto no travesseiro, rindo dele.

– Essa eu facilitei pra você.

– Sim – ela concordou, ainda rindo. – Todos os outros não me dão tanto medo. Tenho receio de algumas coisas, mas acho que posso suportar.

Ficaram em silêncio, se olhando, aproveitando aquela calma e a estranha comodidade que havia na cama.

– E qual será sua senha, Cleo?

Cleo não demorou nem um segundo.

– "Scar".

Lion deveria ter imaginado. Scar era o antagonista do Rei Leão no filme da Disney.

– Fechado.

– Não vamos assinar um contrato de submissão? Não é costume fazer isso?

Ele nunca faria um contrato assim com Cleo. Ela era mais do que uma submissa para ele e ele não queria colocá-la no mesmo nível das outras. Não faria o mesmo que havia feito com elas.

– Não é necessário. Só fazem isso em alguns setores minoritários do BDSM. Mas como não há nenhum amparo legal, e é algo mais simbólico do que qualquer outra coisa, não vamos fazer. Vou respeitar todos os limites que você não queira ultrapassar, te dou minha palavra. Você confia em mim?

Ela confirmou com a cabeça, sinceramente.

– Confio. Fico com sua palavra. – Seus olhos passearam pelo corpo dele em busca de vales e sombras. – Você tem algum limite, senhor?

– Nunca me submeto. E não gosto de *femdom*. Essa coisa em que tenho que me vestir de mulher nos jogos. Não consigo.

E ela compreendeu. Colocar roupas de mulher em um homem tão viril era, no mínimo, um sacrilégio. Lion era um cara das antigas, não um metrossexual. Por isso, alguém tão macho nunca deveria ser feminilizado.

– Agora preciso que você me toque e me faça carinhos, Cleo. – Fechou os olhos, deixando transparecer um sorriso. – Preciso dormir, foi um dia muito duro pra mim.

– O quê? – Ela se levantou sobre o cotovelo. – Que eu te faça carinho? Foi um dia duro pra você? – Olhou para o pênis dele. – É, percebi.

– Vou ter que repetir, Cleo? – Lion abriu o olho esquerdo e a fulminou.

A mulher estava tão ofendida que não cabia em si. Era ela quem tinha desfilado o dia inteiro seminua, aguentando a companhia dele e as provocações, torcendo para que ele desse um passo a mais e que parasse de tocá-la "sem querer", para tocá-la por querer. Tinha precisado daquilo o dia inteiro. E agora que ele a havia obrigado a despi-lo, afirmava que ele é que precisava se acalmar.

– Você quer me deixar satisfeito? É só fazer o que eu mandei. Assim você vai conhecer o meu corpo. Me faça dormir.

– Quer que eu cante uma cantiga de ninar, senhor? "Nana neném, que a Cleo vem te pegar."

Lion mordeu os lábios, lutando contra o sorriso. Tinha que tratá-la como submissa.

– Mais quatro chicotadas. Pode somar pra sua conta de amanhã.

Cleo abriu a boca como um peixe e depois a fechou. Se ela reclamasse mais, no dia seguinte ficaria com a bunda parecendo um pimentão. E ela não sabia como iria reagir ao *spanking*. E se doesse demais? E se não suportasse? Ela seria amarrada? Amordaçada para não gritar? Com o que ela apanharia?

Sem perceber, suas mãos fizeram mágica no corpo nu de Lion. Tocá-lo a tranquilizava e a deixava com um desejo permanente que também era relaxante. Ele era rígido e suave, inchado e musculoso; quente.

Queria acariciá-lo lá embaixo. Virgem Santa... devia medir uns cinco centímetros de espessura por uns vinte e todos de comprimento.

Passou a mão pelo peito de Lion e foi deslizando até o abdome, que a fez lembrar dos azulejos cinzentos do banheiro do andar de cima.

– Cleo... – a voz áspera a tirou dos pensamentos.

– Sim?

Lion ficou em silêncio, e ela estreitou os olhos.

– Você é muito corajosa, e estou muito orgulhoso de você. Hoje você realizou um ótimo trabalho.

Cleo continuou fazendo carinho nele, aceitando aquelas palavras e tocando todo o corpo dele. Era tão grande, tão diferente dela... Mais moreno, muito mais. Mais alto. Mais viril e musculoso. Seus bíceps, mesmo relaxados, estavam marcados, e ele tinha antebraços que a faziam salivar. O peito, liso e definido; o abdome, perfeito.

O quadril, as coxas, as panturrilhas, os pés… Era um amo sexual perfeito.

– Obrigada, Senhor.

Lion nunca perceberia que Cleo dava graças ao Senhor, ao único que ela havia conhecido, por permitir que na Terra houvesse semideuses como ele.

8

Açoitar e chicotear: açoitar um submisso é só um jeito diferente de acariciar, de tocar e de estimular o outro física e psicologicamente.

Cleo estava envolta em uma nuvem de prazer e não sabia sequer onde estava sendo tocada. Certos olhos azuis a hipnotizavam e a obrigavam a ficar quieta. Escutava rugidos de leão ao fundo, e sentia dedos preencherem e acariciarem sua vagina. Estava quase lá, não faltava nada para gozar e, de repente, a sensação se foi, desapareceu, e ela se viu em uma selva, correndo sem destino, fugindo das feras que queriam atacá-la...

O despertador tocou às sete da manhã e Cleo abriu os olhos.

A excitação ainda estava percorrendo seu corpo, e ela estava insatisfeita.

No outro lado da cama, vazio, permanecia o cheiro de Lion, mas ele já tinha se levantado.

– Madrugou, hein.

Ele havia deixado um bilhete em cima do travesseiro.

Te espero em meia hora no jardim. Chegaram todos os apetrechos e acessórios que eu encomendei.
Quero que você tire a calcinha na minha frente.
Seu café da manhã está na mesa da cozinha.
Estou ansioso para começar, então não me faça esperar.

King Lion,
(Seu chefe/amo/tutor)

– Por favor… – murmurou, vermelha como um tomate. – Que comece a ação de verdade. Sim, senhor – falou bem baixinho enquanto se espreguiçava, alongando todos os músculos do corpo.

Animada com o que viria naquele novo dia, ela tomou banho e se arrumou.

Colocou de novo a calcinha vermelha de couro e desceu as escadas. Esperava encontrá-lo pelo menos na cozinha, para que ele desse bom dia e lhe fizesse companhia no café da manhã. Mas Lion continuava no jardim.

O dia anterior tinha sido uma caixinha de surpresas. Não esperava que Lion fosse um amo daquele estilo, atencioso e preocupado, mas também muito… descarado e mandão. Ainda que, claro, os amos fossem essencialmente mandões, não?

Havia algo de estranho entre eles, algo que ela não podia explicar. Talvez por eles já se conhecerem havia anos, ou porque Lion se achava em dívida com Leslie e queria cuidar dela da melhor forma possível, chegando ao ponto de se oferecer para ser seu amo.

Eles não eram amigos íntimos. Nunca haviam se dado bem.

E agora já tinham dormido juntos por duas noites seguidas; e ele já tinha visto os seios dela e ela já tinha visto todo ele. Estavam em um jogo de dominação com conotação sexual, mas os dois sabiam qual era o verdadeiro motivo.

Era trabalho. Uma missão secreta.

Não era nada que estivessem fazendo voluntariamente por pedido do próprio corpo ou porque eles gostavam um do outro.

Bom, ela se sentia atraída por Lion. Sim, desde sempre; mas, sinceramente, quem não gostaria dele? Ele estava um espetáculo. Era sexy como o diabo e sua vida era ajudar os outros. Era um tipo de Bruce Wayne: um cavaleiro das trevas.

A relação deles deveria ser estritamente profissional. Ela não sabia como tinha sido a relação entre Clint e sua irmã Leslie, mas ela duvidava que Leslie fosse se apaixonar por alguém no meio de um caso. Ela também não faria isso.

Ainda assim, ela não tinha culpa por estar excitada. A educação sexual como submissa, no dia anterior, tinha deixado Cleo com um fogo, e Lion não fez nada para apagá-lo. Ela não era de pedra!

Aparentemente ele também não era, porque ficou com a barraca armada durante o dia inteiro.

E o que isso tinha de mais?

Os dois eram jovens. Saudáveis. E precisavam se preparar para seus papéis. O clima quente e a excitação eram normais se os órgãos sexuais estivessem envolvidos no treinamento.

Deus, estava fazendo um calor horrível.

Em Nova Orleans, julho era a época de furacões e ciclones, devido às altas de temperatura e à umidade em toda a região. Por isso não havia muitos turistas no verão, o que muito agradava aos moradores.

Sentou-se no banquinho próximo ao balcão da cozinha e tomou um café com gelo. Deu uma mordida no sanduíche vegetariano que o amo tinha preparado e saiu para o jardim enquanto terminava uma maçã.

Lion estava usando só uma sunguinha azul-escura de Lycra. Pelo visto, ele valorizava as partes de qualquer jeito. Tentava manipular algo que estava entre suas mãos, batendo com aquilo em uma palma e depois na outra.

Plau! Plau!

Os músculos das costas e dos ombros ficavam tensos e relaxavam a cada movimento.

Cleo perdeu a fome. Naquele dia ela seria punida por todas as ofensas do dia anterior, e porque o amo queria testar sua resistência a tomar um pau, e não seria necessariamente o que ele tinha entre as pernas.

Comeu o que restava da maçã e parou atrás dele com toda a coragem que não tinha. A mesa na frente de Lion estava cheia de utensílios que serviam para chicotear, bater e flagelar, e Cleo não queria nem olhar para eles.

– Hoje você vai poder se vingar daquela vez que eu te joguei na água com a lancha do seu pai em movimento – falou Cleo para relaxar.

Lion sorriu sem que ela visse. Precisava manter seu papel, ainda que a lembrança evocada pelas palavras o tivesse inundado de melancolia.

Os pais de Lion eram muito poderosos em Nova Orleans. Eram os principais produtores de algodão do estado. Às margens do Mississippi, os Estados Unidos tinham três grandes portos para escoar a produção: Galveston, Savannah e Nova Orleans. A família Romano, de origem italiana, ainda que as novas gerações se considerassem plenamente americanas, era a mais importante no que se referia à produção de algodão.

O pai de Lion, Michael, adorava as lanchas de alta velocidade. Quando eles eram mais novos, Leslie e ela tinham ido com seus pais olhar as plantações de algodão e usaram as lanchas para percorrer o rio.

Lion enchia o saco de Cleo sem parar. Ficava desfazendo as tranças dela ou rindo de seu cabelo vermelho, e um dia ela simplesmente cansou e o empurrou. E o fez com tanta força que Lion se desequilibrou e caiu além dos limites da lancha.

– Bom dia, gatinha. Dormiu bem? – perguntou ele de forma amável, sem se virar. Soltou o chicote e pegou um outro objeto.

Ops. Lion estava em modo amo desde o primeiro minuto.

– Bem, senhor. E você? Dormiu bem?

Ele fez um sinal afirmativo e se voltou para mostrar o que estava segurando. Era uma espécie de cinto preto que tinha preso uma bola vermelha de borracha de uns quatro centímetros de diâmetro.

– Você sabe o que é isso? – perguntou, posicionando aquilo na altura dos olhos de Cleo.

Sim. Ela sabia o que era porque também estava fazendo o dever de casa e aproveitava as horas vagas para ver alguns vídeos de BDSM.

– É uma mordaça.

– Costumam ser chamadas de *gags*. Não sei se eu coloco em você ou não, Cleo. Este jardim é aberto e os vizinhos podem te ouvir gritar, então é melhor a gente colocar música bem alta. – Olhou para o aparelho de som no interior da casa. – E pode ser junto a um desses apetrechos, o que você acha?

– O que você achar melhor, senhor.

– Prefiro não colocar. Quero ouvir seus comentários e o que você possa vir a dizer. E quero que você conte as chicotadas. Alguns amos se excitam com a acumulação de saliva causada por esse acessório ou com os ruídos do submisso tentando falar. Eu não. Isso especificamente não me atrai. Prefiro te ouvir. De acordo, Cleo? Com *gag* ou sem *gag*?

– Sem.

– Você vai aguentar por mim?

Se aguentaria por ele? Sim, se ele pedia... ela tentaria. Tentaria suportar a dor que ele com certeza iria causar.

– Vou tentar, senhor.

Lion se aproximou dela e abaixou a cabeça para dar um beijo em sua bochecha. Um beijo insignificante, e ao mesmo tempo cheio de reverência.

Ela se surpreendeu com o afeto do gesto e sorriu.

– Eu adoro o seu cheiro, Cleo.

– É o xampu.

– Não – ele disse. – É você quem faz o xampu ser tão cheiroso em seus cabelos e em sua pele. Você comeu bem no café da manhã?

– Sim, obrigada por preparar para mim.

– De nada. Você está nervosa pelo que vai acontecer aqui?

Mentir ou não mentir? "Nunca minta", ela se lembrou.

– Estou um pouco.

– Você tem medo de eu te machucar? Você vai ficar amarrada e indefesa diante de mim. Vou te ensinar a cada momento em que eu te bater. Vou explicar o que se passa com seu corpo. – Acariciou o queixo dela com o polegar e pegou em sua mão, levando-a para uma mesa com quatro correntes, uma em cada canto, que ele tinha montado no jardim. Lion tinha transformado sua área de lazer em uma masmorra. – Deite aqui de barriga pra cima. Mas antes, tire a calcinha.

Uma mulher podia ficar molhada só com essas palavras? Por que ela estava tão excitada novamente com a possibilidade de se sentir indefesa e de ser forçada a aceitar algo? Por que ela queria que fosse Lion a provocá-la?

Tirou a peça de roupa, rebolando de um lado para o outro, e ficou nua na frente dele. Não tinha tido vergonha nenhuma de fazer *topless* naquela manhã e agora também não sentia vergonha nenhuma de ficar pelada.

Na noite anterior ela tirou a roupa dele e o acariciou até que ele caísse no sono, ou foi ela quem adormeceu? Não tocou no pênis, mas em todo o resto, sim.

Que sensação mais estranha e indescritível: sentir-se segura com Lion quando ainda não tinham começado a parte mais difícil de sua dominação.

– Jesus, Cleo... – a voz rouca de Lion penetrou sua pele. – Você está lisinha – sorriu como um pirata que estava prestes a sequestrar uma donzela, devorando-a com os olhos brilhantes de desejo e expectativa.

– Você gosta assim, senhor?

– Gosto muito – respondeu com sinceridade, pegando-a pela cintura e a levantando para que ela se sentasse na mesa. – Deite de barriga pra cima.

Cleo obedeceu, e ele prendeu os pulsos dela com as correntes, acima de sua cabeça, e também os tornozelos, deixando-a com as pernas abertas. Quando as correntes apertavam, ele fazia carinho na região para tranquilizá-la.

– Vou te tocar, Cleo – anunciou, com o rosto entre sombras.

– Sim – sussurrou ela.

Lion passou a mão em sua garganta e foi descendo pela clavícula e pelos seios. Acariciou os mamilos com os polegares e largou as mãos ali.

O coração de Cleo disparou, e uma pontada de desejo subiu por suas pernas e foi até seu umbigo. Ela mordeu o lábio inferior e fechou os olhos.

– Você gosta que eu te toque assim?

– Sim, senhor. Gosto.

– E eu gosto de te tocar, Cleo.

Ela abriu os olhos e o observou. Lion sorria para si mesmo, concentrado nos seios dela e estava com o nariz vermelho de excitação.

"Então eu também te deixo um pouco nervoso, hein? Bom, um pouquinho não faz mal", pensou Cleo em deleite.

– Tenho que te disciplinar te batendo. No torneio podemos passar por provas de todos os tipos se não encontrarmos os baús primeiro, e talvez tenhamos que participar de duelos. Um desafio poderia ser o de conter o grito enquanto você apanha, ou pelo contrário, não gozar ou não chorar... Você precisa ter muito autocontrole.

– Eu poderia gozar enquanto apanho?

– Claro – respondeu. – Pode ser que hoje não, porque você vai estar muito preocupada em perceber se vai sentir dor ou não. Vou revezar os golpes com carinhos, vou te estimular e te acalmar. Quero que você se familiarize, e quero descobrir qual é sua zona mais sensível. Certo?

– Certo – disse Cleo, decidida.

– Primeiro vou te preparar na parte da frente, e depois vamos para a parte de trás. Não uso açoites porque eles são muito dolorosos e chegam a cortar a pele. No torneio, os monstros usam açoites para castigar, mas eles são amos muito experientes nessa prática e sabem que não podem errar e nem machucar pra valer uma submissa.

– Tenho medo dos monstros.

Lion concordou.

– Você não precisa temê-los. Além do mais, vamos fazer o possível para que você não caia nas garras deles.

– Tudo bem.

– Os instrumentos que eu usar podem despertar muitas sensações em você. Se tiver de gritar, pode gritar, Cleo. Se tiver de chorar, pode chorar. E se não aguentar, lembre-se da senha.

– Scar.

– Sim. – Ele voltou a passar os polegares pelos mamilos dela e logo deslizou os dedos por sua cintura, suas costas e seu quadril. Ficou com os olhos cravados na vagina e usou os dedos para abri-la com cuidado.

"Ai... Meu Deus", pensou Cleo. Ele só queria olhar; não enfiou o dedo em lugar nenhum e nem a acariciou por dentro. Abriu-a como se fosse um pêssego para olhar a cor e a textura. Mas ela sentiu que estava molhada e que começava a pulsar.

– Você tem uma cor muito rosada. Quando o sangue se acumular aqui por causa das palmadas e chicotadas, vai ficar inchado e de uma cor vermelho-vibrante. Vai ficar muito sensível. Flagelar essa região serve para que o sangue seja bombeado para as zonas erógenas e a pessoa tenha plena consciência dessa parte do corpo. Quando você ficar pronta, pode chegar a um orgasmo com um simples sopro – assegurou, oferecendo leves carinhos. – É muito bonita, Cleo – elogiou-a, com tato e cuidado.

Ela suspirou profundamente quando ele parou de tocá-la, e exalou com um "muito obrigada".

– Vamos começar – falou Lion, pegando um *flogger* com várias tiras. – Em primeiro lugar, você não pode tentar rotular o que está sentindo. Sei que é angustiante estar amarrada e imobilizada sabendo que alguém vai bater em você, mas sou eu: Lion. Prefiro cortar minha mão fora do que te machucar de verdade. Então... – Sentiu o peso das tiras e as olhou com atenção. – Não tente classificar o que você vai sentir. Não tem dor. Não tem prazer. Tem uma coisa muito mais poderosa e potente do que isso. – Deixou que as tiras do *flogger* acariciassem o corpo dela e passassem por seus mamilos. Eles reagiram e ficaram duros. – Isso. Você responde muito bem, Cleo.

– Ah... Obrigada, senhor.

– O que eu vou fazer, e o que você vai sentir, pode parecer doloroso; mas é uma dor para atingir um prazer sublime. O objetivo não é fazer sentir dor, é fazer você voar. Você não tem que se aterrorizar com uma sessão de BDSM ou com um castigo. Você pode pensar nisso como se fosse uma cena de um filme de suspense, na qual você não sabe o que vai acontecer. Você vai sentir um tapa, e depois, no mesmo lugar, dois beijos ou duas lambidas; apanhar, e depois sentir um carinho reconfortante. E a soma de tudo isso, a soma dos sentimentos com esse contraste de dor e de prazer é o que faz do BDSM algo tão incrível. Sexo selvagem e doçura infinita, suavidade e dureza, o inferno e o céu... Imagine uma discussão e depois o quanto é incrível a reconciliação. É a mesma coisa: depois que você é flagelada e castigada, a melhor coisa é que cuidem de você e te mimem. – Inclinou-se sobre ela e lhe deu um beijo fugaz nos lábios. – Vou cuidar de você, pequena.

Antes que Cleo pudesse sequer saborear e entender o motivo daquele beijo, veio a primeira carícia vertical das tiras do *flogger*. Bateu na barriga dela, aproveitando o próprio peso para que as tiras não se espalhassem e fossem todas na mesma direção.

Cleo ficou tensa e se agarrou às correntes com as mãos.

Primeiro veio uma, e depois outra, e outra... Chegavam em grande velocidade e causavam impacto sobre a pele desprotegida. Cleo apertava os olhos com força e deixava o corpo todo tenso.

– Não gosto dos vergões, nem das marcas na pele, nem dos cortes... isso é coisa dos sádicos, não dos amos que gostam de dominação e submissão – esclareceu. – Esses, sim, abusam dos chicotes. – Plau!, no seio esquerdo. – E até de *floggers* com objetos cortantes. – Mais uma no outro seio. – Mas os sádicos têm outra psique e gostam da dor por si mesma. Eu não.

Cleo estava tremendo, aguentando como podia. Lion parou, e ela pôde sentir como a pele agredida formigava e esquentava. E, então, veio outro tipo de chicotada, agora em sua coxa. Igualmente estimulante.

A pele dela estava incomodando e ela não sabia se aquilo era dor ou prazer. Depois de trabalhar as coxas, Lion subiu o *flogger* de novo para a barriga; e então chegou a primeira rajada de dor forte quando as tiras foram direto no meio de suas pernas.

– Ai! Merda! – ela exclamou, apertando os dentes.

– Essa doeu, Cleo? Assim?

Ele fez de novo, e Cleo pulou da mesa ao sentir o golpe na vagina.

Mas quando a sensação picante desaparecia, ficava aquele estímulo estranho em toda sua pele, como se alguém a tocasse, mas sem tocá-la. E sentia o ardor.

– Aguente, Cleo. Essa é só uma preparação. É um aquecimento. – Ele se concentrou de novo nos seios e passou continuamente as tiras do chicote ali, fazendo carinhos sussurrantes, para logo recomeçar.

Ele passou vários minutos trabalhando a parte da frente, até que toda a pele estava vermelha devido à estimulação.

– Deus... você é tão bonita.

Cleo não conseguia falar. Estava convencida de que seu cérebro fritava. O que estava acontecendo com seu corpo? Por acaso ela queria mais? Não podia ser...

Ele acariciou o rosto dela e tirou a franja ruiva dos olhos.

– Assim você me deixa com vontade de te comer agora mesmo, Cleo. Você está se entregando a mim. – Colocou a palma da mão sobre sua vagina e a deixou ali, sem mexer os dedos. – Percebeu? Você está molhadinha, pequena.

Ela estava se entregando a ele? Ela estava era quase entrando em erupção. Não queria que ele parasse de tocá-la. Não queria que ele tirasse a mão dali.

– Lion...

Plau! Primeiro tapa com a mão aberta em sua vagina: *spanking* vaginal, e deixou a mão ali, retendo todo o calor.

Os olhos dela se encheram de lágrimas, mas, novamente de modo inexplicável, ela queria mais.

– Como eu me chamo?

– Senhor.

– Sim, isso. – Passou os dedos pela boceta, mas não fez mais nada. – Boa menina.

Sem saber muito bem como, Lion a libertou das correntes e a virou como um frango; ela ficou deitada de barriga para baixo. Ele a prendeu outra vez e começou a flagelá-la da mesma forma que tinha feito com sua parte dianteira. Fazia em um ritmo e em uma velocidade que detinham uma força hipnótica. Não uma força de fato, porque aquele não era o castigo principal, mas com pressão suficiente e cadência constante, para que sua pele se preparasse.

– Deus – gemeu Cleo, virando o rosto para o lado contrário ao que ele estava.

Sua pele estava ardendo, sem dúvida estava ficando irritada; mas seu corpo estava afundado em um transe provocado pelo contato das tiras, por como ele alternava os golpes: um mais forte, outro mais fraco, um mais suave... Depois ele parava e passava as mãos pela região torturada, como se quisesse consolá-la e acariciá-la, pedindo desculpas pelo castigo que estava infligindo. E ela, naquele momento, tinha vontade de chorar. Mas não choraria. Tinha que ser forte.

– No torneio só eu vou te tocar. Não vou deixar ninguém se aproximar de você, Cleo. Para isso teremos que ser os mais rápidos a encontrar os baús, e se não conseguirmos, teremos que ganhar os duelos. Mas se em algum momento você tiver que enfrentar os monstros ou ceder às exigências do Amo do Calabouço ou do Uni, você tem que estar preparada. – Plau! Um golpe entre as nádegas fez sua linda pele se avermelhar. – Ah, gatinha... olhe. – Passou as mãos pela bunda dela e se inclinou para beijá-la.

– Lion? – soluçou Cleo, cobiçando aquela boca.

Plau! Deu um tapa com a mão aberta.

E ela se queixou.

– Senhor!

Lion acariciou a região em que tinha dado o tapa e se inclinou de novo para beijá-la.

– É muito importante que você nunca pronuncie meu nome durante os castigos. Lembre-se de que nós temos outras identidades, que serão as que vamos passar para os organizadores do torneio. Um erro desse tipo chamaria muito a atenção dos Vilões.

– Sim, senhor.

– Você já está preparada para o castigo.

Ele a desacorrentou e a posicionou sentada de novo sobre a mesa. Ainda com o *flogger* na mão, tirou o cabelo do rosto dela e colocou as mãos uma de cada lado das pernas dela, sobre o suporte, de uma forma que a deixou presa entre seu corpo e a mesa, nua, afetada por ter apanhado e vermelha como um tomate.

Cleo nunca teve tanta consciência do seu próprio corpo como naquele momento.

– Você me deixa louco confiando em mim desse jeito, Cleo.

– Obr... obrigada, senhor.

– Você encarnou mesmo o papel, hein?

Lion tirou do rosto dela os cabelos vermelhos e úmidos de suor. Ficou com o rosto próximo ao dela e a olhou nos olhos. Queria beijá-la, mas não queria confundi-la naquele momento, e muito menos confundir a si mesmo.

– Olhe pra mim.

Cleo levantou o rosto, confusa. Não sabia como se sentir, mas estava tão bem e descansada… tão viva.

Lion a pegou nos braços e a soltou na frente do saco de pancadas.

– Coloque as suas mãos no saco de pancadas, Cleo, e fique assim.

Ela olhou para ele por cima do ombro. Não se sentia tão desorientada para não o advertir com seus olhos, verdes demais, do que poderia acontecer se ele a machucasse de verdade.

– Você disse que confiava em mim – ele acusou, captando a mensagem daquele olhar. – Olhe pra frente.

– Sim, senhor. – Ela mordeu a língua e esperou pacientemente por mais uma pancada.

– Quero que você aceite a dor voluntariamente. Por isso não vou te amarrar.

– Tudo bem. – Cleo se ajeitou para receber o castigo.

– Você tem que ficar quieta, ok?

– Sim, senhor.

– O grau da dor vai aumentar porque você liberou muitas endorfinas, e por isso é mais difícil que apareçam hematomas. No pré-aquecimento, os carinhos servem para que as endorfinas se acumulem na pele. Ela está vermelha e pegando fogo, pequena. Vou te bater em um ritmo lento, para que você tenha tempo de absorver cada golpe e antecipar a sensação do próximo. Ontem você me ofendeu três vezes. Serão cinco chicotadas por cada ofensa.

– Quinze, senhor? – perguntou ela, apertando os olhos e torcendo para que ele a tocasse logo de uma vez, não importava se vinha uma chicotada, um tapa ou um carinho. Queria continuar sendo estimulada, não queria esfriar.

– A primeira, quando me disse que queria um outro amo, enquanto o que eu pretendia era te proteger para que não caísse em mãos erradas; a segunda, quando insinuou que eu não me preocupava com as suas necessidades, mesmo que a dominação de ontem te preparasse para mim; e a terceira, quando você disse que eu não sou irresistível, e Cleo... – Aproximou-se dela e sussurrou em seu ouvido –: Estou vendo como você está pegando fogo, gatinha. E é porque você está gostando muito do que eu estou fazendo. Mas vamos adicionar mais cinco.

– Por quê?! – replicou.

Ele permaneceu em silêncio durante alguns segundos. Aquele tipo de resposta merecia outro castigo, mas ele ia esperar até Cleo se dar conta de que não deveria falar assim com ele.

– Senhor? – perguntou Cleo, sem convicção.

– Por insinuar que Clint morreu por minha culpa e que sequestraram Leslie por incompetência minha.

Aquelas palavras a abateram. Era verdade que ela havia dito aquilo e se arrependido no mesmo instante, mas ela ainda não tinha pedido desculpas. Como ela se atrevia a atacá-lo assim?

– Está pronta? – Lion acariciou a nádega esquerda e a beliscou suavemente. – Você está ardendo.

– Sim, senhor – respondeu com um fio de voz.

– Você vai contar as chicotadas em voz alta. Estou com um chicote de nove tiras nas mãos, Cleo. Vai doer um pouquinho mais.

– Usou a velocidade e o peso do chicote para bater nas nádegas dela, criando uma alavanca com seu braço e com o cabo.

O som das tiras cortando o vento podia ser aterrorizante, mas era mais espetacular ouvir como atingiam a pele.

– Um! – gritou Cleo, cravando os dedos no saco de pancadas. Deus... como ardia. Depois de dez segundos veio o segundo contato, no mesmo lugar, entre as nádegas. – Dooois! – exclamou, cravando os pés na grama para manter a postura. Os golpes eram cada vez mais fortes, mas ele ia trocando de lugar para não machucar muito. O três e o quatro atingiram a parte de trás das coxas. O cinco e o seis foram na lombar. A pele do traseiro doía e ardia ao mesmo tempo. Ela não sabia se queria se coçar, se esfregar em algo ou continuar apanhando. O sete e o oito foram de novo em suas nádegas. Não. Não queria que continuasse. Ou queria? Aquilo era muito confuso. – Nove! Dez!

Lion sabia que Cleo aguentava isso e muito mais. Ela era a mulher mais forte, obstinada, corajosa e dedicada que ele já tinha conhecido. Mas ela precisava aprender a suportar aquilo com ele, já que estariam juntos no torneio. Ela tremia e se apoiava no saco, quase o abraçando.

– Doze! Treze!

Os suspiros e os pequenos ruídos indefesos de Cleo apelaram para a alma de Lion.

Era por ela que ele estava ali.

Era por ela que ele estava cuidando de Leslie. Não o contrário.

Será que algum dia ela entenderia? Como ia saber, se ele nunca tinha dito nada?

– Mais duas, gatinha!

– Dezenoveeee! – gritou ela, grunhindo.

As tiras da última chicotada foram direto em suas nádegas avermelhadas e caíram no chão, cansadas de seu próprio exercício.

– Vinte... Vinte... Deus... – soluçou. – Vinte! – Cleo largou o corpo sobre a grama, ainda abraçada ao saco, completamente entregue.

Lion largou o chicote e pegou Cleo em seus braços, embalando-a contra ele, consolando-a com seu corpo e sua pele.

Cleo nem sequer se atreveu a fugir. Aquele era um castigo de BDSM, e ela sabia que seu corpo ardia. Tinha consciência da reação de sua psique diante da flagelação, mas não entendia a outra sensação que tinha sob a pele.

– Venha aqui, pequena. Você se saiu muito bem... – parabenizou Lion. – Agora me deixe cuidar de você.

– Não... me deixe em paz.

– Shh, Cleo – Olhou em seus olhos e caminhou com ela nos braços até sentar na cadeira de vime, apoiando-a sobre as pernas, montada nele. – Sei que você não sabe como se sentir agora. Mas também sei que, no fundo, no fundo, não foi dor que você sentiu. – Os peitos nus dos dois se juntaram. Lion a beijou na cabeça e na têmpora, depois nas bochechas... Também passou as mãos por suas costas e nádegas para consolar a aflição e o ardor.

Cleo se abraçou a ele, sem pedir permissão e nem o chamar de senhor. Apoiou a cabeça em seu tórax e deixou que ele oferecesse o calor de que ela precisava. Mimos. Ela só queria mimos.

“Me console, por favor”, dizia seu interior.

– Desculpa. Desculpe-me pelo que eu disse – gemeu sobre ele. – Não acho que você teve culpa de nada... fui horrível. Fui uma puta idiota. Me perdoe. Você perdeu seu melhor amigo no caso e eu...

– Shh. Tudo bem, pequena...

– Não, Lion – chamou-o pelo nome, mas não se importou nem um pouco. Pegando o rosto dele, disse –: Diga que me perdoa, por favor...

– Sim. Claro que sim. – Seus olhos azuis brilharam ao notar como ela estava bonita e viva.

– Desculpa – soluçou, abraçando-o.

Lion a acalmou e a confortou, feliz de tê-la assim. Era a primeira vez que Cleo não o olhava feio, nem lançava uma palavra venenosa, nem ria dele... Agora ela era acessível. E terna.

– No início – ele explicou –, quando a pessoa se dá conta de que gostou do que fizeram, fica desorientada. Mas na realidade não é dor, não de verdade – continuou, beijando o ombro dela e massageando as carnes doloridas. – É uma dor prazerosa. – Pegou o rosto dela entre as mãos e o elevou um pouco para que ficassem cara a cara. – A gente chora e se recupera. É como uma catarse. Outros ficam tão acabados depois de uma sessão de BDSM, que ficam deprimidos durante alguns dias. Eles se livram de tanta merda e ficam tão vazios que não sabem lidar com a paz interior que sentem.

– Eu estou bem. Só... Só dolorida. – Secou as lágrimas com o dorso das mãos. Dolorida prazerosamente. Sentia-se ardendo, mas também muito, muito sensual e acesa para qualquer coisa.

– Percebi.

– Olha... você me beijou naquela hora. Me beijou – recriminou. – Podemos nos beijar quando estamos interpretando amo e submissa? Tudo bem com isso? – perguntou, insegura.

Lion sorriu ao perceber que ela voltava a ter lágrimas nos olhos, mas eram lágrimas purificadoras. Limpou-as absorvendo-as com os lábios.

E ela ficou como uma estátua ao se dar conta de que Lion estava cumprindo sua promessa: "Quando você chorar, eu vou beber suas lágrimas".

– Para mim, sim. Se precisar fazer, eu faço – explicou. – Eu queria te beijar, Cleo.

– Precisava me beijar?

– Você é uma submissa muito especial e muito sexy – murmurou ele sobre sua bochecha. – Você se entregou, Cleo. Claro que eu queria te beijar. E vou te beijar sempre que eu quiser.

– Por que você diz isso?

– Porque sim.

Ela baixou os olhos e voltou a se apoiar no peito dele. Não falaria com ele sobre aquilo; os beijos eram sempre algo mais. Se eles tivessem que se beijar, se beijariam de novo, mas da próxima vez ela tomaria o controle, não seria pega de surpresa.

– Foi tão intenso... – Cleo murmurou sobre sua pele. – Minha pele está doendo, dói lá embaixo, e minha bunda... Minha pobre bunda... – choramingou entre risadas. – Você deixou minha bunda parecendo um tomate, seu bruto.

Lion começou a rir.

– Ontem você me ofendeu. Como submissa, você deve acatar os castigos, e imaginar que vai ter gente nos observando. Você não pode me ofender e permanecer impune. Você tem que aprender a agir como se exige no torneio.

– Eu sei – gemeu ao sentir que a pele de seu órgão íntimo estava se roçando com... minha nossa! – Ops...

– Oh! – Lion apresentou um sorriso aberto e olhou para baixo. – Ele está acordado desde que você chegou ao jardim.

Cleo engoliu saliva. Sim, ela tinha se dado conta que Lion estava quase sempre preparado.

– Está doendo? – ele perguntou.

– Onde? – ela rebateu.

– Aqui – Lion deslizou a mão entre seus corpos e cobriu a vagina dela com a mão. Cleo se mexeu, mas ele a manteve em seu lugar. – Sabe o que acontece com os homens depois de uma situação de risco?

– O quê?

– A adrenalina e a endorfina se aglomeram no nosso órgão sexual e ficamos duros.

– Como agora. – Franziu uma sobrancelha avermelhada e aproveitou a mão de Lion acalmando seu lugar mais íntimo.

– É exatamente o que se passa com as mulheres. Mas vocês se incham e ficam molhadas. – Lion deslizou um dedo pela boceta ardente e inflamada, e se encontrou com a suavidade e a excitação de Cleo. – Como agora.

– Isso também faz parte do treinamento ou agora estamos por sua conta?

– Isso faz parte da sua disciplina. Vamos estudar tudo o que teremos que representar no Dragões e Masmorras DS.

Cleo estava hipnotizada pela expressão de Lion. Parecia que ela estava tocando um pedacinho do céu.

– E o que você vai fazer a respeito disso, senhor? – Ela fechou os olhos e se agarrou aos ombros dele.

– Depois do castigo, vêm os mimos, pequena.

Lion a levantou e a sentou sobre a mesa de vime, com cuidado para não esfregar muito a pele flagelada.

– Abre e mostra como você é aí, Cleo.

– Espero que você saiba que eu não faço isso com todos. Só farei porque são ordens do FBI.

Lion lhe deu um tapa no interior da coxa esquerda.

– Eu sou a única pessoa a quem você deve obediência, sua descarada. Agora abra.

Ela não estava na posição de contestar ninguém, e desejava como uma louca que ele a acariciasse. Havia sido estimulada de uma forma muito selvagem, e naquele momento não havia ninguém que pudesse acalmá-la a não ser que a levasse ao êxtase. Nunca imaginou que uma surra sexual pudesse excitá-la àquele ponto. Mas seu corpo pulsava, ansiando por mais.

E se eram amo e submissa, tinham que representar seus papéis perfeitamente.

Ela iria se atirar em Lion.

Ou será que Lion se atiraria nela?

Tanto faz! Ela queria uma maldita recompensa por aguentar o castigo.

Abriu as pernas e apoiou os pés, com fiapos de grama, na escura mesa de vime.

– Você está... – Lion ficou sem voz e aproximou a cadeira da mesa, de modo que a boceta de Cleo ficasse aberta bem na sua cara. Estava vermelha, e também inchada. Mas o que estava mesmo era molhada. A vagina estava faminta, e ele também. Com as mãos, a manteve com as pernas abertas e obrigou que ela se deitasse em cima da mesa. – O que você quer? Minha língua ou minha rola? Escolhe, porque agora você só vai ter um dos dois.

O que ele tinha dito? Cleo fechou os olhos e colocou o antebraço sobre eles. Com a outra mão, se mexeu até encontrar a cabeça dele e guiá-la até a zona que chorava pelo castigo e por ele.

Ele começou a rir e grunhiu:

– Sim, eu também. Quero te chupar. – Abrindo a boca, envolveu toda sua boceta de cima a baixo e começou a chupá-la como se fosse uma bala.

Foi muito rápido e fulminante. Ela o sentia com muita intensidade.

Sentiu a língua e bum!, Cleo subiu aos céus, gozando em velocidade recorde.

Lion ficou orgulhoso dela e feliz pela resposta, ainda beijando e lambendo.

Aparentemente, ele achava que era o fim do mundo, e que ela era um maldito salva-vidas. Apertou suas pernas com força e começou a chupá-la de cima a baixo. Bateu no clitóris com a língua suave e depois enfiou-a lá dentro. As paredes de Cleo se estreitavam e ele vibrava sob a inspeção dela.

– Seu gosto é muito bom... – murmurou Lion, sobre sua entrada.

Cleo sentiu a voz do amo entrar por seu útero e chegar até o estômago, reverberando como um eco em seu interior. Ela já tinha gozado uma vez e gozaria de novo.

Rebolou de um lado para o outro, e deixou o pescoço cair para trás. Nunca tinha se sentido assim. Tinha recebido sexo oral outras vezes, mas Lion era... era... Não tinha palavras para descrevê-lo. Talvez apanhar a tivesse deixado hipersensível, mas depois da surra, sentir algo tão suave como sua língua, tão plástica e elástica, e com aquela textura tão especial, a deixou louca.

Ela agarrou a cabeça dele com as duas mãos e o manteve no lugar que ela precisava.

Lion não se moveu dali. Chicoteava com a língua e com os lábios, depois mordia carinhosamente; absorveu os grandes lábios, primeiro o direito e depois o esquerdo, e em seguida começou a fazer o mesmo que fizera no início.

Tinha tudo estudado. Queria martirizá-la.

Foi em uma das profundas imersões da sua língua que Cleo voltou a gozar em sua boca; enquanto ele continuava oferecendo mimos, como só um amo poderia fazer depois de uma punição.

Se aquela era a recompensa por sofrer o castigo, naquele mesmo dia ela o chamaria de feio, vesgo e nazista umas vinte vezes.

Mas seus cuidados não acabavam ali. Depois que ela gozou mais uma vez, Lion pegou o que restou dela e eles entraram juntos na jacuzzi. A água estava fria, e ele então ativou a hidromassagem e colocou Cleo entre as pernas para massageá-la com sabão nos ombros doloridos e nas costas irritadas.

Permaneceram em silêncio enquanto ele cuidava dela.

– Obrigada, senhor – disse ela, realmente agradecida.

Lion a beijou na nuca e passou as mãos pela parte baixa de suas costas e em seguida percorreu suas nádegas com os dedos.

– Como está sua bunda?

– Melhor. A água me acalma.

– Adicionei sais de banho calmantes. Depois, quando sairmos daqui, vou fazer uma massagem em você com um óleo especial para que a sua pele se recupere. É feito de folhas de azinheira.

– Você é detalhista – sussurrou, fechando os olhos. – Você também sabe fazer massagem, senhor?

– Sei fazer de tudo – murmurou, brincalhão. – Já sei como está sua bunda... E você Cleo, como está?

– Humm... incrivelmente bem. Parece que eu corri uma maratona. Agora eu me sinto muito cansada e maleável... – suspirou –, mas feliz. Essa coisa de ter um amo até que não é má ideia – brincou enquanto mexia com a água entre os dedos. – Poderia deixar que me castigassem se depois eu tivesse tudo isso.

Um pensamento cruzou a mente de Lion. Cleo estaria com ele como amo enquanto durasse a missão. Os supervisores concordavam que o modo de finalizar aquele caso era no torneio, uma vez que eles entrassem no círculo dos Vilões, mas aquilo implicava que estariam juntos apenas até o final do caso. Ele não gostou do comentário de Cleo. Sugeria que ela poderia escolher outro amo depois que tudo terminasse.

Afirmou com amargura:

– Há castigos que não têm recompensa. Há castigos corretivos que não acabam em orgasmos. Mas eu prefiro que eles acabem assim. É muito melhor para os dois.

Cleo se apoiou sobre o peito dele. Estava bem e era correto estar nesses termos com ele. Ambos tinham uma missão a cumprir e iriam se conhecer melhor do que ninguém, então tornar-se íntimos naquele nível não era inadequado.

– Acho que eu ficaria arruinada se alguém me castigasse como você fez e depois não me consolasse.

– Alguns amos são muito cruéis, Cleo. Mas as submissas que eles procuram são muito submissas, e aceitam o que eles fazem porque é disso que elas precisam.

– Sim. Sim... eu sei.

– Ninguém está com um amo por obrigação.

– Exceto... Exceto as mulheres que podem ser traficadas por meio do torneio de BDSM. Talvez nem todas, mas pode ser que várias estejam sendo obrigadas a estar ali, e algumas até perderam a vida.

– Exato. Faltam quatro dias, Cleo. – Segurou as nádegas dela e as abriu para que a água atingisse em cheio aquela parte. – E você ainda tem que aprender algumas coisas.

– Olha... – Cleo ficou com o corpo tenso, mas seu jeito era brincalhão. – Isso faz cócegas. Sabe de uma coisa? É a primeira vez que uso esta jacuzzi com outra pessoa.

– Sério?

Ele soltou uma gargalhada enquanto a colocava sobre um jato de água.

– Vamos para o quarto, pequena.

9

A base de toda relação boa entre amos e submissas é a confiança. As mentiras acabam com tudo para ambas as partes.

Naquela tarde, Lion explicou que eles entrariam na internet para ver se tinham recebido alguma mensagem da organização do torneio. Ele se conectava sempre de locais estratégicos, porque estava provado que os organizadores do evento tinham seus próprios hackers, e ele não queria que ninguém soubesse o IP de seu computador.

Depois disso, ele informou que ela usaria prendedores de mamilos por debaixo do sutiã.

Então, depois da jacuzzi, do quarto orgasmo e da massagem, depois de almoçarem e de continuarem estudando as regras do jogo para decorá-las, Lion se dispôs a colocar argolas de aço nos mamilos dela.

Cleo estava em pé na frente dele, e ambos estavam no quarto.

Lion vestia uma calça jeans desgastada azul-clara e uma camiseta branca de manga curta com gola em V. Estava usando sandálias estilo de surfista, mas fechadas.

Cleo usava uma minissaia com estampa de flores vermelhas, amarelas e roxas. Só isso. Estava com os seios nus e ainda não tinha se calçado.

A diferença de tamanho entre eles chamava a atenção.

Cleo olhava Lion como se ele fosse o próprio diabo. Se pudesse, ela pularia pela janela. Será que ele ia apertar seus mamilos com aquilo? Estremeceu.

– Não vai ser por muito tempo. Só uma hora. Depois de chegar à *lan house* e verificar minha caixa de mensagens do fórum, vamos no banheiro por um momento e eu tiro.

– Vamos ao banheiro por um momento? Tem algum banheiro público unissex por aí que eu não conheça?

– Não. – Ele negou com a cabeça. – Vamos entrar no feminino e nos trancar para que eu possa tirar as argolas de você.

– Isso é um crime: atentado ao pudor. Sou uma agente da lei, senhor, que calhou de entrar em férias de repente...

Lion parou na frente de Cleo, com a palma da mão para cima mostrando os prendedores reluzentes e perversos.

– Chega, matraca. Há muitos tipos de prendedores para mamilos – completou, acariciando o bico do seio dela com o polegar e o indicador.

– Humm... – Cleo apertou os lábios, proibindo-se de gemer.

– Você gosta quando eu toco nos seus seios?

– O que você acha, senhor?

Lion sorriu e os acariciou só para provocá-la e ver como a pele se arrepiava e os seus mamilos ficavam durinhos.

– Quero que você me responda.

Cleo quis dar um pisão nele.

– Sim, senhor. Eu gosto que você toque nos meus mamilos.

– E eu gosto de tocá-los – reconheceu ele, agradecendo a sinceridade. – Os prendedores... – Não queria se desviar das instruções, então prosseguiu –: São desse tipo, argolas que podem ser ajustadas de acordo com o tamanho do mamilo e com a resistência da submissa à dor. Também existem uns que parecem pregadores de metal. Alguns pares são unidos por uma corrente, que podem ser puxadas pelo amo quando ele quiser atormentar os mamilos da submissa; outros são conectados por uma corrente e esta, por sua vez, fica presa em uma coleira da submissa. Os prendedores são dolorosos, mas servem para que o mamilo fique muito mais receptivo às carícias.

– Espero que não me dê isquemia.

– Não. A pressão com que o prendedor é fechado tem de ser muito bem controlada e ajustada ao seu grau de dor. O amo tem que ser consciente e proporcionar uma boa circulação sanguínea, para evitar a obstrução de qualquer veia da região que esteja sendo apertada. Saudável, seguro e consensual, lembra?

– Lembro. – Essas eram as bases do BDSM.

– O importante é não usar objetos afiados. Eu recomendo os prendedores com a ponta mais larga ou essas argolas, porque elas distribuem a pressão e não afetam um ponto só. Está pronta?

– Claro que não – respondeu.

– Cleo... você confia em mim?

– Sim, senhor.

– Então vou repetir: você está pronta?

– Estou.

Lion sorriu. O gesto era tão terno e adorável nele que Cleo concordaria até em tatuar a cara dele na bunda. Mas ela não poderia se deixar enganar pela doçura e pela incrível e contraditória amabilidade: ele era um amo. E aquilo era um jogo no qual eles iriam ultrapassar muitos limites. Ela também não seria idiota de aceitar tudo só porque os olhos azul-escuros se iluminavam quando ela admitia que confiava nele.

Não. Nem pensar.

Lion pegou o seio esquerdo. Cleo respirou fundo. Ele o lambeu para que ficasse duro e depois colocou a argola e começou a ajustá-la. A pressão foi crescendo, crescendo, até que o mamilo ficasse parecendo um cascalho esmagado.

– Está doendo! – ela se queixou, tentando tirar aquilo do peito.

– Cleo... – Lion agarrou seu pulso. – Respire um pouco e relaxe. É só a primeira sensação.

– O caralho!

– Cleo...? – Lion segurou a risada, mas não podia perder as rédeas. – Isso merecia um castigo.

No mesmo instante, as palavras produziram nela uma espécie de efeito placebo. O castigo... Sim, era estranhamente doloroso, mas o que vinha depois... Ah, Senhor... O mamilo relaxou, e a fisgada de dor que ela às vezes sentia se juntou a uma excitação que nascia em sua vagina. Ficou calada e enrubesceu.

– Olhe, Cleo. – Lion levantou a camiseta e mostrou os próprios mamilos, espremidos por argolas redondas. Ele tinha colocado por ela, porque queria sentir o mesmo que ela sentia. Lion nunca tinha feito nada parecido com ninguém, mas com Cleo... Com ela, ele faria. – Eu também coloquei.

Cleo abriu a boca e fixou o olhar no peitoral. Como ele era perfeito...

– Por quê? – perguntou, horrorizada. – Elas... elas vão te machucar.

Lion a olhou com ternura.

– Hoje vou ter misericórdia e vamos compartilhar essa experiência.

Isso queria dizer que ele nunca tinha usado aquilo antes?

– Você nunca tinha feito isso? Com nenhuma outra?

Lion negou com a cabeça e deu de ombros enquanto batia no mamilo espremido com o polegar e o indicador.

– Por quê? – perguntou Cleo, em meio a um gemido. – Por que você está fazendo comigo, senhor? – Estava assombrada. Ele não só já tinha lhe proporcionado vários orgasmos, como também não tinha tido nenhum. Não tinha exigido que ela o tocasse, nem se queixado pela falta de atenção.

– Porque eu quero.

E essa foi a única resposta antes de colocar a outra argola no mamilo direito dela, apertando da mesma forma.

– Você tem que aguentar essa sensação inicial. – Lion cobriu todo o seio e pressionou o mamilo com a palma da mão para amenizar a dor. Olhou para ela fixamente. – Respire comigo. – Inspirou e expirou o ar pela boca. Quando viu que ela estava fazendo igual, parabenizou-a. – Isso.

Cleo teve vontade de se jogar no pescoço dele e beijá-lo, mas não podia. Beijá-lo era como um passo além no treinamento, e ela não faria isso até que Lion desse carta branca. Enquanto isso, ela morreria de vontade.

– Você está com que calcinha?

– A que você me deu quando saímos da jacuzzi. – Lion tinha comprado muitas coisas em uma sex shop na internet. Havia muita roupa íntima de BDSM, e Cleo podia escolher a que ela mais gostasse. – A calcinha preta de látex com um zíper frontal.

– Perfeita – Lion parabenizou novamente. Levantou os seios dela e desferiu um beijo na parte superior de cada um. – Vista a roupa depressa. Te espero lá embaixo.

– S... sim, senhor – murmurou Cleo, observando-o sair do quarto, assoviando como um homem feliz.

Como era quarta-feira, uma passada na praça Lafayette era obrigatória. Havia muitas barraquinhas de comida caseira e música gratuita ao ar livre. O melhor de Nova Orleans e os nativos dali se somavam naquele pedaço da cidade.

Cleo se sentia como se estivesse em um encontro com Lion, mas aquilo, obviamente, não era um encontro. Porém, saber que ambos tinham corrido por ali desde pequenos, que se conheciam havia muitos anos e que as pessoas os reconheciam passeando juntos pelas ruas só alimentaria os boatos. Muitos diriam que formavam um casal.

Sorriu. Quantas coisas proibidas ela e Lion estavam fazendo e ainda fariam durante aqueles dias – e sem serem namorados. Muitos ficariam escandalizados com um comportamento tão libertino. Mas, por trás daquilo tudo, havia algo tão repugnante como o tráfico de pessoas. Qualquer sacrifício valeria a pena para tirar sua irmã das mãos de quem quer que fosse, além das mulheres e dos homens que certamente só perceberam no que estavam metidos quando era tarde demais.

Ela estava sentada em uma das mesinhas da praça Lafayette, escutando os músicos que davam vida nova ao Bairro Francês, ambiente para a vida noturna e ânimo para a alma dos moradores.

Lion havia entrado na biblioteca por um momento para acessar o fórum e verificar se tinha recebido alguma mensagem secreta do D&M.

"Meus peitos estão me incomodando." Não, não era bem um incômodo. Estavam roçando no sutiã e disparando faíscas de dor e de prazer por todo seu corpo.

– Cleo?

Era a voz de Tim Buron. O amigo e oficial de polícia em sua divisão se aproximou da mesa, sorridente como sempre.

– O que você está fazendo aqui? Nos disseram que você tirou uns dias de folga por assuntos pessoais. Pensei que você estivesse viajando.

Tim precisava se proteger bastante porque ele era muito branco e loiro, e o sol de Nova Orleans queimaria toda a sua pele. Ele estava muito vermelho.

– Bom. Sim... Estou reformando a casa...

– Ah, é? Que parte da casa?

– O jardim – Cleo soltou assim, de bate-pronto.

"Sim. E depois que eu terminar de transformar meu jardim em uma masmorra de dominação e submissão que faria um cara como você chorar, vou para um torneio no qual, das vinte e quatro horas do dia, provavelmente umas vinte e duas eu vou passar com a bunda pra cima."

– Ah, não me diga...

– Sim, mas está tudo bem. Quando acabar eu dou umas voltas por aí, para relaxar.

– Você está sabendo do Billy Bob, não? Pensei que era por isso que você estava de folga.

Cleo silenciou-se e seu rosto escureceu. Lembrar do nome daquele desnaturado a fazia passar mal.

– Sim, estou. Mas tenho coisas mais importantes para fazer do que mudar minha vida só porque Billy Bob está solto.

– É isso aí. Deram a condicional e agora ele está na casa dos pais.

– Não me importa. Não quero vê-lo nunca mais. Por pouco esse filho da puta não mata a esposa na porrada.

Tim a olhou, compreensivo.

– Sim. Mas ele tinha um ótimo advogado, e no fim das contas, a mulher retirou as acusações. E agora ele está livre.

Cleo suspirou contrariada. Como uma mulher podia dar um passo atrás assim? Billy Bob esteve a ponto de deixá-la cega, com traumatismos cranianos graves. Sempre enchia a cara. Era conhecido por ser muito agressivo, e os vizinhos garantiram que não tinha sido a primeira vez que ele a agredia.

Na noite em que ela o prendeu, Cleo o vira sair bêbado de um bar perto de sua casa. Seguiu o rapaz de carro e se ofereceu para acompanhá-lo, mas Billy Bob disse:

– Todas as mulheres são umas putas.

E depois disso, quando chegou em casa, se dedicou a espancar a esposa.

Como ela já conhecia os antecedentes do Billy Bob, ficou esperando próxima da rua onde o agressor morava, torcendo para que não acontecesse nada, mas confiando que, se Billy agredisse a mulher novamente, algum vizinho chamaria socorro.

Mas nem precisou. Martha, a esposa, apareceu em seu campo de visão, fugindo aterrorizada de alguém, com a camisola branca manchada de sangue e o rosto destroçado. Billy Bob a estava perseguindo e ia alcançá-la na frente de seu carro, diante de todos. Cleo solicitou reforços, saiu do veículo, deu um choque nele com a pistola Taser e o largou caído no chão. Ela o algemou, enquanto ele a insultava, e gritou que iria matar Martha e que depois tomaria conta de Cleo.

Ela bateu na cara dele com um cassetete, e Billy Bob se calou.

Ele foi acusado e preso.

Depois de duas semanas, ela foi promovida ao cargo de tenente.

E agora aquele covarde não estava mais atrás das grades. Bom, a lei às vezes era assim, mas Cleo deveria continuar acreditando na lei, não?

Daquilo já tinham se passado seis meses.

– Billy Bob já são águas passadas, espero que ele apodreça ou que procure ajuda psicológica.

– Foi o que disse Magnus, ainda que ele esteja mais preocupado com você. Já sabe como ele é...

– Sim. – Cleo olhou para o céu.

– Magnus contou que você tinha uma jacuzzi muito bonita à beira do jardim.

– Ele te disse isso? – Ela levou a água tônica que estava tomando aos lábios. Como era fanfarrão. Nunca tinha entrado na casa dela, mas tinha fama de garanhão, e adorava fazer os outros acreditarem que entre ele e Cleo havia algo além da amizade. Cleo só tinha mencionado sobre a jacuzzi, nada mais.

– Disse – continuou Tim – que você pode escolher água fria ou quente... e que dentro é muito cômodo. Quero uma dessas na minha casa.

– Vou te dar o telefone do pessoal que instalou pra mim. Ainda que eu não saiba como Magnus te disse isso se ele...

– Oi, Tim.

Cleo olhou para Lion por cima do ombro.

A voz dele soou muito séria e impessoal, e ela estranhou.

– Lion? – Tim abriu os olhos com surpresa e se levantou para cumprimentá-lo efusivamente. – Caralho, cara! Que milagre!

Lion respondeu ao cumprimento com educação, olhando friamente para Cleo.

Ela apertou os olhos. Não entendia o motivo da atitude.

– Seus pais disseram que você abriu um negócio de hardware e software em Washington e que está uma maravilha.

Cleo bebeu sua tônica e entortou os olhos. Era isso que o filho tinha falado para que eles não soubessem que, na verdade, era agente especial do FBI.

– Sim, vai tudo muito bem – ela respondeu olhando-o de canto de olho. – Ele está com tudo muito... controlado.

– Não tenho do que reclamar. Como estão seus pais, Tim? – perguntou Lion, ignorando o comentário de sua submissa.

– Bem. Sabe como é, às vezes com algum mal-estar, já estão velhos – lamentou Tim. – Mas continuam firmes e fortes. Vi seus pais em uma festa beneficente no After Katrina. Parece que o tempo não passa pra eles, cara. Estão iguais.

– Sim – Lion afirmou com um sorriso. – São quase imortais – murmurou, rindo. Tim também começou a rir. – Bom, Cleo e eu temos que ir.

– Ah, é? – Ela levantou da mesa e deixou o copo de tônica vazio.

– É. – Lion a amparou pelo cotovelo e deixou cinco dólares em cima da mesa.

– Ah... – Tim os observou com estranheza. – Sua irmã Leslie também está por aqui? – perguntou, interessado. – Talvez vocês tenham resolvido relembrar o passado... vocês sabem... – coçou a nuca. – Vocês estavam sempre juntos.

Cleo parou e apertou os dentes. Leslie. Ela devia estar bem. Estaria a salvo, e eles iriam resgatá-la.

– Ela está bem. Continua com a doceria e está com muito trabalho. Mas vai vir pra cá em breve.

– Ah, que ótimo – respondeu Tim. – Manda um beijo pra ela.

– Mando sim – responderam os dois ao mesmo tempo.

Ambos se examinaram e desviaram os olhares logo em seguida.

Lion se afastou das mesas, puxando-a pelo braço.

– Ei, não me pegue assim, parece que eu sou uma criancinha. Já falei que não vou fazer *age play*.

Lion a soltou e colocou a mão na sua lombar para acompanhá-la, em vez de puxá-la.

– Oh, que casal mais lindo.

Ouviram uma voz atrás deles.

– Merda – Cleo grunhiu entre os dentes. – É a senhora Macyntire.

– Lion Romano! – exclamou a mulher, abrindo os braços e lhe oferecendo um abraço rápido.

– Senhora Macyntire, que bom te ver – cumprimentou Lion, como se realmente fosse bom.

Cleo pensou: "Que pessoa mais educadamente falsa".

A senhora Macyntire era uma mulher gorda, uma velhinha de pele escura e de cabelos muito brancos, que usava um vestido vermelho com florzinhas brancas e um chapéu preto com uma rosa do lado esquerdo. Uma típica idosa de Nova Orleans.

– Cleo, minha menina querida. Faz dois dias que estou te ligando e você não atende o telefone – repreendeu.

– Não estou trabalhando, senhora Macyntire. Tirei alguns dias de folga.

– Vestida assim você parece uma mulher. – Deu uma piscadinha enquanto fitava a saia estampada, a regata decotada branca e os sapatos Tommy azul-escuros, de plataforma, bem altos. – E não com aquele uniforme azul que você costuma usar.

– Sim… – Deu um sorriso falso. – Obrigada, senhora Macyntire. Temos que ir. Tenha uma boa noite.

– Sabe? – A mão da idosa a segurou pelo antebraço. – É que estou procurando meu cachorro e…

Sério?

– Seu buldogue está montando na poodle da Eva, a padeira. Bem atrás do homem tocando violoncelo no meio da praça. E agora, se nos dá licença, temos pressa.

O rosto da senhora Macyntire se iluminou e ela foi em busca do seu cachorro, deixando-os livres.

Lion empurrou Cleo levemente para que ela continuasse caminhando e se distanciando da praça, que estava repleta de conhecidos indiscretos, e a encaminhou para o interior do Pirate's Alley Café, atrás da catedral.

– Essas plataformas têm oito centímetros e não é fácil seguir seu ritmo.

– Silêncio.

Os pés de Cleo estavam doendo demais para ela discutir, então respondeu, cansada:

– Sim, senhor.

Eles entraram no estabelecimento. Era uma adorável casa ao estilo francês, vermelha e com portas brancas em formato de arco.

Tinha algumas pessoas, mas não a multidão que se aglomerava na praça Lafayette. Bruce Springsteen cantava "Waitin' on a Sunny Day", e havia um par de casais dançando ao ritmo de Boss.

Lion a levou ao balcão e pediu duas doses de absinto.

– Não gosto de álcool, e absinto é nojento.

– Você vai beber.

– Sim, *domine*.

– Não use meu nome em vão – grunhiu. – Mais cinco chicotadas. Está acumulando.

– Por que você está bravo? – perguntou, indignada. – Você está de mau humor desde que saiu da biblioteca e...

– Você mentiu pra mim.

– Como?

– Você mentiu pra mim. – A garçonete colocou as duas doses diante deles, em copos de vidro largos e transparentes. – Você disse que era a primeira vez que levava alguém para a jacuzzi, e não é verdade. – Lion pagou a bebida e perguntou algo no ouvido da garçonete. Ela sorriu lascivamente, olhou para Cleo e depois para ele, e deu de ombros, concordando.

– O quê?! – Cleo respondeu, surpresa, observando a comunicação não verbal da peituda. – Não menti pra você, te falei a verdade.

– Mais cinco.

– Chega!

– Não levante a voz pra mim. Quinze. Cleo, isso não é um maldito jogo, obedeça e não cometa mais erros. Quando começamos, só pedi que você fosse sincera e honesta comigo, que nunca mentisse pra mim.

– E eu não menti!

– Mais dez, por rebeldia e pela repetição da infração.

Um músculo de raiva saltou da mandíbula de Lion.

Cleo enrugou a testa e ficou vermelha de indignação.

Furioso, ele deu a dose para ela.

– Beba isso e eu diminuo cinco chicotadas.

Cleo não pensou duas vezes. Já somava vinte e cinco. Naquela manhã ela havia aguentado vinte, e por pouco não se mijou.

Apanhou o copo das mãos dele, nervosa por não ser ouvida. Mas se ela confessasse que Magnus e ela não estavam juntos, que era tudo uma mentira para mostrar que ela também tinha uma vida sexual animada, ela sairia como a idiota da história e teria que reconhecer muitas coisas que não gostaria.

Virou o absinto de uma vez. E deu meia-volta para ir embora com dignidade, à la Scarlett O'Hara. Então Lion engoliu sua dose, tomou Cleo pela mão e eles se dirigiram para o banheiro.

– Aonde você pensa que vai?

Entraram no banheiro feminino, dentro de uma cabine. Lion fechou a porta com firmeza e a colocou contra a parede, com uma das mãos em cada lado do rosto dela.

– E o que você acha que está fazendo? – ela o repreendeu. – Estamos em um banheiro público.

– Silêncio.

Ele estava com as bochechas vermelhas por causa do álcool, pela raiva em descobrir que Cleo tinha mentido pra ele e, também, por causa dos prendedores nos mamilos. Ele era um amo, e tinha uma norma simples e clara: nada de mentiras.

Cleo violou a norma, e justo no momento em que ele estava mais agradecido e mais orgulhoso dela: quando ele a consolava e dizia com suas mensagens, seus cuidados e seus mimos o quanto ela era importante para ele.

– Isso faz parte da sua dominação.

Cleo olhou para o outro lado, escondendo o rosto.

– Nunca faça isso – advertiu ele. – Nunca desvie o olhar de mim. Se cometeu um erro, Cleo, tem que aceitar e não fugir das consequências. Entendeu?

– Sim. – Mas na verdade ela não entendia, porque só tinha mentido sobre sua relação com Magnus; estava sendo sincera sobre todo o resto, durante o treinamento e a respeito do que ele a fazia sentir. Não fingia nunca.

– Sim, o quê?

– Sim, senhor.

– Tire a camiseta.

Nossa. Agora a brincadeira ia ficar séria.

Cleo e Lion estavam bravos por algo que na verdade nem existia. Mas era melhor deixar as coisas assim do que reconhecer que ela havia inventado um namorado por vergonha do que Lion poderia pensar dela. Além do mais, ela teria de aprender a manipular aquelas emoções e deixá-las de lado se quisesse alcançar sucesso no papel de submissa.

– Sim, senhor. – Tirou a regata pela cabeça e ficou só com o sutiã preto.

Lion a observou, estudando a peça íntima. Abriu as mãos e as colocou suavemente sobre os seios dela.

Cleo se queixou, mas mordeu a língua.

– Estão doendo?

– Estão.

– Tire. – Ele desceu uma das alças pretas.

– Isso não está certo...

– Cleo, porra.

– Sim, desculpa.

Cleo colocou as mãos para trás e abriu o sutiã. Entregou para Lion, e ele o dobrou e o colocou em cima da tampa do vaso, assim como tinha feito com a camiseta.

Os mamilos estavam inchados, mas não muito vermelhos.

– Você acha que consegue usá-los por mais quanto tempo? – perguntou ele, com os seios nas mãos.

Ela fechou os olhos e negou com a cabeça.

– Não... não sei.

– Bom. – Parou de tocá-la. – Tire minha camiseta.

Ela o fez e teve que ficar nas pontas dos pés para tirá-la pela cabeça, porque ele não oferecia nenhuma facilidade.

– Agora pode afrouxar e tirar as argolas.

– Sim.

Ela lambeu os lábios e tentou tirar as argolas sem provocar muita dor.

Lion a fitava de modo impassível, mas Cleo se deu conta de que ele apertava os punhos quando ela retirou os apetrechos.

A jovem levantou as mãos involuntariamente para fazer carinho nos mamilos marrom-escuros que estavam um pouco machucados, mas Lion a deteve pelos pulsos.

– Pode chupar.

Cleo pestanejou. De acordo.

– Sim – ela concordou com as pupilas dilatadas e cheias de desejo. Sim. De repente queria tocar Lion daquele modo e lambê-lo.

Queria passar a língua no peito dele. E passou. O que importava se ele estava zangado?

– Ca... ralho. – Ele ficou tenso ao notar a primeira lambida.

Cleo o ignorou. Lambia como uma gata, e depois abria a boca e o chupava, maltratava com a língua, acalmando e mimando o peitoral daquele homem. Passou as unhas pelo abdome, meio que arranhando. Não sabia de onde vinha o instinto, mas era o que ela queria fazer.

Lion sorriu, e enquanto ela o chupava, apoiou as duas mãos na parede atrás de Cleo.

– Assim, pequena.

Ela mordeu e puxou o mamilo, absorvendo-o dentro de sua boca com uma ânsia descomunal, com o apetite de uma mulher faminta por coisas que ela não se atrevia a pedir.

– Abra a minha calça – grunhiu.

Ela levantou os olhos sem deixar de olhá-lo e descobriu que ele esperava que ela se ofendesse. Seus olhos verdes brilharam, desafiadores e, enquanto ela se deixava cair de joelhos no chão de madeira do banheiro, foi marcando o abdome impressionante com as unhas, e, por fim, abriu o cinto e a calça. Ela não se ofenderia. Não iria perder.

– Você já sabe o que tem que fazer. – Ele pegou todos os fios do cabelo dela com uma só mão.

Ela abdicou da resposta. Faria porque estava com vontade, não porque ele ordenava. Além do mais, ele estava bravo, e ela também estava começando a ficar. Faria bem a eles.

Abriu o zíper. Abaixou a calça até o meio das coxas, descendo com ela também a cueca. O pênis grande e venoso surgiu apontando para a frente.

Cleo pulou as preliminares. Descobriu que desejava colocar ele todo na boca e foi o que fez. Pegou-o pela base, colocou a outra mão embaixo dos testículos e o engoliu.

– Merda! – exclamou Lion, revirando os olhos. – Cleo…

Ela ficou mexendo suavemente nas bolas e continuou com ele na boca, devorou-o até o fundo da garganta.

Lion puxou-a pelos cabelos, dobrou um pouco os joelhos e empurrou o pau para dentro da garganta dela.

– Sim, Cleo… assim. Relaxe a garganta…

Cleo fechou os olhos e continuou saboreando. "Um pau tão grande podia até me matar por asfixia", pensou. Mas não se importava. Lion tinha um gosto salgado; sua pele, suave e doce como o mel. Ela gostava. Gostava de tê-lo na boca.

– Deus. – Lion mexia o quadril cada vez mais rápido, mantendo-a no lugar. – Vou gozar, Cleo.

"Goza", pensou, orgulhosa. Fez rotações com a língua no comprimento do pau e depois enfiou tão fundo, que acariciou o saco dele com a ponta da língua. Em seguida, a mão que o acariciava entre as pernas subiu para beliscar um mamilo ultrassensível e dolorido. As sensações o tomaram.

– Ai, Cleo… Pequena…

Lion gozou em sua garganta, e ela absorveu tudo, engolindo, devorando, se alimentando dele.

Cleo deu uma última chupada enquanto o apertava com a mão e depois foi tirando-o pouco a pouco da boca.

Lion tinha que se sustentar na parede ou então fatalmente cairia no chão. Ninguém, ninguém tinha dado uma chupada nele daquele jeito, nunca.

Ele era um homem conhecedor do sexo e das mulheres. Sabia o que estava dizendo. E se deu conta de que Cleo era a rainha da felação. E isso, ao invés de relaxá-lo, o deixou ainda mais irritado.

Magnus não merecia uma mulher como aquela, porque não sabia valorizá-la e nem manter seu interesse. Cleo era uma mulher sensual, uma maldita gata selvagem digna do trono de Afrodite, mas tinham que alimentá-la e continuar cultivando seu interesse pelo sexo, pela paixão... E aquele sortudo do caralho, que ele sequer conhecia, ficaria com ela quando o caso fosse concluído.

Cleo gostava de Magnus? Será que ela o amava? Não. Ele duvidava. Se amasse, por que teria aceitado ser sua submissa?

"Por Leslie, idiota. Pela irmã. Não por você", resmungou para si mesmo.

Pelo visto, Magnus e ela estavam juntos, não? Talvez não publicamente, mas eles ficavam e com certeza dormiam juntos. Porra, quem não ia querer dormir com Cleo?

Com um grunhido, Lion enfiou o pênis, que ainda estava inchado, nas calças e a levantou do chão. Inclinou-se para limpar os joelhos dela com as mãos e depois secou, com os polegares, as lágrimas que tinham caído sem querer dos olhos dela por causa do esforço de abrigá-lo inteiro. Inclinou-se pouco a pouco, como se fosse beijá-la nos lábios.

Cleo esperou paciente que ele desse o beijo que ela almejava naquele momento. "Me beija, leão enjaulado", pensou, passando as mãos suavemente em suas costas. "Aproveita e me explica por que você está assim."

Mas então aconteceu uma coisa que a inundou de vergonha. Lion desviou e a beijou na bochecha para sussurrar:

– Coloque o sutiã e a camiseta. Te espero lá fora.

Abriu a porta e a deixou sozinha no banheiro. Precisava recuperar o fôlego e o controle de si mesmo.

Cleo engoliu saliva e sentou na tampa do vaso.

Segurou a cabeça com as mãos, apoiando os cotovelos sobre as coxas.

– O que foi isso? – perguntou para si mesma, consternada com o que tinha acabado de fazer e com o que Lion não tinha feito.

10

Nós temos duas faces: uma dominante e outra submissa. Nos praticantes do BDSM, escravidão e liberdade coexistem. A primeira se experimenta, a segunda se sente.

O caminho do Bairro Francês até a casa dela foi percorrido em um sério silêncio. Lion tinha comprado algumas embalagens de comida para viagem nas barraquinhas da praça Lafayette. Naquele momento, estavam jantando na mesa da varanda do quarto dela. Lion quis assim e organizou tudo.

Cleo continuava confusa pelo ocorrido no banheiro do Pirate's Alley Café. Na verdade, ela deveria seguir as instruções do amo Lion, mas saber que ele estava daquele jeito por causa de uma mentira a deixava mal, porque quem havia inventado a história fora ela. Talvez fosse melhor que ele soubesse que não havia nada entre ela e Magnus. Nadinha de nada. Mas tinha vergonha de revelar a verdade.

O chefe tinha escolhido alguns pratos crioulos para levar para casa. A cozinha crioula de Luisiana misturava influências de várias partes do mundo: desde a africana e a caribenha até a mediterrânea e a francesa, incluindo toques da italiana.

– Em Washington não cozinham desse jeito – ele disse, servindo vinho tinto na taça.

Cleo cobriu a sua com a mão e negou com a cabeça.

– Ainda estou com o absinto no corpo, senhor. Não estou a fim de vinho.

Lion deixou a garrafa sobre a mesa e lhe serviu água.

Ele a observou. Os reflexos do chão da sua varanda de madeira iluminavam o rosto dela e criavam uma auréola avermelhada ao redor de sua cabeça. Uma fada das florestas sem seus pequenos duendes.

E estava contrariada e preocupada.

Como amo, ele tinha que fazer Cleo entender que mentir não traria bons resultados de forma alguma. Mas, como Lion, porra, a pequena farsa o tinha deixado mais irritado do que o normal.

Cleo estava entretida, olhando as reformas momentâneas em seu jardim. A mesa com as correntes, os chicotes, os *floggers*, as duas vigas de madeira cravadas no chão que pareciam um gol de futebol americano...

– Minha mãe tem a receita da melhor quiche do estado – ela murmurou, sem muito entusiasmo. – Se você quiser, ela te manda marmitas pra um mês inteiro.

– Eu gostaria de ver a Darcy. – Lion colocou um pedaço de pimentão recheado na boca. – Em quase todos os dias da minha vida, sinto saudades da raspadinha que ela fazia.

– E ela sente saudade de você – ela suspirou suavemente e se serviu com um pouco de salada de batata.– Ela te adorava.

– Sim. Eu provoco esse estranho efeito nas pessoas.

– Normal, você é um bom mentiroso.

– Igual a você – respondeu Lion, com rispidez.

Cleo lançou um olhar ressentido enquanto sorvia um pouco de água.

– Segundo as leis servis e de dominação, você tem que aprender a esquecer e não prolongar demais um castigo, estou errada, senhor?

– O que eu tenho de fazer, sua espertinha, é mostrar que você não pode mentir pra mim em nenhuma circunstância. Talvez você não esteja levando isso muito a sério, porque essa situação não vai durar muito tempo. Mas, enquanto você estiver comigo, tem que estar duzentos por cento no jogo, em todos os sentidos. Como agente, como pessoa e como submissa.

– E você está?

– Estou. Claro que estou.

Ela ficou calada e continuou mastigando em silêncio. Não acreditava que ele estivesse duzentos por cento naquilo. Quem estava?

– O que você tem com o Magnus? – Lion tentava entender a relação de Cleo com o sujeito.

– Nada sério. Eu já te disse.

"Nada sério." Mas o tal de Magnus estava em Nova Orleans como ela, compartilhava os dias com ela e, com certeza, a fazia rir. Lion ficou inquieto com aquele pensamento.

– Imagino que não deve ser mesmo, porque ele não passou aqui pra te ver em nenhum dia. Você não deve significar muito pra ele – falou, concentrado em comer seu pimentão recheado.

"Droga, que amo mais cruel", ela pensou, dirigindo a ele um sorriso frio e indiferente. Mas Lion sempre tinha sido malvado com ela daquele jeito.

– Se você diz… Mas ainda acho que o que acontece ou deixa de acontecer entre eu e Mag é um assunto meu.

– Não, pequena – respondeu ele com voz perigosa. – Você está errada. Enquanto você estiver no caso, tudo é assunto do meu interesse. Com quem você vai ou deixa de ir, pra quem você liga e pra quem não liga. Você ligou pra ele em algum destes dias?

– Não. Não liguei. Não entrei em contato com ninguém.

– Então, Mag – repetiu, fazendo piada – não faz nem ideia de que eu estou me aproveitando da garota dele? – Merda. Acabava de ultrapassar os limites, e sua credibilidade como profissional tinha caído alguns níveis. Cleo estava fritando o cérebro.

– Olha aqui. Acho que temos que esclarecer algumas coisas, Lion. – Limpou delicadamente os cantos da boca com um guardanapo. – Eu não sou a garota de ninguém. E, que eu saiba, nós estamos trabalhando juntos para interpretar um papel. Você ainda não dormiu comigo, só estamos colocando em prática sua arte da dominação, por isso, tecnicamente, estamos nos torturando e não aproveitando nada.

– Eu fiz sexo oral em você – esclareceu ele de forma letal.

– Eu também fiz em você, hoje à tarde no banheiro feminino. Mas ninguém está se aproveitando de ninguém. E agora, se o senhor não se importa, eu gostaria de conversar sobre o caso que está fazendo com que tenhamos de jantar aqui juntos, educadamente, ao invés de ficar trocando farpas.

Ele franziu a testa. Cleo não tinha nem ideia do que ele gostava de fazer, e não tinha nada a ver com sadismos de nenhum tipo, mas sim com o que a jovem tinha entre as pernas e com sua língua de tagarela e de víbora.

– Você tem notícias do fórum? – ela também sabia direcionar a conversa para temas menos espinhosos. – *Habemus* convite?

– Tenho convite já faz dois meses. Um convite particular da Rainha das Aranhas.

Cleo sorriu sem vontade. Claro que sim. Lion tinha tudo sob controle e tinha se esquecido de mencionar esse detalhe.

– Então você é um VIP...

– Pois é. Hoje recebi as coordenadas de vestuário para os amos protagonistas. Todos os amos vão vestidos da mesma forma. As submissas é que vão nos diferenciar. Temos que escolher seu figurino.

– Claro... – grunhiu Cleo, pensando no fato de que ele já tinha o convite há muito tempo. – Tem mais quantos agentes infiltrados no caso?

– Além da Leslie?

– É.

– Nick e Karen. Éramos cinco agentes infiltrados. – "Até que deram um jeito no Clint", pensou ele com amargura. Por sorte, Clint não havia deixado nem mulher nem filhos... mas tinha deixado Lion, que sentia muita falta dele. Quando encontrasse o responsável pela morte de seu melhor amigo, tomaria as devidas providências.

Cleo se sentiu mal por Lion. Ela não conheceu Clint, mas devia ser um bom rapaz.

– Nick interpreta que papel?

– De submisso. E sua ama, Karen, já conseguiu um convite.

– Da Rainha das Aranhas?

– Sim.

– Sabe, tenho vontade de conhecer essa Mulher-Aranha. Ela gostou da minha irmã, gostou de você...

– E vai gostar de você também, por ser minha acompanhante oficial.

– Você é tão importante assim no mundo do BDSM, Lion?

– Não é uma questão de ser ou não ser importante. – Lion esvaziou a taça de vinho e se inclinou para frente. – É porque eu nunca formei um casal. E alguns praticantes que conheço, e que com certeza estarão por lá, vão achar estranho.

– Nunca? Você nunca permaneceu com uma mesma submissa?

– Nunca por mais de dois dias seguidos. E agora vou estar em um dos torneios BDSM mais importantes do mundo com uma garota que ninguém conhece. Eles vão achar que você é muito valiosa para mim, a ponto de eu permitir que você participe comigo. Por isso, você vai despertar o interesse de todos os monstros e dos amos protagonistas. Por esse mesmo motivo, os Vilões ficarão de olho em você. Você tem todos os requisitos para ser escolhida. Os submissos que cruzarem com a gente no torneio vão querer saber mais sobre você, de onde veio, quais são suas técnicas... Vão se perguntar: "O que ela tem que eu não tenho?".

– Nossa... – Cleo revirou os olhos. – Você arrasa tantos corações assim, senhor?

– É o que acontece quando as pessoas criam expectativas.

"Sei", ela teve vontade de responder. Mas era evidente que Lion evitava qualquer vínculo emocional com seus "pares". Ela gostava disso? Não gostava? Queria ser diferente? A relação com ela era um tanto quanto anormal, de trabalho, mas o sexo entre eles tinha um objetivo: a infiltração. Pelo bem de sua saúde emocional, ela não deveria se esquecer disso jamais.

– Então jamais, eu tenho que me esforçar bastante, hein? – Mesmo assim... maldito, com quantas mulheres será que esse amo do demônio já tinha estado?

– Tem sim.

Cleo levantou a taça de água e brindou por ele: pela vaidade e pela falta de escrúpulos. De ambos.

– Então vou me esforçar... – Franziu uma sobrancelha vermelha e sorriu como uma sedutora. Ela sabia atuar melhor do que ninguém. Acabaria surpreendendo, porque era muito competitiva. – Vou te impressionar... senhor.

– Não tenho a menor dúvida – assegurou ele, sorrindo mais relaxado.

– Não queremos que a sua reputação, depois que tudo isso terminar, fique arruinada, não é? Vou dar o melhor de mim. E também o pior. – Piscou um olho. – Você deixa todas chorando quando vai embora... Só espero não ter que brigar com nenhuma para limpar seu nome.

– Eu também espero – sorriu sem vontade.

– Não se preocupe. Sua lista de submissas no final do caso será tão grande quanto é agora.

– *Touché*. Mas tem uma coisa que você não entendeu: eu não tenho submissas, Cleo – esclareceu Lion, erguendo e oferecendo a mão para ela, com a palma virada para cima. – Eu nunca fui dono de ninguém. Sobremesa? Comprei uma torta de nozes-pecã.

Cleo estava com o estômago fechado. A tensão entre eles era notável, e ela não sabia se era porque ele ainda estava bravo, porque ela estava brava, ou porque se tratava de uma simples e inegável tensão sexual.

– Não quero sobremesa, obrigada.

– Eu também não quero. Venha comigo.

Cleo aceitou a mão que ele oferecia e o acompanhou para dentro do quarto. A cama enorme de colcha roxa e travesseiros brancos e dourados os aguardava, com um sorriso de quem sabe das coisas, esperando a ação que fizesse o preço pago por ela valer a pena. A luz que vinha da varanda iluminava o interior do aposento com tons claros de luar.

– Você nunca foi dono de uma submissa? Não entendo. Um amo não existe sem uma submissa – raciocinou Cleo, curvando um pouco as costas para que seus peitos deixassem de roçar em seu sutiã. O que ele queria dizer com nunca ter possuído ninguém?

– Estive com mulheres que precisavam de alguém para guiá-las e para saciar a sede que tinham de submissão. Instruí e ensinei o caminho a seguir, sobretudo para que elas aprendessem a diferenciar um amo equilibrado de um amo psicopata, um amo dominador de um amo sádico. No fim das contas, o BDSM tem que ser uma prática e um estilo de vida sexual de cada um. Não é uma prisão e nem uma moda. O BDSM é pra sempre. Minha maior preocupação é que essas mulheres, procurando alguém para dominá-las, tenham a má sorte de encontrar alguém que possa machucá-las de verdade, como aconteceu, por exemplo, com as vítimas desse caso Amos e Masmorras. Há falsos amos à solta, e é preciso saber detectá-los. Todos, mulheres e homens, têm que saber bem as diferenças.

– Você é um amo pra isso? Pra iluminá-las? – Cleo sorriu, incrédula. – Logo se vê como você é bonzinho e tudo mais.

– Não. Não é por isso. Mas quando elas estão comigo, elas têm que saber diferenciar o que é saudável, simples e consensual do que não é. Sempre há diferenças, e eu gosto de deixá-las bem claras.

– Pois pra mim a diferença é de que o amo deve sempre respeitar o submisso, sobretudo quando não há contrato nem relação emocional que os una. Que o amo entenda que há limites que não podem ser ultrapassados.

Lion a olhou de soslaio. Não poderia ter sido mais direta.

Ela estava certa. Ele não tinha o direito de fuçar na vida pessoal ou sentimental de Cleo. A relação que ela tinha com Magnus, qualquer que fosse, só era de interesse dela.

O problema é que ele começava a ter vontade, de forma consensual e contínua, de estar na vida daquela bruxa de cabelos vermelhos e olhos verdes.

Cleo tinha sido a única mulher que ele desejara de verdade. E a única que ele nunca teve. E saber que tinha um outro cara interessado nela o deixava frustrado e o afligia com a sensação de ciúmes pela primeira vez. Ele não suportava a mentira, mas era o ciúme que o consumia: saber que Cleo tinha estado com outro na jacuzzi ou que tinha provado o outro de muitas outras maneiras... porra, não aceitava essa ideia nada bem. Quando ele decidira treiná-la, não tinha pensado em como seria difícil aceitar que a pequena Cleo também já tinha tido seus relacionamentos. Por isso ele continuava bravo, mais com ele mesmo do que com ela.

E como ele não era dono do passado dela, não poderia alterar os fatos. No entanto, ele estava com ela ali. Desfrutava de Cleo naquele momento, no presente, ainda que fosse em níveis sexuais e que, provavelmente, ela estaria no seu futuro por, pelo menos, mais uns dez dias.

Ele aproveitaria da melhor forma que conhecia.

– Você tem razão – ele reconheceu.

Ela fechou a boca, emudecida, e logo voltou a abri-la.

– Perdão, o que você disse? – Aproximou o ouvido da boca dele. – Pensei ter ouvido um pedido de desculpas...

Lion sorriu friamente.

– Não vou mais voltar a esse tema do seu amante. Satisfeita? Devemos nos preocupar em te preparar a tempo para o torneio.

Cleo fechou os olhos e aceitou a concessão como um pedido de desculpas.

Lion a desejava, dava pra notar na sua forma de olhar pra ela e de se concentrar nela. Sim, era muito melhor manter o foco. Mas antes ela precisava esclarecer algo.

– Você ainda está bravo? Juro que não menti pra você.

Ele apertou os dentes. "Não importa, Magnus agora não importa... só ela."

Só Cleo e o treinamento.

– Você vai entender sua mentira. A personalidade da submissa deve ser respeitada, e não modelada. Temos que cuidar dela, ajudá-la a se encontrar, a se sentir cômoda consigo mesma. – Respirou fundo e se aproximou do corpo dela. Levantou uma das mãos, acariciou a bochecha dela, como um pedido de desculpas. O que era aquilo? O que fazia com que ele não pudesse deixar de tocá-la?

– Você não se lembra? Já falei que não sou mentirosa. Não importa o que você ache.

– Shh. – Claro que importava.

– Lion... É que... – "Magnus e eu não temos nada. Foi invenção minha." Ela não tinha motivo pra dar aquele tipo de explicação. Mas a cara de Lion quando escutou o que Tim falou foi impagável.

E ela se sentia mal por ele, como se o tivesse traído. Por que ela se sentia assim? Não tinha ideia. Eles não tinham nada! Não?

Ele fechou os lábios dela com o polegar e os acariciou.

– Vamos continuar o treinamento, Cleo. Deixe esse assunto pra lá. Agora eu quero cuidar de você.

– Agora? Agora você quer cuidar de mim? Agora que o senhor jantou? – respondeu, incomodada pela sensação irritante nos seios.

Lion franziu uma sobrancelha e sorriu malignamente.

– Você parece frustrada...

– Você acha?

– Acho.

O modo como ele olhava, com olhos de raio X, característicos de um homem que tinha o que queria, deu a entender que ele não estava mais para brincadeira. Ele a estava ameaçando com sua presença e sua postura.

– Você vai... me castigar?

– Vou.

Maravilha, ela iria apanhar por algo que nem sequer tinha feito. Uma dor por antecipação tomou conta de seus mamilos, nádegas e genital.

– Por quê?

– Se eu tiver que te explicar outra vez, é porque você não entendeu nada.

– Pensei que aquele show no pub e o fato de você não ter tirado os prendedores de mim já tinham sido castigos suficientes – ela recriminou, sem modos, chamando a atenção para a moral de amo de Lion.

– Não, pequena. – Deus… Cleo era muito suscetível. – Eu tinha uma necessidade. Uma necessidade de você. – Pegou uma mecha dos cabelos dela e a cheirou. – Só queria que você prestasse atenção em mim. Queria um pouquinho de você. Depois de todos os orgasmos que te dei pela manhã…

– Como? – E lá ia ela, entrar no território que Lion dominava.

– E estava ofendido.

– Que coisa feia, senhor amo. Você não deveria agir assim enquanto está nervoso. Não é uma das suas normas?

– Cleo… – Um brilho muito quente de aborrecimento atravessou os olhos dele. – Cala essa sua boquinha…

– Vem calar, se você…

– Pra cama.

Lion perdeu a paciência. Pegou Cleo de surpresa pela cintura e, literalmente, jogou-a sobre o colchão, fazendo-a quicar e esparramar os cabelos para todos os lados.

Cleo gostava do *tête-à-tête* e percebeu que adorava descobrir o que tinha de amo em Lion e o que tinha de Lion no amo. Ela sabia que era um conjunto, mas ele tinha que ser pressionado para atingir esse estágio. “Pode esquentar, bobo”, ela pensou, consciente de como ele era perigoso quando conseguia.

Ainda assim, ele continuou segurando as rédeas.

Observando-a com cobiça, ele tirou completamente a roupa, exibindo todo seu corpo moreno, alto e forte.

– Você está tentando me provocar, Cleo?

– Eu conseguiria algo com isso, senhor?

Lion avançou nela como uma fera. Tirou sua roupa, primeiro os sapatos, depois a saia e por último a camiseta.

– Eu adoro como suas pernas ficam com esse sapato – afirmou ele, levantando o tornozelo nu de Cleo e beijando o arco do pé.

– Obrigada – respondeu, assombrada por ele se dar conta daquele detalhe.

Lion a puxou pelos pulsos e a obrigou a ficar de joelhos sobre ele, montada.

– Tire tudo – ordenou.

– Sim.

Ele colocou a mão entre os cabelos dela e agarrou parte deles, puxando dolorosamente.

– Cleo, já passamos dessa fase. Sim, o quê?

– Sim, senhor. – As pontadas de prazer do couro cabeludo dispararam direto para seus mamilos, e ela não pôde evitar um gemido.

– Você está sensível – aprovou Lion, abrindo a boca sobre a garganta dela, marcando-a com a língua e com os lábios. Chupou.

Ela fechou os olhos pelo prazer súbito.

– Assim você vai deixar marca! – protestou.

– Vou te marcar à minha maneira.

Lion se jogou em cima dela, e a arrumou na cama até deixá-la com a cabeça no travesseiro e encarcerada entre seus antebraços. Cravou os dedos em seus cabelos e grunhiu, esfregando sua ereção no zíper da calcinha.

Lion impunha respeito. Era como um animal do sexo, mas não um monstro. Era selvagem e ao mesmo tempo elegante. Friamente apaixonado.

Seu contato queimava como gelo e fogo.

Cleo ia oferecer a boca, porque a vontade de beijá-lo só crescia a cada momento que eles estavam juntos. Porém, pensou duas vezes, porque não queria ficar em evidência como tinha acontecido no banheiro. No fim, conseguiu ficar com a cabeça grudada no travesseiro, sem levantá-la para ir em busca da boca de Lion.

"Melhor pra mim. Sou uma garota difícil."

– Está vendo as algemas acima da sua cabeça?

Algemas? De novo? Viu-se ronronando como uma gatinha. Ergueu os olhos e viu as algemas prateadas, unidas por uma longa e folgada corrente, presa a uma das barras brancas da cabeceira da cama.

– Sim, senhor.

Lion abriu o sutiã dela e o tirou, jogando-o no chão. Levantou uma mão para cobrir um dos seios.

– Coloque os braços acima da cabeça, Cleo.

Ela fechou os olhos e concordou, obedecendo imediatamente.

Ele sorriu triunfante, e o sorriso chegou a seus olhos porque Cleo assimilava rápido seu papel.

Lion fechou uma algema ao redor de seu pulso esquerdo, e outra ao redor do direito.

– Mexa os braços. Consegue mexer bem?

– Consigo. – Entre uma algema e outra havia bastante espaço. Tinha consciência de que estava algemada, mas seus movimentos não eram muito limitados.

Com um gesto poderoso, assim, de repente, Lion abriu o zíper da frente da calcinha de látex e, superficialmente, acariciou-a até que ficasse bem molhada.

"Está gostando?", perguntou a si mesmo, sentindo como Cleo estava inchada e úmida.

Ela mordeu o lábio inferior e negou com a cabeça.

– Tire os prendedores, Lion.

– Não, Cleo. Você não dita ordens. – Deslizou um dedo para dentro dela, tão minuciosamente que ela se queixou por ele deixá-la tão vazia. – Tente de novo.

– Por favor... Por favor, senhor. Acho que meus mamilos vão estourar, e quando você me toca aí...

– Se eu esfrego aqui... – Pegou o clitóris com o indicador e o polegar. – Você sente nos peitos?

– Deus... Sinto.

– Sente? Então você é mais sensível do que eu imaginava, pequena. E fico tão duro de saber...

– Hmm – ela gemeu, abrindo os olhos para ver com que cara ele ficava quando a tocava. Mas Lion não olhava pra baixo, olhava pra ela, em seus olhos, com uma máscara de paixão desenfreada e luxúria sem controle.

– Você vai ver. – Com um movimento sincronizado e desconhecido para Cleo, ele a pegou pela cintura e trocou de lugar com ela.

Cleo ficou com as mãos algemadas por cima do corpo de Lion e também de sua cabeça. De pernas abertas sobre a ereção.

– Vamos jogar um pouco mais duro – grunhiu ele, deslizando a calcinha por seu quadril. – Levante a perna. – Ela obedeceu e ele assim pôde tirar a calcinha pelo tornozelo. – Ah, sim. – Acomodou-se no colchão e desfrutou da visão de sua fada das florestas sobre ele. Os mamilos dela continuavam espremidos e inchados. Ela estava pelada e ele a obrigou a esfregar-se sobre a ereção, que apontava para seu umbigo e repousava bem rígida sobre sua barriga. – Sinta como eu estou duro. – Movimentou Cleo para que o clitóris e a umidade dela resvalassem e roçassem no pênis liso e quente.

Ela gemeu e puxou as correntes. Queria se mover um pouco mais pra trás e conseguir ser penetrada, mas Lion não permitia. Ele sorriu, com a vaidade característica, e disse:

– O quê? Você quer isso? – Elevou o quadril e se esfregou nela com insistência. – Não acho que você tenha se comportado bem para me receber.

Cleo se agarrou às correntes, mordendo a língua para não dizer: "Tanto faz te ter ou não te ter, maldito idiota. Eu só quero algo que me preencha". Mas se tivesse dito isso em voz alta, teria mentido de novo.

Claro que ela o queria. Estava querendo desde que ele apareceu em sua porta, havia três noites. E talvez desde muito antes... Mas não pensaria nisso agora.

– As argolas estimulam os seios, e isso faz com que você fique tão acesa...

– Não estou acesa, senhor – rugiu com os braços por cima da cabeça, a cinco palmos da cama. Puxou de novo as algemas, e a sensação de estar imobilizada a esquentou, excitando-a como naquela manhã, em cima da mesa. – Estou... – calou-se e gemeu diante do ataque a seus seios. – Com cuidado, senhor...

– Sempre tenho cuidado com você. – Sem deixar de mover o quadril, continuou afrouxando uma argola, e em seguida outra, até ficar com as duas nas mãos.

– Ai! – gritou Cleo. Experimentava uma sensação diferente motivada pela dor nos mamilos espremidos.

– Ah, coitadinha... – murmurou Lion, aproximando a boca do mamilo esquerdo dela e acariciando suas nádegas com suavidade.

Ela tremeu diante da expectativa. Estava com as aréolas doendo uma barbaridade. Se ele a tocasse agora não sabia como...

– Conta, Cleo. Você não pode gozar antes de chegar no quinze.

– Quê? Hmm... não é assim que funciona. Eu gozo no momento certo, não quando você acha que...

– Conta – insistiu ele, inflexível, lembrando com seus olhos de aço que ela ainda receberia um castigo. – Você vai ver o que é o verdadeiro *spanking*.

Ela engoliu saliva. Agarrou-se nas barras da cabeceira da cama.

Lion a reposicionou de tal forma que, sem esforço, ele pudesse se erguer e lamber seus mamilos doloridos.

Plau! A primeira palmada na bunda fez Cleo abrir os olhos, alerta com a dor picante que percorreu toda sua pele.

– Um! – exclamou, tentando fugir dele.

– Aonde você acha que vai? Você não pode escapar, princesa. Não pode fugir de mim.

Depois dessa palmada, imediatamente, Lion abriu a boca e lambeu o mamilo direito de maneira doce, oferecendo mimos e atenção.

Dor e prazer. Era um curto-circuito no cérebro. O mais estranho era que a dor da pancada, ainda que fosse dor, era prazerosa quando se sobrepunha ao baque.

Cleo enterrou o rosto no braço. Ia ficar louca. Como poderia gostar disso?

Plau!

– Dois! – gritou com a boca enterrada no braço.

Lion sugou o mamilo, o chupou e o absorveu.

– Me toque, por favor – ela pediu mexendo o quadril, se deleitando com a boca dele no seio e com ardor na bunda. Todo o sangue estava concentrado ali, e sentia a vagina palpitar.

– Aqui? Te tocar aqui? – Plau! Mais uma palmada na outra nádega, bem na junção com a perna. Ela negou com a cabeça e reclamou. – Quantas, Cleo?

– Três.

Ela entendeu que ele não faria nada que ela pedisse enquanto ela estivesse recebendo seu "castigo" particular, então se concentrou em compreender as sensações que a percorriam para desfrutar melhor delas.

– Quatro! – Pafff... Na outra nádega. Essa tinha queimado.

Lion nunca tinha curtido tanto como fazia com Cleo. Ela era incrível, macia e flexível, mas ao mesmo tempo desafiante. Um pequeno cavalo desbocado e selvagem. E adorava poder ensiná-la.

Cleo, por sua vez, tentava se concentrar nas sensações. A língua de Lion em seus peitos proporcionava um prazer sobre-humano. E, ao mesmo tempo, o sangue que pulsava no clitóris, nas nádegas, na vagina... parecia que ela era atiçada a cada golpe. A experiência a estava deixando lânguida e molhada como um caracol.

– Deus... Cleo... – ele sussurrou depois da oitava palmada. Acariciou-a entre as pernas e se deu conta de que ela estava toda escorregadia. – Caralho... você está gostando então, hein? – Ele voltou a colocá-la sobre o pênis e, aproveitando que ela estava bem molhada, começou a se esfregar perfeitamente contra sua vagina, estimulando o clitóris com precisão. Plau!

– Nove! – ela choramingou, quase revirando os olhos. Não ia chegar ao quinze... Era impossível chegar ao quinze. Gozaria no meio do caminho ou desmaiaria consumida pelo êxtase.

A boca de Lion absorveu o mamilo esquerdo. Cuidou dele e o reestabeleceu do incômodo que passara durante a tarde.

– Om...! – Cleo se mexia no ritmo das investidas superficiais de Lion. Seus seios balançavam para frente e para trás. Não conseguia desviar os olhos, verdes e dilatados pelo desejo, da boca daquele homem que castigava, que torturava, que excitava. Amo, poderoso... Deus. Lion a estava fazendo voar.

Lion começou a rir, mas recuperou o autocontrole rapidamente.

– Om? Não é hora de meditar, pequena. É importante você controlar o momento de gozar. No torneio você não pode cometer um erro desse tipo. Controlar o orgasmo é o básico. Saber prolongá-lo ou contê-lo quando necessário é uma técnica que deve ser trabalhada. E se você segura, depois, quando tiver o orgasmo, ele será mil vezes melhor e mais intenso.

Cleo mexeu o quadril sobre ele. Do que ele estava falando? Estava falando chinês?

– Não goze. – Plau! Plau! – Quantas?!

– Argh! Dez e onze!

Os músculos de trás do seu umbigo se contraíram. A língua nos mamilos agredia e acalmava. O pênis enorme a encharcava e a tocava por todos os lados, sem penetrar. Estava esquecendo de respirar. Seu ventre ardia.

– Cleo, mas que merda! – Lion a agarrou pelos cabelos e inclinou o rosto dela para a frente do seu, e eles ficaram cara a cara. – Nem pense em gozar, está me ouvindo? Só mais quatro, pequena. Vamos...

Ela gemeu, com vontade de chegar ao ápice.

– Você é um psicopata controlador... – grunhiu Cleo, sem sequer poder evitá-lo.

Plau! Plau! Plau!

Cleo caiu sobre o torso de Lion. Tremendo, estremecendo por controlar o maldito orgasmo que ameaçava varrê-la por completo.

– Quantas? – perguntou ele, lambendo seu ouvido enquanto acariciava as nádegas para amenizar a dor e se esfregava, sem clemência, contra seu sexo.

– Mmm...

– Quantas?

– Treze e quatorze – sussurrou Cleo, com a bunda muito vermelha, os seios hipersensíveis e...

– Agora você vai poder gozar. Está pronta?

Plau! O último tapa. Lion mordeu e chupou seu peito, agarrou suas nádegas para pressionar e apertar sua zona mais sensível e a fez gozar como uma sem-vergonha.

– Quinzeeeeeeeeeee!

Cleo aproveitou seu êxtase particular. Ela queria algo dentro dela enquanto gozava, queria mais. Sua pele ardia e seus seios doíam. O orgasmo a destruiu sem compaixão, de modo que ela ficou sobre Lion, lutando para respirar, desejando que aquilo se prolongasse eternamente.

Nem se deu conta de que ele já tinha tirado as algemas e de que ela estava livre, com as mãos no travesseiro, o corpo pregado no dele e o rosto afundado em seu pescoço. Podia fugir se quisesse.

Se quisesse... Mas não queria.

O suor dos dois se misturava, criando uma essência única e especial. A dele e a dela.

Lion a abraçou com força, acariciando suas nádegas com cuidado e desfrutando dos gemidos e da respiração irregular que ainda afetavam sua incrível Cleo.

Ela deveria dizer: "Obrigada, senhor". Ele havia lhe dado um orgasmo maravilhoso de presente. Mas, na verdade, era ele quem estava agradecido por sua entrega. Além do mais, ele também tinha ejaculado.

Lion adorava como ela respondia. Adorava quando ela ficava brava. Adorava seu corpo e sua pele alva, que tão rápido se avermelhava.

– É... Você gozou? – perguntou Cleo, sem forças.

– Porra, claro que sim.

Ela esfregou a bochecha no ombro dele.

– Ainda faltam cinco... – ela sussurrou.

Lion a beijou na têmpora e passou as mãos por suas nádegas, suas costas, seus ombros, sua nuca... e começou tudo de novo. Tinha que fazê-la relaxar e dormir. Eles precisavam descansar.

– Eram vinte tapas – explicou Cleo, ainda perdida entre o estremecimento pós-orgasmo. – Você só diminuiu cinco por eu beber o absinto, então eram vinte.

– Perdoo essas cinco só por você me lembrar.

– Melhor pra mim... Sou uma vencedora – disse, esgotada.

– Você está bem?

– Não tenho forças pra levantar... Tenho que tomar um banho e também...

– Não se preocupe. Eu... eu gosto de você assim. Vou cuidar de você.

Cleo fechou os olhos e deixou as pernas relaxarem, esticando-se completamente em cima dele.

– Obrigada, senhor.

Seus olhos estavam se fechando involuntariamente, e por isso ela não viu o sorriso de Lion, nem como ele também cedia ao peso de suas pálpebras, inalando a fragrância de morango de seus cabelos.

11

O BDSM é uma viagem de autodescoberta, e cada passo dado por um amo e por um submisso juntos deve ser dado em uma mesma direção, em uma mesma vibração.

Rango a olhava atrás de seu copo de vidro vermelho cheio de água. Era cômico observar como ele tentava assimilar as cores para se camuflar e Cleo achava até que o bichinho sofria de daltonismo. Seu pobre e querido camaleão tinha adquirido um tom púrpura bastante estranho.

– Isso não é vermelho, Rango.

Lion tinha acordado antes que ela e deixado um bilhetinho sobre o travesseiro dizendo que voltaria em vinte minutos e que tinha uma notificação do fórum D&M em seu iPhone. Iria à biblioteca para acessar a internet e verificar as mensagens. E depois levaria o café da manhã para que comessem juntos.

"Lion" e "juntos" eram duas palavras que a deixavam de cabelo em pé.

Ela achava melhor ter ido junto dele; ele, por outro lado, colocava o descanso dela em primeiro lugar. Para o amo era muito importante que ela estivesse bem relaxada para as extensas jornadas sexuais que eles estavam enfrentando.

Com esse pensamento, e com Rango em seu ombro, ela começou a colocar a roupa para lavar.

Estava com um shortinho preto e a parte de cima de um biquíni com pequenos triângulos da mesma cor. Tinha prendido o cabelo em um coque bem alto, ligeiramente despenteado.

Ela não gostava de se maquiar; mas, naquela manhã, usou brilho labial, passou uma sombra marrom e um lápis verde-escuro nos olhos.

Tinha dormido tão bem aquela noite... Ela não tinha sido possuída por nenhuma deusa interior, mas por uma deusa puta da sensualidade.

As extremidades de seu corpo pareciam boiar; estava com a bunda viva e estimulada, como se ainda estivesse sentindo os carinhos e os tapas. Era uma loucura o que ela estava vivendo... e ela ficava ainda mais confusa ao se dar conta de que estava esperando, quase ansiosamente, pelas novas lições de seu amo-tutor/agente federal.

Para sua surpresa, enquanto esperava por Lion e aproveitava para manter uma ordem aceitável no lugar, percebeu que algumas partes da sua casa que precisavam de reparo já estavam devidamente consertadas, limpas e arrumadas.

Eles só estavam convivendo havia três dias, e era óbvio que não ficavam o tempo inteiro trocando tapas ou proporcionando orgasmos. Aparentemente, quando ele madrugava, se dedicava, dentre outras coisas, a consertar o corrimão de madeira do alpendre, alguns rodapés soltos e uns pedaços de madeira do teto que não estavam muito bem encaixados.

Com um sorriso de surpresa e satisfação, caminhou com o cesto de roupa suja pelo jardim, passando perto da mesa de torturas deliciosas, até chegar à pequena casinha de madeira que ela usava como área de serviço, onde estava a lavadora-secadora.

Abriu a portinha e colocou a roupa suja. As dobradiças da porta tinham sido limadas e lubrificadas, e seus cantos tinham sido levemente modificados para que ela abrisse e fechasse melhor. Do lado da casinha, de forma ordenada, se amontoavam um a um os pedaços de madeira usados para restaurar a pequena cabana. As dobradiças não rangiam mais. Ela programou a lavadora e esperou o aparelho começar com os barulhos altos e dissonantes de sempre. Porém, para sua surpresa, instaurou-se um silêncio absoluto.

– Vá se foder – Cleo sussurrou, olhando para Rango. – O amo malvado também consertou a lavadora... É uma pechincha.

Rango mexeu os olhos descoordenadamente e continuou brincando com uma mecha de cabelo vermelho que tinha caído do coque feito por Cleo.

Depois de fazer suas tarefas, ela pegou o relatório do caso e revisou as regras do torneio. A princípio, eram bastante claras e, pelo que ela havia entendido, os duelos consistiriam em chegar ao orgasmo sob determinadas circunstâncias ou evitá-lo, mesmo com todas as safadezas ou exercícios lascivos que fizessem para estimulá-la, assim como alcançar uma série de orgasmos, ou então não passar de um determinado número; também em conseguir suportar a dor sem chorar ou conseguir não gritar. E se em algum momento fosse pronunciada a palavra de segurança, o casal estaria eliminado.

Ela também tinha que decorar as possíveis combinações para se salvar: desde as cartas que constavam nos baús, até a união de vários personagens em uma mesma cena ou o surgimento do Uni e a colaboração dos Amos do Calabouço.

"E os Macacos Voadores, lembre-se", disse para si mesma. "São ladrões que podem levar nossos baús ou nossos objetos."

As submissas e os amos seriam avaliados como casal, mas também individualmente.

Ah, e não podia esquecer: tinha que falar com Lion sobre não usar anel de O e também não apanhar nos seios. Não queria ninguém batendo nos seus peitos; ao menos que ela pudesse pisar em algumas bolas.

Os golpes entre as pernas até que eram excitantes, mas nos seios... não. Ela gostava muito e tinha uma relação muito empática com eles para que Lion batesse ali. E sabia que ele não fazia por menosprezo, claro, era para excitá-la e fazer com que o sangue fosse para seus mamilos, mas ela não gostava. Não se sentia à vontade.

Muito menos no rosto. Ela não gostava de bofetadas.

No BDSM era permitido dar tapas sutis no rosto do submisso. Não era para machucar, nem para ferir. Era só um tapinha para fazer a bochecha arder, deixar o submisso alerta e mostrar quem é que mandava. Mesmo assim, ela não queria nada disso.

– Nada de anel de O, nada de *spanking* nos peitos e nem no rosto – repetiu Cleo, lendo o dicionário de BDSM de seu iPad que Lion tinha passado para ela dois dias antes. Tinha tirado da Wikipédia.[2]
– Bom... agora só falta preparar meu figurino e descobrir onde o torneio vai começar. – Revisou os mapas do torneio anterior. – O último passou por todo o sul dos Estados Unidos...

2 O referido dicionário pode ser consultado na página 389 deste livro. (N.E.)

Cleo ouviu um barulho nos fundos da casa. Olhou para trás, desconfiada.

– Oi? – Pegou Rango e o deixou no meio da mesa da cozinha. – Não se mexa – ela mandou.

Deslocou-se rapidamente para a porta do jardim, onde tinha estado havia alguns minutos, e encontrou espalhadas no chão as madeirinhas que antes estavam organizadas.

Aproximou-se para recolher tudo enquanto dizia, mal-humorada:

– Com certeza foi o gato da vizinha. Estou cansada dele vir fazer cocô no meu jardim…

– Falando sozinha? – Lion entrou silenciosamente, carregando um saco de papel.

Cleo deu um pulo que quase a fez cair de bruços.

– Pelo amor de Deus! – gritou, levando a mão ao peito. – Você é um sádico psicopata? Quer me matar?

Lion sorriu e a olhou de cima a baixo.

– Para ser uma agente…

– Agente do FBI iniciante – corrigiu, ainda abalada com o susto e se levantando aos poucos.

– … você deveria tomar mais cuidado com a retaguarda.

– Sim, senhor – grunhiu ela, fingindo que a palavra dele era lei.

– Hmm… não acredito quando você fala desse jeito, Cleo.

– Não entendo o porquê, senhor – respondeu, inocentemente.

– Também não acredito em você quando faz essa carinha ingênua. Mas não importa, vamos tomar café. – Colocou o pacote em cima da pia e começou a tirar tudo o que tinha comprado para a refeição matinal. – Está com fome?

Cleo sentou em um banquinho.

– Estou. Mas como você pediu pra te esperar, fui matando o tempo.

Lion olhou com aprovação para as folhas do relatório e para o iPad com o dicionário de BDSM.

– Boa garota – parabenizou.

Cleo tossiu e se remexeu no banquinho acolchoado de cor vermelha. Quando ouviu aquelas palavras, seu corpo se acelerou. Mas o que diabos estava acontecendo? Ela estava virando uma ninfomaníaca?

"Boa garota... Plau! Plau!"

– Tem alguma coisa que você queira me perguntar? – disse Lion, tirando os cafés da Surrey's Uptown e os deixando sobre a mesa.

– Ah, adoro esse café... – ela murmurou, iluminada de alegria.

– Eu sei. Você tem sachês de açúcar desse lugar guardados com os outros condimentos.

– Você está começando a me assustar, senhor observador.

– É o meu trabalho. – Deu de ombros. – Me diz, o que quer saber?

– Em relação ao nosso código de conduta como casal...

– Sim? Alguma coisa que não tenha ficado clara?

– Não. Eu só queria adicionar mais três coisinhas que eu NÃO – destacou – quero fazer.

Lion franziu uma sobrancelha e se aproximou dela.

– Ah... do que se trata?

– Não quero usar anel de O. Nem quero que você use.

– Ah, não quer que eu use anel de O? – perguntou ironicamente, com um sorriso. – Se minha submissa não vai usar, qual é o sentido de eu usar?

Ela ficou vermelha como um tomate.

– Não quero demonstrar submissão a ninguém nesse torneio. Só a você, e porque estamos em uma missão, claro.

– Sim, claro.

– A questão é que se trata de uma espécie de referência à *História de O*, na qual as submissas usavam esse anel como mostra do seu estado de submissão a todos os homens "sócios" do clube de dominação do romance. Não quero usar um anel desses no torneio. Posso me submeter a você, mas não tenho a intenção de me submeter a mais ninguém. Se você pretende...

– Nem pensar – cortou Lion, prontamente.

– Como? – ela perguntou, horrorizada.

– Também não tenho a intenção de te dividir com ninguém.

Cleo relaxou, afetada pela veemência e pelo tom da negação dele. Sentiu-se lisonjeada.

– Além do mais, isso vai despertar muito mais a curiosidade sobre você. Eles entenderão que sou muito cuidadoso com a minha submissa, e terão mais vontade de te seduzir e de descobrir por que me comporto dessa maneira com você.

Lisonjeada uma ova. Ótimo, era só por causa disso. Bom, não importava. O fato de que outras pessoas pudessem ter autoridade sobre ela não a agradava nem um pouco, mas saber que ela não iria se submeter a outros e que ele também não queria isso a deixou mais tranquila.

– Ainda que essa decisão de não dividir não vá estar em nossas mãos caso a gente perca os duelos, lembra? Os monstros vão poder mandar no que bem entenderem.

– Verdade. Mas não vamos chegar a esse ponto. Vamos encontrar todos os baús.

– Você está muito segura da sua capacidade, senhorita Connelly.

– E você não está da sua?

– Eu considero que vamos encontrar outros participantes. Tenho que levar isso em conta. E você também deveria considerá-los, pequena. – Pegou no nariz dela como se ela fosse uma menina e sorriu com ternura.

Cleo pestanejou, intrépida. Calcinha ao chão. Incrível. Lion a assustava e a deixava sem argumentos quando se comportava daquele jeito.

"Continuo sólida ou me derreto?", perguntou a si mesma.

Lion pegou no queixo dela e ergueu um pouco seu rosto. Sentada como estava, ele era ao menos duas vezes maior que ela.

– Gosto dos seus lábios brilhando assim. Você se maquiou?

– É...

– Sim. Você é naturalmente muito bonita, Cleo. Mas é só se maquiar um pouco... e você chama muito mais a atenção. São seus olhos.

– O que... o que tem eles? – perguntou, assustada.

– Seus olhos... Sabe como são?

– Hmm... grandes?

– Grandes... isso. Me diz, Cleo... – estava se embebendo dela –, você tem mais alguma dúvida? Mais alguma objeção?

– Não bata nos meus peitos nem no meu rosto, senão eu arranco seus dentes.

A imagem de Cleo revidando uma bofetada sexual ou tirando seus dentes como uma sádica fez com que ele a soltasse e emitisse uma incrível gargalhada.

– Do que você está rindo? – perguntou, admirada. – Estou falando sério, Lion. Nada de agressões desse tipo ou...

– Ou o quê? – Tão rápido quanto ele a havia soltado, girou o banquinho dela e a encurralou entre ele e o balcão da cozinha. – O que, bruxinha? O que você vai fazer?

– Por que tantos diminutivos carinhosos? – Cleo sentiu seu hálito de menta e lembrou que ele era viciado em Halls. – Você me deixa nervosa. Está ficando mais dócil, senhor?

– Eu nunca fico dócil, Cleo – ronronou, passando o dorso de seus dedos na bochecha dela. – Sou sempre duro.

Um ponto para o gigante.

Ficaram em silêncio, se olhando. Cleo não sabia o que estava acontecendo, e se soubesse, não queria pensar muito a respeito.

"Merda. Merda. O senhor raio X começa a ser perigoso pra mim."

Ele a beijou no canto dos lábios, e Cleo ficou sem fôlego.

– Toma, sua bruxa – murmurou perto de seus lábios, afastando-se rapidamente dela. – Vamos tomar café.

– Vamos. – Pestanejou repetidas vezes, até sair do transe. Lamentou não ter língua de sapo para a enfiar na boca dele. Mas ela era humana e lenta, o que podia fazer?!

– Estou faminto.

– E eu, então! – murmurou Cleo. E não se referia à comida.

Sentados na escada que terminava na entrada do jardim, os dois comeram as famosas *beignets* de Nova Orleans, características do Mardi Gras, celebrado em fevereiro e em março. Eram uns bolinhos parecidos com donuts, mas sem o furo no meio, recheados com um creme e cobertos com açúcar de confeiteiro e qualquer outro tipo de cobertura.

Cleo adorava um café da manhã bem gorduroso e percebeu que Lion também gostava, devorando tudo.

Sorriu ao vê-lo comer daquele jeito tão guloso, bebendo café para depois colocar um bolinho inteiro na boca. E outro e mais outro... Como é que ele comia assim e tinha um corpo tão incrível?

Ele deu uma olhada para ela de canto de olho e começou a rir.

– O que foi? – perguntou Cleo.

– Você se suja do mesmo jeito de quando era pequena – Lion observou, sorridente. – Naquele tempo, você lambuzava até o nariz quando estava comendo *beignets*.

– Estranho você se lembrar do jeito que eu comia – respondeu ela, mordendo um pedaço cheio de creme. – Você nunca me queria por perto. Eu te incomodava.

Lion franziu a testa como se a lembrança não coincidisse com a dele.

– Você me incomodava... porque me deixava nervoso. Você não tinha consciência de nada e não percebia o que era perigoso pra você, a gente tinha que te vigiar sempre.

– Claro... – Ela revirou os olhos. – Você me vigiava tanto que só olhava para onde estava minha irmãzinha. Mas eu entendo. – Levantou a mão suja de açúcar. – Minha irmã era como uma princesa nórdica, e eu era a "cara de cenoura", Pippi Meialonga... e todas essas grandes protagonistas femininas cheias de personalidade – brincou.

– Não. – Ele a pegou pelo pulso. – Você era só a Cleo. – Lion sorriu adoravelmente e levantou a outra mão para limpar com o polegar os cantos da boca dela, que estavam sujos de açúcar, ao mesmo tempo em que passava os outros dedos em sua boca. Sem tirar os olhos dela, ele beijou e lambeu seus lábios, até deixá-los limpos.

Os olhos verdes de Cleo se dilataram.

– Você gosta disso, Cleo? – perguntou, colocando o dedo dela em sua boca.

Ela suspirou e quase fechou as pálpebras.

– Responda.

Ops. Voz de amo. Começavam as instruções.

– Sim, senhor. Vamos começar mais uma lição? – perguntou Cleo, com o coração pulando no peito. "Se você chupar meu indicador assim outra vez, vou ter que trocar de calcinha...", pensou, atônita. Ela não sabia a que se deviam aqueles atos espontâneos, eram parte do papel de amo ou eram parte de Lion?

– Sim. Estou com vontade. Quer que a gente comece? – Ele beijou a ponta de seus dedos e a soltou.

– Deveríamos.

– Você me deixa louco, Cleo – reconheceu, admirando a determinação e pouca prática dela para camuflar as emoções.

– Te deixo louco? – Ela deu uma tossidinha, lambendo os lábios e recuperando os sentidos. – Eu que fico louca vendo que você come vinte *beignets* e não tem sequer um pneuzinho, senhor.

Ele passou a mão na barriga plana e suspirou saciado, como se esse momento "Senhor Barriga" nunca tivesse acontecido.

– Biótipo, pequena. E agora... – Levantou, se espreguiçou como uma enorme pantera e ofereceu a mão. – Vamos começar.

Eles foram para o quarto. Lion estava sentado na cama e Cleo estava em pé na frente dele.

– Tire a parte de cima desse seu biquíni delicioso – ordenou ele, em seu papel de amo, com as mãos apoiadas no colchão e o corpo levemente inclinado para trás.

– Sim, senhor. Gostou?

– Esses tons escuros e sexy ficam muito bem em você. Estou imaginando o seu figurino no torneio. – Deu mais uma olhada na cintura fina e no quadril ligeiramente curvado e marcado. Cleo estava em forma, sem dúvida. – Imagino você com um corpete e uma saia bem curtinha no jogo. Com o cabelo preso, um rabo de cavalo bem alto e usando uma máscara preta.

– Não me diga! – Cleo ficou de *topless* na frente dele. Ainda estava com os mamilos sensíveis pela pressão e pelos beijos e lambidas da noite anterior.

– Ah, sim... – murmurou ele, pegando no seu pau sem consciência do que estava fazendo. – Venha aqui.

Cleo, descalça e vestida só com o shorts preto, obedeceu e se posicionou entre as pernas dele.

– Já estou aqui.

– Sim... – Lion colocou as mãos em sua cintura e a puxou até que ele pudesse enterrar o nariz entre os seios dela. Mexeu o rosto de um lado para o outro, se esfregando contra a pele dela. Sentia-se tão bem ali... Elevou a cabeça e, apoiando o queixo entre os seios, perguntou –: Seus mamilos ainda estão doendo?

– Estão – respondeu ela. – Mas... é uma dor agradável. Não posso encostar em nada.

– Não? Nem assim? – Colocou a língua pra fora e lambeu o mamilo com cuidado e dedicação.

Cleo se apoiou nos ombros dele e vibrou quando ele colocou o mamilo inteiro dentro da boca.

– Lion...

Uma mordidinha de advertência no peito a fez se lembrar que ele não era o Lion naquele momento. Quando envolvesse sexo, ele sempre seria "senhor" para ela. Ninguém poderia chamá-lo pelo nome, porque nenhuma submissa tinha essa permissão.

– Senhor. – Imediatamente a pressão dos dentes cessou, e foi substituída por uma mamada e um chupão.

Enquanto ele se divertia com os seios dela, suas mãos começaram a abrir e a descer os shorts dela pelas pernas, levando junto a parte de baixo do biquíni.

– Nós íamos nadar na sua "piscuzzi"? – perguntou Lion, cobrindo a vagina nua com a mão. – Por isso você estava de biquíni?

Cleo palpitava entre as pernas dele, preparando-se para o que quer que fosse acontecer, ansiosa em receber uma nova instrução.

Como Lion tinha previsto, ela estava gostando do BDSM; além de tudo, a deixava mais desinibida. Ela permitia que ele a tocasse de todas as maneiras, porque era necessário que fosse preparada para o torneio. Ainda que ele não a tivesse beijado na boca em nenhum momento, com exceção do beijinho mais cedo, que não podia ser considerado um beijo oficial. Quando ela pensava em beijo, imaginava um de verdade, daqueles longos e molhados que deixavam a pessoa sem fôlego e sem palavras. Ele também não tinha partido para a penetração; eles não tinham feito sexo como o que a palavra convencionalmente significava. E ela começava a se questionar por quê. E quanto mais se perguntava, mais desejava esse tipo de contato. Era isso o que os caracterizava apenas como um casal amo-submissa em vez de serem, provavelmente, mais do que um mero casal de BDSM.

Se ela o beijasse, o que o Lion faria? Ele se recusaria? E se ela o atacasse e o deixasse tão quente que ele não tivesse escolha a não ser fazer amor de verdade, ele faria?

"Chega de pensar em histórias românticas, Cleo. Lion é um amo, e você sabe muito bem por que ele está com você. Chega disso, né?"

Lion começou a acariciar a vagina dela e, ao mesmo tempo, beijar, lamber e morder o outro mamilo.

Cleo fechou os olhos e fez carinho na cabeça dele. Gostava de sentir nas mãos os cabelos arrepiados de Lion. Entregue às sensações, ela continuou pensando no BDSM. Era uma prática que não estava isenta de dor, porque havia dor física em seus jogos sexuais, mas era um flagelo sensual demais para ser considerado sofrimento ou tortura física. Ela entendeu que o BDSM não visava machucar para provocar ou castigar. Os jogos de dominação, submissão e *bondage* tinham como objetivo despertar sensações distintas no corpo, sensações que aumentavam o prazer. E aquele tipo de prazer oferecido por Lion a estava deixando doida.

– Cleo?

– Piscuzzi? – repetiu com um sorriso.

– É uma mistura de piscina e jacuzzi. Como a que você tem lá no jardim.

– Sim... eu... pensei que depois a gente pudesse se molhar um pouco.

– Hmm... não sei. Depende do tipo de brincadeira que eu escolher pra você. Você está com calor? Está mesmo querendo esse banho? – perguntou, solícito.

– Quero. Estamos em julho. A umidade aqui é absurda e está fazendo um sol dos diabos. Eu gostaria de... – Ficou vermelha e abriu os olhos verdes e dilatados até focalizar no olhar dele, azul e escuro. – Que brincadeira vai ser essa?

– Temos que continuar trabalhando sua resistência. Tenho que saber o quanto você aguenta, quanto autocontrole você tem. Então durante toda a manhã... – Deu uma última lambida no mamilo e esticou o braço para pegar uma caixa prateada que tinha deixado no colchão. – Você vai ficar com isso dentro de você.

Cleo levantou as sobrancelhas até que elas desaparecessem por debaixo da franja. Uma caixa prateada?

– É uma bala vibratória.

– O agente Romano e sua fixação por balas – ela fez piada enquanto pegava a caixinha e abria para ver o que tinha dentro. Era um vibrador de borracha lilás, com as duas pontas arredondadas. Tinha três centímetros de grossura e seis de comprimento.

Lion tirou o objeto da caixinha e mostrou o controle remoto que estava embaixo da tampa superior.

– Eu vou controlar seu corpo, Cleo.

Ele já não tinha controlado durante aqueles quatro dias?

– É uma bala um pouco grande, não?

– Ela vibra, tem dez velocidades e é à prova d'água. E funciona com controle remoto. – Lion apertou um botão e o objeto de prazer vibrou e tremeu nas mãos dela. – Abra as pernas.

– Sim, senhor – ela respondeu no mesmo instante. Nossa, era bastante grande, e Cleo não era precisamente suscetível às penetrações. Seria como se a penetrasse com um minipênis... Mas Lion e minipênis eram duas coisas que não combinavam. O pênis de Lion tinha o dobro da grossura e era mais ou menos quatro vezes maior. Essa reflexão a deixou molhada.

Lion acariciou-lhe as coxas, e a puxou até encostar o nariz no umbigo dela. Colocou as mãos entre sua vagina e a abriu levemente com os polegares.

– Cleo, você tem uma boceta muito apetitosa.

"Você tem gostos culinários muito excêntricos", ela meditou a ponto de sofrer um curto-circuito.

– Vou te preparar e depois vou introduzir isso aqui, tudo bem?

"Claro! Se você acha que eu vou dizer não, está achando errado."

– Sim, senhor – aquele tom sexy era dela? Oh, a Lady Perversa estava de volta. Para sua amiga Marisa, ela seria a Deusa Puta.

Lion a acariciou com o polegar e estimulou seu clitóris até que inchasse.

Para ele era como um exercício impessoal. Suas mãos quase não tremiam, e ela parecia um maldito vibrador. Que injusto ser mulher, e ainda por cima, baunilha.

Então ele colocou a boca incrível e mágica sobre o clitóris excitado, e não ficou mais de vinte segundos se dedicando, mas foi o suficiente para que ela se umedecesse e se lubrificasse.

Quanto tirou os lábios dali, ele passou a língua pelos cantos da boca, como se tivesse se deliciado com um manjar e, feliz como um molequinho com um brinquedo, deslizou a bala vibradora para dentro dela.

– Isso não é uma bala – Cleo se queixou, respirando superficialmente. – É uma minibazuca.

Lion ergueu o canto dos lábios e voltou a se inclinar para frente. Beijou a boceta dela, enquanto introduzia o aparato.

– Relaxa. Já entrou quase tudo.

– Ai, Senhor. – O Deus, não o amo.

– Shh... Viu? – Mexeu o objeto no interior dela, imitando uma penetração. – Entrou tudinho. Vou empurrar um pouco mais para me assegurar de que ele não vai sair. – Dessa vez não colocou só a bala para dentro, mas também os dedos para empurrar o apetrecho até quase a altura da parede da bexiga.

Cleo jogou a cabeça para trás e deu uma gemidinha.

– Cleo, você tem que aguentar a manhã inteira com isso. Fechado?

– Hmm... Está bem...

– Vou controlando as velocidades – Brincou com o controle entre seus dedos. – Não quero que você goze, e se gozar eu vou perceber e então... Plau, plau na sua bunda. – Levantou e a pegou pelo rosto. – Entendido?

– Sim... – engoliu saliva. – Sim, senhor.

Lion a beijou na bochecha.

Cleo estava quase falando para ele parar com os beijinhos e enfiar logo a língua na boca dela, mas não era algo que poderia exigir.

– Coloque o biquíni e desça – ordenou, deixando-a ali em pé. Parou no batente da porta e a observou por cima do ombro, colocando na boca os dedos que estiveram dentro dela. – Cleo?

Ela se virou para olhar. Estava corada e com os olhos transbordando de desejo.

Lion sorriu como um pirata safado, levantou o controle e ativou-o na velocidade dois.

Cleo cambaleou para trás até cair sentada na cama, mas parecia que sentada era pior, então ela se levantou com o mesmo impulso.

– Não é pra gozar, pequena – repetiu, descendo as escadas com uma ereção de cavalo.

Cleo percebeu que ele estava com a barraca armada e sorriu.

Aquilo era muita maldade.

Ele sempre se continha.

Ela estava fadada ao fracasso.

O vibrador ia acabar com ela.

Do que eles estavam brincando?

12

O amo e a submissa devem se descobrir e reconhecer que um precisa do outro.

A instrução era muito dura. Lion a tocava e a acariciava, estimulando um orgasmo, e depois saía, deixando-a sozinha e abandonada.

A "piscuzzi" tinha se tornado um maldito alerta de tortura.

Cleo sequer permitia a aproximação de Lion e o distanciava, colocando o pé no peito dele.

– Chega, por favor... Não posso continuar assim – reclamou, molhada em todos os sentidos, até os ossos. – Sério, não consigo...

– Você está indo muito bem – Lion começou a rir, pegando o pé que o mantinha à distância e levando-o à boca. – Sei que é difícil, Cleo, mas é importante você escutar seu corpo e ser dona das suas próprias sensações.

– Não sou dona de nada – grunhiu, cansada. – Você fica girando esse botãozinho à vontade e está acabando comigo. Nunca me senti assim na minha vida. Até meus cílios estão vibrando, senhor.

– Só passaram duas horas.

– Eu já estou toda enrugada. Que tipo de pilhas essa coisa tem? Pilhas eternas?

– Você ainda não gozou. Nunca tinha visto uma mulher com tanto autocontrole como você, Cleo. Diria que você nasceu pra ser desafiada.

Ela ergueu o queixo.

– Eu avisei que te deixaria de boca aberta – respondeu seu lado competitivo. – Não estava brincando.

– Deus...

– Não se atreva a se aproximar outra vez, senhor. Ou você me deixa em paz ou me deixa gozar.

– Você é tão sincera... Fala tudo na lata e eu adoro isso – grunhiu Lion, puxando a perna dela para abraçá-la e mantê-la em contato com seu corpo.

– Não! Lion, não encosta em mim!

– Não estou encostando... só estou te segurando – brincou, afastando as mãos.

– Você quer me fazer perder!

– No torneio vai ser assim. Se você cair em outras mãos, eles vão fazer tudo o que souberem e o que puderem para que você perca, Cleo. Eles não têm dó.

– Nem você!

– Eu sou bom... – assegurou, gesticulando. – Olha. – Pegou nas nádegas dela e deslizou as mãos para dentro do biquíni, puxando-a até sua ereção, esfregando-se no sexo dela.

Cleo estremeceu, mordendo o lábio inferior.

– Vou gozar – falou de um modo que não aceitava nenhuma réplica.

– Eu decido quando você vai gozar, Cleo. – Beliscou as nádegas dela e depois as massageou.

– Ai! – Merda, seu orgasmo tinha ido embora, mas a sensação voltava ainda mais forte.

– Pode se preparar – sussurrou em seu ouvido, mantendo as investidas, mas tudo ainda sob controle. – Você não aguenta mais?

– Não – ela choramingou, agarrando-se à borda da jacuzzi.

Lion valorizou sua resistência. Duas horas era tempo demais. Ela devia estar muito inchada, sensível e dilatada.

– Quer gozar?

– Me deixa em paz...

– Peça "por favor".

Ela grunhiu e cedeu à intimação. Precisava se livrar daquilo ou ia desmaiar. Rangendo os dentes, se rendeu:

– Por favor, senhor.

– Então, pode explodir quando quiser, Cleo.

Finalmente! Ela mexeu o quadril, aproximando-se dele, aproveitando sua presença e o modo como ele a abraçava.

– Você está duro – ela grunhiu sobre o ombro dele. Colocou a mão entre seus corpos e, atrevidamente, pegou o pau dele. Se ela ia explodir, por que ele não explodia junto?

– Não me toque sem permissão, Cleo.

Ela negou com a cabeça. Estava com o rosto avermelhado e o corpo muito sensível.

– Cleo...

– Quero que você goze comigo – murmurou no ouvido dele.

Lion apertou os dentes. Os jatos de água fria da "piscuzzi" acariciavam seus corpos ardentes, massageavam, deixando-os mais excitados do que já estavam.

Cleo afundou o rosto no pescoço dele e continuou mexendo. Para cima e para baixo. Para cima e para baixo.

– Não... – ele resmungou. Cleo era uma espertinha e estava desobedecendo-o abertamente. Era ela quem deveria treinar. Não ele. Ele tinha um autocontrole muito conhecido no meio, não precisava... Caralho! Ela o espremeu, e ele fechou os olhos. Quando abriu de novo, uma determinação cheia de fogo brilhou no olhar dela. – Merda... Foi você quem pediu.

– Oh... – Cleo suspirou, cheia de prazer, quando notou que os dedos dele estavam nela e estavam entrando acompanhando o ritmo do vibrador. Dedos e bala dentro dela.

– Goza, Lio... senhor. Goza comigo.

Lion franziu as sobrancelhas. Olhou para baixo e, ao ver que a pequena mão de Cleo trabalhava naquele ritmo, percebeu que rapidamente ia obedecer a ordem. Mas o amo era ele, e não ela!

– Cleo...

– Já vou!

Sentiu uma chicotada em todo o seu corpo, desde os mamilos até o útero. A bala se movia sem descanso, os dedos a dilatavam.

Ufa! O orgasmo a fez gritar, e arquear as costas enquanto ela se agarrava no pescoço de Lion com uma das mãos, e, com a outra, o fazia explodir entre seus dedos.

Lion olhava as cópias tiradas do fórum, que ele tinha impresso na biblioteca.

Na mensagem secreta, diziam que já tinham enviado o baralho oficial do jogo Dragões e Masmorras DS para que os participantes se familiarizassem com as cartas. Na segunda-feira, eles tinham pedido um endereço para envio; Lion passou o endereço dos correios de Nova Orleans, e o pacote já estava lá esperando por ele.

Por outro lado, eles já tinham comprado as passagens para Lion e para sua acompanhante. O casal partiria em um avião no domingo, às cinco da manhã, saindo do aeroporto Louis Armstrong com destino às Ilhas Virgens Americanas.

Será que o torneio aconteceria apenas ali? A escolha parecia interessante para Lion. Era certo que, para representar Toril, eles tinham acertado em cheio. Mas por que tinham reduzido o campo de ação? O torneio anterior tinha acontecido em, pelo menos, três estados. E dessa vez seria em um conjunto de ilhas no Caribe, pertencente aos Estados Unidos da América.

Teria de passar a planilha de gastos para o FBI...

Seu iPhone tocou; viu a chamada de Nick.

– Recebeu, senhor? – perguntou o agente infiltrado.

– Sim, Nick.

– Por que as Ilhas Virgens? Estão limitando muito o raio de ação.

– Sim – assumiu. – No entanto, assim eles podem controlar melhor o torneio. Eles perderam o controle da primeira edição. Dessa vez, se houver algum contratempo, não vão mais deixar rastros.

– Devemos aguardar alguma instrução, senhor?

– No momento, vamos seguir como estávamos. Você está preparado?

– Estou.

– E a Karen?

– Também.

– Vocês receberam os baralhos?

– Recebemos. Hoje mesmo vou buscá-los no correio daqui de Washington.

Eles não usariam endereços, nem nomes, nem sequer telefones que pudessem ser rastreados ou registrados por alguém alheio à organização do torneio.

– Perfeito. Você teve alguma notícia do meio?

– Nas duas noites que saímos, nós encontramos alguns praticantes e, como sempre, há uma máxima discrição entre todos. Não tem muito o que averiguar. A Rainha das Aranhas esteve em Nova York na semana passada. Dizem que ela convidou mais dois casais do fórum.

A Rainha das Aranhas percorria as boates de BDSM e fetiche dos Estados Unidos e se encontrava com os jogadores do fórum. Ela marcava encontros e festas secretas para que se conhecessem entre eles, pudessem praticar um pouco e comprovar pessoalmente suas próprias habilidades.

Lion não sabia se a Rainha das Aranhas tinha ou não consciência de para quem ou para o que estava trabalhando, mas sabia que ela aproveitava muitíssimo, aplicando castigos aos submissos e submissas.

Era uma jogadora das grandes.

– Entendi, Nick. Se você não tem mais notícias, então nos vemos no torneio.

– Sim, senhor. Até mais.

– Até mais, Nick.

Lion desligou o telefone e apoiou as costas no encosto da poltrona.

Era quinta-feira, e o treinamento de Cleo estava indo muito bem.

Ele a observou dormir no sofá, coberta por uma toalha de banho. Do jeito que tinha saído da "piscuzzi", Cleo caiu no sono entre alguns espasmos. O orgasmo tinha sido muito intenso e ela estava esgotada pelo esforço que fizera pela manhã.

O sexo consumia muita energia, e o BDSM colocava à prova a condição física das pessoas.

Seus cabelos vermelhos se espalhavam pelo braço do sofá. Ele admirou a beleza do semblante dela. Deus, Cleo estava despertando seu lado dominador de uma forma que ele nunca tinha adotado com nenhuma submissa.

Ele já estava notando em seu interior, no próprio âmago. A vontade de jogar, de ultrapassar todos os limites e de quebrar todos os protocolos.

Queria beijá-la e fazer amor com ela. Eles precisavam dormir juntos e ver como funcionavam como um casal, mas ele não sabia se era ou não era certo porque ele estaria se beneficiando de algo que ele tinha desejado por toda a vida...

Ele tinha Cleo. O que mais poderia querer?

Quando a missão acabasse, ele ia precisar de colhões para assumir para ela o que ele nunca assumira para nenhuma outra: que ele a amava desde sempre e que havia esperado por ela por toda a vida.

Seus seios, ainda cobertos pelo biquíni preto, subiam e desciam ao ritmo da respiração suave. Seu rosto era de um anjo provocador e travesso.

Ele sorriu e esfregou as mãos no rosto, mexendo a cabeça.

"Você está perdendo o controle, cara...", recriminou-se.

Ao invés de ir atrás dela, ele deveria era seguir com a vida, porra. Estava se transformando em um trouxa romântico. Não precisava de responsabilidades e nem de dores de cabeça.

Cleo era Cleo. Não aceitaria o que ele tinha a oferecer. Querendo ou não, ele era um amo. Tinha seu próprio mundo de certezas e incertezas e sua própria personalidade.

Seu mundo era muito mais sério e frio, enquanto o dela era cheio de cor. Ele sempre soube disso, sempre achou que eles eram muito diferentes.

Mas então por que era tão difícil imaginar uma vida sem ela?

– Chega – grunhiu, cansado e decidido a manter o foco na missão. Conseguiu aos poucos e começou a escrever no seu caderninho de avaliação de submissas. Cleo não sabia da existência daquele caderninho, ele não o tinha mostrado a ela, mas, como amo, gostava de ter tudo bem planejado em suas anotações:

- *Revisar os papéis de Amo do Calabouço, de Amo Uni e dos monstros. Revisar os nomes (já temos alguns registrados mediante fotografias de reconhecimento facial). Ter certeza de que Cleo sabe exatamente quem é quem no jogo.*
- *Fazer um teste em público para ver até que ponto Cleo tem o controle sobre si mesma.*
- *Dominação anal!!!*

Depois de escrever os pontos que faltavam no treinamento, decidiu que naquela mesma tarde eles iriam ao House of Lounge. Eles pegariam a roupa que ele tinha reservado para ela e depois acertariam os últimos detalhes da preparação.

Estavam na reta final do treinamento e, até o momento, Cleo não tinha decepcionado em nenhuma instância: tinha surpreendido em tudo.

Cleo não podia deixar a malhação de lado. Tinha que se manter em forma.

Foi o primeiro pensamento que lhe veio à cabeça depois da pequena soneca matutina.

Procurou Lion com os olhos. E o encontrou no jardim, ajustando as porcas do saco de pancadas Lonsdale.

Espiou. Adorava como os braços dele ficavam tensos ao girar a chave de fenda, ficava fascinada com a boa forma dos ombros e do seu peitoral. Suava; o sol de Nova Orleans não perdoava, e sua pele estava mais morena pela exposição.

Cleo sabia que tinha umas porcas que fixavam o saco de pancadas na base e que tinham de ser ajustadas, mas ela ainda não tinha feito isso.

Ter Lion na casa a reconfortava. Ele parecia um profissional e já tinha arrumado todas as "pendências".

E era um homem. Ela nunca tinha vivido mais do que um fim de semana com um. Já estava com Lion por quatro dias. Intensos. Frenéticos. E muito, muito quentes.

Ele levantou a cabeça e o sol se refletiu em seus olhos azuis, deixando-os mais claros e cheios de vida.

Cleo ficou encantada com ele. Em pé, moreno, ao lado do saco preto, com seu corte de cabelo máquina um e a sobrancelha falhada... Com aquela postura e atitude de "não me escapa nenhum detalhe"... Deus, ela queria tirar uma foto para fazer um pôster.

– Como você está? – ele perguntou, aumentando o tom de voz.

Cleo tirou a toalha e se levantou.

Ela estava deliciosamente cansada, essa era a verdade. E, ao mesmo tempo, sentia-se pronta para tudo.

– Bem.

– Estou arrumando o saco de pancadas. Assim você vai poder socar melhor. – Fez um movimento de boxeador e sorriu, mas seus olhos ardiam de paixão. Ainda ardiam.

Cleo inclinou a cabeça para um lado, e o sorriso desferido por ele acabou com quase todas as suas defesas.

– Obrigada, Lion.

"Não...", lamentou-se internamente. "Vou me apaixonar por ele, não é?" Não. Isso era a pior coisa que ela poderia fazer. A pior. Antes de mais nada, porque o profissionalismo vinha em primeiro lugar; segundo, porque era sexo sem amor. Ao menos da parte dele, e dela também, a princípio... Mas, pouco a pouco, Lion e seus cuidados surpreendentes e ternos abriam brechas nas proteções dela. O coração de Cleo estava indefeso.

– De nada. Me mostre como você treina com o saco, Cleo – incentivou ele, movendo a mão na própria direção.

Lion tinha lido a mente dela? Claro, esse era outro de seus superpoderes.

– Certo. – Resoluta, foi até ele, tentando não escutar o que seu coraçãozinho dizia. Parou na frente de Lion, penteando o cabelo com as mãos.

– Você prefere que eu seja seu *sparring*?

– Não – ela respondeu. – Não vou machucar o saco – disse, fingindo que não havia nada entre eles. "Mas não há nada mesmo,

Cleo." Nada. – Mas pode ser que eu te machuque. – Olhou de canto de olho para ele e sorriu.

– Nossa, que agressiva... Você está em ótima forma, agente Connelly. – Lion entregou para ela as luvas Adidas pretas e rosas e sorriu.

– O que foi? Não gostou das minhas luvas? – ela recriminou enquanto prendia o cabelo em um coque alto.

– Elas são muito Cleo.

– Tenho certeza de que as suas seriam pretas e sem graça. – Prendeu o velcro ao redor dos pulsos. – E com detalhes prateados. Estou errada?

Lion negou e fez um som com a língua.

– Você me conhece tão bem, agente... – pestanejou inocentemente.

– Claro que sim... – Ela bateu uma luva na outra.

– Faça algumas sequências, duas em cima, duas embaixo e chute.

Normal para Cleo que, com agilidade e destreza, começou a bater no saco. Ela não era nada ruim. Tinha um corpo de linhas elegantes e femininas, mas era dura nos golpes. Seu chute alcançava o topo do saco com um movimento perfeito.

– Você já teve que brigar com alguém assim, corpo a corpo? – Lion perguntou, com os braços cruzados, observando sua postura e sua técnica.

– Já. – Dois socos em cima.

– E você deu uma lição na pessoa?

– Dei. – Piscou um dos olhos para ele, e uma mecha de seu cabelo vermelho o cobriu. Soprando e manuseando com a luva, conseguiu colocar a mecha atrás da orelha.

– Você... Você foi ferida alguma vez?

Tinha preocupação na voz dele? Que fofo…

– Bom… – Soco mais para baixo, na altura das costelas. – Uma vez, um cara me cortou com uma garrafa de vidro. Tenho uma cicatriz. – Cleo parou e mostrou uma linha fina um pouco mais clara que a sua pele logo acima do cóccix. Mas era difícil de notar.

Lion apertou os dentes e consentiu com profissionalismo.

– E outro me deu um soco no olho e eu fiquei com um hematoma horrível.

– Dessa eu fiquei sabendo. Leslie me mostrou a foto que você mandou pra ela por mensagem.

Cleo riu. Ela lembrou de ter mandado uma *selfie* com uma cara engraçada e colocar a legenda: "Olha como eu estou! Imagina como deixei o indivíduo".

– Foi assustador. – Deu um pulo e chutou o saco na parte superior.

– Detenções?

– Muitas no Bairro Francês. Alguns casos de maus-tratos – comentou por cima. – Esses sim eu adoro fritar com a minha Taser. – Seus olhos verdes gostaram das lembranças.

– Nada que te incomode… Está tudo sob controle?

– Antes de você chegar, estávamos monitorando um caso de tráfico de drogas em algumas escolas. Magnus e eu tínhamos uma emboscada preparada para terça-feira.

– Magnus, hein? – Ele chutou uma pedra no chão, e com o pé descalço brincou com um fiapo imaginário.

– Sim. Mas como você não deixa eu entrar em contato com ele, não sei como foi a ação policial. Não tenho notícias da delegacia.

– Ele também não entrou em contato com você.

– Magnus é meu superior, é o capitão da polícia. Com certeza nosso chefe, sabendo da minha relação próxima com ele – disse, mas sem segundas intenções, só porque era verdade: Magnus era um bom amigo, nada mais que isso –, deve ter passado informações sobre mim e sobre minha nova relação secreta com o FBI. Magnus, simplesmente, não vai querer incomodar. Ele é muito educado.

"Não vai querer incomodar?" Se eles tinham alguma coisa, o mínimo que ele faria era se interessar por ela, não? Cleo merecia muito mais do que aquele eunuco. Porra, se ela fosse sua, à sua maneira, ele encheria o saco dela todos os dias. Que merda esses homens tinham na cabeça?

– Você viu o Tim ontem. Poderia ter perguntado pra ele.

– Tim é um oficial de polícia e faz a patrulha das ruas do Bairro Francês. Ele nunca se envolveu na investigação da rede de tráfico das escolas de periferia. Não faria sentido perguntar pra ele. – Cleo deu de ombros e bateu no saco, com os lábios apertados.

Obrigando-se a domar seus ciúmes insurgentes, Lion se concentrou em segurar o saco que bamboleava de um lado para o outro.

– Com que frequência você faz boxe?

– Corro e uso o saco de pancadas todos os dias. Mas fico pouco tempo no saco. O suficiente pra me tonificar e me manter.

– Por isso você tem as pernas tão duras e firmes. Você corre.

– Você está me bajulando, agente Romano?

– Não estou bajulando. Só estou destacando o evidente.

– Hmm. – Parou e o olhou por cima das luvas. – Cuidado, não vá se apaixonar por mim. Seria pouco profissional da sua parte.

– Pode ficar tranquila, você está a salvo de alguém como eu.

Cleo sorriu, ainda que o gesto não tivesse chegado aos olhos dele.

Lion não demonstrou se aquela advertência sobre se apaixonar por ela o incomodava e continuou observando-a enquanto ela se exercitava.

– Quando você terminar, vou usar o saco um pouco. Depois vamos tomar banho e comer fora, fechado?

– Sim – respondeu, mais animada.

– Aí passamos no correio para eu pegar uma coisa. E vamos continuar com o treinamento.

– Sim, senhor!

– Já estamos na reta final, Cleo.

Ela pulou, girou e deu uma voadora no saco de pancadas.

– Eu sei.

Pararam o jipe em frente a uma loja de lingeries do Garden District. Uma linda butique de alto nível. Cleo estava usando um vestido preto, curto, de alcinhas, feito de crochê, e calçava sapatos de salto da Guess. Colocou os óculos que estava usando como tiara, e deu uma olhada para o estabelecimento.

– House of Lounge – repetiu em voz alta, lendo a placa. Ela estava com tanto calor... e o culpado era o sádico que estava do seu lado.

Quando Cleo e Lion entraram no local, uma mulher de cabelo vermelho com franja estilo cabaré os recebeu com um autêntico sorriso de boas-vindas.

– Lioneeel! – exclamou a mulher, acentuando bastante o "E". – *Mon amour...*

Cleo não pôde fazer outra coisa que não fosse rir. Não havia nada de lascivo nas palavras dela, muito menos em sua postura. Recebeu-o com um carinho e com um beijo na bochecha. Cleo nunca tinha estado ali. A butique tinha paredes pretas e laranja ao estilo *Art Nouveau*. Havia um lustre com diversas lâmpadas pequenas. Chamou a atenção de Cleo a poltrona de oncinha que estava ao lado de uma mesinha de vidro, cheia de revistas de design e com uma garrafa de licor antigo.

– Oi, Sophie – cumprimentou Lion.

– Quem você *trrraz* aqui? *Quelle belle fille*! – exclamou, admirando Cleo. – *Parrrece* uma gatinha, que linda! – Pegou em seu rosto e analisou suas feições. – E olha que *verrrmelho* nas bochechas...

– Sim, obrigada. – Sorriu um pouco incomodada com a situação, por não poder dizer: "Senhora, estou com o rosto parecendo um tomate porque estou usando uma calcinha vibratória que seu amado 'Lioneeel' me obrigou a usar. Percebeu que ele está usando um anel no dedo do meio, de borracha e com uma espécie de engrenagem? Então, é um controle. O cretino está mexendo nele constantemente, e minha calcinha não para de me fazer cócegas e de tremer".

– E tem unhas. Uma gata com unhas – adicionou Lion.

"Com as quais eu quero furar seus olhos", pensou ela, com um prazer interno.

– Ah, esses homens... não é *verrrdade*? – Sophie a pegou pelo braço e a encaminhou para o balcão. – Seu cabelo é *verrrmelho* assim, *vraiment*?[3]

– *Oui, madame* – Cleo respondeu com seu francês perfeito. Ela falava quatro idiomas: inglês, francês, italiano e russo. Mas em Nova

3 De verdade?

Orleans, por causa da população de descendentes de franceses, o francês era praticamente uma segunda língua.

– É lindo – disse a excêntrica mulher. Ela se inclinou sobre Cleo e sussurrou como se fosse um segredo –: Eu pinto o meu de *rouge porrr* causa dos cabelos *brrrancos.*

– Sophie, me mostra a encomenda? – Lion pediu educadamente.

– Ahh, *oui, oui.* Não se mexam. – Ela entrou no estoque.

Cleo se apoiou no balcão e respirou fundo.

Lion ficou atrás dela e a encurralou entre seus braços.

– Como você está?

– Lion, pare de mexer nessa porra de anel. – Cleo cravou as unhas na madeira do balcão.

– Isso? – Com a outra mão, ele deu uma volta inteira na engrenagem do anel, e Cleo fechou as pernas. A calcinha estimulava seu clitóris e sua vagina ao mesmo tempo; era como ter uma boca ali constantemente.

– Lion! – rangeu os dentes.

– Nem. Pense. Em. Gozar – ele frisou ao dar um beijo no pescoço dela. – Adoro ver como você luta contra o seu corpo, Cleo... Você me deixa parecendo uma locomotiva – sua voz soava rouca demais enquanto se esfregava suavemente nas nádegas dela. Afastou-se dissimuladamente quando Sophie apareceu com uma sacola nas mãos.

– São um *parrr* de *corrrpetes* e saias desenhadas *porrr* uma *designerrr eurrropeia.* Você tem bom gosto, *chérie.* – Olhou orgulhosa para Lion.

– *Merci beaucoup,*[4] *madame.*

4 Muito obrigado.

– Posso *verrr*? – perguntou Cleo, corrigindo-se imediatamente. – Digo, ver. Posso ver? – "Senhora, a culpa é da calcinha. Não é minha."

Madame Sophie tirou as peças da sacola.

– *Forrram* desenhados *porrr* Bibian Blue; é uma *arrrtista*, não acham?

Na verdade, Cleo não entendia nada de corpetes, mas achou aqueles incríveis, lindos, maravilhosos... Era como se sua pele os reconhecesse como parte dela. Um desses corpetes emulava as asas de uma borboleta-monarca. O outro era todo de brilhantes e lantejoulas pretas e, em vez de ser fechado com colchetes ou cordões, tinha quatro fivelas frontais. Ainda que o mais espetacular fosse o desenho de cristais Swarovski sobre o peito e as costas; era um camaleão. Uma porra de um camaleão!

– Ai, meu Deus – sussurrou, acariciando com as mãos. – São...

– Lindos.

– *Marrravilhosos*... Digo, maaaaaaaaravilhosos! – O maldito vibrador!

Lion emitiu um som rouco e abafou uma gargalhada. Voltou a diminuir e abaixar o nível do vibrador da calcinha.

– *Uh, ma chérie*... que efusiva! – exclamou, feliz, abrindo os braços. – Sabia que você *gostarrria*.

– Ahammm. – Cleo olhou para ele por cima do ombro, lançando raios e faíscas através de seus olhos verdes. Lion era um filho da...! Engoliu saliva e tossiu. – E... me diz, madame... Quaaaaaanto...? – Deu outra tossida e cruzou as pernas, apoiando os antebraços no balcão. – Quanto custam?

– Pode deixar que eu cuido disso. – Lion pegou seu American Express Black e entregou-o para Sophie, passando o braço por cima da cabeça de Cleo.

– Olha só... está acompanhada *porrr* um *cavalheirrro, belle.* – Sophie piscou um olho oferecendo um sorriso cúmplice.

– Ah... Siiiiim... – respondeu Cleo, abaixando a cabeça.

– É incrível, você tem um autocontrole enorme – parabenizou Lion, aumentando o nível do vibrador.

– Pare! Lion...! – ela apertou os dentes. Estava com vontade de cair no chão e de ficar em posição fetal, bem quieta. – Está me queimando...

– É o sangue. Ele se acumula nessa região, e sua pele começa a esquentar e a arder. Mas você já está há um bom tempo assim, me impressiona que você aguente...

– Aqui está, Lioneeel. Assine aqui.

Enquanto Lion assinava a notinha, Sophie entregou a sacola para Cleo.

– É uma bela *recorrrdação.* Algo *parrra* se *lembrrrar prrra semprrre.*

– Eu sei, madame. Garanto que será algo para toda a minha vida – murmurou Cleo, colocando os óculos de sol e caminhando com a maior dignidade possível, levando em conta a convulsão que ela tinha entre as pernas.

– Você também, Lioneeel – assegurou a mulher francesa. – É uma beleza. Um homem deve *saberrr valorrrizar* uma *mulherrr.* – Fez um sinal com os olhos. – *Ouvrez vos yeux, oui?*[5]

Ele deu um abraço cheio de carinho e se despediu da mulher.

---

5 Abra os olhos, sim?

– É sério. Estou falando muito sério agora... – Cleo estava inclinada na porta do jipe preto, com os braços cruzados e o corpo meio curvado. – Ou você para ou eu tiro e vou sem calcinha pra casa. Você está tentando me deixar louca e está me pinicando demais, Lion.

Ele tirou os irresistíveis óculos de aviador e os pendurou na gola da camiseta branca.

– Você está me dando ordens e ultimatos? A mim? – perguntou, aproximando-se dela. – Se você está assim tão mal e tão despreparada... por que não se solta logo e goza?

– Porque o desafio é para eu não gozaaaaaaaaar... Ai, Deus... – Agarrou-o pelo pulso e cravou as unhas nele. – Vou dar um maldito espetáculo aqui mesmo se você não parar.

– Você tem vergonha de dar espetáculos? – ele a provocou no meio da rua, quando Cleo estava apoiada no carro, um pouco escondida dos olhares dos transeuntes por seu corpo alto e largo.

– Aqui não... Não me importaaaaaaa... Não me importa dar espetáculo quando eu sei que terei que fazer. Vou entrar no papel e prontooo... Mas aqui nãooo... Sádico, filho da puta, para... Aaaaai... – Agarrou a camiseta dele com as mãos e afundou o rosto em seu peito. – Ooohhh...

– Não xingue minha mãe, Cleo. Ela gosta tanto de você...

– Você é filho do demônio. É adotado – choramingou. – Você foi trocado no hospital.

Lion posicionou uma coxa entre as pernas de Cleo até levantá-la um pouco. Colou a mão na nuca dela, embaixo de seus cabelos.

– Não, não... Me coloca no chão.

– Vamos... goza, Cleo. Agora você pode.

– Posso merda nenhuma. Agora não quero...

– Vai... não seja boba. – Empurrou-a suavemente. – Agora você fica brava e para de respirar? Não tem ninguém te olhando. Não seja criança e obedeça às ordens do seu corpo de mulher.

– Meu corpo de mulher pe... peeeeede que você pare.

– Pode gozar. Aqui na frente de todo mundo, mostra que você não se importa com o que podem pensar de você.

– Estaaaaamosssss a um passo dos pedestres, cretinoooooo.

As pernas dela tremeram e ela se deixou cair sem forças, por completo, na coxa de Lion. A pressão, a tensão, o calor, a coxa entre suas pernas e a maldita calcinha... Foi tudo demais e, então... explodiu. Explodiu silenciosamente, prendendo o ar nos pulmões, ficando sem respiração... Tremia entre os braços de Lion e não se atrevia a levantar a cabeça.

– Lindo – ele sussurrou no ouvido dela. – Respira. Isso foi... Você não gritou, Cleo. Foi incrível.

Ela nem sequer poderia mandá-lo à merda, que era o que ela realmente queria fazer. Precisava se recuperar. Por Deus, ela havia até deixado um sapato cair.

– Vou te convidar pra comer – ele disse, medindo o quanto ela estava brava.

Cleo o empurrou e o tirou de cima dela. Não suportava que ele a acalmasse depois de provocá-la tanto. Ela estava ficando louca.

– Abra o maldito carro – ela ordenou com a voz abafada, recolocando os óculos e prometendo vingança pelo tratamento.

Depois de pegar o pacote no Central Business District, na avenida Loyola, em Downtown, eles começaram a procurar um restaurante por ali. Um onde pudessem relaxar um pouco e desfrutar de um bom cardápio.

Era a região mais antiga da cidade, ainda que estivesse cheia de arranha-céus, comércios e escritórios, e por isso mesmo também estava cheia de restaurantes.

Cleo já tinha relaxado, e um clima descontraído entre eles voltava a se instaurar.

Lion era uma pessoa fácil de se lidar, exceto quando ele se tornava o controlador sádico que era, e então virava o cérebro de Cleo do avesso.

– Não fique brava comigo por te tratar assim – pediu ele, com pesar. – O que quero com essa atitude é que você se liberte, Cleo. Que fique livre dos preconceitos, faça o que te der na telha. – Puxou a cadeira da mesa em que eles iam se sentar, em um dos dez melhores restaurantes de Nova Orleans, chamado MiLa.

O local estava muito na moda, dispunha de tons terrosos claros e azuis. Havia muitas luminárias de borracha penduradas no teto, iluminando tenuemente o lugar, além de pequenos locais reservados por divisórias azuis que simulavam ondas e muitas colunas com mosaicos em tons de cinza, bege, roxo e azul.

– Não concordo com a sua maneira de atingir seus objetivos. Não tenho nada que me prenda, o que eu tenho é educação.

– Você tem um bloqueio – ele corrigiu. – O que acontece quando você quer gozar em público?

– O que acontece? Isso é particular. As pessoas não saem tendo orgasmos assim pela rua, Lion. Não dizem: "Olha só! Estou com vontade de gozar!". Não levantam o vestido e começam a se masturbar ali mesmo!

– E se eu gostar? E se eu gostar de saber que enquanto as pessoas tentam manter a compostura na rua, ainda que por dentro elas estejam fodidas porque precisam de sexo ou de alegria em suas vidas, minha namorada está gozando nos meus braços?

O garçom interrompeu a conversa para perguntar o que eles queriam comer:

– *Torchon* de *foie gras* para começar e um *pappardelle* de batata doce.

– E a senhorita? – perguntou o garçom, de forma amável.

– Eu quero uma salada temperada com vinagrete e atum ao alho e óleo com limão.

– Excelente escolha. E para beber?

– Um *chardonnay* Hanzell. Você gosta, Cleo? – perguntou Lion, por cima da carta de vinhos.

– Gosto.

O garçom saiu, e ela aproveitou para se inclinar para a frente e arrumar um pouco a postura. Um momento... Ele tinha dito namorada? Dele? "Não importa. Foco."

– Por que você não pode aprender a relaxar? – Lion se adiantou. – Por que não, se você sabe que estamos fazendo isso para sua preparação e, no fim das contas, o objetivo é um maldito orgasmo, Cleo? Isso não faz você se sentir bem?

– Eu adoro os orgasmos, sua anta – grunhiu em voz baixa. – O que eu não gosto é que me forcem além da conta, porque se você me deixa muito tensa, Lion, eu vou me arrebentar. Entende?

– Você não vai se arrebentar comigo, Cleo. Você nem sequer conhece seus próprios limites. – Seus olhos azuis enxergavam nela coisas que nem a própria Cleo sabia sobre si mesma. – Você tem que aprender a confiar em mim, e tem que deixar a coisa fluir. É o básico da nossa relação. Simplesmente obedeça.

– Não sou um robô. Tenho cérebro.

– Isso eu sei. Não estou dizendo no que você tem que pensar, nem o que precisa estudar, nem que roupa usar, ou que merda comer, nem no que trabalhar... Não me ofenda; não sou desses amos fissurados em controle. Nossa relação é baseada no sexo e no contato físico, e é aí que eu mando.

– Por que não posso me sentir ofendida com o que você está dizendo? – Revirou os olhos e os apontou para o teto. O que ela tinha?

– Porque você sabe que tenho razão.

Cleo não entendia como Lion acreditava saber tantas coisas sobre ela. Se ele nunca tinha se importado, nem muito menos teve interesse em como ela estava. Haviam se passado anos sem nenhum contato, exceto no dia do Smithsonian. Ela se ofendia que Lion acreditasse saber tudo de que ela precisava.

– Você não me conhece, Lion. Não gosto de ficar dando espetáculo.

– Se você não gosta – disse ele em voz baixa, assegurando-se de que ela entendesse o tom e o significado de suas palavras –, você não teria decidido gozar no meio da rua.

– Você estava me apertando com a perna.

– Bobagem. Com o controle que você tem, dava pra ter aguentado no mínimo mais uma hora. Você ficou excitada porque ninguém sabia o que você tinha entre as pernas. Você estava gostando, inclusive quando estávamos falando com a Sophie, quando você estava tão perto de gozar... Você é uma pequena provocadora, Cleo. Seu caráter, seu perfil nas entrevistas, como você foi desafiadora com o pobre senhor Stewart naquele teste psicotécnico... Tudo isso me fala sobre você e aponta que Cleo Connelly adora uma corda bamba e adora ser desafiada. Você já teve namorados, Cleo?

– Não é da sua conta. – Mexeu-se, incomodada.

– Aposto que você só teve para os fins de semana... Eles eram muito fáceis pra você. Você tentava. Tentava aproveitar o tempo com eles, queria que estimulassem seu instinto selvagem e sua inteligência, que mantivessem seu interesse... Mas eles não conseguiam. Eram chatos. Por isso você não teve nenhum relacionamento, tirando algumas ficadas esporádicas. E são muitas, não é? Você é uma mulher muito sexy e muito bonita. Mas você não precisa de um homem, Cleo; precisa de um touro, de um campeão.

– Ah, é? – ela perguntou, assombrada com a exatidão das palavras de Lion. – E você é esse touro?

O garçom serviu as taças de vinho.

Lion pegou uma taça e fez um sinal. O rapaz saiu.

– Não sou nem um touro e nem um campeão. Sou um amo. – Levantou a taça e esperou que ela fizesse o mesmo. – E não tem nada a ver com isso. Você quer um amo na sua vida?

Ela não respondeu, mas olhando fixamente para Lion, bateu sua taça na dele.

Então, assim, depois daquela pergunta e com aquela vista maravilhosa, ela soube que queria Lion em sua vida. Não porque ele era um amo, mas porque era Lion. Porém, aparentemente, quem ele era e o que ele praticava andavam de mãos dadas. E Cleo já não sabia diferenciar Lion do amo, e na verdade gostava dos dois. Talvez sempre tivessem sido a mesma pessoa. Talvez ela não tivesse percebido, e isso a perturbava tanto... Ou talvez ela tivesse percebido, e por isso se afastado. Ou talvez ele tivesse se afastado... E ela já nem sabia mais o que queria.

– Fala, Cleo: você quer um homem que te amarre para te comer, que provoque até você ficar louca e pressione para que você veja que não existem limites exceto aqueles que os outros impõem? Quer um cara que te bata quando sabe que você precisa, que controle seus orgasmos para que eles sejam mais intensos e espetaculares do que já são? Você quer um homem que te mime e que seja carinhoso com você, que te ame e te respeite quase mais do que a si mesmo? – Lion estava com os olhos brilhando, consciente de que estava andando por um campo minado. Falar assim com Cleo poderia intimidá-la, já era hora de colocar as cartas na mesa.

– Você está tentando me intimidar?

– Por quê? Vai fugir?

– Por enquanto não, Lion. Sou uma mulher, e não uma sonsa que se assusta com um pouco de sexo selvagem. Nós evoluímos, sabia?

– Então pare de agir como uma. O torneio vai ter muitas situações desse tipo. As pessoas vão olhar para você; vão gostar de olhar, e você vai ter que fingir que não se importa.

– Não sou uma exibicionista, mas posso interpretar o papel quando necessário. Não se preocupe com isso. Vou reagir muito bem. E respondendo à sua pergunta: não sei se quero um amo – reconheceu, sincera. Para ser mais exata, praticava com Lion e dava essas licenças porque ele era... o amo! Era Lion! Ela não queria outro. Porra, ela estava confusa. – Isso tudo é muito excitante, novo e perigoso e... eu estou gostando, não vou negar.

– É disso que estou falando, Cleo. Você gosta. O que sou, o que te ofereço, meu mundo de gritos e gemidos e dor-prazer. Pare de se enganar. E pare de se sentir ofendida por ter gozado no meio da rua.

Mas ela não estava ofendida por causa disso! Estava ofendida porque estava se entregando para um cara que não a queria, exceto para se infiltrar e fingir que eram um casal! E aquilo... machucava. Ela estava se machucando.

Assim, o quanto antes demarcassem a distância entre eles, melhor.

– Não estou me enganando. Por isso, agente Romano... – permitiu-se retomar o tratamento profissional com ele e esboçou um sorriso de bruxa por cima de sua taça –, sabendo que estou gostando desse mundo, futuramente, vou saber escolher um bom amo para mim. Quem sabe Magnus não possa aprender também.

– Claro – ele respondeu com despeito, com o rosto entre sombras de ciúmes e incompreensão. Esvaziou a taça de vinho com um gole. – Quem sabe os porcos não possam voar.

– De fato, há porcos voadores em épocas de tornados.

E o tornado que estava chegando seria descomunal.

13

Os amos e os submissos têm que aproveitar a companhia um do outro, e se divertir tanto na cama quanto fora dela.

Na sala da casa de Cleo, ouvindo a música tênue com letra implacável de "Broken Strings", de James Morrison e Nelly Furtado, Lion e sua submissa estavam um de frente para o outro.

Havia um baralho de cartas de Dragões e Masmorras DS em cima da mesa.

Agora eles iam descobrir se o jogo estava mesmo claro ou não.

Lion embaralhou as cartas, todas com um dragão no verso. Na parte inferior estava escrito: *Domines & Maitresses* (Dragões e Masmorras DS).

Lion estava simulando um possível duelo diante do Oráculo.

– Essa é a nossa prova de fogo.

– Vamos nos queimar?

– Imagine que a gente não encontrou o baú nesse dia.

– Tá.

– Não conseguimos resolver a charada; não sabemos onde está a porra da caixinha e fracassamos.

– Uhum – continuou escutando, concentrada.

– Vamos ter de ir para as masmorras. Elas são os cenários onde os duelos são realizados, onde se encontra o Oráculo com suas cartas e onde estão os monstros, ansiosos para castigar alguém.

– Eu sei.

Os olhos obscuros de Lion a observavam fixamente.

– Você está assustada, agente?

– De jeito nenhum – ela respondeu, agora olhando para ele.

– Na hora vai ser diferente.

– Acho que não. Estou com o monstro mais malvado de todos aqui na minha frente.

Ele parou os movimentos e fez uma expressão de desdém com a boca.

– Você está sendo muito injusta no seu julgamento.

– Com certeza – ela respondeu, incrédula. – Bom, continue.

– Bem. – Dispôs as cartas em três montes. – Um de objetos, que é a carta preta com o dragão vermelho; outro de modalidade da prova, a branca com o dragão escarlate; e outro com a duração da prova e número de orgasmos requeridos, a branca com o dragão preto. – Lion foi apontando os montes correspondentes. Espalhou as cartas como se fossem leques. – Escolha.

Cleo esfregou as mãos e escolheu uma carta do primeiro monte. O dos objetos.

– Objetos – Lion sorriu malignamente.

– Qual? O que eu tirei? – ela perguntou, nervosa.

– As bolas chinesas.

– Ah... – arregalou os olhos. – Aaah... bolas?

– Bolas. Tire a carta de modalidade. – Cleo escolheu, e ele girou a carta. – *Bondage*/chão. Vou ter que te amarrar.

– Me amarrar? – sua voz soou aguda demais. – Pfff... grande coisa.

Lion lambia o bigode, como faria o rei da selva.

– A próxima. – Fez um gesto com o queixo apontando para o último leque de cartas. – Tempo e número de orgasmos.

– Hmm... – Cleo leu o que estava na carta. – Dois orgasmos em quinze minutos.

"Dois orgasmos em quinze minutos", ela pensou, "Assim tão rápidos?". Coçou a nuca, com o corpo tenso e ansioso.

– Essa é a nossa prova de hoje. – Lion preparou seu relógio digital, disposto a cronometrar o exercício. – Vamos para o jardim. – Ele estava mais do que preparado para proporcionar dois orgasmos à Cleo em menos de um quarto de hora. – Andando.

– Ué, mas já?

– Já. – Pegou-a pela mão e a levou até o jardim.

Lion tinha arrumado lá fora para esconder as coisas de possíveis olhares indiscretos. Escondeu a mesa na casinha de madeira e tirou as duas barras do chão para encostá-las em uma das paredes.

O entardecer caía sobre eles. Os tons laranja avermelhados davam àquela masmorra particular um estranho e mágico misticismo.

– Venha. – O rosto de Lion era o de Rei Leão. O amo. Agora ele se concentraria no corpo dela, no prazer e na dor, e queria fazê-la explodir. – Vou tirar sua roupa.

Cleo obedeceu e deu dois passos na direção dele, ficaram com os corpos se encostando. Depois da refeição que tiveram, depois das provocações dele e das respostas impertinentes dela... agora estariam outra vez cara a cara e corpo a corpo.

Aquilo era subjugante e incompreensível demais para ela, mas Cleo entendeu que, por mais que lutasse, nada poderia apagar aquele desejo de satisfazê-lo e de deixá-lo louco.

Porque Lion a controlava, mas também enlouquecia com o corpo e com a submissão de Cleo. Então, naqueles momento de entrega, ele tirava a máscara e se rendia a ela.

– Você também pode tirar a roupa?

Lion sorriu com doçura.

– Não, isso é pra você. Tudo é pra você, Cleo.

– Eu ia gostar se você tirasse a roupa.

Dividido pela luz do crepúsculo, ele era o cavaleiro sombrio que ela sempre quis, o herói atormentado.

Lion apertou seus olhos anis e levantou a sobrancelha falhada.

Sua Cleo estava pedindo que ele também tirasse a roupa. Mas se ele fizesse isso, se cedesse à súplica, depois mais nada poderia detê-lo. Cleo seria dele em todos os sentidos. E ela não estava preparada para a dominação total.

Contudo, depois de todos aqueles dias de treinamento, eles deveriam dormir juntos; ele tinha que penetrá-la e perceber como eles dois reagiriam.

"Que tal?", ele disse para si mesmo. Puta merda. Cleo iria matá-lo; ela iria sugá-lo e esvaziá-lo, e ele perderia o controle. Ela acabaria descobrindo tudo, e teria mais poder sobre ele do que qualquer um.

Mas não era esse o verdadeiro papel do amo? Sua mulher sempre teria poder sobre ele. Ainda assim, ele não deveria demonstrar seus sentimentos na missão, pois poderia colocar os dois em perigo.

Se ele continuasse mantendo a distância, continuaria com as rédeas da situação. Mas como fazer amor com Cleo sem demonstrar o quanto ela era importante?

– Esse é o meu presente pra você, Cleo. Por ter te torturado nesta tarde e te fazer passar mal. – Elevou as mãos e colocou-as no rosto dela. – Todo seu.

– Eu não passei mal, Lion – ela o tranquilizou, espantada com tamanha aflição. – Foi só... um pouco intenso demais.

– Não importa. Vou te escutar como um amo, combinado? O tempo já está rolando.

– Sim, tudo bem – concordou. Mas ela queria tirar a roupa dele, e ele não iria deixar. – Então também não tire a minha roupa. Estou de vestido. Você só tem que tirar essa minha calcinha assassina.

Ele inclinou a cabeça para trás e sorriu ao céu, maravilhado por ela ser tão prática. Colocou as mãos por baixo do vestido dela e deslizou a calcinha até os tornozelos. "Por favor...!" Ela estava muito molhada por causa do estímulo quase contínuo do vibrador.

– Não se mexa – ele advertiu.

– Não penso em fugir pra lugar nenhum.

Lion entrou na casinha, e depois de ficar um tempo procurando algo em suas malas, saiu com cordas em uma das mãos e as bolas chinesas, bem grossas e prateadas, na outra.

Cleo lambeu os lábios e esperou ali na luz do entardecer, com o cabelo bem preso num rabo de cavalo, a franja que cobria parte de seus puxados olhos verdes e um olhar repleto de promessas e expectativas.

Lion sentiu ter levado um soco ao imaginá-la com o vestidinho preto e as mãos entrelaçadas atrás das costas, como uma boa menina.

Sim. Era dessa maneira que ela seria amarrada.

– Vire de costas – ele pediu, pegando-a pelos ombros.

Amarrou as mãos dela nas costas com um nó de trevo e depois, puxando a ponta da corda, obrigou-a a ficar de joelhos.

Com os joelhos no chão, Cleo notou as mãos de Lion que a empurravam para a grama até que ela apoiou completamente os ombros no solo. Sentiu o frescor em suas nádegas quando ele ergueu seu vestido e começou com os golpes ternos, acompanhado dos carinhos calmantes. Ela adorava aquilo.

Duro e suave.

Mau e bom.

Lion. King.

– As bolas estão frias, Cleo – ele disse, suavemente –, mas você está em chamas aqui embaixo. Elas são um pouco grossas, mas você vai suportar bem.

– Falta quanto tempo? – ela perguntou com a bochecha esquerda apoiada na grama.

– Dez minutos.

– Então você deveria começar, senhor.

Lion fez carinhos na bunda dela e, depois, na boceta molhada. Ele aproveitou para umedecer as bolas chinesas e, pouco a pouco, bem lentamente, foi deslizando-as para dentro. Lion estava perplexo com a forma rosada e elástica de Cleo; ainda assim, era estreita e notava-se pela forma que a primeira bola esticava sua pele.

– Está doendo, Cleo?

– Um pouco... Estão frias...

– Sim, eu te falei. – Tocou as pernas dela para que elas se abrissem mais. – Assim... – Enquanto Cleo aceitava a primeira bola, ele levou a outra mão para sua parte da frente e começou a esfregá-la entre as pernas dela.

Cleo franziu a testa ao notar que seu útero se contraía com as carícias, e seu corpo prendia as bolas, percebendo-as maiores e mais pesadas. Ela imaginou que ao invés das bolas era o membro de Lion que finalmente estava lá dentro, e o motor dela começou a esquentar.

– Está vindo o primeiro, Cleo? – perguntou, sorridente. – Você é uma máquina, pequena.

– Lion...

– Shhh... Você só tem que deixar rolar. – Enfiou a segunda bola sem deixar de acariciar o clitóris. – Vamos, Cleo. – Ele se inclinou sobre ela de modo que empurrava as bolas para dentro, esfregava o clitóris e apoiava o tronco nas costas dela, como se ele a estivesse montando. – Vamos, Cleo – animou-a, passando os lábios em seu pescoço, envolvendo-a com seu corpo.

Cleo gemeu e cravou os dedos na grama quando o primeiro orgasmo tomou conta dela.

– Quatro minutos e está faltando um. Se você não conseguir, os monstros vão estar ansiosos pra te ter, Cleo, e vou ficar uma fera ao pensar que eles poderão encostar em você. – Lion se levantou um pouco e, inteligentemente, começou a empurrar as bolas com seu próprio pau, movendo-se para a frente e para trás sem deixar de fazer pressão. As três bolas estavam dentro. Ele se concentrou nas nádegas dela. Tinha uma bunda maravilhosa. Cravou os olhos nas pregas dela, e a ereção aumentou dentro da cueca. – Alguma vez já te pegaram por trás?

Cleo escutou "pegar por trás" e por pouco não teve uma convulsão na grama. Não. Ela nunca tinha feito. Negou com a cabeça.

– Tenho que te preparar pra isso, Cleo. No torneio...

– Faça o que tiver que fazer – murmurou com os lábios inchados por causa das mordidas. Ela estava cansada dele justificar tudo o que fazia só por causa do torneio. Talvez ele fizesse tudo porque queria, e não por causa do torneio. Será?

– Agora não. Talvez amanhã, ou hoje à noite. – Continuou esfregando a mão na boceta dela e já estava com os dedos molhados. – Mas vou brincar um pouquinho por aqui... Três minutos, Cleo.

– Vai logo – ela rugiu tentando se levantar, mas não podia porque estava com as mãos amarradas nas costas. Por que ela gostava de se sentir assim? Completamente dominada por um homem, era assim que ela estava. Porque sabia que, se dissesse para Lion parar, que não queria continuar, ele a obedeceria. Por isso. Ainda que ela estivesse submissa, poderia confiar nele.

Lion enfiou os dedos molhados no ânus dela. As bolas continuavam entrando e saindo na parte da frente. Cleo precisava de mais um orgasmo ou seria levada pelos monstros! Precisava de mais um estímulo para levá-la de novo para as nuvens. Aos poucos, Lion introduziu a ponta do polegar no pequeno buraco, mexendo e girando.

Empurrou com o quadril; as bolas desapareceram por completo dentro dela e, então, ele aproveitou um gemido de prazer para enfiar a primeira falange do polegar dentro dela. Cleo abriu os olhos e a boca, e emitiu um grito de êxtase.

– Ai, meu Deus... – soluçou ela.

– Ai, porra... – Lion se envergonhou ao perceber que estava gozando junto. Cleo estava minando todo seu discurso de se manter à margem. Era a primeira vez que ele gozava assim, sem controle nenhum sobre seu corpo. – Pequena... Assim... Que se fodam os monstros! – Cobriu a região frontal dela com a palma da mão, fazendo-a sentir suas vibrações mais profundamente em sua vagina, enquanto apoiava seu pau na entrada do sexo dela, mantendo as bolas lá dentro.

Ficaram desmaiados um em cima do outro, aproveitando a força do silêncio.

Quando conseguiram se acalmar e se recompor para sair do jardim e tomar um banho, já era noite.

Prova superada.

– Quero que você coloque isso dentro de você. Para que essa parte vá se acostumando com a invasão. É bem pequeno – dizia Lion enquanto enfiava uma pequena bala, controlada por controle remoto, dentro do ânus dela.

Tinham acabado de tomar banho. Cleo se apoiava no espelho, olhando o reflexo de ambos. Usava de novo um vestido, curto e leve, branco, bem de verão. Ele vestia apenas uma calça jeans meio aberta e com suas sandálias de surfe.

– Vai ficar quietinho com o anel?

– Vamos ver... – murmurou, malicioso.

– Você parece o Gollum com seu tesouro.

– Sou o Frodo, pequena. Só eu tenho consciência o suficiente para não abusar do poder do anel.

Beijou-a no ombro quando o apetrecho desapareceu dentro dela e pegou uma toalha para terminar de secar o cabelo.

Por que ele estava beijando-a? Por que ele a desarmava com sua ternura? Cleo não entendia o que ele estava fazendo com ela. Era só o treinamento ou tinha algo mais?

– Temos que colocar umas roupas pra lavar – ele anunciou, medindo-a de cima a baixo. – Você estragou minhas calças.

– Você quer o quê, machão? É que sou muito irresistível. – Cleo deu de ombros enquanto passava manteiga de cacau nos lábios. – Hoje à noite a gente coloca.

Ding dong.

– Está esperando alguma visita? – ele perguntou, massageando o cabelo úmido com a toalha.

– Não – respondeu Cleo, olhando-se no espelho de corpo inteiro que tinha usado para se arrumar.

Ding dong.

– Cleo? – era a voz da mãe dela.

A mãe dela! E ela estava com Lion! Os dois com os cabelos molhados do banho que tinham tomado, separados.

– É a mamãe? – perguntou, risonho e feliz por ver Darcy. – Vou abrir!

– Você está ficando maluco? – Cleo não acreditava no que estava ouvindo.

Lion ficou atrás do espelho de corpo inteiro e curtiu um pouco o olhar estupefato dela.

– Relaxa. Vai dar tudo certo.

– Quê? – ela gritou em voz baixa. – Não abra, Lion. Não.

– Sai, camaleão. – Lion escapou de suas garras, deixando-a nervosa, e desceu as escadas gritando. – Já vou!

Cleo encarou seu reflexo no espelho. Tinha acabado de retirar as bolas chinesas de dentro dela; Lion tinha lhe tocado o ânus e estava lá ministrando um treinamento para que ela fosse submissa. E ela estava com uma bala no reto.

Claro que não estava preparada para se encontrar com a mãe!

– Charles! – Ouviu falando um Lion surpreendentemente feliz.

E seu pai! "Puta que pariu!" Como ela iria olhá-los na cara? Ela era a queridinha do papai. Meu Deus, se ele soubesse o que Lion tinha acabado de fazer com ela, mandava-o para a câmara de gás imediatamente.

– Cleo, querida! Desça, são seus pais!

Ela abriu a boca e franziu a testa.

– Que filho da puta! – sussurrou, brava com a atitude do sádico controlador. Tinha ficado doido.

– Surpresa! – exclamou um outro casal.

Mas quem era agora? Ah, não. Não, não, não...

– Nossa! Hahahahahaha! E os meus também! – exclamou, eufórico, elevando o tom para que ela o ouvisse, ainda que desse para identificar em sua voz uma tendência histérica.

As pernas dela começaram a tremer e ela necessitou respirar bem fundo para se acalmar. Além do mais, tinha a Leslie. Seus pais não estavam sabendo nadinha de nada.

Cleo se penteou com os dedos e se certificou de que sua expressão não refletisse nada do que acabara de se passar no jardim. Ela estava com os olhos vidrados e cristalinos, e as bochechas meio rosadas.

"Nossa Senhora, que desastre." Cleo se sentiu como quando perdeu a virgindade e sabia, sem sombra de dúvidas, que seus pais iam perceber o que ela havia acabado de fazer com Brad Reyfuss só de fitá-la nos olhos.

E, para completar, os pais do Lion Romano também se dariam conta disso.

Quando ela desceu as escadas, todas as emoções vividas naqueles últimos dias estavam impressas em sua cara. Estava tudo tão claro quanto a água. Mas a imagem dos quatro com Lion a deixou momentaneamente sem palavras. Parecia que tinha voltado a ter oito anos.

Os pais dos dois sempre tinham se dado muito bem. Eram parecidos à sua maneira; com a diferença de que os Romano eram multimilionários e os Connelly eram de classe média-alta.

Anna e Michael eram morenos, altos e esbeltos. Elegantes e com um clássico estilo europeu.

Os pais dela, por outro lado, eram encantadoramente sulistas. Também eram altos, mas com a pele mais clara, com tendência para ficarem vermelhos com o sol. Sua mãe tinha o cabelo ruivo como ela, e seu pai, preto como o de Leslie. E ambos tinham os olhos claros. Herança irlandesa, sim senhor.

Além disso, eles se preocupavam com Nova Orleans de maneiras diferentes. A família dela, por exemplo, tomava conta da segurança. Seu pai, Charles, era reconhecido como um herói em todo o estado da Luisiana pelas vidas que ele ajudou a salvar durante o Katrina. Às vezes ainda exibiam imagens de Charles próximo de um helicóptero caído, ajudando a recuperar corpos boiando nos rios, ainda com vida. Cleo se lembrou disso e sentiu uma onda de orgulho tomar conta dela, dos pés à cabeça.

Sua mãe fazia as melhores orchatas e raspadinhas de toda a Luisiana, e era dona de uma rede que contava com três estabelecimentos, todos muito bem frequentados.

"Sim", ela pensou, satisfeita. "Não eram multimilionários, mas eram únicos. Os melhores para ela."

Os pais de Lion, Anna e Michael, tinham modos um tanto quanto distintos, mas haviam aprendido a crescer com a terra, e tinham conseguido sua riqueza à base de muito trabalho. A melhor coisa era que eles eram simples e autênticos. Preocupavam-se muito com seus filhos, Shane e Lion. E adoravam os amigos verdadeiros. Gostavam dela como se ela fosse mais uma filha.

Lion posicionara os braços em cima dos ombros do pai de Cleo, Charles, e do seu próprio, Michael. Quando a olhou, deu uma piscadinha engraçada, e Cleo achou que nada poderia ser pior, mas o desastre só estava começando.

Dos grandes.

Se fosse para dar merda, tinha que ser uma merda apoteótica.

Sua mãe, Darcy, olhou seus cabelos molhados, e depois dirigiu o olhar para Lion.

"Não, mamãe, nós não viemos da praia."

Como não sabia o que dizer, ela deu um sorriso enorme e sua mãe abriu os braços, esperando que sua filhinha querida se abrigasse entre eles.

E Cleo se surpreendeu ao fazê-lo, obrigando-se a sorrir e a fingir que estava tudo bem, porque precisava do calor materno. Precisava falar com ela e explicar o que estava acontecendo, mas não podia. Para uma mãe, saber que uma de suas filhas estava desaparecida, que havia sido sequestrada, não era fácil de digerir.

– Mamãe… – murmurou.

– Querida! Não vamos te perdoar por isso.

– Não mesmo. – Anna lançou um olhar de cumplicidade e abriu os braços, para cumprimentá-la ao modo sulista; ou seja, com um abraço tão apertado que deixava a pessoa sem ar. – Menina!

– Claro que não – grunhiu o pai de Cleo, olhando de canto de olho para Lion, com cara de poucos amigos.

– O que é que vocês não vão perdoar? – Cleo perguntou com cuidado, ainda entre os braços da mãe de Lion.

– Tivemos que ficar sabendo, pela boca da mãe de Tim Buron, que você e Lion estavam andando juntos pelo Bairro Francês – respondeu Darcy, ofendida. – E que você tirou uns dias de folga para reformar o jardim... – Caminhou pela sala em direção ao jardim, mas Cleo a segurou pelo braço.

– Sabe o que é, mamãe? Na verdade, Lion está me ajudando a arrumar umas vigas, e o muro de madeira... nada de mais.

– Você e o Lion estão juntos? – perguntou Anna, assombrada com a estatura do filho no meio daqueles dois homens.

– Juntos? – repetiu Cleo. Começou a dar uma risada nervosa. – Em que sentido? Que calor é esse, hein? Querem tomar um pouco de chá gelado?

– Foi você quem fez, minha querida? – perguntou Darcy, divagando.

– Eu adoraria – afirmou Michael, continuando a pergunta da esposa, Anna. – Você e Leslie são da família, ainda que eu achasse que o Lion acabaria com sua irmã. Mas não foi assim. – Ele pegou na nuca do Lion e fez um cafuné. – É uma figura. Adora uma ruiva.

"Oi?", pensou Cleo. "Estou aqui na sua frente."

– Não... – grunhiu Charles, um pouco incomodado. – Não foi assim...

– Não fale besteira, Mike. Estava na cara que o Lion gostava da Cleo – falou Anna.

– Hein? – Cleo apenas pestanejava. Um momento. Ela estava em um episódio de *Fringe*? Uma realidade paralela ou algo desse tipo?

– Pequena.

Ai, ai. Cleo estremeceu e olhou para o amo.

– Chegou a hora de falarmos a verdade. – Lion caminhou até ela e ficou atrás de suas costas. Envolveu-a pela cintura com os braços e fixou os olhos nos pais deles. – Eu e Cleo estamos saindo.

Os quatro se olharam entre eles e receberam a notícia com alegria. Bom, Charles não muito.

– Quando ela foi pra Washington visitar a Leslie – explicou Lion, mentindo como um canalha –, roubei um beijo dela. E desde então, não parei mais de pensar nela, até que nas minhas férias eu decidi vir para Nova Orleans e colocar as cartas na mesa.

Cleo apertou os olhos, olhando-o por cima do ombro. Ele estava brincando com a história de cartas? Ela ainda por cima nem podia acusá-lo de mentiroso porque era tudo verdade, com exceção da razão pela qual ele tinha ido colocar "as cartas na mesa".

– Ah, que bonito...! – Darcy estava tão emocionada que não cabia em si mesma.

Os homens se olharam entre eles, fazendo sinal de afirmativo, aprovando a atitude com o conhecido código XY, como se dissessem: "É assim que se faz, garoto!".

– Lion... você está amadurecendo? – perguntou a mãe dele, sorrindo com carinho.

– A Cleo que tem que dizer – Lion repassou a pergunta, apoiando o queixo no ombro dela. – Estou mais maduro, pequena? – Colocou-lhe a mão no ombro, para que ela estivesse ciente de que ele estava usando o anel vibrador no dedo. – Cleo?

Ela estava com vontade de arrancar os cabelos da cabeça dele. Como ele se atrevia a colocá-la naquela situação? E não só isso. Como se atrevia a dar esperanças aos pais deles de uma forma tão calculista?

"Sim, claro que amadureceu. Tanto que está com um maldito anel de controle no dedo, conectado diretamente à minha bunda."

– Amadureceu – respondeu, enquanto pisava dissimuladamente nos dedos dele, triturando-os. – É que eu sou irresistível pra ele. – Lançou uma gargalhada ao vento. – Quem diria, hein?

Lion e ela se olharam, completamente entregues aos papéis.

– Sim! Quem diria, hein? – repetiu Lion, exagerando na atuação, compartilhando o sorriso e criando uma imagem de casal feliz diante de seus progenitores.

– Mas então temos que comemorar! – exclamou Darcy. – Eu trouxe quiches e raspadinhas!

– Ah, mamãe dois... – murmurou Lion, olhando para ela com admiração. – Você vai me fazer chorar. Sou louco por suas raspadinhas.

– Como foi uma visita surpresa – disse Anna, desculpando-se educadamente –, não queríamos que você tivesse que preparar nada, Cleo querida; então trouxemos o jantar. – Levantou duas bandejas de vidro cobertas com papel alumínio.

– Ai, mamãe... – falou Lion. – Não me diga que isso é *jambalaya*?

Jambalaya era um prato típico de Nova Orleans, parecido com a paella espanhola, mas à base de frango, com mariscos, chouriço e muita pimenta.

– E vocês, o que trouxeram? – ele perguntou aos homens do grupo.

– A gente? – ambos se entreolharam e sorriram. – *Hurricane!* – Mostraram as garrafas.

Hurricane era uma bebida típica de Nova Orleans, além do absinto, preparada com uma mistura de runs e sucos de todos os tipos. Era doce e forte.

Cleo arqueou as sobrancelhas vermelhas e apertou os lábios com um quase sorriso.

Ela e o álcool não se davam muito bem. E ela sabia, por experiência própria, que com seus pais era a mesma coisa.

Enquanto os homens arrumavam a mesa de vime no jardim, Cleo pegava os pratos na cozinha com sua mãe e Anna, sua sogra momentânea.

– Sogrinha – Darcy falou para Anna, e elas sorriam felizes como se aquilo fosse de verdade –, passa uma dessas bandejas.

– Toma, sogrinha – respondeu a mãe de Lion. – Sabe? Estou muito feliz que você esteja com o Lion, Cleo. Ele precisa de mãos firmes, e você, sendo uma agente da lei, com certeza vai colocar ele nos trilhos rapidinho.

"Mãos firmes? Anna, seu filho deixou a minha bunda em carne viva várias vezes", ela pensou maldosamente enquanto dividia a quiche entre os pratos. Mas no final, disse:

– Não duvide, Anna – respondeu, obediente, ainda que sem estar convencida.

Os pais de Lion não sabiam que seu filho era agente duplo do FBI. Lion não queria deixá-los preocupados e nunca falou a verdade sobre o que fazia em Washington. Então ele inventou o negócio de software e hardware para encobrir a verdade. E eles não sabiam, muito menos, que ele era praticante de BDSM. Mas isso não era nada, já que todo mundo achava que Leslie tinha uma doceria e seguia os passos da mãe. Ainda que, diferente de Anna e Michael, Darcy e Charles, sim, sabiam que Leslie era uma agente do FBI. E não sabiam só de Leslie, também sabiam de Lion.

– Você acredita que, mesmo sendo tão lindo, ele nunca levou nenhuma moça pra casa? – Anna falou para Darcy.

Cleo franziu a testa. Sério que Lion não tinha levado ninguém... Nunca? Ela o procurou através da cristaleira e o encontrou conversando com os outros dois homens, com suas taças de *Hurricane* nas mãos, falando sobre o que quer que fosse... Ele captou o olhar dela e se virou. Sorriu piscando um olho e elevou a taça, segurando-a com a mão em que ele usava o anel.

Ela engoliu saliva e negou com a cabeça.

"Nem pensar, Satanás", ela soletrou com os lábios.

Ele deu de ombros, todo animado e brincalhão, e dedilhou uma pequena volta no botão do anel.

A bala começou a fazer das suas, e Cleo fechou as pernas.

Darcy fez uma cara de quem não entendia como um rapaz espetacular como Lion não tinha tido nenhuma namorada e adicionou:

– Pois eu pensava que minha filha ia ficar com o Magnum no fim das contas.

– Ah, é muito atraente esse Magnum – comentou Anna –, não é? Moreno de olhos verdes...

Cleo tentou corrigir, o nome de Magnus não era Magnum. Quando ela colocava alguma coisa na cabeça, era para sempre. Mas Cleo estava ferida; tinha sido "baleada" e não tinha condições de interferir na conversa.

– Mas olha – prosseguiu Darcy –, estávamos muito separadas, Cleo. Fiquei triste por você não ter me contado nada – repreendeu.

Ela se apoiou na pia, umedecendo os lábios.

"Mantenha o controle."

– Foi tudo muito rápido, mamãe. Ele apareceu na segunda aqui em casa e exigiu que eu ficasse com ele. – Bom, pelo menos não era mentira. – E claro – ela explicou, atuando –, me falou que se eu recusasse, ele ia deixar minha bunda vermelha como no semáforo, acredita nisso? Então, tive que aceitar! – berrou mais do que o normal. – Você me entende, não é?

As duas mulheres se olharam e começaram a dar gargalhadas.

– Ai, Cleo, é cada uma que você fala... – Anna enxugou as lágrimas das risadas e foi para o jardim com os pratos que elas tinham preparado.

Enquanto Anna aproveitava para falar com o clã XY, Darcy se aproximou de sua filha, com o rosto preocupado, e perguntou:

– O que está acontecendo, querida? Estou vendo que você está nervosa...

– Estou bem, mamãe.

– Tem certeza? Pode ser que esteja um pouco estressada. Você vai viajar logo, não é?

– Como...? Mas quem te disse isso?

Darcy virou os olhos.

– A mãe do Tim. Você sabe que ela fala pelos cotovelos e parece uma rádio da vizinhança. O Bairro Francês inteiro já está falando sobre vocês, inclusive comentando que você esteve em uma famosa loja de lingeries. Você não sabe como me senti mal por ser a última a saber de tudo isso, Cleo.

E ela se sentia mal por não falar para os pais o que realmente estava acontecendo e nem o que se passava com Leslie. Mas não podia.

– Eu tinha pensado em ir te visitar com o Lion e fazer uma surpresa.

O rosto de sua mãe relaxou e recuperou a calma.

– Sério?

– Sim, mamãe. Eu te amo muito e não consigo esconder nada de você.

– Eu também te amo muito, pequena. Uma mãe não pode ficar sem saber dessas coisas, querida.

– Não mesmo, mamãe.

– Você sabe alguma coisa da sua irmã? Ela sabe de vocês? Eu sempre achei que a Leslie gostava do Lion... Ela achou tudo bem? Por que ela não me liga?

– Respondo em ordem? Falei com ela ontem – mentiu. Seus olhos ficaram vermelhos. Quem dera tivesse falado. – Ela está bem, mas muito ocupada. Está pensando em ver vocês logo, quando tirar uns dias de folga... – mentir uma vez abria a porta para mentir muitas mais. – E... Leslie não gosta do Lion. Eles são só amigos.

– Bom, então tanto faz! – Darcy exclamou, limpando as mãos no guardanapo. – Olhe pra mim. – Pegou-a pelo rosto e perguntou solenemente –: Você está feliz, filha?

– Feliz em nível existencial ou...?

– Com Lion, Cleo. Não fuja do assunto.

– Éééé... – A bala começou a vibrar com mais força e Cleo apertou os lábios.

– Não fique com vergonha e fale sobre isso com sua mãe.

– Boooooommm... – disse, lutando para não envesgar.

– Bom o quê?

– O que a Cleo quer dizer é que ela não tem palavras para descrever o que eu faço ela sentir. – Lion entrou recolocando o anel, com um sorriso de orelha a orelha, branco, alinhado e reluzente. – Não é, Cleo?

– Hmm… Ahaaaam – gemeu ela, sem se atrever a olhá-lo.

– Ah, olha. – Darcy colocou as mãos nas bochechas e sorriu. – Ela está com vergonha! Não sabia que era tão tímida!

– Você tem uma filha adoravelmente envergonhada. Fica vermelha por nada. – Lion a pegou pelo queixo e a fitou nos olhos. – Não é verdade, meu bem?

– Ui, se vocês vão se beijar na minha frente, eu já vou saindo…

Cleo forçou um sorriso de desculpas para Darcy, e ela desapareceu alegremente na cozinha e os deixou sozinhos.

– Vamos nos beijar? – Lion roçou seu nariz no dela. – Quer que a gente se beije na frente dos seus pais, Cleo?

– O que eu quero é que você coloque sua maldita mão na pia e deixe eu amputar seu dedo com um facão de carne! – ela grunhiu bem baixinho. – Você tem noção de que está brincando com os corações das nossas mães? Você tem noção de que…?

Lion a fez se calar com um beijo.

Um beijo duro, destinado a deixá-la sem palavras, a absorver sua voz e marcar território. Diferente daquele do Smithsonian.

O beijo dele tinha sabor de *Hurricane*.

Um beijo que era um furacão; Lion passava por sua vida como um maldito furacão.

Ele se afastou um pouco e beijou o nariz dela com doçura.

– O que… o que você está fazendo, Lion? O que você fez?

– Te beijei, meu bem.

Cleo abriu os olhos, franziu a testa e se deu conta de que seus pais estavam sorridentes, levantando as taças e brindando por eles.

– Você fez de propósito? Fez porque eles estavam nos espiando? – perguntou, horrorizada. Que sacana! Era mesmo um calculista.

Lion deu uma piscadinha e a conduziu pela mão para levá-la ao jardim.

– Vamos jantar.

O jantar foi extremamente divertido e tranquilo, como se aquilo fosse o adequado. O *Hurricane* corria como fogo, queimando gargantas e desinibindo todo mundo.

Lion repetiu a quiche e o *jambalaya* três vezes. Cleo ficava assombrada com o tanto que ele comia, e seu obstinado cérebro decidiu que ele comia assim porque era muito alto. Dessa forma, a comida demorava para chegar no estômago, e ele ficava satisfeito mais tarde do que os demais.

Falaram sobre muitos assuntos: o mercado de algodão, o segredo das orchatas e das raspadinhas, estatutos da lei, como o mundo ia mal, tangas, uniformes das policiais, se eram "as" ou "os" policiais... Mas o *Hurricane* começou a fazer estragos de verdade, e o nível da conversa foi caindo até começarem a falar que discos-voadores existiam e que uma vez Anna tinha visto um extraterrestre no jardim. Já Michael falou que era o vizinho cabeçudo, pelado e bêbado, não um ET. Darcy explicou o que aconteceu quando ela, sem querer, claro, deixou cair um pênis de chocolate em um bolo que ela tinha preparado para uma confraternização familiar. Cleo perguntou para a mãe o que ela estava fazendo com aquele pênis. Darcy desconversou.

O pai de Lion contou como conheceu Anna e por que seu sogro o colocou na cadeia. E Charles... O que quer que ele dissesse, Cleo só repetia: "Não quero te ouvir, papai! Não quero te ouvir!".

Em meio a tudo aquilo, Lion tinha deixado Cleo em paz com a bala. Mas Cleo notou, durante toda a noite, seu olhar azul e perigoso sobre ela. Sentados um ao lado do outro como estavam, não era difícil. O que ele tinha?

Por sua vez, ela o encarou e se deu conta do que acontecia: ele estava meio vermelho e com os olhos cristalinos e brilhantes. Diagnóstico: estava bêbado.

Por isso, Cleo imaginou que quando as visitas fossem embora, ela teria que aguentá-lo. Ela não estava a fim de aguentar bêbado, então decidiu beber no ritmo dos outros para também se embebedar.

– Você *nuinca uisa* anéis, meu filho – apontou Michael. – O que você está fazendo com esse? É um anel de *compropisso*...?

– Sim, papai. Compro piso de azulejo e de granito – ele brincou. – Isso que você está vendo aqui... – Ignorou o chute que ele tomou de Cleo por debaixo da mesa. – Esse é um anel que controla a frequência cardíaca. – Começou a rodar o anel para todos os lados.

"Frequência cardíaca?", Cleo se perguntou cravando as unhas nas coxas e abaixando a cabeça para aguentar o sufoco. Que mentira! Era incrível a sensação de ter algo enfiado ali, se mexendo e a estimulando daquele modo... Ela começou a se mexer na cadeira, sobre a almofada.

– Vocês não estão ouvindo um ruído? – perguntou Charles. – É alguma coisa ligada? A lavadora, talvez?

"Não, querido Charles", pensou Lion, tremendo de rir. "É o vibrador que está na bunda da sua filha."

– Deixe-me ver – pediu Anna, esticando o braço para pegar o "medidor de frequência cardíaca". – Sabia que seu pai é hipertenso? Isso pode ser mesmo muito útil... não é? – Apontou, dando mais voltas no anel.

– Não! – Cleo estava a ponto de começar a chorar. – Não, não é uma boa ideia para...! Ai! Ai, Deus...! – Chutou o chão.

– Não fique envesgando os olhos, Cleo – repreendeu a mãe. – Você sabe que eu não gosto que você faça isso! Ela tem essa mania desde pequena, sabia? – contou para Anna como se fosse um segredo.

– Olhaaa – disse Anna, sorridente e com os olhos acesos, esquecendo-se por completo do medidor. – Minha vizinha tem uma coisa *deissas*. – Apontou para algo no jardim.

– O que, Anna? – perguntou Darcy, bebendo como uma louca.

– Sim... uma dessas coisas tipo *feng shiiiu*...

Cleo e Lion se olharam com uma cumplicidade absoluta... Cleo com cara de assassina e Lion... parecia estar muito bem.

Cleo sorriu bem falsamente como sabia fazer e disse entre os dentes:

– Vou *efiar* o *nel* no seu sacooo...

– O que você disse? – perguntou Michael, estupefato.

– Que o ninho do passarinho foi pro saco. – Apontou uma das árvores do jardim, mais exatamente um ninho imaginário na bananeira.

O que o álcool fazia...

– O que, não está vendo? Uma dessas coisas... – Anna continuava.

Ambos franziram a testa de novo sem entender do que ela estava falando.

– Sim, mulher. Isso de *coeiiios.*

– O que de coelhos? – perguntou Michael, apertando os olhos. – Você tem coelhos no jardim, Cleo?

– Hoje eu vi um. – Lion olhou-a com divertimento, sabendo que só eles dois entenderiam a piada.

– Essa é uma missão de reconhecimento para o agente Charles. – Michael desviou o olhar para o pai de Cleo. – Por favor, vá lá olhar do que falam as senhoras...

Charles pôs-se em pé tão bêbado quanto os outros e foi andando engraçado até o objeto em questão.

Cleo revirou os olhos e exclamou, inclinando a cabeça para trás:

– Papai, não tenho nada para coelhos...

– Eu *siiip*. – Lion começou a rir e bebeu mais absinto.

– Você cala a boca – Cleo ralhou.

Lion arqueou as sobrancelhas e mexeu no controle.

Cleo articulou uma exclamação abafada e deu um pulo na cadeira.

– Continuo sem saber do que você está falando, *sogrinea*. – Darcy lambeu os lábios e tentou fixar o olhar em Anna.

– Sim, sogrinha... – Anna ficou calada e de repente soluçou, como se algo fosse muito engraçado. – Sogrinhaaaaaaa!

As duas mulheres puseram as mãos na barriga e começaram a gargalhar sem parar.

– É uma daquelas coisas... que são tipo umas bolas prateadas... Hahahahahaha! Que quando o coelho ou o *rrrrrrrrato* vê o reflexo... Hahahahahaha! Se assustam e começam a correr! Hahahahahaha!

– Bolas prateadas? – Cleo franziu a testa. – Eu não tenho...

– É isso? – Charles estava com um objeto nas mãos.

Lion se virou com o copo nos lábios e, quando viu o que era, cuspiu todo o *Hurricane*, se engasgou e levantou tropeçando para tirar aquilo do pai de Cleo.

Cleo arregalou os olhos.

A porra das bolas chinesas!

– Papai, não encoste nisso! Solte isso!

14

Nada nos dá mais medo do que ficar indefeso diante de alguém por vontade própria. Mas também não há nada mais libertador.

– Se você falar com sua irmã Leslie, diga a ela para fazer o favor de me ligar, ela não tem o direito de me tratar assim – choramingou Darcy na porta de saída, no ápice da embriaguez, enquanto se despedia.

– Sim, mamãe. Vou falar – Cleo assegurou, meio zonza.

Charles começou a rir e a abraçou como um urso.

– Você sabe que eu te amo, não sabe? – A mãe era um terremoto, mas o pai era a calmaria, e quando ele a abraçava assim, quase todos os problemas desapareciam.

– Sim, papai.

– Sabe que ela te ama, não sabe?

– E eu amo você e ela, amo muito vocês dois. – Abraçou-os com mais força e sentiu o cheiro característico de seu pai: sabão de Marselha.

– E sabe que pode conversar comigo sobre o que precisar, né?

Cleo fechou os olhos e estremeceu. O pai dela sabia que alguma coisa estava errada; ele não era tão ingênuo e nem acreditava em qualquer coisa como Darcy.

"Como posso te dizer, papai?"

Sem dúvida, aquele não era o momento, porque eles estavam com grande quantidade de álcool no sangue.

– Sim, eu sei.

– Ótimo – cantarolou ele, dando palmadinhas carinhosas nas costas da filha. Então Charles olhou fixamente para Lion. – Rapaz.

– Pai – Lion se despediu, alegremente.

– Não se atreva a encostar em um fio de cabelo da minha filha, ou garanto que no dia seguinte todos os policiais da Luisiana vão estar na sua cola. Entendido?

Lion concordou severamente.

– Eu jamais faria algo de ruim com ela, senhor.

– Sogrooooo! Vamos indo, a noite é uma criança! – chamou Michael.

– *Au revoir, ma fille.*

– *Au revoir*, papai. – Cleo fechou a porta emocionada e ao mesmo tempo com vontade de rir. Ela sentia um misto de várias emoções. A principal: vontade de cortar a garganta do Lion. Ela se virou e encarou o parceiro de missão. – Como é que você esqueceu de guardar as bolas...?

– Shh.

Lion, o bêbado, se transformou de repente em um Lion sério e sedutor. Cobriu os lábios dela com os dedos e disse:

– Suba comigo, Cleo.

Sim, ele estava bêbado. E sim, ele queria Cleo.

E queria naquele instante. Com o álcool o libertando de todas as inibições e de todos os "não deveria". Eles continuavam em missão e ele tinha prometido não tocar Cleo de maneira carinhosa ou íntima enquanto eles estivessem envolvidos com o tráfico de pessoas e com o resgate de Leslie.

Mas ele descobriu que a garota era um ímã, e que ele se sentia atraído por ela. E com o corpo parecendo um alambique, todos os "nãos" desapareceram.

Além do mais, era adequado. Perfeito. Aquela noite fresca e estrelada seria testemunha de sua libertação... Os grilos cantavam no jardim, e ela estava tão bonita com aquele vestido e tinha o cheiro tão bom que ele estava entrando em êxtase.

Cleo pestanejou, ébria, e sorriu inclinando a cabeça para o lado.

– Eu? Subir com você? Por quê? – perguntou, divertida. – Você vai me castigar?

– Pode ser que sim... – Lion girou o botão do anel com os dedos e apertou os olhos.

– Ainda bem que acabaram as pilhas do anel de Sauron...

– Não acabaram, não.

Lion a puxou e a levou pelas escadas.

Cleo tropeçou e ele começou a rir.

– Tome cuidado, gatinha. Assim você vai acordar a lagartixa vesga.

– Rango é um camaleão – ela protestou, ofendida.

– Você que é um camaleão. – Ele a jogou no quarto e fechou a porta atrás dela, empurrando-a com o próprio corpo.

A música que ainda estava tocando no jardim subiu à cabeça dos dois. "Don't Let Me Stop You", da Kelly Clarkson.

Cleo se sentia tão bem e relaxada... Observou Lion e depois a porta em suas costas, fria em sua pele.

– Por que você está me chamando de camaleão, senhor?

– Seus vestidinhos… – Colocou o indicador por baixo de uma das alças. – Às vezes menina, às vezes mulher fatal… Seu cabelo, seus olhos… Você… Você. – Encolheu os ombros, apreciando-a com os olhos.

– E… eu? – Cleo estava bêbada o suficiente para deixar que qualquer coisa acontecesse naquela noite, mas não a ponto de não ter consciência de seus atos. Sabia muito bem o que estava acontecendo quando pegou na parte de baixo da camiseta preta dele. – Levante os braços, senhor. – Passou a camiseta por seu abdome até tirá-la pela cabeça.

Agradecido por não ter que inventar explicações sobre o que queria fazer, ele obedeceu. Lion não ousava se mexer. Mantinha uma postura agressiva diante dela: o pescoço inclinado sutilmente para a frente, como se fosse devorá-la a qualquer momento; os braços abertos, as mãos no quadril dela…

Um guerreiro que queria receber sua recompensa.

– Suas sardas… – murmurou ele, levantando uma das mãos e passando o indicador pelo nariz dela. – Sua boca…

Cleo abriu a boca quando o dedo passou por seu lábio superior. Eles se olharam durante longos segundos, como se tivessem chegado a um acordo, e então Lion colocou o dedo dentro da boca dela. Cleo o lambeu e o chupou.

– Ai, caralho… – O agente abriu as calças com a mão que estava livre, enquanto tirava e colocava o dedo na boca apetitosa da fada. – Não pare. Você faz eu querer gozar rápido. Não… você não é boazinha comigo.

– E nem você comigo. – Cleo pegou-o pelo pulso e mordeu seu dedo com força.

As calças de Lion deslizaram pelas coxas grossas e duras até pararem nos tornozelos, como se fossem só um monte de pano azul.

– Você está me mordendo, pequena?

Ela confirmou, alegre, com o dedo entre os dentes.

Lion chutou suas calças e tirou o dedo da boca dela, decidido a substituí-lo pela própria boca.

Ele ficou só com a cueca Hugo Boss branca e maravilhosa.

Cambaleando, entre beijos e mordidas nos lábios, eles tropeçaram e caíram na cama.

– Estava doido pra te beijar, Cleo... – ele murmurou sobre os lábios dela. Não pronunciava muito bem as palavras, mas dava para entender, ou pelo menos ele achava que dava. – Não... não penso em outra coisa desde que te vi hoje de manhã. É uma... grande merda.

– Sério? Por que é uma merda? Eu gosto que você tenha pensado assim... também queria te beijar.

Ele ficou bem quieto depois da confissão e tirou os cabelos dos olhos dela.

– Desde quando, Cleo?

– Pfff. – Estava com cara de perdida entre as lembranças e o efeito do *Hurricane*. – Não sei... – O álcool fazia mesmo a pessoa perder a vergonha. – Não me lembro, senhor. Faz muito tempo... Depois achei que seria algo ruim e já não quis mais. Mas depois, sempre que te via... eu queria te dar um beijo. Sou patética, não sou?

Lion pestanejou uma vez; começou a rir, e ela também, mas nem sabiam do que estavam rindo.

– É. – Lion imobilizou a cabeça dela com as mãos.

– Sou patética? – perguntou, horrorizada.

Ele encolheu os ombros.

– E eu também. Eu gosto de te beijar, Cleo... olhe... – Corrigiu a posição do pescoço e colocou a língua na boca dela. – Você está com gosto de *Hurricane*... – Chupou e brincou com a língua dela.

– Você também... – sussurrou Cleo, rodeando a cintura dele com as pernas. "Ai, Deus... vou dormir com o Lion de verdade. Nada de brinquedinhos nem de cordas. Vou ter ele entre as pernas."

– Cleo... – cochichou, afundando o nariz em seu pescoço, e lambendo todos os seus pontos sensíveis desde o queixo até o ombro. – Vou te encher de marcas.

– Tá... – ela sorriu com a vista desfocada para o teto, abraçando a cabeça dele. Mexeu o quadril pra frente e pra trás enquanto ele a chupava por todos os lados.

– Não se esfregue. Nem tente. – Ele sentou sobre a barriga dela e apontou com o dedo. Ao mesmo tempo, começou a rir. – Olha essa carinha... Não... assim eu não consigo...

Cleo deu uma gargalhada e cobriu o rosto com as mãos.

– Estamos bêbados.

– Estamos. – Lion levantou o vestido branco dela até a cintura, deixando a barriga plana descoberta. Abriu as pernas dela com as mãos e fez carinho na tatuagem de camaleão. – Você é um camaleão, Cleo.

– Eu?

– É. Você tem a capacidade de se adaptar a qualquer situação, incluindo as mais espinhosas... Como eu. Você se adapta a mim como ninguém.

– Você é espinhoso?

– Sou.

– Como um cacto?

– Isso.

– Os camaleões gostam de cactos.

Lion grudou a testa na dela e, se apoiando com um braço, tirou a calcinha de Cleo até despi-la por completo.

– E o meu cacto gosta de você. Olha como você é macia... – murmurou, maravilhado. Estava dócil e úmida por causa da bala dentro do ânus.

– Primeiro, tire essa arma nuclear que eu tenho aqui atrás.

Lion negou com a cabeça e se esticou sobre ela. Deu um beijo tão profundo que Cleo ficou sem ar, e enquanto a beijava, ele deixou uma de suas coxas poderosas e morenas caírem por cima do quadril dela.

– Vamos acabar de gastar as pilhas – assegurou, acariciando-a entre as pernas, aproveitando seu calor.

– O quê? Então não acabaram?

– Não, bruxinha. Eu decidi parar, foi isso.

– Você vai fazer amor comigo com essa coisa enfiada aqui? Não vou conseguir...

Os olhos azul-escuros brilharam com luxúria.

– A maioria dos terapeutas diz que as mulheres têm duas fantasias recorrentes. Uma é a de ser forçada a ter um homem dentro de si, a fantasia da violação; como é só uma fantasia, elas se permitem realizá-la. A outra é a de ser penetrada por dois homens ao mesmo tempo. – Acionou o anel. – Você tem alguma dessas fantasias, Cleo?

"Eu tenho a fantasia de fazer amor com você. Só com você", confessou seu subconsciente. Mas, se tivesse que ser sincera, a de ter dois homens ao mesmo tempo... não era nada mal. Ainda que ela não precisasse de dois homens. Podia ser Lion e algum dos brinquedinhos dele.

– Queria que você me pegasse pelos dois lados, senhor. Só você e ninguém mais.

– Ainda bem, porque não gosto de dividir – Lion grunhiu e deslizou dois grossos dedos para dentro dela. Mexeu de uma forma que podia sentir a bala do outro lado da parede interna. – Mas você é muito apertadinha e tem que se preparar bem antes. Cleo, por Deus...

Ele a beijou, enquanto mexia os dedos e a bala vibrava do outro lado.

– Não vou aguentar muito, senhor... – ela brincou, recebendo com gula cada um dos beijos.

– Não, agora pode me chamar de Lion. – E voltou a chupá-la inteira. Retirou os dedos e os usou para molhar seu pau. – Vou fazer, Cleo – assombrou-se ao falar em voz alta. – Não... não posso acreditar. Eu... prometi que não faria.

– O que você prometeu?

– Que não perderia o controle.

– Pois eu diria que você está falhando completamente. – Cleo impulsionou o quadril para frente e se esfregou contra a cabeça do pênis dele.

– Não... você não entende, Cleo...

– Não tem nada para entender, Lion. – Envolveu-o com os braços e o beijou, colocando um ponto final no assunto. Estavam bêbados e precisavam dormir juntos. Não era nenhum segredo que gostavam um do outo. Ele percebia e ela também, não? Se estivesse errada, seu "sentido aranha" para atração estava quebrado.

– Não tenho camisinha.

– Não importa, eu tomo pílula desde os vinte...

– Você sabe que não é seguro. Os exames do torneio...

– Não fale disso agora e vá logo. Chega de torneios. Somos só eu e você, é o que nós queremos fazer, não é?

A ordem ligou o alerta em Lion e acionou uma espécie de piloto automático desaforado nele. O agente puxou as mãos dela e as colocou por trás de sua cabeça, segurando-as com uma de suas mãos. Colocou-se entre suas pernas, ficou em frente à entrada dela e se posicionou. Começou a penetrar aos poucos, aproveitando cada gemido e suspiro de Cleo.

– Lion...

– Cleo...

Eles se olharam nos olhos e então, pronto! Ele foi até o fundo, impelindo-a a arregalar os olhos, assustada, e notar a pressão na parte de trás, onde a bala não parava de fazer das suas.

– Lion...! Devagar. – Ele era muito grande. Demais. Cleo tinha que se preparar melhor para ele...

– Ah, sim. – Lion movia-se para a frente e para trás, enérgico. – Estou sentindo a vibração... – gemeu de prazer.

Cleo fechou os olhos, e depois da impressão inicial, começou a gostar de ser possuída. Lion a estava possuindo. E ele o fazia plenamente, com tanta vontade que ela ficava ainda mais excitada.

Cleo abraçou de novo a cintura dele com as pernas.

Ele rugiu e gemeu.

– Assim... que delícia, Cleo. Não me solta...

Ela negou com a cabeça. Soltar? Como? Lion a imobilizava com as mãos e estava tão dentro dela que ela jurava que ele tinha alcançado o útero.

– Assim você gosta?

– Gosto... – ela confirmou, aproveitando cada investida.

– Muito?

– Muito...

– Está chegando. – Então ele tocou com o polegar naquele ponto de prazer que tinha o poder de mandá-la para um universo paralelo. – Vamos...

– Ai... Assim, não pare. Não pare!

Lion também estava quase lá, e quando começou a notar que o útero estava palpitando, ele se entregou.

Gozaram juntos. Suados, gritando e se beijando como loucos possuídos pelo álcool e pela luxúria.

Cleo queria ter espiado os olhos de Lion enquanto gozavam. Ainda não tinha visto a expressão de êxtase, mas Lion se certificou de não mostrá-la.

– Cleo... Cleo... – ele repetia com a cara afundada no ombro dela, tremendo pela sensação do orgasmo. Fez o anel parar e, sem constrangimento e nem preguiça, esticou o braço e extraiu a bala vibratória.

Cleo se queixou quando, por fim, o objeto saiu de seu corpo.

– Você me deixa louco, bruxa – murmurou, acariciando os seios dela por cima do vestido, que ele não tinha tirado. – Você me deixa sem forças pra lutar contra mim mesmo...

– Deus, Lion... – estava surpresa por ele estar tão aberto e extrovertido com ela. – Adoro que você fale assim e que se abra comigo...

– Você gozou gostoso?

– Gozei.

– Como se diz? – Ele esfregou os dedos nos mamilos dela por cima do vestido.

Ela sorriu em segredo.

– Obrigada, Senhor – ela agradecia a Deus. E dava graças por ter vivido aquele orgasmo com Lion.

Uma transa carinhosa, louca e divertida com seu amo. Sincera. Uma transa que para ela tinha um significado muito maior. Por isso, seu coração estava com as asas abertas e voava de um lado do peito para o outro, feliz como nunca.

E por tudo o que Lion estava falando, também parecia ter sido algo especial para ele.

– Sempre foi você, Lion – sussurrou, beijando o rosto dele, oferecendo um pouco de alento.

Mesmo quando estava com outros homens, Cleo sempre mantivera Lion na cabeça. Ela tentava, mas eram o descaramento e o mau humor dele que sempre a socorriam, seus olhos azuis, tão repuxados quando sorria, que se fechavam tanto a ponto de ele parecer um chinês.

– Não vai ter mais ninguém. – Ele fechou os olhos, pouco a pouco.

– Agora já não... Não vou sentir saudades ao pensar em você – ela murmurou sobre a cabeça dele. – Agora eu te tenho, Lion.

– Você me tem. Não me solte – ele pediu, rendido.

– Não vou te soltar.

Adormeceram com as portas da varanda abertas, sem saber que, por trás delas, alguém estava espiando.

A luz do sol a atingiu em cheio no rosto.

Acordou abraçada ao travesseiro, com uma enxaqueca que estava quase fazendo sua cabeça explodir.

Confusa, e ainda um pouco enjoada, ela se apoiou num cotovelo, lutando para abrir os olhos, mas cada tentativa era uma chicotada em suas córneas.

No fim, conseguiu se erguer até se sentar na cama, olhando ao seu redor.

Estava dolorida lá embaixo. Não lhe causava estranheza. Lion tinha sido muito impetuoso, e considerando as dimensões da ferramenta... parecia que ela estava com um gêiser entre as pernas.

Sorriu e se lembrou do que tinha acontecido na noite anterior.

Ela e Lion tinham feito amor.

Tinham feito amor de verdade, sem dominação nem submissão no meio, e tinha sido muito carinhoso e divertido.

– Lion? – ela chamou, esperando resposta. Como não ouviu, olhou para o terrário onde estava Rango e perguntou para seu bichinho surdo –: Onde será que ele foi?

O camaleão olhou para cima e para baixo, descoordenadamente, com sua visão de quase trezentos e sessenta graus e, imóvel como quase sempre estava, esticou a língua para se alimentar de um dos artrópodes que estavam na bandeja de comida.

Lion os tinha colocado ali naquela manhã, porque na noite anterior ela estava vazia. Que homem mais atencioso... Parecia que viviam juntos desde sempre. Ele consertava as imperfeições da casa, solucionava os problemas da máquina de lavar roupas, reconstruía o jardim e, ainda por cima, era um amante espetacular.

Foi se espreguiçando aos poucos e se levantou da cama, com um sorriso satisfeito nos lábios. Abriu uma das gavetas da cômoda e pegou um álbum de fotos. Nas primeiras páginas, que descreviam sua infância, havia muitas fotos dela junto de Leslie e de Lion. Tinha uma muito engraçada, com Leslie sorrindo como uma princesinha; Lion, de braços elevados, fazendo chifrinho nele mesmo; e ela, com nove anos, estava puxando uma orelha dele, e por isso Lion estava inclinado para um lado com cara de dor.

Cleo começou a rir quando viu a foto. Tirou do álbum e, cantarolando, grudou-a no espelho do banheiro, esperando que Lion a visse e risse como ela.

Depois do banho, vestiu um short jeans desgastado e uma camiseta larga Pepe Jeans escura que caía sem preocupação por um de seus ombros. Calçou os chinelos e desceu para a cozinha.

– Lion? – Deu uma olhada no jardim e ele também não estava. Lion tinha recolhido a mesa do lado de fora e estava tudo limpo e em ordem. – Incrível... Assim você vai roubar meu coração, senhor – murmurou, com divertimento.

Sentou-se no balcão da cozinha e encontrou um bilhete ao lado de um copo de água e de uma aspirina.

Bom dia, agente Connelly.

Beba essa água e tome essa aspirina. Você vai precisar.

Hoje fomos convidados para uma festa secreta e "clandestina" na mansão da madame Lalaurie, às nove. Fui confirmar nossa presença. Estou preparando seu figurino para a noite. Preciso fazer algumas coisas e retirar as passagens para nossa viagem. Volto por volta do meio-dia. Vamos almoçar juntos.

– Agente Connelly? – Ela levantou as sobrancelhas, surpresa, e sorriu. – Quanta formalidade no dia seguinte, agente Romano.

Sem dar importância ao bilhete impessoal de Lion, Cleo tomou a aspirina e a água, e esperou fazer efeito.

Puxa... então iria a uma festa. A mansão da madame Lalaurie era conhecida porque tinha pertencido à mulher mais influente da cidade de Nova Orleans, e ali ocorriam festas muito elitistas, renomadas entre a classe alta.

Mas, na verdade, a lenda em torno da senhora nasceu porque ela era uma sádica que maltratava os criados. Fazia-os de escravos. E, de fato, matou vários deles nos quartos... Diziam que era uma casa mal-assombrada, mesmo sendo uma propriedade particular destinada a eventos sociais.

No domingo de madrugada eles viajariam rumo ao torneio. Restavam mais dois dias de treinamento e, depois da última noite, ela estava ansiosa para que Lion aplicasse sua dominação final.

Com isso em mente e ouvindo a música "Good Life", do OneRepublic, ela passou a revisar todos os termos BDSM e as regras do jogo, assim como as fichas dos possíveis amos que estariam no torneio. Ela precisava conhecer todos e estar por dentro de seu histórico.

Passaram-se duas horas de estudo, e Lion não ligou para ela. Cleo pensou em ligar, mas se não tinha feito isso em nenhum momento até então, não iria começar agora que tinham passado a noite anterior juntos de verdade.

Ela acariciou as lindas cartas que tinha nas mãos, do baralho que os organizadores cederam para os amos protagonistas irem se familiarizando.

Eram muito bonitas. Tinham dragões estampados no verso, e dependendo do tipo de carta, tinham cores diferentes. No canto inferior esquerdo havia algumas letras estampadas: eram as palavras "Dragões e Masmorras DS".

Ela estava realmente curiosa para ver o ambiente e descobrir que tipo de pessoas se dispunham a participar de um evento daqueles. Com certeza ela teria mais de uma surpresa. Na verdade, já tinha se surpreendido com Lion e seu gosto declarado pela dominação.

O som da campainha a desviou de seus pensamentos.

Lion tinha feito uma cópia das chaves, então não podia ser ele. Olhou pela câmera e deu de cara com o rosto amigo de alguém com quem ela queria falar havia muitos dias.

A pele escura e os olhos verdes do atraente rosto de Magnus estavam do outro lado da porta.

Lion dirigia o jipe a caminho da rua Tchoupitoulas.

Chegaria antes do previsto.

Nunca tinha se sentido tão contrariado como naquela manhã.

Na noite anterior, bêbado como um gambá, ele não tinha resistido a fazer amor com Cleo. E tinha dado com a língua nos dentes naquele turbilhão de sexo e sinceridade esmagadora.

Bom... era óbvio que não tinha declarado amor eterno nem nada do tipo, mas ele tinha dito a Cleo mais do que disse para qualquer outra mulher. Isso fazia bem para seu coração de amo, mas não para seus princípios como dominador.

No torneio, ele ia precisar de muito sangue frio para fazer com ela tudo aquilo que se esperava que fizessem. E ele não queria cometer nenhum erro com Cleo; não queria partir o coração dela de jeito nenhum.

Por isso, o tempo com ela só deveria servir para Cleo conhecer suas preferências e entrar em seu mundo.

Depois do torneio e, se a missão fosse cumprida com êxito, Cleo decidiria se ia continuar ou não com aquela história de amos e masmorras, mas deveria fazê-lo por decisão própria, porque teria gostado de verdade, e não por confundir o BDSM com o que ela pudesse sentir por ele; não para agradar e ser submissa só porque ele gostava daquilo.

Ele já havia lido livros desse tipo e não tinha gostado.

Cleo deveria sentir a necessidade de ser dominada, da mesma forma que ele sentia vontade de dominá-la. Não poderia ser de outro modo.

O BDSM era um estilo de vida, não algo que você se obrigava a fazer porque a pessoa que você amava te pedia.

Ele ainda enxergava o rosto ingênuo e enternecido de Cleo, diante de tudo o que ele disse para ela entre os braços.

– Quero te beijar, Cleo... – repetiu, batendo com o punho no volante e se censurando pela estupidez. – Imbecil! – Olhou-se no retrovisor. – Eu te falei pra não fazer isso. Que você não podia misturar o que sente por ela com o treinamento e com a preparação para a missão. E você não conseguiu! Fez merda!

Estava assustado.

Nunca tinha desejado alguém de modo romântico. E seus pensamentos só o levavam para a fada ruiva que o esperava na Tchoupitoulas, e sempre tinha sido ela. Por quê? Reza a lenda que as almas que se pertenciam estavam destinadas a se submeter uma à outra para encontrarem a verdadeira liberdade.

Cleo lhe trouxe vida quando ele era pequeno.

Ela o excitou com seu jeito travesso e seu descaramento quando era adolescente, e ele, maior de idade.

Agora, como mulher, Cleo fritava seu cérebro e seus ovos.

E, para completar, estavam juntos em um caso. Mas ele foi atrás disso. Poderia ter deixado Montgomery escolher algum instrutor para ela, e ele poderia ir para o torneio com alguma outra infiltrada. Mas pensar que Cleo poderia estar nas mãos de alguém que não fosse ele... era algo insuportável.

Por isso decidiu ser seu instrutor. Nunca pensou em se aproximar dela antes pois não queria que Cleo pensasse nele como um doido com aqueles gostos sexuais e, sabendo exatamente o que ele procurava, não queria deixá-la com medo. Mas se Cleo tivesse que ter contato de verdade com um amo, então essa era sua oportunidade, e só ele estava destinado a exercer a dominação. Ninguém mais poderia tocá-la.

Se Cleo entrasse na masmorra, apenas ele estaria esperando por ela.

"Sempre foi você", ela havia sussurrado na noite anterior. Que linda.

Ele se lembrava perfeitamente do que tinha acontecido; lembraria para sempre da doçura, do fervor e de como era fácil para ela chamá-lo de "senhor" quando estava embriagada.

Mas Lion tinha que retomar as rédeas da situação para que entrassem no Dragões e Masmorras DS e interpretassem os melhores papéis de suas vidas.

As promessas de amor e as flores não estavam inclusas em uma missão daquele tipo.

Ele tinha que lembrá-la disso, e seria bom que ele também se lembrasse.

– Oi, senhor. – Cleo não perdia respeito pela posição superior de Magnus como primeiro capitão da polícia de Luisiana, ainda que fossem próximos o suficiente para descartar as formalidades.

Magnus dirigiu a ela um sorriso de dentes brancos, e seus olhos verdes se alegraram sinceramente ao vê-la.

– Cleo, pode me chamar de Magnus. Já te falei mil vezes.

Ela virou os olhos.

– O que você está fazendo por estas terras, vaqueiro?

– Estava passando por perto...

Magnus era um urso enorme, com as proporções perfeitas, muito atraente. Seus olhos eram famosos no Bairro Francês porque não era muito comum encontrar um homem negro com olhos tão verdes quanto os dele. Tinha o cabelo escuro cortado ao estilo militar. Sua beleza exótica fazia sucesso entre as mulheres, ainda que ela fosse imune a seus encantos. Já tinham trabalhado juntos durante muito tempo, mas Magnus sempre esteve um nível ou dois acima dela.

Eles se conheceram na polícia quando ela completou vinte e dois anos.

Cleo tinha cursado sua graduação de criminalística em três anos. O último fora uma loucura, porque coincidira com sua formação de oito meses como recruta, somados às dez semanas posteriores em que ela precisou fazer na Academia o treinamento para receber a formação oficial de campo e ali ingressar como soldado de cavalaria.

Quando ela entrou na polícia, Magnus era dois anos mais velho e sargento. Então eles se aproximaram; Magnus era um admirador do pai de Cleo, o que facilitou as coisas. Mas quem não seria admirador de um homem que no ano de sua aposentadoria, com sessenta e três anos, estava pendurado em um helicóptero em movimento, salvando pessoas da tromba-d'água do Katrina?

Ela era sua fã número um.

Com o tempo, foram ascendendo na corporação, e iam sendo promovidos quase ao mesmo tempo. Até que, depois de quatro anos, ela era tenente, e ele, capitão.

– Ande, entre – Cleo o convidou para entrar; ela estava ansiosa para que ele explicasse como tinha se saído o final do caso de tráfico de drogas no qual eles trabalhavam juntos.

– Finalmente você vai me convidar pra tomar um banho nessa jacuzzi?

– Nem sonhando, moreno – fez piada com ele. A relação com Magnus sempre tinha sido bem aberta, e os dois gostavam de brincar. Mesmo que Cleo fosse plenamente consciente de não querer nada, enquanto Magnus, sim, queria. – Só quero ouvir as notícias, você já sabe.

Ele franziu a testa e levou as mãos ao coração.

– Assim você me machuca.

– Você aguenta. – Cleo abriu a geladeira e, enquanto coçava a panturrilha com o dorso do pé, perguntou –: Quer beber alguma coisa?

– Uma cerveja.

– Ok.

Eles sentaram na escada do alpendre. Magnus olhou para o jardim, enquanto dava um longo gole na cerveja.

– Antes de mais nada, me conte tudo – ela pediu. – Como foi? Vocês pegaram o Fratinelli?

– Sim, pegamos.

Ele contou como ocorreu toda a ação policial conjunta e a perseguição que aconteceu em West End até que pegaram Fratinelli e seus irmãos.

– Foi incrível – Magnus falou, lembrando com orgulho do que aconteceu. – Você teria adorado a perseguição. Conseguimos pará-los na avenida Lake. E sabe como?

– Não – disse ela, arregalando os olhos, completamente dentro da narração do amigo. – Fala!

– Ficamos um atrás do outro, assim. – Magnus soltou a latinha de cerveja na escada e juntou as mãos. – Um carro batendo no outro... Pá! Pá! Então acelerei com tudo e dei com a frente da viatura na bunda do Pontiac.

– Sério?! – Cleo começou a rir.

– E os dois carros começaram a dar voltas sobre si mesmos e a derrapar. Até que o dele bateu em um semáforo e parou ali.

– Meu Deusss... Que emocionante! Teria gostado de ver.

– Você tinha que estar lá. – Ele bateu com seu ombro no dela.

– Verdade – lamentou Cleo.

– O que me leva a te perguntar, morto de curiosidade: no que você está metida?

Cleo deu de ombros.

– Só precisava de umas férias.

Magnus olhou para ela sem soltar a latinha.

– Foi por causa do Billy Bob?

– Não. – Claro que não era por causa daquele desgraçado indesejável. – Mas se você o vir, mande lembranças da minha Taser.

– Você não vai me dar detalhes sobre a súbita decisão de tirar umas férias e reformar seu jardim?

– Não. – "Que detalhes você quer, Magnus? Os sórdidos ou os que realmente me deixam impressionada? Como por exemplo que não sei nada da minha irmã há uma semana, e que o parceiro dela no caso foi encontrado morto asfixiado... E adivinha só! Estou começando a gostar de BDSM." Essa era uma realidade que ela só se permitia reconhecer, por enquanto, em silêncio.

– Sério que não?

– Não. Não tenho nada o que explicar.

– Me disseram que te viram passeando com um cara chamado Lion. Tim o conhece.

"Tim é um maldito fofoqueiro. Eu o adoro, mas é um linguarudo", ela pensou, zangada.

– Sim. É só um amigo. Nos conhecemos desde que éramos assim. – Cleo colocou a mão na altura do joelho. Magnus não o conhecia porque não tinha nascido ali; era de Chicago. Mas conhecia os pais dele, por serem tão famosos no ramo do algodão.

– E esse homem misterioso está aqui? – Ele olhou ao redor. – Gostaria de conhecê-lo.

– É, não... – ela respondeu, incomodada. – Ele saiu por um momento.

– Está dormindo aqui?

Cleo o olhou por debaixo dos cílios.

– Essa, senhor Maine, é uma informação que não te interessa.

Magnus tentou dissimular a decepção com um sorriso amável.

– Bom, no que quer que você esteja metida, quando precisar, é só me ligar. – Magnus colocou uma das mãos enormes sobre a dela, que era mais pálida e menor. – Nunca deixaria nada te acontecer. Você sabe que sou seu cavaleiro de armadura brilhante.

Ela olhou para ele como se dissesse: "Isso é sério?".

– Não sabe? – Magnus se aproximou dela e deu um pequeno toque carinhoso de seu rosto na bochecha dela.

– Sei.

– O certo é que no que te diz respeito, Cleo, o único macho que permito que fique ao seu redor é esse dragão-de-komodo que você tem de estimação.

– É um camaleão – quantas vezes tinha que repetir isso?

– Que seja. Seu pai me pediu para cuidar de você. E é isso o que faço. Às vezes parecendo o Demolidor, na escuridão.

– Você é um palhaço.

Magnus sorriu e, em seguida, fez uma careta.

– Moça, como você é difícil... Enfim. – Bateu nos joelhos e se levantou. – Como você já feriu bastante meu orgulho e estou cansado de você me recusar, pelo menos permita que eu me vá escutando que você me deixa ser esse cavaleiro.

– Magnus...

– Fala, anda.

– Magnus... não seja chato. – Cleo começou a rir.

– Fala e eu vou embora, te deixo aí com seu bichinho verde que brinca de mímica.

– Tudo bem. – Olhou para ele de frente e, sem falar sério, mas agradecida pelo carinho e pela preocupação de Magnus, disse –: Obrigada por ser meu cavaleiro de armadura brilhante.

– Ótimo! Vamos em frente, tenente Connelly!

– Não se iluda, senhor.

– Estou incomodando?

Lion não estava para isso. Não naquele momento.

Cleo tinha desobedecido uma ordem direta, não só de seu superior, mas também de seu amo/tutor. E tinha acabado de chamar aquele cara de senhor...

Mas ele não tinha dito que ela não deveria se distrair e, muito menos, receber visitas do amiguinho dela?

Ele sentia uma raiva imensurável dentro de si.

A jovem se virou, surpresa pela chegada de Lion, como se tivesse sido pega com a boca na botija.

Magnus e ele se mediram com olhares.

Verde contra azul.

Os dois igualmente altos e fortes. Bom, Magnus era um pouco mais parrudo, mas Lion tinha menos gordura e tinha o corpo muito mais definido.

– Magnus, estou errado? – Lion perguntou educadamente, oferecendo a mão.

Magnus a aceitou de má vontade, desviando o olhar para Cleo, que parecia envergonhada ou talvez intimidada. Mordia o lábio inferior.

– Eu mesmo.

– Bom dia, Cleo. – Lion perdeu o interesse por ele e passou a dar atenção à moça.

– Bom dia, Lion.

Ele fez um som com a língua e negou com um gesto quase ofensivo.

Cleo começou rapidamente a explicar o que seu capitão estava fazendo ali.

– Magnus veio me explicar como foi a conclusão daquele caso que comentei... Não nos víamos há muitos dias e...

– Uhum. E deu tudo certo? – ele perguntou a Magnus. Cruzou os braços, sorrindo e fingindo que se sentia cômodo com aquela situação. – Pegaram os bandidos?

– Não todos. Ainda há muitos bandidos à solta. – O capitão apertou a vista e olhou de soslaio para Cleo. – Sabe, pequena? Já vou indo...

Lion levantou a sobrancelha falhada. "Não a chame de pequena, cretino", grunhiu seu monstro ciumento interior.

– Sim. Eu te acompanho. – Cleo se apressou em levá-lo até a porta.

– Esse é seu amigo de infância? – Magnus sussurrou antes que ela fechasse a porta. – Olha, qualquer coisa me liga, ok? Lembre-se: nove, um, um. Estarei por perto.

Cleo revirou os olhos e se despediu com um aperto de mãos.

Ela não estava nada confortável com a situação e sentia que tinha traído Lion; sobretudo levando em conta o que ele achava que ela e Magnus tinham. Em suma, ela tinha mentido.

– Oi – ela cumprimentou docemente, esperando se aproximar e abraçá-lo.

Lion estava apoiado no encosto do sofá da sala, com o rosto obscuro e sombrio. Cleo imaginou que havia um diabinho em seu ombro, cochichando mentiras em seu ouvido. "Eles fizeram isso, eles fizeram aquilo..."

Quando ele não respondeu, ela suspirou, nervosa. Isso não podia estragar o que tinha acontecido na noite anterior. Nem pensar.

– Antes que você comece. – Ela se impôs corajosamente na frente dele. – Quero que saiba que ele veio aqui de surpresa. Eu não o convidei.

– Você é insaciável, Cleo? – perguntou Lion, com malícia. – O que eu te dou não é o suficiente e você tem que se esfregar no primeiro cara que vem tocar sua campainha?

Cleo ficou sem palavras diante daquele ataque ácido.

– Eu não fiz nada – ela respondeu, séria.

– Eu te avisei que durante o treinamento você não poderia se encontrar com Magnus. E o que acontece quando eu saio daqui por um minuto? Magnus com você no alpendre, relaxado, os dois rindo...

– Alto lá. Você está se precipitando. Não pode acreditar que depois de ontem à noite eu esteja disposta a...

– O que aconteceu ontem à noite?

Cleo sorriu, tentando acalmá-lo, pensando que ele estava brincando.

– Vem aqui...

– Eu te perguntei o que aconteceu.

– Lion...

– Cleo! – gritou. – Me diga o que aconteceu!

– Como? – Ela colocou a mão no peito.

– Aconteceu algo de que eu deveria me lembrar?

Ela engoliu saliva e se enfureceu. Ele estava fazendo de propósito! Era impossível que ele não se lembrasse de tudo o que ela havia falado.

– Você sabe.

– Sei? O que eu sei?

– Lion... – Cleo sussurrou com a voz triste. – Você não está falando sério.

– Não, não. – Levantou. – Refresque a minha memória, pequena, o que aconteceu? – pronunciou o apelido com aversão, do mesmo modo que Magnus a tinha chamado, mas sem o tom carinhoso.

– Você e eu... dormimos juntos. Foi isso que aconteceu – explicou com a voz trêmula. – Eu pensei que...

– Dormimos juntos? É sério? A única coisa de que eu me lembro é de ter dormido, bêbado, na cama.

Ela não sabia como reagir às palavras dele. Será que não se lembrava de verdade? Ela lembrava tudo: cada palavra, cada detalhe, cada sorriso e cada gemido. Tudo. Estava gravado na memória... e no coração. Como ele podia dizer isso?

– Você dormiu depois de fazer amor comigo – ela soltou, corajosamente, abraçando a si mesma. Seu estômago começava a doer.

Lion deixou de se apoiar no sofá e se aproximou de Cleo. Com as mãos nas costas dela, inclinou-se sobre seu ouvido e garantiu:

– Se eu te comi, Cleo, fiquei tão satisfeito que nem lembro de mais nada.

Ela recebeu as palavras como um soco, ou como uma ducha de água fria. Metáforas e comparações à parte, ela virou pó. Emitiu um pequeno ruído com a garganta, um gemido rouco e abafado, mas não conseguiu responder. Tinha um nó na garganta que a impedia de pronunciar qualquer palavra, e o ar escaldante e pesado estava preso em seus pulmões.

– Talvez você seja baunilha o suficiente para o seu... cavaleiro de armadura brilhante. Não pra mim.

Afastou-se dela, decidido a subir as escadas e tomar um maldito banho que aliviasse aquela suprema amargura que o consumia. Tinha que sair de perto dela ou a destruiria, e ainda que ele quisesse machucá-la, não queria castigá-la de forma tão severa. Mas Cleo não permitiu que se retirasse.

"Que grande filho da puta!", ela pensou, lambendo os lábios, lutando para não chorar.

– Pois eu prefiro um baunilha que nunca me ofenda como você está fazendo – parou para tomar ar, ainda de costas para ele, com os olhos verdes cravados no jardim. – Melhor do que um amo cruel que agride verbalmente a parceira, e faz isso de propósito.

– Tá bom, Cleo. – Lion se virou no terceiro degrau. – Mas é que você e eu não somos parceiros. Se fôssemos, você não teria me desobedecido. Se fôssemos um casal, e tivéssemos feito amor como você disse, você teria mantido meu interesse e não me entediado a ponto de eu dormir. – Ele balançou a cabeça e se obrigou a permanecer impassível enquanto observava como ela estava aflita pela crueldade que ele destilava. – Não me importo com as suas preferências. Amo ou baunilha? Tanto faz. O que tem de ficar claro é que você é minha colega de trabalho. Estamos representando um papel. Estou te tocando e te satisfazendo porque sou um amo, porque faz parte do seu treinamento, mas nós somos agentes infiltrados. Não se esqueça. Só isso.

– Então... – Ela se virou, alterada, com os olhos marejados e pálida pelo golpe emocional recebido. – Se é só isso, você não deveria se ofender com a visita do Magnus.

– Eu me ofendo porque você está desobedecendo as ordens do seu superior, agente Connelly. É por isso. Achava que você era uma mulher mais profissional e disciplinada. Por mim, pode se atirar em quem quiser, mas quando estiver fora de serviço. Não agora.

Lion desapareceu das escadas, deixando-a sozinha e desolada.

Cleo estava tremendo e, para completar, tinha sido ridícula ao ponto de pendurar no espelho do banheiro a maldita foto de quando eles eram pequenos.

Não encontrou outra maneira de fugir dali e de se recuperar, morta de vergonha pelo que ele tinha dito e ferida como mulher, a não ser pegar as chaves do carro e sair da pior panela de pressão que existia em Nova Orleans: sua casa.

15

Um amo apaixonado despe mais
sua própria alma do que sua submissa.

Lion ouviu a porta se fechar. Não iria atrás dela. Não podia. Tinha que se manter inflexível com a decisão tomada. Cleo tinha desobedecido: levara Magnus para casa. E estavam no lugar onde eles tinham jantado com seus pais na noite anterior.

Será que ele tinha encostado nela? Será que tinham feito alguma coisa?

Pensar nisso, sabendo que Cleo só tinha recebido seus cuidados nos últimos dias, o deixou nervoso. Ele ficava doido, porra.

Lion tinha ultrapassado os limites na noite anterior. Mas se quisessem continuar trabalhando juntos sem a influência do fator emocional, tinham que cortá-lo imediatamente. Ele fingiria não se lembrar de nada do ocorrido, e a traição dela ao levar Magnus para casa durante o treinamento facilitava que ele mantivesse a nova postura.

Mas quanto a isso ele não estava fingindo. Sentia-se traído de verdade por ela, e seu coração sombrio doía. Por que razão Cleo estaria com Magnus em sua casa se não fosse para ficar com ele?

Eles não sabiam que ele chegaria mais cedo, e por isso os surpreendeu. Claro que não estavam se beijando e nem estavam pelados, mas a postura dela, cheia de cumplicidade e flerte, como em boas preliminares, já era demais para Lion. Não queria saber de mais nada.

Cedo ou tarde, o moreno a teria levado para a cama. E Cleo não teria resistido, porque Magnus já estava na vida dela bem antes que ele se intrometesse. Com certeza ela estava com saudades do baunilha.

Saudades do sexo convencional e de alguém como Magnus, que a satisfazia sem levá-la ao limite de sua resistência.

Esticou-se na cama e cobriu os olhos com o antebraço musculoso.

Chutou o colchão com o calcanhar e se recriminou por ter sido tão duro com ela.

Ele ia esperar Cleo voltar e eles conversariam.

Mas ele esperou por várias horas, passou o horário de almoço e ela não voltou.

Ligou para o iPhone dela e ouviu o telefone tocar na cozinha, sinal de que ela o havia largado por ali.

Onde será que ela estava? Teria almoçado? Será que ela estava correndo com o carro?

Tinha saído chorando, isso era certeza. Ele ouviu os soluços enquanto Cleo se afastava e entrava no Mini.

Ele também não comeu, tinha perdido a fome.

Será que ela havia seguido atrás do amiguinho policial? Estaria chorando no ombro dele, discursando sobre o quanto seu amo era malvado?

Ela voltou muitas horas depois, quase ao entardecer.

Não tinha parado de dirigir em nenhum momento. Seu carro era um local de meditação, e enquanto o motor funcionava ela podia se concentrar na estrada, e não em tudo o que Lion tinha cuspido com sua língua cruel.

Ele tinha lhe ensinado uma lição, para que ela não construísse castelos de areia, não se iludisse com um homem que ela conhecia desde pequena e que, na noite anterior, a tinha feito se sentir uma pessoa amada e adorada.

Tinha sido tudo uma mentira, e tomar consciência disso foi muito amargo e muito duro.

Mas o que não era mentira eram o BDSM, o treinamento, a dominação, a irmã em perigo e o caso que tinham nas mãos.

Ela havia sido uma tonta... Tão tonta. Uma noite divertida em família, Lion relaxado e atencioso, ambos na cama fazendo carinho, rindo e se tocando sem cordas nem *floggers*, nem ordens... Ela quis acreditar que havia algo mais no comportamento doce e amável dele. Mas estava enganada.

Ele dormiu de verdade, de tédio? Perdeu o interesse? Lion não conseguia curtir o momento se não tivesse uma mulher capaz de suportar seus castigos, que o estimulasse da forma que exigia em sua dominação. E ela, quando foi conduzida para o quarto, só pensava em fazer amor com ele, não em sexo ou castigos. Só isso.

Achou que seria o suficiente, mas Lion tinha desdenhado de tudo. Desdenhado até de Cleo.

Os dois estavam deliciosamente ébrios... Ele começou a revelar coisas que ela achava importante, confissões de amantes.

No fim das contas, as palavras tinham sido apenas um meio de atraí-la para depois dormir.

Ela preferia o amo. Preferia mil vezes o amo do que o Lion mentiroso. Porque pelo menos o dominador ela sabia quando vinha e sabia lidar com ele. Com as risadas, os carinhos e a doçura da noite anterior, não. De fato, ela estava destruída.

Às nove horas eles tinham uma festa, não é? Já eram sete e ela deveria se arrumar.

Lion fingira aquele tempo todo. Não tinha a mínima consideração por ela ser uma amiga de infância; nem isso. Se tivesse, não teria ultrapassado tanto os limites ao atacá-la. Mas ele ultrapassou.

Bom, o que estava claro era que os dois tinham que trabalhar em conjunto. E ela já estava muito tempo tentando dissipar as feridas.

Abriu a porta de casa.

Tinha passado horas chorando. Nunca tinha chorado tanto. Sentia-se mal, desvalorizada, sem amor... mas ela também tinha dignidade. Talvez Lion não a desejasse como mulher, mas ela não ia permitir que ele colocasse seu profissionalismo em dúvida.

Dessa vez, ela ia entrar no papel de verdade. Não ia sobrar nada da Cleo amiga e nem da tonta sonhadora que achava estar apaixonada por ele.

Talvez ela estivesse, e por isso sentia tanta dor.

Mas se apaixonar pelo homem errado era um equívoco cometido por muitas mulheres.

Aquilo ia passar. Passaria, porque o tempo curava as feridas.

E, enquanto cicatrizavam, ela seria uma submissa inesquecível para Lion. Para ele e para os participantes do jogo. Nos últimos dias ela havia estudado bastante sobre a personalidade e a atitude de uma submissa perfeita, e atuar assim seria uma forma de se afastar da dor e de se concentrar em algo concreto.

– Cleo.

A voz de Lion a parou e a deixou tensa.

Ela o enxergava meio de perfil, sentado em sua poltrona favorita.

– Onde você estava? – ele perguntou, sério, com a voz grave e afetada.

Certo. Ela não tinha mais tempo para parecer uma idiota. Agora era seu momento: *And the Oscar goes to*... Cleo Connelly, pela excelente atuação em *Amos e Masmorras.*

– Precisava sair daqui, senhor – respondeu, sem levantar a voz. – Queria tomar um pouco de ar.

O silêncio se estendeu mais do que o necessário, mas nenhum dos dois se mexeu.

– Posso subir pra me trocar, senhor? – perguntou com a voz suave e displicente. Com o canto do olho, observou como Lion respirava fundo e ficava tenso diante de sua educada pergunta.

– Vou te ajudar a se trocar. – Ele se levantou da poltrona.

– Não precisa, senhor.

– Precisa sim – ele respondeu, nervoso. – Você não viu o vestido.

Cleo imaginou o tipo de fantasia que deveria usar, e sentiu náuseas ao se imaginar vestida de coelhinha ou algo do tipo. Mas quando viu o fraque de Lion, todo vestido de preto, exceto pela gravata-borboleta branca, seus pensamentos se dispersaram.

Estava tão bonito, viril e masculino... Com a pele morena e a máscara branca, estava arrebatador.

Se ele iria assim, como ela iria?

Subiu as escadas, sabendo que Lion vinha logo atrás, e entrou no quarto, mantendo os ombros retos, mas a cabeça inclinada e o olhar para o chão, numa postura submissa.

Na cama, perfeitamente estendido, estava um lindo vestido preto com lacinhos vermelhos, da mesma cor dos cabelos dela. A parte inferior, meio godê, era vermelha e preta. Um vestido vitoriano com a parte superior lisa e de seda.

Lion a colocou na frente do espelho e olhou o reflexo enquanto tirava a roupa dela sem falar uma palavra. Cleo não deixou de olhar para o chão em nenhum momento.

Lion apertou os dentes e, quando tirou a calcinha dela, acariciou suas nádegas com ternura. Cleo era suave e perfeita. Doce e bonita, mas, ao mesmo tempo, perversa e provocativa em sua suposta inocência.

Como ele também não estava com vontade de conversar, aceitou o papel. Se Cleo estava fingindo ser uma submissa perfeita, melhor para a missão.

Melhor para os dois. Menos discussões, menos brigas, e eles poderiam se concentrar no que realmente importava.

– Você vai usar essa cinta-liga e essa calcinha vermelha – ele falou enquanto as subia pelas coxas dela, até cobrir os genitais. Ajustou as cintas-ligas nas coxas e subiu as meias vermelhas até prendê-las nas cintas.

– Sim, senhor.

– Você vai ficar linda, Cleo.

Ela teve o cuidado e a ousadia de corar como uma tímida e perfeita submissa, mesmo que de tímida ela não tivesse nada.

– Obrigada, senhor – respondeu.

Lion respirou fundo, e seu tórax subiu e desceu, oscilando no mesmo ritmo que sua paciência. Estava linda, mas aquela não era Cleo. Apesar de tudo, ela continuaria jogando e mantendo a atitude. Melhor assim do que aguentar seus olhos verdes despedaçados e feridos, cheios de decepção.

Ela estava decepcionada com ele, e Lion tinha que admitir.

Pegou o vestido e se posicionou como um perfeito alfaiate. Primeiro a saia e o forro superior, depois o corpete, que levantou os seios dela de forma considerável e quase ofensiva.

– Você consegue respirar?

– Sim, senhor.

– Quer que eu deixe mais folgado?

Cleo observava atônita seu próprio reflexo. Meu Deus, ela estava parecendo a mulher do demônio, e Lion era o Satã.

– Não, senhor. Está bom assim.

Lion sorriu ligeiramente ao ver o assombro nos olhos verdes da agente Connelly. A verdade era que ela estava desorientada. Ele passou os dedos pelos ombros nus e pelo decote.

– Vou ter muitos problemas esta noite – murmurou Lion, abrindo a palma da mão para cobrir a hipnotizante união dos seios dela.

"Isso, Lion, pode me tocar, porque vou transformar a sua vida num maldito inferno. Vou fazer você se sentir tão incomodado comigo que espero que, quando a missão acabar, você vá se afastar de mim para sempre."

– Espero que não, senhor. Não quero atrapalhar em nada. – "Não, não quero atrapalhar em nada, seu porco."

– Não vai ser culpa sua, Cleo. Os homens ficam loucos diante de doces tão gostosos. Você não sabia?

Cleo deu de ombros.

– Não devemos nos chamar pelos nossos nomes. Você pode me chamar de senhor e eu vou te chamar de lady Nala. O que você acha?

– Muito Disney, senhor. O Rei Leão fica com a Nala no filme. Mas não me estranha sua perspicácia, senhor. Você é tããããão inteligente... – alongou o "tão" um pouco demais.

Lion apertou os olhos azuis. Ele deveria deixar as impertinências passarem batido porque ela estava brava com ele? Ou, como amo que a estava preparando para o torneio, deveria castigá-la? Ele ia decidir quando voltassem da festa.

– Você quer ir com o cabelo solto ou preso?

– Prefiro ir com o cabelo meio preso.

– Então você arruma. Não sou muito bom com penteados, senhorita.

– Eu duvido, senhor. Você se dá bem em tudo. – "Uma submissa sabe bajular o amo", ela se lembrou. "Toma essa, Lion. Olha como eu sou boa nisso."

Ele tirou as mãos dela e escondeu os punhos fechados nos bolsos da calça.

– Fantástico. – Lion se inclinou sobre o ouvido dela e, olhando--a nos olhos, ordenou –: Pare de olhar para o chão e olhe pra mim.

Cleo deu um pulinho inocente, como se não soubesse que estava olhando para o chão de propósito.

– Senhor?

– Está me bajulando gratuitamente, Cleo? Você não deveria fazer isso. Não quero você puxando meu saco. Se acha que deve me parabenizar por algo, faça, mas não fique me elogiando sem razão. Não gosto disso.

– De jeito nenhum, senhor. – Levantou os olhos e cravou o olhar diretamente no espelho. – Só estou destacando suas aptidões, que são muitas. Não é culpa sua ser tão perfeito.

Do jeito que estavam tão próximos, vestidos daquele modo, ele tão moreno e ela tão pálida, com aquelas roupas tão sexy e elegantes, eles pareciam quase o casal perfeito, ou um desses casais que inspiram os livros românticos que a mãe de Cleo, Darcy, costumava ler.

Mas esta não parecia ser uma história de amor.

Lion tinha deixado isso bem claro.

Ele era seu amo, não seu par.

Era seu superior, não seu amigo.

O sexo, ou o treinamento, o que ele preferisse, era um meio para chegar a um fim. Quase parecia que ela estava prostituindo a alma, ainda que o fizesse com um homem que tinha o dom de atraí-la tal e qual um doce atrai formigas.

Lion apertou os lábios, deu dois passos para se afastar e pegou a máscara vermelha dela.

– Quando acabar, coloque isso.

– Sim, senhor.

Ia deixá-la sozinha, porque estava ficando nervoso com aquela educação fria e distante. Mas parou e lançou um olhar tomado pelo ardor mais sincero.

– Você vai ser a mais bonita da festa, Cleo.

– Então seremos um ótimo casal, senhor – murmurou ela, escondendo a antipatia, acompanhada por um sorriso esplêndido. – O Zorro e a puta.

Lion rangeu os dentes, mas se obrigou a inclinar a cabeça como um cavalheiro.

– Esse comentário te fez perder pontos como submissa, Cleo; e como dama, ainda mais. Que pena, parecia que estávamos no caminho certo... Você deveria ficar atenta a seu caráter – ele falou, fechando a porta atrás de si mesmo.

– Você não tem nem ideia de como é o meu caráter – sussurrou Cleo, olhando a porta fechada. – Mas eu juro que vou fazer você engolir todas as suas palavras impiedosas, Lion Romano. – Acariciou sua máscara vermelha com a ponta dos dedos. – Uma atrás da outra.

A mansão Lalaurie era um dos pontos turísticos visitados no tour Bloody Mary. Nova Orleans esbanjava opções para a visitação de lugares famosos pela prática de vodu, cemitérios e casas mal-assombradas como aquela. De fato, a cultura da magia, dos feitiços, dos zumbis e de todos os tipos de fatos estranhos e criaturas mitológicas estava muito arraigada no caráter supersticioso dos nativos da cidade.

A mansão estava sendo remodelada para se transformar em um conjunto de apartamentos de luxo. Era bonita, de arquitetura francesa, como quase toda Nova Orleans e o Bairro Francês. O ator Nicolas Cage a havia comprado; mas por não conseguir pagar os altos impostos, perdeu-a.

Enquanto isso, graças a alguns contatos exclusivos do organizador da festa clandestina de BDSM, ela era utilizada para suas próprias necessidades só por aquela noite.

Cleo ficou arrepiada com o lugar, e mais arrepiada ainda com alguns amos e submissas que havia observado no salão.

Algumas usavam coleiras de dominação tão grandes que pareciam cavalos; outros exibiam seus submissos e submissas com correntes presas no pescoço.

Pelo visto, aqueles eram os mais radicais; ainda que o mais curioso para Cleo fosse perceber como todos estavam felizes por estarem daquele jeito.

Ali nada era humilhante, nem degradante. Nada era escandaloso demais. Todos viviam o BDSM à sua maneira.

Lion e ela não se falavam. Quando Lion perguntava alguma coisa, ela respondia com um "sim" ou um "não" bem curto e tímido.

Até que a curiosidade falou mais alto e, enquanto ela bebia um pouco de ponche que ele pegou, perguntou:

– Posso fazer uma pergunta, senhor?

– Fale – respondeu, seco, olhando com desaprovação e desafio para os homens mascarados que se aproximavam demais de Cleo.

– Quem organizou esta festa?

– Os praticantes de BDSM de Nova Orleans.

– E você faz parte deles? – Cleo não fitava os olhos dele quando fazia uma pergunta, em sinal de respeito e submissão. Porém, a verdade é que estava sofrendo ao atuar assim.

– Faço. Mas não consigo vir nunca por causa do trabalho.

– Pelo menos eles lembram de você. Mas já era esperado: meu senhor é excelente.

Lion a olhou de canto de olho.

– Estou somando as chicotadas, Nala. Não faça eu me cansar.

– Mas eu não entendo, senhor – protestou, fingindo arrependimento. – Não fiz nada que possa te incomodar, fiz?

– Você está zombando de mim. Não gosto disso. Conheço você o suficiente para saber que seu comportamento de submissa é fictício. Você está fingindo.

Ah, mas Lion não a conhecia. Ele achava que sim, porque Cleo tinha sido transparente e honesta com ele, sempre, sem subterfúgios. No entanto, ele não conhecia a Cleo que não se dava com os outros, principalmente com aqueles que a machucaram.

– Você me conhece, senhor? – Ela deu um gole em seu ponche.

– Conheço.

– Por isso você é um amo tão bom, senhor – continuou elogiando, com um tom doce e afável. – Um bom amo deve saber, em todos os momentos, quais são as necessidades de sua submissa – repetiu uma das bases da dominação e da submissão.

– Você quer ser uma submissa de verdade, lady Nala? – Lion se aproximou dela, irritado e confuso. – Porque se quiser, posso fazer você apanhar em público como Brutus está fazendo com aquela garota de peruca branca. Olha como está a bunda dela: tão vermelha que parece que vai estourar – grunhiu, roçando nos lóbulos da orelha dela com os lábios. – E observe como ela está gostando. Tenho certeza de que, se ele encostar entre as pernas dela, ela vai gozar. – E foi isso o que fez um outro amo. Ele se aproximou dos dois, e Brutus deu permissão para que ele a tocasse. A jovem gozou como uma louca desenfreada.

– Se isso te fizer feliz, senhor – respondeu Cleo, assustada com as demonstrações públicas que estavam sendo feitas no salão entre amos e submissas.

– Ah é, lady Nala? – Parou atrás dela, e acariciou seus ombros até deslizar as mãos por seus braços. Beijou-a na garganta, e ela tentou se afastar como se a proximidade dele a assustasse, ou pior, a repelisse; mas se conteve depressa e se obrigou a relaxar. Lion nunca tinha sido recusado antes. E Cleo tinha dado nele a primeira, mas leve, bofetada. – Veja aquela ama ali. Está dando com o açoite no peito do submisso mascarado e sem camisa. Ele reclama, mas depois que o açoite atinge sua pele, observe o que ele fala.

Cleo prestou atenção.

– O que ele fala, pequena?

– Fala: "Obrigado, *domina*" – respondeu Cleo, com as pupilas dilatadas.

– Você se considera capaz de fazer isso? De se expor em público e de agradecer o que eu fizer? – Ele acariciou sua barriga plana e depois foi subindo as mãos até cobrir seus seios.

Cleo apertou as pálpebras por uns décimos de segundo, mas depois se obrigou a abri-las. Diante deles, já estavam vários *voyeurs*.

– Na sua frente, nesta sala, há homens e mulheres que estão desejando contemplar seu lindo corpo. – Continuou golpeando-a com a língua. – Como você pode ver, tem de tudo: mulheres e homens, jovens e velhos, gays e lésbicas; tem obesos e obesas, magros e magras, altos e baixos, muito musculosos e muito fofos... O BDSM é como a vida. Tem de tudo. – Passou os lábios pela nuca dela, enquanto apertava e relaxava a mão sobre os seios dela. – Mas eles não têm medo nenhum de expor seus corpos ou de se mostrar do jeito que realmente são diante dos outros. Eles aceitaram a si mesmos e aceitaram seu prazer. São livres. Alguns você nunca viu na vida; outros, vai ver muito pouco. O mundo do BDSM é muito discreto e íntimo. Todos têm respeito o suficiente uns pelos outros para não revelar identidades.

Cleo fechou os olhos, dessa vez levada pela música, pelo tom sedutor de Lion e pela magia de suas mãos. Ela estava ficando excitada? Estava sim.

– Eles são corajosos. Você é corajosa, Cleo? – ele perguntou, beliscando os mamilos dela por cima do corpete. – Você está com os olhos fechados? Deus... olha o que você faz com os outros só de permanecer assim, submissa diante de mim... – a voz de Lion também estava rouca. – Olha o que você faz comigo. – Impulsionou o quadril para frente e esfregou nela a ereção. – Você gosta disso? Gosta de exercer esse tipo de poder?

Ela gostava? Ela gostava disso? Uma vez, Lion falou que ela tinha alma de provocadora. Será que estava certo?

– Sim, senhor.

– No torneio você vai deixar todos loucos, Cleo. Eu sei. E você me deixa nervoso. Abra os olhos e veja o que está fazendo.

Quando ela os abriu, vários casais estavam na frente deles bebendo ponche, observando-os entretidos, excitados e felizes, uns se divertindo mais do que os outros. Para eles, era como contemplar arte em movimento. Se havia algo libidinoso nisso, Cleo não sabia, essa era a verdade; mas parecia que eles gostavam mais de sua atitude e de sua disponibilidade ao escutar Lion do que do fato que o contexto e as preliminares poderiam culminar em um ato sexual.

Até que alguém na multidão perguntou:

– Você vai mostrá-la ou ela é só pra você?

Cleo dirigiu o olhar para a origem da voz.

Prince. O príncipe, um dos amos que tinham encontrado no clube de mulheres de Lafitte, estava ali, todo vestido de branco, exceto pela máscara preta e pela gravata-borboleta vermelha. Era muito atraente e prendera o cabelo em um rabo de cavalo preto e bem alto. Sim, como uma espécie de príncipe persa.

Deu um passo para frente e se colocou a um metro dela, esperando a permissão de seu amo.

– Você quer que eu te mostre, lady Nala? – Lion perguntou ao seu ouvido, apertando os seios dela nas mãos.

– Quer me mostrar, senhor? – Ela entendeu seu papel perfeitamente pela primeira vez. Podia ter vontade de fazer algo, mas o fundamental era que Lion também desfrutasse da situação. Ela faria *topless* e não importava que os outros vissem seus seios, o que importava era o que aconteceria ali. No entanto, era diferente de uma sessão particular. Ela ia se expor para deixar todos ali excitados. Homens e mulheres, indistintamente. Engoliu saliva e se preparou para a resposta de Lion.

Ele sorriu e a beijou, de verdade, na bochecha. Parecia um beijo autêntico, mais sincero do que qualquer um que ele tinha dado até então, levando em conta que todos os beijos da noite anterior foram uma mentira. Afastou a raiva de sua mente e se dispôs a aceitar qualquer que fosse a vontade de Lion.

Ela estava se entregando. Era isso que ele queria, não era?

– Você é só minha. Ninguém pode te tocar – respondeu Lion, fulminando o príncipe faminto com os olhos. – Mas, Prince...

– Sim, King?

– Você pode fazer as honras.

Ele girou Cleo e ofereceu suas costas.

Lion a encarou e a pegou pelo queixo. Cleo pestanejou confusa e nervosa, um pouco assustada e excitada... uma estranha mistura.

– Pode começar a abrir o vestido – Lion ordenou, sem deixar de espiá-la. – Vou te atormentar um pouco, Nala.

Ela entreabriu a boca e exibiu a língua para lamber o lábio inferior. Seus olhos verdes felinos estavam enormes atrás da máscara vermelha.

– Como quiser, senhor.

Prince começou a desatar os laços com suavidade e se permitiu acariciar as costas dela com os dedos.

– Prince. – Lion lançou um olhar de advertência.

Ele levantou as mãos e murmurou uma desculpa divertida:

– *Mea culpa*, não pude evitar. Minhas mãos escorregaram.

As pessoas começaram a rir e aplaudiram o príncipe por ajudar Cleo.

– Uma cadeira – Lion pediu, com os olhos ardentes.

Cleo não visualizava nenhum dos presentes na sala, apenas Lion. Lion e aquele olhar faminto que repousava sobre ela. Não havia música, Annie Lennox não começava a entoar sua "Love Song for a Vampire" e não existiam os olhares. Eram só ele e ela.

– Notem como ela está concentrada nele – cochichavam as vozes, satisfeitas com a atitude.

Alguém levou uma cadeira e todos aplaudiram de novo.

E nesse exato momento, Lion a pegou pela cintura e a colocou em pé na cadeira. Ela pensou que iria sentar no colo dele, mas não foi nada disso. Queria colocá-la à prova e exibi-la diante de todos. A cadeira não era muito alta, mas o suficiente para que seus seios, agora mais livres e soltos dentro do corpete, ficassem na altura do rosto de Lion.

– Ninguém vai te tocar, ninguém vai te ter. Não fique com medo, linda.

– Não, senhor – respondeu, hipnotizada.

– Vou te exibir porque atrás de um grande amo sempre há uma grande submissa, e eu quero que todos vejam como você é bonita e o que eles nunca vão poder ter. – Com suavidade e veneração, ele baixou um pouco o corpete e expôs os seios brancos com mamilos rosados, durinhos por causa do frio repentino e também por seu ardor interior. – Deus...

– Senhor?

Lion abriu a boca, apertou os seios dela entre seus dedos e começou a morder os mamilos com força e depois com suavidade. Pôs-se a lambê-los e a chupá-los com uma fome sobre-humana.

Cleo abriu a boca para tomar ar. Seus joelhos tremeram sobre a cadeira. Ela não estava preparada para isso mas, ao mesmo tempo, estava. Era uma situação insólita e nova para ela. Posicionou as mãos na cabeça dele e o abraçou com força, inclinando o pescoço para trás, com seus longos cabelos vermelhos meio presos caindo pelas costas; como um tributo à canção de amor para um vampiro que tocava ao fundo; a imagem era uma ode ao pecado e à libertinagem e, por sua beleza estética, ficaria gravada para sempre na cabeça de todos os convidados daquele encontro clandestino.

Depois dos aplausos e de tudo o que provocou o número de Cleo e Lion, os convidados se dispersaram.

Lion estava preocupado com Cleo. Agora ela nem falava mais. Antes ainda soltava alguns comentários bajuladores e falsos, mas depois daquele momento em que ele a estimulou diante de todos, a jovem ficou calada e muito excitada.

Lion não permitiu que ninguém se aproximasse, como havia prometido. Podiam admirá-la de perto ou de longe, mas nunca, em nenhuma circunstância, encostar nela. Ele tinha muito ciúmes do que era seu e não dividia nada. Diferente de outros amos.

Havia homens e mulheres que adoravam ver seu parceiro se divertir com outros, amavam o prazer que isso proporcionava, e Lion já não julgava mais o que era correto ou não. O prazer era prazer, do jeito que fosse, e cada um o encontrava de diferentes formas.

Mas ele não.

– Você não gosta que te olhem, lady Nala?

– Deveria, senhor?

– Não deveria – disse uma voz de mulher atrás deles –, se é o que o seu parceiro quer.

Cleo e Lion se viraram ao mesmo tempo.

Lion inclinou a cabeça com um sorriso e Cleo imitou o gesto.

Conhecia aquela mulher. Tinha visto a ficha dela nos relatórios policiais. Era ela.

Tratava-se de Sharon, a Rainha das Aranhas; e a foto que tinha visto, para sua desgraça, não fazia jus a ela.

Estava usando um vestido preto de pedraria, assim como a máscara. Seus olhos cor de caramelo estavam pintados com lápis escuro, e parecia que ela estava usando uma máscara por baixo da outra.

Era bonita, alta e atraente. De lábios grossos e sedutores. Seu cabelo loiro e cacheado estava preso no topo da cabeça e caía em ondas graciosas pelos ombros.

Mas, inquietantemente, não havia nada de gracioso em Sharon.

Era uma mulher muito perigosa, fria e tão segura de si mesma que impunha respeito. Linda como um tigre e agressiva como suas presas.

Sharon sorriu para Lion, também inclinando a cabeça, e depois centrou toda sua beleza indiferente em Cleo.

A agente automaticamente pensou em Leslie, e qualquer respeito que ela pudesse ter por essa beldade se evaporou como gelo no fogo.

Eles não sabiam até que ponto aquela mulher, que não tinha mais que trinta anos, estava envolvida com o tráfico de pessoas. Lion achava que ela não era parte do esquema, e que só os Vilões sabiam sobre o *popper* e os sequestros; por isso eles nunca apareciam.

– Ela vai ser sua parceira no torneio, King? – perguntou Sharon, estudando-a com curiosidade. – Ela é deliciosa.

– Ainda não sei – respondeu Lion, deixando Cleo paralisada. A Rainha das Aranhas não recebia as inscrições dos convidados até o dia do torneio. Ela podia visitar vários clubes para convidar os mais especializados em determinadas técnicas, mas não era ela quem decidia os escolhidos. Tal tarefa cabia aos Vilões.

Cleo apertou os punhos, mas abaixou a cabeça.

– É, gatinha... – Sharon levantou o queixo dela com delicadeza.

– Meu senhor não deixa ninguém encostar em mim – Cleo respondeu com os olhos verde-claros e muito desafiadores. Demais para uma submissa. "Não encosta ou eu corto a sua mão, porca." Por que tinha tanta raiva de Sharon? Talvez fosse apenas mais uma praticante de BDSM com uma posição mais importante dentro desse mundo; só uma praticante. No entanto, segundo um informante, naquela noite a Rainha das Aranhas tinha estado no local em que estavam Leslie e Clint. Será que ela tinha alguma coisa a ver com a morte do amigo de Lion? E com o desaparecimento de sua irmã?

Sharon franziu as perfeitas sobrancelhas loiras por cima da máscara, e seus olhos de caramelo olharam Cleo com um respeito renovado.

– Então seu amo não deixa que encostem em você, hein...

Cleo olhou de soslaio para Lion e notou a reação dele. O cretino estava sorrindo, se divertindo, enquanto observava a interação das duas.

– Não – confirmou, sem medo.

Ela começou a rir e levou a mão a uma espécie de bolso que tinha na parte interna do vestido.

– Por acaso, lady Nala, tenho algo aqui que talvez te interesse. – Tirou dali um cartão vermelho, com um dragão desenhado em um canto, que dizia:

Você está convidada para o segundo torneio Dragões e Masmorras DS.

Se quiser participar, cadastre-se no fórum Dragões e Masmorras DS e não hesite em entrar em contato com a Rainha das Aranhas por meio das mensagens secretas.

Ela vai te ajudar com tudo.

– Se o seu senhor acabar não te levando... – Lançou um olhar de acusação para Lion. – Eu ficaria feliz de te ver por lá. É um convite duplo. Você pode levar quem quiser pra jogar com você.

Cleo aceitou o cartão e o guardou de maneira provocativa dentro do corpete.

– Não acho que vou precisar, mas obrigada...

– *Domina* – corrigiu a Rainha, querendo escutar seu título de dominadora sendo proferido pelos lábios dela.

Cleo não sabia se dizia ou não. Já odiava aquela mulher, talvez sem justificativa, mas o santo não tinha batido. Talvez pela maneira com que ela olhava para Lion, como se o conhecesse melhor do que ela.

Ou, talvez, porque a mulher tivesse visto Leslie na noite do desaparecimento e tivesse deixado a irmã nas mãos de gente perigosa.

Mas ela não queria dizer; principalmente porque, como submissa, Cleo só se entregava a Lion: só havia prometido submissão a ele, os outros não tinham importância. Certamente havia submissas que também obedeciam a outros amos. Ela não.

Cleo permaneceu calada, e um fulgor de interesse e atenção surgiu no olhar caramelo da dominadora.

– Você também tem a opção de ir sozinha – explicou Sharon –, e participar como um personagem que você quiser; mas se não for assim e você aparecer lá com o King... – sorriu, segura de si mesma, e aproximou seu nariz intrometido quase até encostar no de Cleo. – Torça para encontrar os baús e superar os duelos. Do contrário, se eu estiver no cenário, e acredito que estarei em todos – reforçou –, vou te ensinar a me obedecer de verdade. E vou adorar, garota rebelde. – Deu um toque no nariz dela com o dedo indicador, de forma carinhosa.

Cleo sorriu, com frieza.

– Veremos. – Tinha enlouquecido. Estava desafiando a Rainha diante dos presentes no salão e ela sabia que muitos olhares ali estavam voltados para o trio.

– Veremos. – Sharon piscou um olho malicioso, pegou na mão de Lion e disse –: Vou tirar seu amo pra dançar. Sabia que ele se mexe muito bem? Aposto que você já sabe.

Lion e Sharon desapareceram na multidão para dançar uma balada que começava com as notas de um piano: "Hush, Hush, Hush", de Paula Cole e Peter Gabriel.

Cleo, estupefata ao ver como Lion conseguia ir dançar com a Rainha das Aranhas, se virou e foi procurar mais ponche. Sentia-se exposta e inquietantemente observada, e não só pelos homens e mulheres que a desejavam.

Deu de cara com o peito de Prince. O amo contemplava Sharon de modo penetrante e, curiosamente, Sharon percebeu porque, de vez em quando, dava uma olhadinha de volta.

Cleo franziu a testa, vigiando ambos. O significava aquilo?

– Sharon já pegou o King em sua teia de aranha – murmurou Prince. Parecia contrariado e desaprovava abertamente a atitude da loira. – Você quer ir na sacada pra tomar um ar?

Cleo procurou Lion com os olhos...

– Ele não pareceu se importar em te deixar sozinha no meio desse mar cheio de tubarões – disse o bonito e alto amo. – Você não tem que se preocupar com o que ele pode pensar. Ele já falou que não posso encostar em você... então... não vou desobedecer.

– Não estou tão certa disso – Cleo sussurrou com atrevimento.

Prince sorriu.

– Eu não mordo, mas é melhor sair um pouco de perto dos lobos. Sua performance na cadeira despertou o interesse de muitos amos que procuram mulheres como você.

– Sério? – Cleo olhou por cima do ombro. – E como eu sou?

– Especial. Linda. Única e entregue.

Ele a via assim de verdade ou era só uma manha para induzi-la até a sacada e dar em cima dela? Prince era como um príncipe, assim como indicava seu apelido: bem-arrumado, galanteador, cavalheiro e com uma postura distinta. E era bonito, muito bonito. Mas havia algo de obscuro e perigoso por trás da máscara e dos olhos negros como a noite.

– Obrigada. Mas acho que você não está enxergando bem. – Claro que não. Ela só tinha deixado rolar porque era o cretino do Lion que estava no comando. Caso contrário, ela nunca teria feito aquilo...

– Ah, não acredito, *belle*. Eu posso ver o que você tem. E o que você tem agora é uma porção de hienas ao seu redor. King se foi com Sharon sem pensar nesse detalhe. Está te colocando à prova?

Estaria? Continuou a procurá-lo entre a multidão mascarada. Não o viu, porém.

– Você é uma novata. Dá pra notar pelo linguajar. Deixa eu te escoltar enquanto seu amo não está com você.

Sim. Prince tinha razão. Mas estava errado em um aspecto: ela não se importava que Lion estivesse com aquele louva-a-deus loiro. E para demonstrar para ele e para si mesma, aceitou ser guiada pelo braço que o príncipe oferecia e sair com ele do salão.

– Faz muito tempo que você e King estão juntos?

Cleo bebeu ponche. Melhor beber do que falar. Prince estava apoiado no parapeito de ferro preto e observava o local sob seus pés. As pessoas iam e vinham, as luzes do Bairro Francês que iluminavam seus rostos ébrios e alegres, desprovidos de uma diversão autêntica, procuravam um algo a mais que não encontravam. O rosto do príncipe recortado pela claridade da lua era digno de um retrato bucólico e enfeitiçado.

– Não vai me responder?

– Na verdade, eu não falo com ninguém sobre minha relação com King.

– Há alguma relação sentimental envolvida?

– Não acho que isso seja da sua conta.

Prince se virou para ela, sorrindo, assustado.

– Você é uma submissa muito mal-educada.

– Não sou uma escrava. Só devo obediência ao King. Não preciso provar mais nada.

Os olhos cor de azeviche de Prince brilharam com censura por alguma lembrança não muito distante, e também com anseio em ouvir de outra boca aquelas mesmas palavras sobre si mesmo.

– Isso é algo que nunca importou para o King em relação a outras mulheres. Ele não se importa se a submissa já esteve ligada a um outro amo; não se importa se outro amo encosta nela ou não. Ele nunca se importou com nada disso...

Cleo parou de beber o ponche que, com certeza, estava delicioso. Teve vontade de arrancar a máscara e pegar Prince pela gravata para sacudi-lo e fazê-lo explicar tudo. Ele estava falando de Lion e da relação dele com outras mulheres? Com uma outra que tinha importado ao Prince mais do que o normal? Do que ele estava falando?

– Você quer falar sobre meu amo? – perguntou Cleo, lembrando-se de que deveria se comportar como uma submissa exemplar.

– Só estou te avisando. Eu gostei de você, e se você não tem nenhum sentimento por ele, pode tentar algo comigo mais pra frente. Sou um amo muito carinhoso.

– E você acha que Lion não é? – "Ele era até decidir me deixar louca, me embebedar, me levar pra cama e me dizer umas baboseiras românticas para, no dia seguinte, partir meu coração sem pensar duas vezes."

– King não respeita nada nem ninguém.

"Não me diga."

– Ele não tem sentimentos – continuou Prince.

"Sério? Não tinha me dado conta."

– Então não espere que ele se apaixone por você e prometa fidelidade, porque ele não sabe o que é isso – Prince alfinetou, com acidez. – É do tipo que vê a mulher de outro homem, uma mulher comprometida, e decide encarar o desafio de levá-la pra cama. E King é muito persuasivo: consegue tudo o que quer, por mais impossível que seja.

Cleo virou-se para o outro lado, para um grupo de caras que estava mexendo com umas garotas. Era como se Prince tivesse amado muito uma mulher e King a tivesse roubado... Será que era isso?

– Em todo caso, Prince, King pode fazer isso porque é um homem livre, sem moral, mas livre – revidou ela, com asco. – Além do mais, se há algum culpado nesse caso que está me contando é a mulher, a única que tinha um compromisso de verdade com outra pessoa.

– Acho que você está certa, mas queria te advertir sobre o perigo de sair com o rei da selva: no final, todos os animais se prostram diante de suas leis.

Prince apertou o copo de ponche e, controlando a mão trêmula, colocou-o em uma mesinha do terraço. Voltou o olhar para Cleo e ela o olhou de volta, por cima do ombro.

– Obrigada pela sua... advertência – Cleo agradeceu. Pensou que a conversa ia ficar por isso mesmo, mas estava enganada.

– Senhorita... – Prince se inclinou como um príncipe de verdade. – Você me dá a honra dessa dança?

Cleo franziu a testa. Esse homem não desistia. E bom, por que não? Lion estava dançando com a Mulher-Aranha em algum canto daquele salão. Tinha largado Cleo sozinha, e ainda que ela pretendesse se fazer de forte, se sentia ultrajada.

Podia dançar. Ela queria dançar.

Claro que sim. Dançaria com Prince, e que se danassem as consequências.

– Com muito prazer, Prince. – Fez uma reverência feminina.

Prince sorriu, rodeado de escuridão, como o príncipe das trevas que lutava para alcançar um pouco daquela luz que poria término ao seu tormento.

Cleo pegou a mão dele, e Prince a atraiu para seu corpo.

"A América produz uns homens grandes e fortes", pensou enquanto movia o pescoço para trás para fitá-lo nos olhos.

Ele segurou a mão dela com uma das suas, e posicionou a outra em sua cintura.

Começaram a dançar ao ritmo de "Crush", de David Archuleta.

Não era exatamente uma música agitada, mas o pessoal do salão não se importava. Era uma desculpa perfeita para se encostar e procurar consolo uns nos braços dos outros. Para se roçar, se acariciar e continuar jogando.

Às vezes se escutava o som de um chicote ou de um açoite em contato com o corpo de algum convidado, seguido de gemidos e risadas.

Cleo continuava encantada com a variedade de ruídos que ouvia naquele lugar. Todos excitantes.

– *Do you ever think when you're all alone* – Prince cantarolou no ouvido de Cleo com uma voz bonita e melódica – ... *All that we can be, where this thing can go? Am I crazy or falling in love? Is it real or just another crush?*[6]

Quando Cleo escutou a voz dele, imaginou-o cantando pelado na sacada de seu castelo, com morcegos voando ao redor e lobos brancos a seus pés, e ele encantava a lua com sua beleza e sua voz incrível... E soube, sem medo de errar, que Prince estava com o coração partido. Assim como ela.

– Sinto muito, Prince – confessou Cleo, revelando um pouco de si diante da sinceridade refletida no olhar atormentado dele. – Sinto por terem te machucado. – "E que tenha sido King o responsável."

Ele ficou tenso e apertou os dedos na cintura de Cleo para transmitir forças, ou talvez para recebê-las.

– Eu também sinto por você – reconheceu, inclinando-se sobre seu ouvido, dando voltas com ela sobre o mesmo eixo e dançando como se fossem um casal em meio a confidências.

– E eu também sinto por ela – disse a voz cortante de Sharon.

Cleo se virou, assustada com a interrupção e com a frieza das palavras. Lion estava atrás de Sharon, encarando-a com reprovação.

Cleo não soltou Prince e ele não a soltou, como se tivessem entrado em acordo para desafiar aquele outro casal poderoso.

A Rainha das Aranhas e o rei da selva.

6 "Você já pensou, nos momentos em que está sozinha, tudo o que podemos ser, até que ponto podemos chegar? Estou louco ou apaixonado? Será isto de verdade ou apenas mais um caso?" (N.E.)

Eram um casal incrível e, ainda assim, muito diferentes, pensou Cleo.

Sharon se apoiou na porta da sacada, fingindo se divertir com o que via. Ainda que seus olhos cor de caramelo, que analisavam Prince, mostrassem um despeito intrínseco.

Lion não se divertia. Nem um pouco. Seus olhos índigo destilavam raiva e decepção para todos os lados.

Prince olhava de canto de olho para Sharon e mantinha a mão de Cleo entrelaçada com a sua.

– Pensei que King tinha dito que ninguém podia encostar em você, Nala. – Sharon elevou o indicador e o mexeu de um lado para o outro, simulando uma negação e rindo da cena. – Não, não, não... Garota má. Você não pode desobedecer seu amo em público, por acaso King não te ensinou?

– Sharon – Lion a calou só ao pronunciar seu nome, sem desviar a atenção de Cleo. – Cl... lady Nala, venha aqui agora mesmo.

Um calafrio percorreu a coluna vertebral de Cleo.

– Fiz alguma coisa errada, senhor? – perguntou, ingenuamente, soltando a mão de Prince.

– Se você está me perguntando... – Lion rosnou entre os dentes e deu três passos até pegar Cleo pelo antebraço e tirá-la de perto de Prince com um puxão –, é porque temos um problema.

– Não seja muito duro comigo, senhor. Pode ser que você não tenha me explicado muito bem as coisas, mas garanto que eu é que devo não ter entendido bem, porque você é perfeito... amo – Cleo fez uma careta, zombando dele na frente de Sharon e Prince.

A Rainha das Aranhas abriu a boca com surpresa, estupefata diante da ousadia daquela garota.

– Meu Deus... Ou você está louca ou então gosta de apanhar – Sharon falou, pasma.

Prince escondeu uma gargalhada, e isso fez com que Sharon franzisse a testa e se concentrasse nele, como se nunca o tivesse visto rindo.

Lion tinha alguns músculos à mostra no maxilar, ou vários.

Para Cleo, dava na mesma. Adorava deixar Lion louco e bravo. Quem ele pensava que era? Lion, King, o que quer que fosse... não era o homem que ela achava. Se podia se meter na cama de outros casais e destruí-los; se podia transar sem sentimentos; se não se importava em machucar, como tinha feito naquela tarde... e ele não se importava em ir dançar com a Rainha das Aranhas, deixando-a sozinha em um salão cheio de amos com vontade de fincar os dentes nela; então desaprovar, enfurecer, desafiar ou não... já não importava mais. Porque ela não era importante para ele.

Cleo estava cansada. A única coisa que queria era entrar logo no torneio, salvar Leslie e acabar com aquela loucura. E nunca mais voltar a ver aquele homem vestido de preto com uma máscara branca.

Nunca mais o veria, se quisesse manter seu juízo. Aguentaria esses dias e depois ponto final.

Prince começou a rir e se retirou da sacada, roçando o braço no de Sharon. Ela o afastou de imediato, como se o contato a queimasse.

Prince a olhou de soslaio, de cima a baixo, e ela, inacreditavelmente, olhou para a frente, ignorando-o enquanto passava a mão na região em que ele tinha encostado.

– Não seja tão duro com ela, King. Essa sim vale a pena – murmurou Prince.

Sharon ficou tensa com aquelas palavras e inclinou o rosto para o lado, esperando que o príncipe desaparecesse.

– Vá à merda, Prince – Lion grunhiu com a voz rouca, sem deixar de olhar para Cleo. – Escolha.

– Escolher o quê, senhor? – respondeu Cleo, aproximando-se de Lion e tocando em sua gravata-borboleta. Era maravilhoso atuar assim. Nada era verdade; ela podia ser tão dissimulada quanto quisesse.

– Onde você quer ser castigada? Aqui, na frente de todo mundo, ou em outro lugar?

– Mas você vai me castigar, senhor? Por dançar só uma vez com Prince? – Deslizou o indicador pelo colarinho abotoado da camisa dele.

– Você não tem nem ideia, querida – sussurrou Lion, como um animal ferido. – Nem ideia!

As palavras fizeram o atrevimento de Cleo cambalear um pouco, mas ela mergulhara de cabeça naquela história. Essa era Cleo fingindo ser submissa e displicente. Se ele a queria assim durante o torneio, assim a teria.

– Então, senhor, se quer me castigar, que seja aqui: na frente de todos – desafiou, mantendo a fachada. – Não tem nada para esconder, não é?

Lion a repeliu como se ela tivesse lhe acertado uma bofetada.

Cleo apertou os olhos.

Ele segurou a mão dela que estava no botão do colarinho de sua camisa.

– É isso que você quer, Nala?

"Nala? Nala?! Que porra de Nala?! Sou a Cleo!", ela quis gritar. Ninguém sabia quem ela era. Ela não era ela. Não era Cleo Connelly, porque Cleo não era esse tipo de mulher. E, definitivamente, Lion não era aquele menino que tomava puxão de orelha dela quando era pequeno. Esse homem, perigoso e nocivo para sua saúde emocional, era um desconhecido, um amo e soberano, mas só dele mesmo; dela ele não seria jamais.

– Sim, senhor. É o que eu quero. Pode me castigar aqui. Levante o meu vestido e me castigue. Vamos, estou ansiosa.

Lion sorriu com cinismo e desdenhou dela.

– Pena que não me interessa o que você quer. E agora, menos ainda, depois que me decepcionou dessa forma. Você vai ter seu castigo. – Puxou-a e a tirou da sacada, afastando-se da Rainha. – Mas não aqui.

Sharon sorriu friamente e se despediu com a mão.

16

No BDSM *há amos bons e amos maus. Como na vida, que há pessoas baunilha boas e pessoas baunilha más. Uma mulher deve saber identificar imediatamente quem é um amo verdadeiro e honesto e quem não é, pelo modo como elas são acariciadas pelo chicote. Se ele te bate e te fere repetidas vezes e faz com que você se sinta inseguro(a), afaste-se.*

O jipe corria e derrapava pelas ruas. Cleo olhava para frente. Não tinha medo da velocidade, nunca tivera medo de correr. Mas esta noite correria com Lion e assumiria os riscos de provocar o animal mais selvagem de todos.

Lion apertava tanto a mandíbula que parecia que ela ia estourar.

Chegaram à casa em vinte minutos, e ele abriu a porta do carro como um cavalheiro, mas a arrancou de lá como um pirata.

– Para o jardim, Cleo – ele mandou, puxando e levando-a aos trancos e barrancos.

– Claro, senhor – ela cantarolou, motivada pela excitação, pela raiva e pela adrenalina.

Lion não podia acreditar. Cleo tinha dançado com Prince, enquanto ele sussurrava ao pé do ouvido dela. Prince e ele não se davam nada bem por causa de um acontecimento passado. E agora Prince queria dar o troco, brincando com sua Cleo.

Nem pensar. Ele não ia deixar.

E Cleo... parecia brincar com fogo. O que ela insinuou quando declarou na frente de todos que ela era dele e que ninguém podia encostar nela? Ele achava que ela tinha entendido. Mas ao encontrá-la nos braços de Prince, ele se deu conta de que Cleo só entendia o que lhe convinha.

Não sabia lidar com ele.

Não sabia obedecer.

Não queria fazê-lo feliz.

Não entendia que ele não queria machucá-la de forma alguma e que gostava dos castigos que implicavam em jogos sexuais, e não de lições de comportamento.

Mas ela estava suplicando. Implorando por um corpo a corpo.

Deixou-a perto da bananeira do jardim.

– Você quer jogar de verdade, Cleo? – perguntou, atormentado e assustado com suas próprias emoções.

– Quero te agradar, senhor – ela murmurou de maneira doce, levando a interpretação até as últimas consequências.

– De verdade?! – ele gritou na cara dela.

Cleo se afastou um pouco, o suficiente para se recompor e pestanejar pela sensação.

– Como você pôde brincar assim comigo enquanto estávamos com a Rainha das Aranhas? Você tem noção de que não pode dar nenhum tipo de poder a ela? Por que você acha que a Rainha vai a esses lugares? Porque quer conhecer os casais, descobrir os pontos fracos das pessoas para depois desafiá-las e jogar com elas! Gosta de levá-las ao limite! Ela é... Ela percebe tudo, é muito inteligente... Você não pode dar nenhuma brecha pra Sharon, Cleo! Em que merda você estava pensando?

Ela teve a decência de corar e se calar. Não tinha pensado nisso. Quando ela viu Sharon, a única coisa que passou por sua cabeça foi uma teia de aranha, com Leslie presa nela. E mais tarde, quando ela tirou Lion para dançar, a enxergou como uma oferecida.

Lion nunca tinha dançado com ela. Não sabia como ela dançava. Mas Sharon tinha se encarregado de mostrar que era muito boa nisso.

Puta. Puta!

– Você conhece a Sharon muito bem, senhor – ela rebateu, observando como Lion colocava uma corda com um arreio por cima de um galho da árvore. Quando ele tinha colocado aquilo ali? Claro, ela se esquecia de que Lion tinha transformado seu jardim relaxante em uma masmorra de dominação e submissão. – Prince também acha.

– Prince é um imbecil, Cleo! – ele gritou. – Você é uma tonta por acreditar no que ele diz. Esse homem não veria a verdade nem que alguém chutasse a bunda dele. Está cego...

– Ele pensa mais ou menos a mesma coisa de você, mas um pouco pior.

– E você acredita nele?

– Eu também não tenho uma opinião muito boa sobre você, senhor.

– Você acredita – ele grunhiu, decepcionado. – Acredita mesmo que eu me meto em camas alheias... Incrível. Pode ser que a gente tenha gostos diferentes em relação ao sexo, mas eu não sou esse tipo de homem, Cleo.

– Ah, não?

Lion encolheu os ombros, de costas para ela. Não podia ser que Cleo pensasse que ele era tão filho da puta. Tinha se comportado mal com ela naquela tarde, e agora estava enfrentando as consequências.

Puxou as duas pontas das cordas para acertar os últimos detalhes do que planejara. Virou para ela e falou com dureza:

– Venha aqui.

Cleo não iria titubear. Deu um passo e se colocou onde ele pediu.

Lion tirou a roupa dela até deixá-la só de calcinha, meias e cintas-ligas. Levantou os braços dela por cima da cabeça e amarrou os pulsos com a corda.

– Está com medo? – perguntou ele, tentando ficar mais calmo.

– Não tenho medo de você, Lion. Você é responsável pelos seus atos, senhor. Eu aceitei participar disso. Não penso em dar nenhum passo atrás. Se a dominação tem que ser assim, então que assim seja.

– Você acha...? – Lion suspirou, apertando os dentes, como se não acreditasse na atitude dela. – Você acha mesmo que eu poderia te machucar?

"Você já está me machucando, Lion", reconheceu a ponto de desmoronar. Sabia que ele nunca a machucaria fisicamente. O que ele ia fazer era só estimular, para depois submetê-la a algum tipo de prazer. Os golpes sexuais não davam medo.

Não respondeu e ficou calada, enquanto se mediam com os olhos.

– Você odeia o Prince, mas me levou àquele lugar para ver se eu o escolhia como amo. Você me ofereceu a ele, no começo – ela se lembrou, ferida. – E agora está assim porque eu dancei com ele?

Lion amarrou os pulsos dela com a corda, ainda sem pendurá-la e sem apertar muito forte, para não prender a circulação.

– Eu estou assim porque você expôs suas emoções diante de várias pessoas que podemos encontrar no torneio. Estou assim – repetiu, puxando a corda com a polia e a levantando dois palmos acima da grama – porque você colocou nossa missão em risco. Imagina quantas pessoas agora vão querer nos enfrentar ou me eliminar pra ficar com você? Os amos querem submissas, você entende? Sharon vai saber como direcionar os duelos e vai adorar nos colocar em situações comprometedoras. Eu não vou poder te proteger agora que estamos tão vulneráveis, você não entende? E nosso objetivo é chegar à final, Cleo. Tínhamos que passar uma imagem de unidade, e não de desafio constante. Você fodeu com tudo, Cleo. Sou o amo mais forte. E todos vão querer nos derrubar – lamentou ele.

Cleo assumiu sua parcela de culpa. Lion tinha razão: ela havia perdido o controle das emoções. Ele podia fingir e atuar porque não sentia nada por ela, mas ela não conseguia se comportar assim, como se nada tivesse acontecido.

A recusa dele doía.

Era doloroso tê-lo visto dançar com Sharon.

E o pior: ficava enjoada só de pensar nele jogando ou dormindo com ela, uma mulher do mundo BDSM que era uma figura importante do Dragões e Masmorras DS e que podia estar relacionada com o desaparecimento de Leslie e com a morte de Clint.

– Você já dormiu com a Sharon? – ela perguntou de repente, com a voz monótona, sem pensar.

– Sharon está no BDSM há muitos anos. É uma dominadora importante, Cleo. E é uma via de acesso para o torneio, por isso é a Rainha das Aranhas – explicou, cansado.

– Você não me respondeu.

– Você não merece nenhuma resposta depois do que fez comigo esta noite – Lion respondeu, seco.

Cleo mordeu o lábio inferior, tentando reter as palavras, mas não conseguiu.

– Sharon pode estar envolvida no desaparecimento de Leslie! – gritou, perdendo a calma, presa na corda.

– Ela não tem nada a ver com isso – ele respondeu, apenas. – Fui dançar com ela para perguntar sobre sua visita a Nova York e ao local onde estiveram Leslie e Clint naquela noite. Sharon jogou com os participantes, mas ficou apenas uma hora com eles. Chegou, jogou e saiu antes que Clint e Leslie entrassem em cena.

– Como você sabe?! Por que você acredita nela?! Por que você a defende?!

– Porque Sharon não é uma sádica, Cleo. Ela pode ser uma mulher dura e fria, mas não é uma porra de uma psicopata assassina. Ela é usada para um fim, como quase todos os outros. E nosso trabalho é averiguar quem tem consciência do que está fazendo com alguns submissos e quem não tem. Temos que encontrar a maçã podre. Mas temos que fazê-lo com discrição, porra, não com showzinhos ou chamando atenção como nesta noite.

Showzinhos? Era o cúmulo!

– Você saiu me arrastando pela mansão! Você deveria deixar claro o que queria de mim e como eu deveria me comportar! Você é o agente encarregado e tem que me informar sobre essas coisas,

Romano! Você tinha que ter me dito o motivo pelo qual fomos para essa maldita festa!

– Para o seu treinamento – respondeu, nervoso.

– Não! Não é verdade! Você tinha que ter me dito que queria se encontrar com a Rainha, que ela estaria nessa última festa antes do torneio! E você não me disse!

– Não te disse porque você não sabe se controlar, Cleo! Eu sei o que você pensa da Sharon! Você quer vê-la como uma vilã! Mas você não pode se confundir, e eu não posso arriscar que você ponha tudo a perder com seu temperamento! Estou há um ano nesse caso, Cleo. Eu sei o que está acontecendo! Sei que eles não têm nem ideia dessa história! Por isso estamos infiltrados, para analisar perfis e investigar as coisas, Cleo! – exclamou, pegando-a pela cintura e empurrando-a. – Por isso eu não te disse nada!

– Você mentiu pra mim! Mentiroso! – Ela não se importava com a festa. Não se importava que ele conhecesse a Rainha intimamente. Ele tinha mentido. Tinha usado ela, dormido com ela... Daí que vinha toda essa raiva.

Cleo apertou os lábios e, de repente, precisou de um castigo dele. Precisou se concentrar em algo que a estimulasse, que a acalmasse e a fizesse abrir mão de toda a fúria que tomava conta de seus sentidos.

Lion a estava deixando louca. E ele tinha razão em muitas coisas; mas em outras, não.

Precisavam do torneio.

Precisavam se concentrar na missão.

Não podiam passar mais tempo juntos desse modo, porque um dos dois ia acabar muito mal. E aparentemente seria Cleo.

Lion tirou a camisa e a gravata-borboleta, tirou os sapatos, e ficou só com as calças pretas e com a máscara branca no rosto.

– Não me chame mais de mentiroso – pediu educadamente, enquanto a fazia rodar pendurada na corda.

Cleo sorriu, girando.

– Por que não?! Você mentiu pra mim! – gritou, dando voltas.

– Estamos falando da Rainha ou de outra coisa, Cleo? – Segurou-a pelo quadril nu.

– Se eu tiver que te explicar, senhor, é porque você não entendeu nada – jogou na cara dele suas próprias palavras. – Vamos, me bata, Lion! Sei que é o que você quer! – provocou.

Ele passou a mão por sua cabeça raspada. Cleo não tinha nem ideia do que ele queria fazer. Não tinha nada a ver com dor. O que ele queria era possuí-la, torná-la inútil para os outros. Marcá-la até que Prince e o mundo inteiro soubessem que Cleo era dele. Que estava com ele e que iria reivindicá-la depois do torneio, nem antes e nem durante.

Correu para a sala, abriu o armário branco que havia do lado da televisão e pegou um rolo de fita adesiva prateada. Se Cleo continuasse a esbravejar, os vizinhos iam ouvir, e ele não era imune às palavras dela. Elas o afetavam.

Saiu de novo e parou diante de Cleo. Cortou um pedaço de fita.

– Vai colocar isso em mim porque não quer que me ouçam gritar, senhor? – disse com malícia. – Pode me bater o mais forte que puder. Quanto mais forte, melhor pra você, não é? Sei que os carinhos e a ternura te dão tédio, e não queremos que você acabe dormindo durante um castigo. Deus queira que não... – ela dramatizou, pisando no calo dele.

– Não... não é verdade – Lion respondeu, ofendido. – Repito que eu nunca te machucaria. Eu não bato, dou surra ou deixo marcas nas mulheres, Cleo. Não me confunda com um desses sádicos– pediu, sentindo-se culpado com as acusações. – Mas não quero continuar escutando os seus insultos. Se eu colocar a fita na sua boca, você não vai mais poder falar a palavra de segurança. Mas vou te dar isso...

– Prefiro morrer a dizer a senha e deixar você ganhar. Não se preocupe comigo...

– Tenho medo por você e por mim. Pelos dois, Cleo. Isso não é um jogo, não é uma competição entre nós dois. – Colocou nas mãos úmidas e frias dela uma bola de borracha vermelha, que tinha tirado da mala. As mãos dele estavam do mesmo jeito. – Se você a jogar no chão, eu vou parar o castigo e te desamarrar. Você aceitou ser minha submissa durante esse tempo. E você continua sendo. – Apontou para a árvore e para seu corpo nu. – Não vou te machucar, eu prometo... Só o suficiente para que você se sinta instigada, estimulada e sinta prazer. Mas você não vai gozar. Os castigos implicam submissão, e muitos não merecem orgasmos.

– Você acha que eu me importo? Espero que uma coisa fique clara: estou aqui porque você está me obrigando, não porque é meu tutor... Se eu realmente fiz alguma coisa ruim, vou assumir o castigo porque você está me disciplinando, mas porque eu quis assim, não para seu prazer. Ninguém vai me obrigar nunca a receber algo que eu não quero receber.

– Essa é a base do DS. Fico feliz que você tenha finalmente entendido. Suponho que você queira ser açoitada?

– Você não pode me machucar, Lion. Suas flagelações são inofensivas, por isso ande logo e pare de me dar explicações. Vamos! – ela gritou, aflita.

Lion deu de ombros e cravou o olhar atormentado no chão.

– Não. Talvez você não me entenda...

– Não. Não te entendo. E nem quero entender. Não mais – aproveitou o efeito que as duas últimas palavras tiveram na postura dele. – Então, como você quiser, senhor. – Aproximou o rosto da fita adesiva. – Pode fechar minha boca, assim você não vai ter que ouvir sua consciência falando o quanto você foi porco e cruel comigo, agente Romano. Estou pronta. Pode me bater de verdade!

Lion sacudiu a cabeça e cobriu os lábios dela com a fita.

Deu um passo para trás. Verificou se as cordas estavam bem firmes mas sem ferir a pele dela. Verificou se a fita adesiva não tinha pegado nenhum fio de cabelo.

Como Cleo poderia pensar que ele bateria nela com força e crueldade? Um amo de verdade nunca machucaria sua mulher de propósito. Nunca. Seus golpes visavam motivar e exercitar. E não ferir. Sua dominação e submissão não tinham inclinações para o sadomasoquismo. Nem nunca teriam.

Com a fita prateada, a máscara vermelha, a calcinha e as cintas-ligas, pendurada como se fosse um sacrifício, uma oferenda aos deuses, era a mulher mais bonita e cativante que ele já tinha visto. Ela o escravizava.

Lion teve vontade de ficar de joelhos diante dela e lhe entregar o chicote e o *flogger*. Tudo.

Suas mãos tremiam, seu peito doía e o coração estava ameaçando sair pela boca.

Suspirou e, na tentativa de ficar mais tranquilo, confessou:

– Preciso me acalmar. Não imponho castigos quando estou bravo – Esfregou o rosto com as mãos. – Preciso de cinco minutos. Já venho.

Lion saiu do jardim e da casa e se sentou no alpendre da entrada. Forçando-se a sossegar, pegou a cabeça com as duas mãos e apoiou os cotovelos nos joelhos.

Lamentava que aquela situação estivesse se passando entre eles. Estava tudo fora de controle. Quando aceitou tomar conta do caso e depois trabalhar com Cleo, imaginou as coisas de outra forma. Imaginou Cleo rindo e tendo bons momentos com ele, sendo apresentada ao mundo da dominação de maneira amável, e não assim.

E não estava sendo assim porque, no fim das contas, tudo o que ele sentia por ela tinha vindo à tona. Como na noite anterior.

E ela se sentia usada e ultrajada. E com razão.

Ele ia se acalmar, argumentaria da melhor forma que pudesse, tentaria tranquilizá-la e expressar o verdadeiro motivo pelo qual ele tinha decidido ser seu amo e instruí-la.

E depois de tudo, Cleo tomaria sua decisão.

Ele precisava andar. Daria uma volta no quarteirão. Não ia colocar as mãos em Cleo enquanto estivesse zangado.

Ele tinha princípios e tinha recebido boa educação.

Cleo se mexia de um lado para o outro da árvore. Lion tinha acabado de deixá-la sozinha, amarrada e amordaçada em um dos galhos de sua bananeira.

Chorava em silêncio. As lágrimas deslizavam por baixo da máscara e por suas bochechas úmidas.

Era isso que acontecia quando a pessoa sentia algo por alguém e não era correspondida: surgiam discórdias.

Mas Cleo tinha o direito de dar chilique. Lion tinha sido muito malvado. Ele não sabia o que ela havia descoberto: ela o queria.

Ela havia dito na noite anterior, mas o desgraçado não se lembrava de nada.

Um barulho do lado da casinha das besteiras e da lava-roupas chamou sua atenção.

"Devem ser esses gatos de novo", ela pensou.

Mas um dos painéis do muro de madeira maciça se moveu e se abriu por completo, de cima a baixo. Pelo buraco que surgiu apareceu um homem loiro, vestido de social, com uma máscara azul e um sorriso bonito e sem alma nos lábios.

Cleo arregalou os olhos; não podia acreditar no que estava vendo. Se mexeu de um lado para o outro na corda.

Era o Billy Bob, cara de anjo. Alto, forte, musculoso, lindo, livre, cruel e doente.

Ele estava na festa; por isso ela teve a sensação de que alguém a observava; por isso ele estava de máscara. E não era a primeira vez que ele estava na casa dela, porque aquele era um dos painéis que não estavam bem fixos. Cleo achava que tinha sido por causa da intromissão dos gatos, já que havia marcas na grama, como buracos escavados, mas o único gato malvado que tinha entrado em seu jardim era Billy Bob. E ele tinha sede de vingança.

– Ora, ora... – murmurou com voz doce. – Puta Connelly, eu nunca ia imaginar que você gostava dessas coisas. – Aproximou-se e tirou a máscara dela de repente. – Você me colocou na prisão por algo parecido! – Caminhou ao redor dela.

"Merda nenhuma. Isso não tem nada a ver com o que você faz. Você bate, oprime e diminui. É um agressor vinte e quatro horas por dia. É um doente cruel."

– Peguei um ano de prisão por culpa sua, sabia?

"Não, seu sádico filho da puta, você pegou um ano de prisão porque gostava de acariciar sua mulher com os punhos e com os dentes. Porque você arrebentou a maçã do rosto dela e por pouco não a deixou cega de um olho. Porque você a violava e a violentava todas as noites, com tanta força que a fez abortar três vezes. Por isso."

Ele passou a mão pelas nádegas despidas dela. Cleo fechou os olhos. Ele estava encostando nela e ela sentia nojo dele.

Moveu o corpo para o outro lado, fugindo do contato; mas Billy Bob colocou a mão no quadril dela e a deteve, para logo dar um tapa de mão cheia em sua nádega.

Cleo arregalou os olhos e ficou ofegante. Meu Deus! Como doía! A bola vermelha de borracha que Lion tinha lhe dado caiu de suas mãos...

– É disso que você gosta? É disso que vocês mulheres gostam, não? Não servem pra outra coisa. – Beliscou a bunda dela com força, cravando as unhas e ferindo a pele.

Cleo gritou por causa da dor, dor de verdade, mas ninguém podia ouvi-la. Estava com a boca fechada pela fita adesiva.

– Foi por isso, porque ela gostava, que minha mulher decidiu retirar a acusação que você a obrigou a apresentar. Mas eu quis te fazer uma visita antes de ir vê-la de novo.

Deu um soco nela com força, na altura dos rins.

"Filho da puta!", Cleo começou a lacrimejar pela impotência e pela dor.

Billy Bob parou de torturá-la e se dirigiu à casinha de madeira.

"Deus, não." Lion guardava ali os *floggers*, açoites e outros apetrechos... "Lion, volte, por favor!", gritou agonizando de medo e de angústia.

Billy Bob saiu da casinha com a mala na mão. Quantas vezes ele teria estado ali desde que foi solto? Ele sabia a localização de todos os itens.

– Ontem à noite eu vi vocês dormindo juntos – murmurou, pegando um açoite, observando-o com malícia e volúpia. – Ouvi o que vocês diziam... Eu também dizia para minha mulher que a amava, por isso fazíamos as pazes. Mas depois... ela me deixava bravo e eu tinha que mostrar quem é que mandava. – Acariciou a ponta do açoite. – Como esse cara faz com você.

"Claro, é igualzinho." Billy Bob enxergava aqueles objetos como uma forma de machucar, ferir de verdade, de oprimir e assustar. "Não se compare ao Lion, seu demente. Ele não machuca as mulheres. Você, sim. Ele não maltrata gratuitamente. Você, sim. Ele nunca abusaria de mim como você fazia com a sua mulher."

A diferença de quando aqueles tipos de objetos caíam nas mãos erradas era a dor que eles poderiam infligir e a força com que eram usados.

E doía. Doía muito, porque Billy Bob não tinha pena nenhuma.

Ele odiava Cleo por tê-lo separado da mulher e, principalmente, porque sendo mulher ela pôde prendê-lo e colocá-lo na cadeia, e um homem como ele não podia permitir essa sujeição. E agora ele queria mostrar quem é que mandava, tal como ele dizia.

O agressor levantou o braço e a golpeou várias vezes com o açoite, na parte da frente e na parte de trás, cortando a pele, deixando-a lacerada e enchendo-a de marcas e hematomas. Machucando com ódio e com vontade. Ele era um agressor, e era isso que agressores sádicos faziam.

– Está doendo? Você está chorando muito, puta. Com ele você não chora.

"Lion! Lion! Por favor...!" A dor e a queimação insuportáveis a fizeram urinar.

Mas então aquilo tudo acabou. Parou de escutar as palavras, os insultos e os menosprezos... e só escutou os gritos de Billy, sofrendo e choramingando sob os punhos inclementes de Lion.

O jogo tinha virado.

E ela também escutou outro choro.

O choro de raiva de Lion.

Lion não parava de dar socos na cara de Billy. Ele não tinha entendido por onde aquele cara tinha entrado, não sabia nem quem ele era... mas o safado estava na festa. Será que tinha seguido os dois?

Ele não compreendia como o cara estava com um açoite na mão, maltratando sua Cleo daquela maneira.

Ele já estava todo vermelho, e a sensatez tinha ido para o espaço.

Um ano antes, Cleo tinha sido reprovada na última entrevista com o senhor Stewart porque foi sincera e honesta, como ela era, e admitiu que se ficasse cara a cara com alguém que tinha matado ou machucado uma pessoa próxima dela, sem dúvida, ela faria justiça com as próprias mãos.

Agora ele estava em uma situação semelhante, e mandou tudo à merda.

– Toma, filho da putaaaaaa! – ele gritava, atracado com Billy Bob, socando-o na cara e na bochecha, quebrando qualquer osso que o desgraçado de rosto atraente e amável utilizasse para enganar os outros. – Bate em mim, covarde! Bate em mim! Em alguém do seu tamanho, não em uma mulher! – Cortou o lábio dele, quebrou o nariz... fez a cirurgia completa.

Usou Billy como saco de pancadas até que ele ficasse inerte no chão. Inconsciente e desmontado, arrebentado por dentro e por fora, mas lamentavelmente vivo.

Não. Nem pensar. Um cara assim não deveria continuar vivendo. Que merda ele estava fazendo neste mundo? Para que ele servia? Para machucar?

Billy sangrava por todos os lados, inclusive pelos olhos. Estava irreconhecível.

Pelo menos ele não poderia enganar mais ninguém. Monstro por dentro. Monstro por fora.

Ele mesmo queria asfixiá-lo e matá-lo. Colocou as mãos no pescoço dele. Billy Bob não ia oferecer resistência...

E então, em meio à bruma da falta de consciência e da ira, em meio à névoa confusa de alguém que estava fazendo justiça com as próprias mãos, ele ouviu os gritos e o pranto dilacerante de Cleo.

Lion levantou a cabeça e a olhou. A bola de borracha vermelha estava em seus pés, tristemente abandonada, como ele tinha feito com Cleo.

Ela o estava chamando, pendurada na árvore em que ele inconsciente e irresponsavelmente a deixou amarrada. Seu corpo tremia pelo efeito do que ela havia passado. As marcas nas coxas, nos seios e na barriga o estavam destruindo.

Lion se levantou e deu um chute na cabeça do dejeto que ele tinha deixado no chão e, depois disso, foi na direção dela.

Chorava como uma criança, condenando-se ao vê-la daquele jeito por sua culpa. Por sua maldita culpa.

"Não é culpa sua, Lion. Foi uma fatalidade, um acidente... Tem gente ruim por todos os lados...", Cleo consolava com o olhar. Negava com a cabeça e chorava, tremendo, desejando que ele a tirasse dali.

"Não o mate. Não o mate, Lion..."

Ele estava com as mãos abertas e sangrentas, o corpo suado pela adrenalina, e o rosto bonito e viril cheio de lágrimas que jorravam. Tentava manter a calma, mas era impossível. Estava com as mãos tremendo muito mais do que antes de sair dali.

– Espere, pequena – ele sussurrou com doçura. – Eu te tiro daí.

Cleo fechou os olhos e concordou. Não conseguia parar de tremer.

Quando Lion a levantou, ela gemeu de dor. Várias partes de seu corpo não podiam ser tocadas. O açoite tinha feito seu trabalho e ela estava toda vermelha, machucada e até sangrando em alguns locais.

– Shh... Sei que está doendo. – Tirou a fita da boca dela suavemente, para não machucá-la ainda mais.

Desamarrou-a e no mesmo momento a pegou em seus braços, com ternura e cuidado.

– Pronto, pequena. Pronto... Cleo... Meu Deussssss! – gritou com as veias do pescoço saltadas. – Foi culpa minha. – Acariciou o rosto pálido dela.

– N... não – Cleo tremia e gaguejava. – N... não f... foi sua culpa...

Lion se sentou com ela nos braços em um dos degraus da escada. Tirou a franja do rosto dela, beijando-a por toda a face... e abraçando-a.

– Desculpa, me desculpa... – repetia. – Não posso nunca deixar alguém assim, menos ainda sem poder falar. Não pensei... Eu estava aqui. – Ele apontou para o alpendre da entrada, enquanto falava de maneira atropelada, beijando-a nas bochechas. – Andei só até a esquina e escutei um barulho de açoite e... mas quem... quem era esse?

Cleo negou com a cabeça e se encolheu contra o corpo dele, com as pupilas dilatadas, em estado de choque.

– Est... estou com frio... – murmurou, abraçando a si mesma.

– Tenho que te levar para o hospital... – Ele a abraçou e colocou a mão no queixo dela.

– Não! – ela gritou. – Se... se você me levar, vã... vão fazer um exa... me e... e todos vão saber o que... o que aconte... ceu...

– Você está em choque.

– Não... não! – ela gritou. – O chefe da polícia está por dentro de tu... tudo... Se ele fi... ficar sabendo dis... disso, vão me colocar em observação e me... me afastar... Não... Não podem... podem fazer...

Lion a abraçou mais forte e passou a mão por seus cabelos, fazendo carinhos, como só um protetor poderia fazer.

Ficaram em silêncio.

Cleo recebia o calor de Lion e pouco a pouco se acalmava.

– Você deve ligar para alguém de confiança e avisar sobre o homem em coma que está no jardim. Eles têm que...

– Ma... Magnus. É o capitão. Po... pode contar com ele. Posso expli... explicar tu... tudo... Ele sabe quem é...

– Ele vai ver essas marcas, pequena... Não – decidiu. – Vou te levar para o hospital.

– Não! Eu me cubro... Você me ajuda a cuidar dos machucados e... e pronto. E preciso de um calmante... te.

Lion não sabia como argumentar com ela e fazê-la entender que não podia fazer isso. Tinha um psicopata meio morto ali.

– Quem é ele, Cleo?

Ele levantou e entrou na casa para pegar uma manta das que Cleo guardava no armário da sala e usava para se cobrir enquanto via filmes no sofá. Colocou-a por cima dela, analisando as marcas que aquele sádico e louco mascarado tinha feito em sua pele.

– Quem é...? – repetiu, inquieto. Deus, só de lembrar daquele cara com o açoite na mão, e de Cleo pendurada e indefesa, aguentando as pancadas dolorosas... ele ficava com vontade de sair para o jardim de novo e esmagar o crânio dele.

– Bi... Billy Bob...

– Quem? – Aproximou o ouvido dos lábios dela.

– Bi... Billy Bob... É... É uma lon... longa história. Deixa eu me acalmar e eu aviso o... o Magnus para que ele se encarregue de tudo... Te... temos que re... tocar um pou... pouco a cena do ata... ataque...

– Você acha que consegue? Acha que...? Não quero – mudou de ideia. – Quero que você descanse.

– Eu falei que sim. Sim, Lion – respondeu, colocando o rosto no pescoço dele. – Deixe-me ficar assim um pou... pouquinho mais...

– Claro, Cleo. – Lion apoiou a bochecha sobre sua cabeça vermelha e despenteada. Ele também precisava se acalmar, e só com Cleo em seus braços, viva, ainda que um pouco machucada, ele conseguiria. – Como você quiser.

Lion arrumou o jardim, e Cleo ficou encarando Billy Bob com repulsa e asco, em pé diante dele, com a manta por cima do corpo.

O agente Romano o tinha destroçado, consumido por uma fúria selvagem. Nunca tinha visto ninguém bater em outra pessoa daquele jeito.

Ainda que ela também nunca tivesse visto um homem olhar com tanto desprezo para uma mulher como Billy Bob tinha olhado para ela.

O que diferenciava um homem de um monstro eram seus princípios e como e para que ele utilizava sua força.

Billy Bob era um monstro. Um menino rico que não entendia que as mulheres não eram propriedade de ninguém. Que não sabia que algumas coisas não eram apropriadas e nem corretas. Billy Bob usava seu poder para pisar naqueles que eram mais fracos do que ele. E usava seu corpo para agredir e abusar de sua mulher. Como tinha feito por toda a vida.

Lion era o completo oposto. Um não tinha nada a ver com o outro. Ele era um protetor, um defensor... Se estivesse com uma mulher, nunca levantaria a mão para ela, nunca iria menosprezá-la ou deixar de lhe dar o devido valor, não mudaria seu jeito de ser nem a maltrataria psicologicamente... Ele era um homem com gostos distintos na cama. Podia brincar com suas fantasias sempre que a parceira estivesse de acordo. E a forma que ele tinha de utilizar instrumentos como o açoite, o chicote, as cordas… era diferente da de Billy Bob.

Por tudo isso, Cleo agora confiava em Lion mais do que nunca.

O jardim estava voltando a ficar como antes. Não havia nem sinal do arreio ou da polia na árvore, nem de cordas, nem da mala com chicotes… Estava tudo em ordem.

Lion não encostou no corpo de Billy Bob. Deixou-o tal como estava.

Pegou Cleo pela mão, cabisbaixo, e a levou até o enorme banheiro do andar de cima. Tomaram banho juntos e em silêncio.

O silêncio poderia significar muitas coisas: falava de desculpas e de perdões; falava de lamentos e de dor; falava de amor e de corações partidos; do medo de aceitar quem uma pessoa era de verdade e do medo de não ser aceito.

Os carinhos também eram feitos na alma. Lion a tocou com adoração, limpando seu corpo e passando nos ferimentos cremes calmantes que diminuíram os inchaços e os sangramentos… Aos poucos, as marcas desapareceriam, ainda que a lembrança fosse demorar mais para se apagar.

Ele a abraçou, colando seu peito nas costas dela, ambos nus. Ele a beijou no pescoço, no ombro, na bochecha… Cleo permitiu porque precisava de cuidados, precisava que ele a acalmasse com suas mãos… Com qualquer coisa que a fizesse se sentir querida, ainda que num nível só de amizade.

– Não entendo o que aconteceu – murmurou ele, com cara de assustado. – Nunca tinha sentido tanto medo e tanta raiva como senti quando te vi ali… com ele…

– Não há o que entender – Cleo explicou, mais tranquila. – A qualquer momento um homem pode entrar na sua casa e te machucar...

– Estou me sentindo envergonhado e arrependido. Eu não podia deixar você sozinha.

– Você não tinha como saber o que ia acontecer... Está tudo bem. Eu não te culpo.

– Eu me culpo.

– Não é culpa sua que existam bandidos à solta. Eu poderia ter falado pra você disso, mas não dei importância... não pensei que fosse importante.

– Você tinha que ter me falado, Cleo. Não entendo como você não me disse que tinha um cara desses à solta que não gostava nada de você. Eu teria tomado precauções em todos os sentidos.

– Ele esteve aqui ontem à noite. Quando ficamos bêbados... Ele falou que nos viu dormir – ela contou, envergonhada.

Lion rogou milhares de pragas e foi tomado pela fúria. Mas Cleo percebeu, assustada, que, por menor que fosse o boxe do banheiro e por mais bravo e furioso que ele estivesse, mesmo com todo seu tamanho e força, ela não sentia medo nenhum.

Nunca de Lion.

– Meus pais e seus pais estavam aqui, Cleo... Imagine o que poderia ter acontecido? Hein...? Imagina...? E eu e você dormindo! E se esse cara tivesse sacado uma faca ou algo e...!

– Eu sei, Lion – Cleo respondeu, arrependida, fechando os olhos. – Não preciso levar nenhuma bronca agora, por favor. – Apoiou a cabeça no ombro dele.

– Não, claro que não. – Ele a envolveu com os braços e apoiou o queixo em sua cabeça úmida. – Cleo... O que vou fazer com você?

Ao sair do banho, ela caiu na cama e deixou que Lion passasse as pomadas em sua pele arrasada.

Às vezes reclamava, mas era uma mulher forte. E Lion agia suavemente e com muita atenção.

Ela podia fechar os olhos e pensar que ele estava tocando nela porque a amava. Mas não pensaria mais assim. Já sabia o que havia entre eles. E se ela se comportasse profissionalmente e deixasse de entrar em território emocional e pantanoso, eles poderiam se dar bem.

Lion era uma boa pessoa. Ela precisava parar de provocá-lo e, simplesmente, colaborar com ele. Esquecer que ele era o cara que estava em sessenta por cento das suas fotos de infância e pré-adolescência, e lembrar que ele era o agente encarregado de uma missão sobre tráfico de pessoas.

Isso era o que ela deveria ter feito desde o início, e agora ela ia recuperar o tempo perdido.

Depois de ele ter passado os cremes, ela se vestiu. Pôs uma calça de moletom folgada e uma camiseta esportiva bem larga. Tinha que esconder as marcas para ficar cara a cara com Magnus.

– Você está preparada para o seu papel? – Lion perguntou, solícito, sem querer pressioná-la.

– Estou.

Cleo discou o número de Magnus.

– Magnus? Sim... Sim, tudo bem... Olha, o Billy Bob veio aqui em casa e tentou me matar... Sim, não, não tem problema. Magnus, por favor... Estou bem, sim. Lion cuidou dele. Já chamamos a ambulância, Billy Bob não está muito bem... Por favor, nada de sirenes. Ok. Estamos te esperando...

Magnus observava o corpo de Billy Bob na maca da ambulância. Estava em coma e foi levado com urgência. Provavelmente com várias lesões irreversíveis.

– Me conte de novo, Cleo – Magnus pediu, preocupado com ela.

– Eu estava no jardim, sentada na minha cadeira de balanço – explicou, com calma. – Ouvi um barulho perto da casinha de madeira e fui ver o que era. De repente, um dos painéis se abriu e apareceu Billy Bob vestido desse jeito, com máscara e tudo... Estava com um tipo de vara elástica na mão, parecia um chicote. Começou a me bater e eu tentei me defender, mas quando ele estava a ponto de acabar comigo, Lion apareceu, o enfrentou e eles brigaram. Lion deu algumas porradas nele...

– Algumas porradas? Cleo... – Magnus suspirou, incrédulo. – Esse cara provavelmente vai ficar para o resto da vida sem conseguir falar ou somar dois mais dois. E vai precisar de uma reconstrução facial...

– Estou te contando como foi – ela assegurou, pestanejando com calma. – Os dois brigaram.

– Lion não tem nem um arranhão no rosto – Magnus observou.

– Ele tem os ossos e a carne muito dura. Você está vendo que ele parece um touro.

– Billy Bob não era exatamente um molenga.

– Ele o jogou contra a casinha e Billy Bob bateu com a cabeça... ficou inconsciente, e foi isso.

Magnus analisou os dois.

Lion e Cleo eram a pura imagem da inocência. Um ao lado do outro como excelentes cúmplices e companheiros.

Mas ele não ia suspeitar de mais nada porque a boa notícia era que Billy Bob não voltaria a encher o saco nunca mais.

– Não teremos mais que prestar depoimentos? – Cleo perguntou, esperançosa.

– Não. Mas olha, cá entre nós... – Magnus se aproximou deles para um comentário discreto. – Não acho que tenham sido só algumas porradas. Foram mais?

– Não – respondeu Cleo.

– Sim, foram mais várias – Lion assegurou, olhando fixamente para Magnus. Não tinha nada o que esconder, e o policial tinha que estar feliz porque Lion protegeu a garota dele, não? – Uma atrás da outra.

Magnus não soube como reagir, até que um sorriso se desenhou em seu rosto moreno.

– Bem feito – ele soltou.

Lion pestanejou e o olhou de modo estranho.

– Cleo, você pode nos deixar um pouquinho a sós? – pediu Magnus.

– É... – "Ai, Deus. Não... Nada de conversas de homens."

– De homem pra homem – adicionou Magnus.

Merda.

– Sim, Cleo – Lion a convidou a sair. – Pode nos deixar sozinhos.

– Hmm... tudo bem. – Ela entrou em casa, observando-os com insegurança.

Os dois ficaram cara a cara, se estudando e se medindo como dois touros.

– Você sabia do Billy Bob? – Lion perguntou de frente para ele.

– Todos da polícia sabíamos. Mas você sabe como é a Cleo... Não deu importância para a liberdade condicional dele.

Sim. Ele sabia que ela era uma inconsequente que nunca enxergava o perigo.

– Eu achei estranho ela não ter dito nada pra você – confessou Magnus. – Você é o namorado dela, não? Por que ela não te falou nada?

Lion ficou paralisado e o estudou.

– Não sou namorado dela... Não oficialmente – sua língua estava solta e não passava pelo filtro mental. Como?

– Então, vocês estão juntos?

Porra, de onde ele lembrava dessa conversa? Ah, sim. Era a mesma coisa que ele tinha perguntado para a Cleo em relação a Magnus.

– Depende... Não gosto de me meter onde eu não fui chamado – Lion sentia um estranho vazio no estômago. – Você e ela têm alguma coisa?

Magnus arregalou os olhos verdes e o olhou como se ele estivesse louco.

– Quem me dera! Mas não – confessou o policial –, nunca tivemos. E não foi por falta de tentativa minha... Cleo é muito complicada – completou, com o orgulho ferido.

Cleo não era complicada, pensou Lion.

Na verdade, ela era uma bela mentirosa e manipuladora que queria deixá-lo doido.

– Não vou te interrogar sobre a natureza da relação de vocês – Magnus assegurou, colocando as mãos no bolso e olhando para a casa –, mas eu me importo com a Cleo. Ela não é uma garota qualquer, é?

– Eu sei.

– E se você a machucar ou fazer algum mal pra ela... – O corpo grande e moreno do capitão da polícia se inclinou sobre o igualmente grande e alto Lion. – Vou mover céus e terras para te achar e arrancar suas bolas. Entendeu?

– Você gosta de mim, capitão Magnus? – ele perguntou, dissimulado.

– Do que você está falando?

– Não me provoque – Lion ameaçou. – E vá cuidar dos seus assuntos. Cleo é assunto meu, compreendido?

Os dois homens se desafiaram até que o bom senso de Lion, que não queria mais desentendimentos, decidiu dar um passo atrás em seu nome.

– Obrigado pelos seus serviços, capitão Magnus. Você já pode ir.

O homem levantou uma sobrancelha preta e perguntou:

– Com o que você trabalha mesmo?

– Tenho um negócio de hardware e software em Washington...

Magnus sorriu sem vontade.

– Ah, claro...

– Capitão – Lion se despediu e deu meia-volta.

– Senhor.

Lion se espantou, mas escondeu muito bem.

Magnus era um cara legal, mais esperto e atento do que ele imaginava. Se ambos não tivessem tanta testosterona, poderiam até ser amigos.

As ambulâncias e a polícia deixaram a rua Tchoupitoulas.

Cleo esperou, sentada sobre a cama, que Lion voltasse e lhe dissesse sobre o que ele e Magnus tinham conversado.

– Seu namorado é um cara simpático. – Lion entrou no quarto e se apoiou no batente da porta, com as pernas cruzadas e as mãos no bolso da calça jeans.

– É... – Cleo olhou para as próprias mãos. – Sim, é um bom homem.

Lion escondeu um sorriso, mas no fundo não tinha vontade de rir.

Como amo, tinha cometido um erro imperdoável. Por sua culpa, ela tinha ficado indefesa diante de um sádico filho da puta. Se ele não tivesse voltado a tempo, não queria nem imaginar o que poderia ter acontecido...

Como colega de trabalho, tinha ocultado informações como as da festa.

Como amigo, tinha sido um enorme desastre.

Não merecia a luz dela. Não era merecedor de sua companhia. Tinha deixado Cleo em perigo e sequer poderia prometer que não faria isso de novo.

Com ela no torneio, eles precisariam enfrentar muitos desafios diretos, e ele estava disposto a chegar nas cartas de duelos de cavalheiros em cada um deles.

Ele não ia conseguir trabalhar à vontade. Não poderia levá-la.

Além de tudo, a garota era um barril de pólvora. Tinha um temperamento explosivo...

Até poderiam estar dando certo como amo e submissa, mas Lion tinha sentimentos por ela que só aumentavam e se enraizavam dentro dele, e assim ele não conseguiria se focar na missão. Precisava manter a cabeça fria, e Cleo o mantinha quente e em erupção.

Ele não ia conseguir protegê-la.

Cleo tinha mentido a respeito de sua relação com Magnus. E além disso não tinha falado nada sobre Billy Bob.

Por acaso ele não tinha perguntado sobre isso? Sobre os casos em que ela trabalhava? Sim, ele tinha perguntado e, no entanto, Cleo se limitou a falar superficialmente sobre eles... Não falou que o tal de Billy Bob tinha saído da cadeia há cinco dias.

Ele se sentiu uma merda por ser o último a saber.

E podia adicionar a tudo isso o fato de terem dormido juntos, e ele, para evitar os vínculos emocionais durante a missão, ter dado um fora nela de forma horrível e perversa.

Cleo não se esqueceria disso; nem ele.

E ela também estava em choque com o acontecido. Quando Cleo o visse pegar um chicote, um açoite, um *flogger*, cordas, algemas, o que quer que fosse, ela entraria em pânico. O medo seguiria com ela, e ele duvidava que ela fosse forte o suficiente para afastá-lo e negá-lo. E assim eles não conseguiriam trabalhar juntos.

Estavam com um problema. Um enorme problema.

– Preciso descansar, Cleo – Lion confessou, caminhando até a cama. – Posso dormir com você?

Cleo levantou a cabeça. Não tinha entendido aquela pergunta.

– Achei que a gente já estivesse dormindo juntos.

– Sim, mas... eu quero só dormir.

Lion se jogou na cama, à esquerda dela.

Observou aquelas costas lindas, os cabelos vermelhos espetaculares e o rosto de fada que o olhava por cima do ombro.

– Você tomou alguma coisa pra dormir? – ele perguntou, abrindo os braços, esperando que ela se jogasse entre eles.

– Tomei. – Cleo se esticou ao lado dele, colocando as mãos nas bochechas e depois se encolhendo, quase com os joelhos no peito.

– Não, pequena. Esta noite, preciso dormir com você assim. – Pegou-a pela cintura, ficando tão junto dela que não dava para saber onde começava um corpo ou acabava o outro. – Tire essas calças ou você vai morrer de calor – ele sugeriu, amavelmente.

Cleo tirou.

– E a camiseta – ele pediu, com um olhar ardente. – Seus machucados vão encostar no tecido e te incomodar.

Ela concordou; tirou a camiseta pela cabeça e ficou seminua, só com uma calcinha branca simples e corriqueira de algodão.

– Espere. – Lion sentou na cama e fez a mesma coisa. Tirou a camiseta e a calça; ficou só de cueca. – Venha aqui.

Ajudou Cleo a deitar do seu lado e a abraçou, apoiando o queixo sobre a cabeça dela. Seus corpos nus e seus membros entraram em contato total.

– Cleo...

Ela fechou os olhos e juntou o pescoço com o dele. Tinha um cheiro tão bom, tão de Lion... De chuva, de grama, de limpo...

– Você me salvou – Cleo declarou com a voz carregada de sono. O medicamento estava fazendo efeito.

– Não. Eu te coloquei em perigo.

– Não, Lion... Billy Bob era o verdadeiro perigo... Não você. O que você falou para o Magnus?

– Que ele é sortudo por ter alguém como você na vida dele.

Cleo bocejou e fechou os olhos, meio adormecida.

– Hmm?

Lion acariciou as costas dela, com cuidado para não irritar os machucados, até que notou a respiração profunda e relaxada de sua companheira.

– E também pedi desculpas por gostar, com todo o meu coração, da namorada falsa dele.

– Hmm?

– Shh, dorme, minha menina...

Lion estava comovido por tudo o que Cleo provocava nele. Queria tê-la assim para sempre; que ninguém a ferisse, que ele não cometesse mais erros e que eles confiassem um no outro.

Se a levasse com ele, Cleo poderia se cansar de tudo aquilo e entrar em pânico em algum momento. No final, odiaria tudo.

Se não a levasse e a deixasse em casa, ela o odiaria do mesmo jeito, mas poderia se esquecer aos poucos do que passara nos últimos dias, com a companhia dos amigos e da família. Suas feridas poderiam cicatrizar... Ele já tinha causado problemas demais, não voltaria a incomodá-la.

E, com o tempo, eles se esqueceriam de tudo.

Bom, pelo menos ela poderia esquecer.

Lion não esqueceria jamais, porque amava Cleo desde que ela tinha quatro anos e ele, oito.

Como os lobos que ficam com seu par durante a vida inteira. Era assim que ele se sentia com Cleo. Essa era a única verdade.

No dia seguinte, ele tinha que arrumar as malas, os documentos e tomar todas as providências para participar do torneio. O avião saía no domingo de madrugada...

O que ele faria? Não queria machucá-la ainda mais.

Levava ou não levava Cleo para o Dragões e Masmorras DS?

Manteria ela na missão Amos e Masmorras ou a afastava por problemas físicos e psicológicos?

Qualquer que fosse a escolha, ela acabaria com ódio dele.

Então era melhor que ela o odiasse a salvo do que em perigo.

17

Em alguns momentos, as masmorras de dominação passam a fazer parte de você: uma de autoconhecimento e outra de transmutação. Você entra como lagarta e sai como borboleta.

E Cleo leu com os olhos cheios de lágrimas o bilhete que Lion tinha deixado sobre o travesseiro. Tinha lido pelos menos umas cem vezes.

Cleo, você está fora do caso.
Melhoras. Vou trazer sua irmã de volta.
Se cuida, bruxinha.

Lion,
seu amo/tutor/amigo?

– Que brincadeira é essa? – Ela rapidamente secou as lágrimas de decepção com as mãos. – Como você se atreve a fazer isso comigo? – murmurou, impressionada.

Ele sabia o quanto a missão era importante para ela. Envolvia sua irmã Leslie, e ela não ia conseguir dormir tranquila sabendo que não poderia fazer nada. E enquanto isso, ele estaria no torneio, investigando...

Quem seria o seu par? E desempenharia que papel? Como ele chegara àquela conclusão?!

Tinha ido embora. Levou todos os seus pertences e só deixou a sacola da House of Lounge em cima da mesa.

Ela sentia ódio por ele. Tanto ódio que quando o visse, arrancaria os olhos dele. O que ela não imaginava era que Lion a odiasse tanto assim também. Será que não entendia que um golpe desse tipo seria muito duro? Ele estava demonstrando que não confiava nela como profissional, muito menos como parceira.

Tinha tanto medo assim de que ela estragasse seu plano? Ela não estava planejando dar mais nenhum chilique de mulher ferida e despeitada! Já tinha aprendido a lição! Só trabalho e pronto! Era uma maldita agente da lei!

Olhou seu iWatch vermelho com a tela preta. Era uma da tarde. Tinha dormido como uma pedra durante a noite inteira. Os soníferos eram tão fortes que a tinham deixado meio lerda, mas o bilhete do Lion a fez despertar de imediato.

– Pensa Cleo, pensa. – Ela andava de um lado para o outro no quarto. Parou de repente. Numa hora dessas, no dia seguinte, Lion estaria em um avião com destino ao Caribe. Ela tinha que fazer alguma coisa urgentemente. – As cópias do pré-contrato... – sussurrou.

Correu para o quarto que ela usava como escritório. Sentiu o contato de suas nádegas com a cadeira... Seu corpo doía por causa do estresse e das chicotadas; estava doendo mais do que na noite anterior, mas era normal. Era sinal de que ela estava melhorando.

Abriu uma gaveta e encontrou a cópia do pré-contrato que tinha assinado havia seis dias com o senhor Elias Montgomery, o vice-diretor do FBI. Com um clipe, no canto direito, havia um cartão de visita.

Cleo discou o número dele no iPhone.

– Montgomery – respondeu a voz do vice-diretor.

– Senhor Montgomery, é Cleo Connelly.

– Cleo, como você está? Lion nos contou o que aconteceu. Lamentamos esse percalço. Espero que você se recupere logo...

– Sim, bom, senhor... por isso estou ligando.

– Por quê?

– Estou plenamente recuperada. São só alguns arranhões. Não sei o que o Lion falou, mas eu posso continuar no caso.

– Sinto muito, Cleo. Lion é o agente encarregado do caso Amos e Masmorras e ele solicitou seu afastamento por problemas físicos e psicológicos. Ele garantiu que você está envolvida demais emocionalmente e que talvez tivesse dificuldades para controlar seu temperamento.

– Foi isso que ele alegou? – Ela apertou os dentes e colocou a mão na testa. "Sim. Tenho mesmo dificuldades pra me controlar. E vou ter muitas mais quando o vir e não conseguir controlar a vontade de matá-lo." O que o Montgomery não sabia é que ela tinha uma carta na manga e pretendia utilizá-la. – Senhor Montgomery, eu devo lhe informar que, se vocês não me colocarem de volta no caso, eu pretendo ir sozinha para o torneio. Vou de qualquer jeito. Vocês me colocaram nesse maldito jogo de infiltração e eu não posso mais sair.

– Você pode colocar a missão em risco, Connelly.

– Não vou fazer isso. Principalmente por causa da minha irmã. Vou ser mais cuidadosa e disciplinada do que nunca. Lion... o agente Romano pode não concordar porque tivemos nossas divergências; mas acredite: se eu não for sob a proteção de vocês, vou sozinha.

– Você não pode fazer isso. Você não tem convite.

– Tenho sim, senhor. Ontem à noite a Rainha das Aranhas me deu um convite pessoalmente.

– Como? Romano não me contou nada disso...

– Bom. É compreensível... Aconteceram muitas coisas... e o agente Romano teve tanta pressa para ir embora que esqueceu de levar meu convite – adicionou, sentindo-se poderosa.

Cleo ouviu que do outro lado da linha alguém interrompia a conversa e falava pessoalmente com Montgomery.

– Um momento, Connelly – disse o vice-diretor. – Não desligue... em que linha?

– Linha dois, senhor – respondeu a outra voz de homem.

– Montgomery – respondeu ele na outra linha. – Oi, Summers... Como? Você não está falando sério...! Não pode ser... Vocês falaram com a organização...? Tem certeza de que você não pode participar assim? Certo... Vamos achar uma saída. Foi a agente Robinson quem recebeu o convite? E você...? Pelo amor de Deus... Vou falar com ela.

Cleo fechou os olhos e previu uma surpresa boa.

– Agente Connelly. – Montgomery voltou.

– Sim, senhor?

– Você não vai acreditar.

– No quê, senhor?

– Os agentes Nick Summers e Karen Robinson também iam se infiltrar no torneio. Mas a agente Robinson teve um contratempo e quebrou o braço. A organização a proibiu de participar nessas condições.

Cleo apertou o punho e gritou em silêncio por sua sorte.

– Karen entraria como ama e era ela quem tinha o convite.

Hein? Karen era ama?

– A agente Robinson era a ama do agente Summers?

– Sim, era isso. Agora Nick Summers não pode entrar no torneio sem um convite. Mas você tem um convite da Rainha das Aranhas. E é um convite duplo. Que permite que leve alguém com você.

– Sim.

– Se eu te deixar voltar para a missão, você seria capaz de entrar no torneio como a ama do Nick?

Cleo engoliu saliva. Não tinha nem ideia de como ser uma dominadora.

Mas faria de tudo por Leslie e para ficar de novo cara a cara com Lion. Ela precisava aceitar, não tinha outra saída.

– Claro, senhor.

O silêncio tomou conta da linha.

– Então você está de volta ao caso. Vou te colocar em contato com seu novo parceiro. Você tem que nos passar todas as informações que a Rainha te deu para que a gente realize todos os trâmites para você. Vamos enviar uma carta de confirmação para a sua casa com as passagens de avião.

– Vou manter a identidade que me foi atribuída?

– Vai, agente. Você está mesmo preparada?

– Sim, senhor.

– Estou apostando em você, mas não tenho opção.

– Não vou decepcioná-lo, senhor.

– Assim espero. Tente se informar ao máximo sobre sua nova função.

– Sim, senhor.

– Até mais.

– Tchau.

Cleo, ainda nervosa pela conversa, desceu as escadas de sua casa e sentou de frente para a sacola da House of Lounge.

Tinha que começar a ler sobre como era uma boa ama mulher, uma dominadora... Tinha vinte e quatro horas para estudar seu papel e planejar o espetáculo, ainda que fosse básico. Um espetáculo que lhe concedesse a oportunidade de colocar em prática o plano que sua cabecinha começava a arquitetar.

Porque Cleo tinha um plano. Dos grandes.

Pegou o corpete de borboleta-monarca e sorriu.

A sorte estava lançada.

O torneio ia começar imediatamente.

Ela não era ama, e sabia disso. Mas arriscaria tudo por Leslie, e se eles iam jogar de verdade, ela seria quem jogaria mais duro.

– Oi, *domina* Nala – murmurou, com convicção.

Quando as masmorras se abrem, os dragões estão à solta.

FIM?

DICIONÁRIO *AMOS E MASMORRAS*

Segundo a Wikipédia:

24/7: Relação que se estabelece de forma permanente – às vezes em caráter irrevogável –, vinte e quatro horas por dia, sete dias por semana.

Açoite: Instrumento de jogo sexual utilizado no sadomasoquismo, mas também em outras subculturas do BDSM, como a disciplina inglesa e as relações DS.

Adult baby (inglês): Jogo no qual uma das partes assume o papel de um bebê, que deve ser mimado, vestido, limpo, educado...

Age play (inglês): Termo genérico para todos os jogos nos quais uma das partes assume o papel de criança ou de adolescente.

Algolagnia: É uma das acepções científicas da fantasia erótica relacionada com a dor. Pode ser ativa ou passiva, dependendo se a fantasia for proporcionar dor a outra pessoa ou recebê-la.

Amo(a): É uma das diversas acepções com que se designa a parte dominante em uma relação DS. Não é tão comum nas relações SM, mas também é utilizada. Nos jogos do gênero, especialmente na cena anglo-americana, se usa o termo *top*. Outras referências são: mestre, dono, senhor ou *master*.

Anel de O: Uma referência ao clássico da literatura BDSM contemporânea *A história de O*, de Pauline Réage (publicado em 1954). Trata-se dos anéis mostrados no filme (de 1974), usados pelas submissas que eram levadas ao clube por seus donos para o treinamento e/ou iniciação, como evidência da submissão aos rapazes "sócios" do referido clube. É um anel de prata, com um pequeno aro na parte da frente. Recentemente passou a ser usado também pelo dono da submissa, mas ele o usa na mão esquerda, enquanto a submissa o usa na direita. Na verdade, o anel mostrado no filme não correspondia às descrições do romance original de Pauline Réage, baseado em símbolos celtas e que não tinha esse aro frontal.

Animal de estimação: Termo empregado em jogos de dominação, nos quais a parte passiva adota o comportamento de um animal desse tipo. O adestrador é representado pela parte ativa.

Animal play (inglês): Vide "Animal de estimação".

Animal training (inglês): Adestramento de humanos "de estimação", no qual a parte passiva desempenha o papel de animal (cachorro, pônei etc.).

Arreio corporal: Um tipo de apetrecho muito utilizado e apreciado no meio do SM e DS. É formado por tiras de couro ou de metal que envolvem o tronco, com certas reminiscências da imagem que se tem dos gladiadores romanos e remete a um caráter "escravocrata". Tem como base as tiras de couro e as pequenas correntes de metal enlaçadas, e permitem que os seios fiquem à mostra. Os submissos homens também costumam utilizar, mas com algumas variações. A versão "gladiador romano" é muito famosa na cena SM homossexual masculina.

Arreio de *bondage*: Um apetrecho de *bondage*, que é acoplado ao corpo inteiro do submisso, incluindo áreas como seios, barriga, braços e pernas. No *bondage* japonês, chamado de *shibari*, recebe o nome de *karada*.

Arreio de pônei: Apetrecho de couro, metal ou ambos, que é colocado no submisso para que ele interprete seu papel de pônei. Pode ser de corpo, de cabeça, de cintura etc.

Autoasfixia: Prática erótica de alto risco que consiste em dificultar ou interromper a própria respiração até alcançar o êxtase sexual. Registra um elevado número de mortes acidentais e não é aconselhada por quase todas as organizações e personalidades do BDSM.

Autobondage: Amarração com corda (*bondage*), plásticos leves (mumificação) ou fita adesiva (*cinching*) executada por uma pessoa sobre o seu próprio corpo. Pode ter diversas motivações: como uma prática sensorialmente prazerosa em si mesma, como quem faz uma massagem nos próprios pés, por exemplo. É amplamente difundida nos Estados Unidos. Também é um recurso no caso de relações à distância, seguindo as instruções do dominador por telefone, chat, mensagens eletrônicas, correspondência etc. Da mesma forma, como recurso em períodos de ausência em relacionamentos estáveis, ou como um conhecimento do próprio corpo e de suas reações por parte de um submisso que deseja progredir em sua entrega e na compreensão do significado dela. Finalmente, é visto como atividade erótica, relacionada ou não, prévia ou não, a outras atividades autoeróticas. Devido às visto suas características especiais, deve ser conduzida com todos os cuidados necessários, pois será sempre uma prática arriscada.

Bastinado: Castigo com um bastão rígido, de preferência na planta dos pés.

BB (inglês): Abreviação para *breast bondage*, prática de amarrar os seios femininos.

B&D: Abreviação para *Bondage* e Disciplina, uma forma utilizada para se diferenciar do SM e que, paradoxalmente, deu a base para o conceito genérico de BDSM.

BDSM: Sigla que identifica um grupo de pessoas que pratica o sexo não convencional, um estilo de vida com intercâmbio de poder (EPE), dentre outros. Significa *Bondage* e Disciplina, Dominação e Submissão, Sadismo e Masoquismo.

Bizarro: Relativo ao sexo extremo ou práticas extremas do BDSM. Por extensão e em algumas partes do território anglo-saxônico, identifica tudo o que é relacionado à sexualidade não tradicional, inclusive o BDSM.

Berlinda: Objeto de madeira ou de ferro que imita os antigos instrumentos de punição da Idade Média; é usado nos jogos de restrição de movimento no BDSM.

Bondage (inglês): Prática de amarrar ou imobilizar, a partir do uso de cordas, tiras de couro, tecidos, correntes etc., com propósito estético ou para imobilizar o submisso durante uma sessão ou durante o ato sexual.

Bottom (inglês): Passivo; submisso(a).

Branding (inglês): Marcas e sinais corporais realizados por meio de fogo, de utensílios quentes etc.

Breath control (inglês): Controle da respiração.

Cane (inglês): Termo usado para designar varas de bambu ou de outros vegetais semelhantes às que eram usadas antigamente para aplicar castigos nas escolas vitorianas.

Caning (inglês): Espancamento praticado com varas de bambu ou de outros vegetais.

Castigo: No meio do DS, essa palavra tem diversos significados, nem sempre coincidentes. Em geral, é uma das palavras que em cada relação tem um significado diferente e, muitas vezes, contrário. Pode se referir à ação de um dominador sobre um submisso, como punição ou simplesmente para seu prazer, ou até provocada pelo submisso, na busca do seu próprio prazer. Também pode ser simplesmente um código ou uma senha para denominar o início de uma atividade sexual, associado à relação de dominação-submissão que os amos mantêm.

Cena: Pode se referir tanto à realidade da comunidade BDSM de um país ou de uma cidade quanto à parte formal, cênica, de uma sessão com práticas BDSM.

Cenários médicos: Jogos em um cenário "clínico", nos quais o dominador costuma interpretar o papel de médico ou enfermeiro, e o submisso, o papel de paciente. São complementados com objetos e móveis especiais, como mesa ginecológica, maca, instrumentos de observação e utensílios médicos, tudo para recriar um ambiente hospitalar. Pode incluir enemas, agulhas, massagens, inspeção vaginal ou anal etc.

Chicote: Vara flexível, longa e fina, que pode ter algum detalhe na parte superior, usado para equitação. O chicote normal de montaria é de couro com um pequeno pedaço de couro dobrado na ponta. Também pode ser feito de nylon com uma tira de cerca de 3 centímetros na ponta, e costuma medir uns 70 centímetros no total. Os chicotes de adestramento têm cerca de 1 metro. Seu uso é muito comum tanto no SM quando na DS, como instrumento de espancamento erótico e também ostentado pelo dominador por seu valor simbólico.

Cinching (inglês): Prática de envolver o corpo do submisso com fita de látex, *rubber*, fita americana etc. Vide "Mumificação".

Clinical (inglês), **"médico"**: Vide "Cenários médicos".

CNC: Abreviação do inglês *consensual non-consent*. Vide "Metaconsenso".

Codeword (inglês): Vide "Palavra de segurança".

Código: Conjunto de regras impostas em uma cena BDSM, relacionadas ao vestuário e ao comportamento.

Código de vestuário: O que é considerado necessário ou recomendável para se vestir em uma festa BDSM, seja ela particular ou pública. Costuma ter o preto como cor essencial, e inclui elementos fetichistas femininos (corpete, sapato de salto alto), assim como uma estética distintiva nos materiais (couro, látex, vinil, *rubber* etc.) e nos acessórios (coleiras de submissão, elementos simbólicos etc.).

Colar de pérolas (espanhola): Termo coloquial da gíria sexual. Refere-se a um ato sexual no qual o homem ejacula na região do pescoço, tórax ou nos peitos da outra pessoa.

Coleira: De couro ou de metal, simboliza a entrega. Pode ser tremendamente sofisticada, estilizada, rústica ou de "castigo", destinada ao uso em sessões íntimas ou para ser usada em público. Costuma ter um ou mais ganchos para acoplar uma tira, que o dominador pode manusear para imobilizar a submissa ou submisso.

Consenso, consensual: Toda atividade do BDSM deve ser, por definição, previamente combinada entre os participantes; ou seja, deve ser consensual.

Consensual non-consent (inglês): Vide "Metaconsenso".

Contrato de submissão: Uma prática conhecida em alguns setores minoritários do BDSM na qual o conteúdo, alcance, pactos, duração da relação e limites são estabelecidos por escrito em um contrato. Este documento tem um caráter meramente simbólico, pois carece de qualquer validade legal.

Controle da respiração: Prática considerada arriscada que consiste em controlar a respiração do submisso de diferentes formas. Sem levar em conta a intensidade do prazer sexual que ela pode causar, é uma prática não recomendada. Foi o tema do filme *O Império dos Sentidos*, sobre um caso real que acarretou morte.

Cruz de Santo André: Uma cruz de madeira em forma de "X", na qual são amarrados os tornozelos, pulsos e outras partes do corpo do submisso. O objetivo é deixá-lo exposto e indefeso, reforçando sua entrega. Pode ser combinada com outras atividades: *bondage*, prendedores, *spanking* etc.

Cruz (ou roda) de Wartenberg: Usada nas masmorras da Idade Média, possui o formato de uma roda construída em madeira e com um eixo móvel, é utilizada no BDSM nos jogos de dominação e/ou sadomasoquismo, e é geralmente montada em posição vertical. O submisso é fixado na roda pelos tornozelos, pulsos, antebraços, pernas e cintura, e a roda é girada a fim de exaltar a sensação de "impotência".

Devot: Submisso(a); denominação habitual nas áreas de língua alemã.

Disciplina: Imposição de regras de comportamento. São elementos muito comuns nos jogos EPE (intercâmbio erótico de poder) ou de dominação-submissão. Se as regras forem desobedecidas, surge a necessidade de castigar o submisso.

Disciplina inglesa: Costuma ser denominada assim a flagelação erótica, fazendo referência, por um lado, à prática do espancamento nas escolas inglesas da época vitoriana e, por outro, ao seu emprego atual como forma de "disciplina" nos jogos "educativos".

Dom: Abreviação de dominador.

Domina: Refere-se a uma mulher que exerce papel ativo ou dominante em uma relação BDSM.

Dominação[1]: Educação na arte da submissão, exercida sobre um(a) submisso(a) por parte de um(a) amo(a).

Dominação[2]: Relação específica na qual uma pessoa "toma as decisões" por outra, em tudo aquilo que foi combinado entre ambos (EPE). Há diversas variações: reservada exclusivamente ao âmbito sexual, total, com ou sem exceções, temporal (apenas durante os encontros), permanente (chamada de 24/7), exclusiva, excludente ou poligâmica, heterossexual ou homossexual, exercida pessoalmente ou à distância.

Dominação à distância: Exercida sem a presença física do dominador, usando algum meio de comunicação como telefone, internet, correio etc.

Dominação feminina: Jogos nos quais a figura feminina tem o papel dominante e a figura masculina é a submissa.

Dominante: Pessoa que exerce, de maneira natural ou por consenso, uma relação de poder sobre outra ou outras, incluindo – não necessariamente – no âmbito sexual.

Dominatrix: Vocábulo que costuma designar a profissional da chamada dominação feminina, variante da prostituição especializada. Geralmente não é usado como sinônimo de ama não profissional. Vide *"Domina"*.

D&S (DS, D/S): Sigla que representa as relações de dominação-submissão.

Edgeplay (inglês): Jogo no limite do aceitável; práticas extremas nas quais, sem abandonar a regra essencial do consenso prévio, são conduzidas situações de risco.

Entrega: A concessão do poder (de decisão) que a parte submissa faz perante seu dominador, assim como a sensação que o submisso experimenta e transmite.

EPE (inglês): Abreviação de *Erotic Power Exchange*.

EPEIC (inglês): Abreviação de *Erotic Power Exchange Information Center*.

Erotic Power Exchange (inglês): "Intercâmbio erótico de poder", relações nas quais o submisso abdica parcial ou totalmente de sua capacidade de decisão, de forma consensual, para o dominador. Em português, se usa muito mais a denominação "relações de dominação-submissão" ou, na forma abreviada, DS.

Escrava, escravo: Na comunidade BDSM, é uma das denominações consensuais para designar quem está na posição de passividade ou submissão.

Escrava goreana: Denominação da parte passiva na relação sexual inspirada nos romances da *Saga de Gor*, escritos por John Norman.

Espaço submisso: Refere-se a uma situação de êxtase, uma espécie de transposição corporal que às vezes se manifesta em um submisso durante uma sessão de BDSM quando ela alcança uma enorme intensidade sensorial.

Espancamento: Prática de bater com a mão ou com algum instrumento específico – chicote, *flogger*, açoite, palmatória etc. – ou de uso cotidiano – tênis, raquete de pingue-pongue, régua, bastão etc. – em uma parte do corpo da pessoa submissa, como castigo por uma conduta imprópria, como parte da relação dos dois ou como uma preparação sexual. Os praticantes mais tradicionais interpretam que o verdadeiro *spanking* é aquele realizado com a mão sobre as nádegas nuas da pessoa submissa, dando outros nomes para as demais variantes (*canning*, para espancamento com bambu ou outras varas vegetais, *flogging* para espancamento com *flogger* ou outros açoites mais leves etc.). O espancamento é usado indistintamente na DS e no SM, ainda que com diferentes motivações e rituais. Pode alcançar uma carga erótica muito alta, e é comum que o dominador tenha que regular o ritmo e a intensidade dos golpes para evitar um orgasmo inesperado por parte da pessoa submissa.

Estúdio: Denominação usual para as salas privadas, decoradas de forma adequada, para a prostituição especializada nos cenários BDSM. Em um ambiente não profissional podem ser usadas outras denominações como calabouço ou masmorra.

Femdom (inglês): Dominação feminina.

Feminização: Ato no qual ocorre a transformação de um homem submisso em mulher, com as roupas, gestos e atuações apropriadas. Costuma ser realizada por ordem de uma mulher dominadora.

Fita americana: Um tipo de fita adesiva larga de segurança, muito valorizada no BDSM por sua textura e praticidade para prender os pulsos ou tornozelos, ou para realizar mumificação parcial ou total.

Flagelação: Consiste em espancar, como parte de um jogo sexual, utilizando um chicote ou algo similar.

Flog, flogging (inglês): Espancar com um *flogger* como jogo sexual.

Flogger (inglês): Chicote com tiras para o *spanking*.

***Flogger* de nove tiras**: Chicote que mede entre 40 e 150 centímetros, com várias tiras (é chamado assim porque os modelos utilizados pela marinha britânica para castigos tinham nove), diferente de um chicote comum, que dispõe de uma tira só. É muito usado na chamada flagelação erótica dentro do BDSM.

História de O, A: Romance da escritora francesa Pauline Réage (pseudônimo de Dominique Aury), publicado em 1954. É considerada uma das principais obras da literatura BDSM contemporânea.

Hogtied (inglês): Uma forma de imobilização muito praticada nos jogos de BDSM, que consiste em juntar, amarrados por cordas ou algo similar, os pulsos com os tornozelos da pessoa passiva, como prévia para outros jogos sexuais ou como atividade individual.

Infantilismo: Prática na qual o submisso se veste e atua como um bebê ou uma criança pequena.

Iniciação: Momento ritualizado no qual se "consagra" a entrega da pessoa submissa e a aceitação desta por parte do dominador.

Os rituais variam de amo para amo, mas costumam ter uma espécie de apresentação formal a cada um dos aspectos da submissão, sempre sob a responsabilidade do dominador. O submisso, banhado em óleo e envolvido em uma cerimônia toda especial, desliza por uma série de quadros oníricos e de forte conteúdo sexual.

Intercâmbio de poder: Vide "EPE".

Jogo: Denominação usual para as atividades consensuais dentro do BDSM.

Jogos eróticos: Todos aqueles nos quais o dominador e o submisso adotam papéis consensuais e complementares, que podem ter conotação sexual, mas não necessariamente. Por exemplo, jogos de amo e submisso, senhor e escravo, professor e aluno, enfermeiro e paciente etc.

Kajira: Nome empregado na saga de ficção *Gor* para designar uma escrava. O termo é utilizado para identificar o submisso que segue, em sua relação, os rituais e as práticas descritos no referido livro.

Kinky (inglês): Palavra usada para designar qualquer tipo de atividade sexual não convencional, ou para denominar uma mentalidade aberta à exploração e à experimentação de novas práticas.

Lady: Termo empregado no BDSM, dentre outros, para designar uma mulher dominante.

Leather Pride (inglês): A bandeira do orgulho *leather* foi desenhada pelo ativista norte-americano Tony DeBlase em maio de 1988 e se popularizou como um símbolo da cultura BDSM.

Limites: Pacto estabelecido antes da sessão, se for algo pontual, ou antes da relação, se for algo mais amplo, que define tudo o que os envolvidos NÃO querem fazer. Os limites variam dependendo dos envolvidos e das situações.

Lord (inglês): Uma das denominações empregadas para designar um amo homem.

Marcação (*branding*): Inscrição de figuras ou letras no corpo que, se forem permanentes, são realizadas geralmente com algum ferro quente. As partes do corpo mais marcadas são: nádegas, barriga e genital. Se forem temporárias, são feitas com outros instrumentos, como tipos específicos de chicotes ou raquetes com protuberâncias pontudas.

Masmorra: Lugar apropriado para a prática do BDSM e especificamente do sadomasoquismo, dotado de móveis e acessórios que imitam os que eram encontrados nas antigas masmorras, mas projetados para realizar jogos de dominação sexual.

Maso: Forma coloquial para masoquista ou masoquismo.

Masoquismo: Define o prazer sexual relacionado com a dor recebida. O termo foi descrito pelo médico alemão Krafft-Ebing e deriva do nome do austríaco Leopold von Sacher-Masoch, que escreveu várias obras (*A Vênus das peles*, dentre outras), nas quais descrevia o prazer sexual associado à dor.

Master (inglês): Mestre, termo usual no meio BDSM para denominar o homem dominador.

Mestre: Aquele que controla um jogo sexual de dominação e submissão, que dirige um *bondage* ou que é um conhecido *expert* em alguma técnica BDSM. Também é empregado como sinônimo de tutor ou como prova de respeito com um dominador famoso e reconhecido.

Metaconsenso: Forma específica de consenso, comum no BDSM, no qual a parte submissa pede para que a parte dominadora defina a necessidade de interromper ou não uma sessão, quando solicitado pelo submisso. É um conceito controverso em certas esferas do BDSM, ainda que fosse de uso frequente na época pioneira da *Old Guard*.

Mordaça: Qualquer objeto que abafe o som vindo da boca. São usados como enfeite ou como complemento do jogo, acentuando a privação sensorial.

Mordaça com bola: Acessório que consiste em uma bola de silicone ou de material similar que é acoplado a uma tira elástica ou de couro. A bola é colocada na boca do submisso e a tira é amarrada em sua nuca, simulando um processo de privação sensorial.

Movimento *Leather*: Movimento iniciado na década de 1950 com alguns dos soldados que retornaram da Segunda Guerra Mundial, relacionado à estética homossexual do couro e das motocicletas, e que foi um precedente para a época da *Old Guard*, de meados dos anos 1970, como percursora do BDSM pansexual.

Mumificação: Envolvimento completo do corpo do submisso, usando fita adesiva, papel filme, trajes de látex, couro ou *rubber*, especialmente designados para este fim. É comumente considerado um subgênero de *bondage*.

Negociação: Processo de consenso prévio a um jogo, sessão ou relação BDSM, no qual são estabelecidas algumas regras, tais como a intensidade, os riscos, a palavra de segurança, os limites etc.

New Guard (inglês): No início dos anos 1990, desenvolveu-se o que se denomina a *New Guard*, caracterizada pela abertura para o mundo heterossexual e da homossexualidade feminina, a aceitação do fenômeno *switch*, a inclusão de elementos de sensibilidade interior (dominação psicológica, relações DS sem traços sadomasoquistas etc.), a aceitação daqueles que praticam "só o jogo" e a participação ativa da mulher heterossexual no mundo do BDSM.

Old Guard (inglês): É a época pioneira do BDSM, de meados dos anos 1970, e seu livro de cabeceira é o *Leatherman's Handbook*. Durante esse período, o movimento mantinha vínculo com o universo homossexual masculino, sem abertura para os espaços heterossexuais e rechaçando a aceitação do fenômeno *switch* (aqueles que se sentiam cômodos em ambos os papéis). Também recusavam terminantemente a admissão daqueles que consideravam as relações BD e SM "só um jogo". Os praticantes dessa época eram favoráveis às relações de metaconsenso e muito céticos em relação ao estabelecimento de limites.

Other World Kingdom: Surgiu em 1997, na região de Černá, a 150 quilômetros de Praga, na República Tcheca, e é um centro da chamada dominação feminina, estabelecido ao redor de antigas mansões de duques, no qual reinam as mulheres dominadoras (profissionais), sob o olhar da Rainha Patrícia I, e onde todos os homens são "escravos" que pagam fielmente seus "impostos".

Palavra de segurança: É usada pelos submissos para indicar rapidamente que o grau, as circunstâncias ou a atividade que está se desenvolvendo não está agradando e que eles desejam parar. A ética do BDSM define que a qualquer momento a parte dominante deve respeitar essa manifestação e interromper a sessão.

Papel de empregado: Interpretação do papel de empregado por parte do submisso, enfatizando atividades como limpar, servir comida ou bebida etc.

Papel de móvel: O submisso assume a posição de um móvel, geralmente de uma mesa, onde são colocados os pratos, copos, cinzeiro etc.

Papel de banheiro: A pessoa submetida se oferece para que o dominador utilize seu corpo e/ou suas cavidades como receptáculo de urina e/ou fezes.

Parafilia: Termo clínico empregado para designar o gosto intenso por uma determinada prática, geralmente relacionado com o prazer sexual por alguma atividade concreta: fetichismo, *bondage*, sadomasoquismo, voyeurismo etc.

Passivo(a): Designa a parte submetida ou submissa; o termo é usado especialmente nas relações sadomasoquistas, e é menos frequente nas do tipo DS.

Pet play (inglês): Jogo com interpretação de bichos de estimação no qual a parte submissa assume o papel de um bicho de estimação.

Poder, Intercâmbio de: Vide "EPE".

Pony play: O submisso (*ponygirl*, *ponyboy*) adota o papel de um equino de montaria, que pode contar com elementos enriquecedores da estética DS, tais como focinheira, arreios de cabeça, selas de montaria, chicotes de adestramento de cavalos etc. Mas a prática também pode adquirir uma forma lúdica, combinada com *spanking* e inclusive com outros jogos sexuais.

Potro: Similar ao equipamento usado em competições de ginástica artística, mas com ligeiras modificações de tamanho e altura, e com a adição de elementos de fixação. É usado para imobilizar, espancar e, com muita frequência, para atuar sexualmente com a pessoa submissa. É proveniente da iconografia medieval de salas de tortura.

Potro de Berkeley: Projetado em meados do século XIX por uma senhora inglesa que tinha esse nome, foi desenhado visando a flagelação profissional e era destinado a imobilizar as pessoas que queriam ser flageladas. Obteve enorme popularidade entre os praticantes da chamada disciplina inglesa.

Prendedores: Muito comuns nas relações DS e SM, são utilizados para apertar diferentes partes do corpo. Podem ser usados prendedores comuns domésticos, de madeira ou de plástico, prendedores especiais de metal etc. Geralmente são colocados nos mamilos ou partes adjacentes, lábios vaginais, clitóris, bolsa escrotal, testículos, pênis, braços etc.

Privação sensorial: Todo o jogo ou atividade na qual se priva, de forma consensual e por tempo determinado, a parte passiva de um ou vários sentidos: da fala, da capacidade de movimento, da visão etc., por meio de mordaças, cordas, lenços de seda ou similares. Seu objetivo no jogo é promover ou acentuar a sensação de impotência, como instrumento de excitação mútua ou como parte de uma relação DS.

Quagmyr: Promotor e desenhista do trískele, símbolo mundial do BDSM, dentre outros.

Queda pós-sessão: Um estado similar à depressão que pode aparecer em um submisso após uma sessão, especialmente se forem alcançados altos níveis de sensibilidade durante a prática. É recomendado um período de repouso. Costuma desaparecer em pouco tempo e sem exigir maiores providências.

RACK: Abreviação para *risk-aware consensual kink*, o risco assumido e consensual para o sexo alternativo (ou não convencional).

Rebenque: Instrumento antigo de castigo das primeiras marinhas mercantes e de guerra, usado no BDSM espanhol e jogos sadomasoquistas.

Roissy: Mansão na qual se passa a maior parte da ação de uma das principais obras do BDSM, *A história de O.*

Rubber: Pode se referir ao látex ou ao PVC. Material sintético com aparência de borracha ou plástico preto e brilhante, usado, entre outras coisas, para a confecção de roupas de tendência fetichista. Está presente especialmente na subcultura homossexual do SM.

Sadismo, sádico(a): É a obtenção de prazer ao realizar atos de crueldade ou dominação. Esse prazer pode ser de natureza sexual e consensual, e nesse caso é considerada uma das parafilias que fazem parte do BDSM. Caso contrário, pode ser o indicativo de um transtorno psicológico ou o resultado de emoções como ódio, vingança e chega a incluir certas acepções de justiça. Estamos, portanto, diante de uma polissemia com matizes de significado bem diferentes.

Sadomaso: Coloquialmente, sadomasoquista ou sadomasoquismo.

Sadomasoquismo, sadomasoquista: São junções dos termos sadismo e masoquismo.

Safeword (inglês): Vide "Palavra de segurança".

Safe, sane and consensual (inglês): Seguro, saudável e consensual: lema criado pelo ativista David Stein, em 1983, e que para muitos membros do BDSM indica a maneira correta de praticá-lo.

SM: Abreviação de sadismo/masoquismo, ou mais habitualmente, sadomasoquismo.

Seguro, saudável e consensual: Vide *"Safe, sane and consensual"*.

Sessão: Período de tempo dedicado para atividades BDSM específicas, que podem incluir práticas sexuais. Sua duração pode variar de alguns minutos a horas ou até dias.

Shibari (japonês): Variedade tradicional do *bondage* japonês.

Sir (inglês): Termo usado para se dirigir a um homem dominador nas relações BDSM.

Spanking (inglês): Espancamento erótico realizado geralmente com a mão ou com algum objeto. Vide "Espancamento".

SSC: Abreviação de *safe, sane and consensual.* Vide "Seguro, saudável e consensual".

Sub (inglês): Submissa, submisso.

Subcultura BDSM: Grupo que se desenvolve no BDSM e entende ter uma identidade social própria e singular, linguagem interna ou jargões específicos e um desenvolvimento cultural autônomo.

Submeter, submissão, submisso(a): Todas as atividades mediante as quais um amo estabelece seu domínio sobre a pessoa submissa. Elas podem ser de caráter exclusivamente sexual ou abarcar todos e cada um dos aspectos da vida da pessoa dominada (24/7).

Submisso(a): Definição adotada para designar a parte passiva em todas as relações nas quais uma das partes detém o controle da ação, enquanto a outra – a passiva – cede o controle a seu companheiro. É típica na relação de dominação e submissão (DS), ainda que nem tanto nas relações sadomasoquistas (SM).

Submissão: O oposto da dominação; a pessoa que se submete a outra, que entrega determinadas parcelas de seu livre-arbítrio, sendo que ambas as partes concordaram.

Subspace (inglês): Aplica-se ao estado, que para alguns tem traços de um transe místico, que uma pessoa submissa pode atingir durante uma sessão, ao ultrapassar a barreira das sensações físicas e entrar no chamado "espaço submisso".

Suspensão: Ato de amarrar uma pessoa submissa e deixá-la sem contato com o solo (pendurada), processo este que pode ser efetuado de diversas formas: pendurar pelos pulsos, de cabeça para baixo, pelos tornozelos, pelos pulsos e pelos tornozelos, pela cintura, por arreios de suspensão etc.

Switch (inglês): Aquele que gosta de exercer ambos os papéis (de submisso e de dominador), dependendo da circunstância e do parceiro.

Top (inglês): Termo que designa o ativo, o dominador.

Tortura do pênis: Manipulação do pênis, da glande, do saco escrotal e dos testículos, de modo a conseguir um efeito maior ou menor de dor. Podem ser usadas as mãos, palmatórias, chicotes ou varas, cera, correntes, gelo, prendedores, agulhas, fixações etc.

Total Power Exchange (inglês): Troca ou Intercâmbio Total de Controle, são chamadas assim as relações de DS que não têm tempo estabelecido de sessão nem limites, a não ser os que a razão impõe. A parte dominante assume o controle total da ação durante todo o tempo. Outra versão do mesmo conceito é a de "relações 24/7". No entanto, podem haver relações TPE consensuais para uma única sessão, ainda que não seja habitual. Abarca, por sua vez, o conceito de metaconsenso, indispensável nas relações 24/7, TPE ou similares.

TPE: Vide "*Total Power Exchange*".

Trampling: Consiste em pisar no submisso, seja com os pés descalços ou usando sapatos.

Treinamento: Ação pela qual um dominador (mentor, *master*, tutor etc.) condiciona de forma ativa a resposta que o submisso deve dar para determinados estímulos. O treinamento acaba desempenhando duas funções: por um lado, ele se justifica em si mesmo como um jogo consensual; por outro, há o desejo de "modelar", também de forma consensual, o comportamento do submisso.

Tríscele (*triskel*): No BDSM se usa o tríscele de origem celta como símbolo da comunidade. O desenhista que adaptou o desenho, Quagmyr, inspirou-se na leitura do romance de Pauline Réage, *A história de O.*

Tutor: Um tipo específico de *master* ou dominador que se encarrega do treinamento ou da preparação de um submisso, mas visando que este, em algum momento posterior, "recupere" sua liberdade e procure uma relação autônoma com outro dominador. Também pode acontecer que a pessoa submissa já tenha tal relação estabelecida, e com consentimento e ciência de todas as partes, se inicie um processo de "tutela" com um terceiro, no caso o tutor.

Vício inglês: Refere-se à flagelação. No século XVIII, os franceses denominavam assim os que gostavam de espancamento erótico em quaisquer de suas modalidades, por relacioná-lo diretamente ao emprego de espancamentos para disciplina sobre as nádegas nuas dos alunos e das alunas nas escolas vitorianas. Também é o título de um conhecido livro científico sobre a história da flagelação, escrito pelo hispanista de origem irlandesa Ian Gibson.[7]

Essas são algumas siglas e expressões do inglês usadas nos ambientes BDSM e nas discussões em fóruns da internet dedicados a essa temática:

BBW: *Big Beautiful Woman*; fetiche por mulheres gordas.

BDSM: *Bondage*, Disciplina, Dominação, Submissão, Sadismo e Masoquismo; tudo junto.

BDSMLMNOP: BDSM "e qualquer coisa que a gente queira fazer" (práticas extremas).

CB, C+B ou **CBT**: Tortura de pênis e testículos.

CIS: Submissão completa e irreversível.

CNC: Consensual *no consent.*

CP: *Corporal punishment*; castigo corporal.

DS: Dominação/Submissão.

7 GIBSON, Ian. *El Vicio Inglés*. Barcelona: Planeta, 1980 / *The English Vice.* Londres: Duckworth, 1978.

EPE: *Erotic Power Exchange*; a base ideológica do DS.

GS: *Golden Shower*; chuva dourada; ou seja, urinar sobre o parceiro.

IMAO: *In My Arrogant Opinion*; na minha arrogante opinião.

IMHO: *In My Humble Opinion*; na minha humilde opinião.

LDR: *Long Distance Relationship*; relacionamento à distância.

MPD: *Multiple Personality Disorder*; transtorno dissociativo de identidade.

MUD: *Multi-user Dungeon*; calabouço para jogos eróticos on-line para vários usuários.

Munch Social gathering of local bdsm-people: encontros sociais de pessoas BDSM.

NC: não consensual.

NL: *New Leather*; os integrantes da "modernidade" do BDSM.

NLA: *National Leather Association*; grupo americano de apoio à comunidade SM.

OBBDSM: *Obligatory* BDSM; obrigatoriamente BDSM, refere-se à necessidade de se colocar algo sobre essa temática em uma mensagem para um grupo de notícias BDSM.

OG: *Old Guard Leather*; o BDSM "das antigas".

PEP: *People Exchanging Power*; grupo de apoio à comunidade BDSM.

PITA: *Punishment in the ass*; espancar as nádegas.

S: *Slave (sub);* escravo(a), submisso(a).

SAM: *Smart-Ass Masochist*; aquele que gosta de apanhar nas nádegas.

Sex Magick: Palavra inventada composta por *sex* (sexo), *magic* (magia) e *kick* (golpe, chute, empurrão).

SM ou **S&M**: Sadismo e masoquismo, sadomasoquismo.

SO: *Significant Other*; uma pessoa importante, geralmente se referindo a um parceiro de uma relação DS.

SSC: *Safe, sane and consensual*; seguro, saudável (ou sensato) e consensual.

SSS: *Society Sexuality Spanking*; sociedade para a difusão da sexualidade do *spanking*.

Sub/Submissive: Submisso(a), submetido(a).

TPE: *Total Power Exchange*; intercâmbio ou concessão total de poder.

WS: *Water Sports*; jogos aquáticos, chuva dourada.

YKINMK: *Your Kink Is Not My kink*; seu gosto sexual não é o mesmo que o meu.

YKINOK: *Your Kink Is Not Ok*; seu gosto sexual não é legal.

YKIOK, IJNMK: *Your Kink Is Ok, It's Just Not My Kink*; seu gosto sexual é legal, mas não é o mesmo que o meu.

YMMV: *Your Mileage May Vary*; nossas experiências podem ser diferentes. Uma maneira comum de expressar tolerância com práticas que não são as suas.

OBSERVAÇÃO: Este dicionário foi extraído integralmente da Wikipédia, um texto disponível sob a licença Creative Commons Atribuição 3.0. A autora desta obra não se proclama dona de nenhum dos direitos desse dicionário.

Referências Bibliográficas

DOMÈNECH, Bartomeu; MARTÍ, Sibil-la. *Diccionario multilingüe de BDSM*. Barcelona: Bellaterra Edicions, 2004.

HOFFMANN, Arne. *SM Lexikon*. Berlim: Schwarzkopf & Schwarzkopf Verlag, 2003.

WETZSTEIN, Thomas A. et al. *Sadomasochismus – Szenen und Rituale*. Hamburgo: Rowohlt Verlag, Reinbekbei, 1993.

Carta da autora

Antes de mais nada, quero agradecer ao meu editor por acreditar em mim o bastante para apostar em uma história tão atrevida. Você é o melhor.

O mundo da dominação e da submissão é tão complexo e tem tantas nuances quanto a vida. Entender este mundo tem sido uma aventura, e por isso devo muitos agradecimentos.

Obrigada a todos aqueles que me ajudaram.

Obrigada à Wikipédia e às suas licenças livres.

Obrigada a todos os blogueiros de DS que, sem vergonha nenhuma, abriram-se a aos que gostariam de aprender mais sobre esse estilo de vida.

Obrigada aos amos e amas que abriram o coração para mim, e às belas submissas que conheci e que me surpreenderam por sua personalidade. Escutá-los foi muito importante.

Esta história é um presente para todos vocês.

Quis escrever uma história original, cheia de criatividade e paixão. Sensualidade? Sim, também. Mas *Amos e Masmorras* vai muito além do sexo. É também sobre a vida, as pessoas, nossas diferenças e nossa cegueira; é sobre os preconceitos e as críticas. E sobre o que consideramos a nossa realidade porque somos ignorantes e intransigentes demais para enxergar com os olhos bem abertos.

Queria oferecer algo diferente porque me sinto em dívida com todos os leitores que um dia acreditaram em mim. E porque *Amos e Masmorras* ganhou vida com tanta força dentro de mim, que eu precisava mostrá-lo. Eis o resultado.

Prometo uma aventura que vocês nunca experienciaram antes, e garanto que, se nunca entenderam completamente o que é o BDSM, esses livros mostrarão o caminho, ainda que não seja esse o objetivo. Qual seria, então? Que saibam que, apesar de este livro tratar sobre um assunto incompreensível para muitos, é possível que vocês acabem descobrindo um mundo novo e desconhecido até então.

Para mim, não há nada mais corajoso do que mergulhar de cabeça e se entregar àquilo que se ama, sem medos nem restrições. Por inteiro.

Por isso, dedico a todos, sem exceção, *Amos e Masmorras.*

Vocês têm as chaves. Se as perderem, o Amo do Calabouço os castigará.

MUAHAHAHAHA!

Este livro foi composto nas fontes Adobe Garamond Pro, Anderson e ITC New Baskerville e impresso em papel *Norbrite* 66,6 g/m² na gráfica Yangraf.